HEYNE
BÜCHER

KEVIN J. ANDERSON

STAR WARS®

FLUCHT INS UNGEWISSE

Der Krieg der Sterne geht weiter

Aus dem Englischen
von Thomas Ziegler

WILHELM HEYNE VERLAG
MÜNCHEN

HEYNE ALLGEMEINE REIHE
Nr. 01/9373

Titel der Originalausgabe
STAR WARS – THE JEDI ACADEMY TRIOLOGY,
VOLUME I – JEDI SEARCH
Erschienen bei Bantam Books, a division of
Bantam Doubleday Dell Publishing Group, Inc.

5. Auflage

Printed in Germany 1996
Umschlagillustration: John Alvin
Umschlaggestaltung: Atelier Ingrid Schütz, München
Gesamtherstellung: Elsnerdruck, Berlin

ISBN 3-453-50342-2

Widmung

Für meine Verlegerin
BETSY MITCHELL,
die mir die Möglichkeit bot, in diesem
gewaltigen und vergnüglichen Universum zu spielen,
und die mir half, mein Werk in die
bestmögliche Form zu bringen.

Danksagungen

An Lucy Autrey Wilson von Lucasfilm Licensing, die eine Million verschiedene Dinge gleichzeitig im Auge behielt und neue Vorschläge schneller vorbrachte, als ich die alten umsetzen konnte; meine Frau Rebecca für ihre Hilfe beim Ausbrüten neuer Ideen und ihr scharfes Auge beim Redigieren – und ihre Liebe; Bill Smith für seine Hinweise und das unschätzbar wertvolle KRIEG DER STERNE-Quellenmaterial von West End Games; Ralph McQuarrie für seine wilden Ideen und seinen Einfallsreichtum, der mehr als nur eine Lawine von Möglichkeiten losgetreten hat; und die anderen KRIEG DER STERNE-Autoren Tom Veitch, Dave Wolverton, Timothy Zahn und Kathy Tyers, die mir geholfen haben, meine Geschichte mit ihren abzustimmen.

1

Die Ballung Schwarzer Löcher griff mit Klauen aus Schwerkraft nach dem *Millennium Falken* und zog ihn näher an sich heran. Selbst im gefleckten Nebel des Hyperraums konnte Han Solo die riesige Verzerrung als bläulichen Strudel erkennen, der versuchte, sie in die Unendlichkeit zu saugen.

»He, Chewie! Meinst du nicht auch, daß wir zu nah sind?« Er starrte den Navcomputer des *Falken* an und wünschte, einen Kurs gewählt zu haben, der sie in einer sicheren Entfernung am Schlund vorbeigeführt hätte. »Was glaubst du eigentlich, was das hier ist, eine alte Schmuggelmission? Diesmal brauchen wir uns nicht zu verstecken.«

Chewbacca an seiner Seite sah enttäuscht drein und grollte eine Entschuldigung, wobei er mit seinen haarigen Pfoten in der stickigen Luft des Cockpits herumwedelte.

»Ja, wir sind diesmal wirklich in offizieller Mission unterwegs. Kein Herumschleichen mehr. Also benimm dich entsprechend, okay?«

Chewbacca stöhnte eine skeptische Antwort und wandte sich wieder seinen Navigationsdisplays zu.

Han spürte den Drang, wieder zu seinen alten Lastern zurückzukehren, so wie damals, als er auf der anderen Seite des Gesetzes gestanden hatte, und, von imperialen Scoutschiffen gejagt, Gewürze schmuggelte. Als sein Leben noch frei und unbeschwert gewesen war.

Bei einer dieser tollkühnen Missionen hatten er und Chewbacca praktisch die Bauchwandung des *Falken* abrasiert, als sie eine Abkürzung genommen und näher an der Schlund-Ballung aus Schwarzen Löchern vorbeigeschrammt waren als je ein Schiff zuvor. Vernünftige Piloten mieden das Gebiet und nahmen Umwege in Kauf, um den Schwarzen Löchern auszuweichen. Aber die Geschwindigkeit des *Falken* hatte sie sicher auf die andere Seite gebracht und die Strecke nach Kessel auf unter zwölf Parsecs schrumpfen lassen.

Trotzdem hatte diese »todsichere« Mission ein katastrophales Ende genommen; Han hatte seine Ladung Gewürze gerade noch über Bord werfen können, ehe sie von den Imperialen geentert worden waren.

Diesmal jedoch kehrte Han unter anderen Umständen nach Kessel zurück. Seine Frau Leia hatte ihn zu einem offiziellen Vertreter der Neuen Republik ernannt, einer Art Botschafter also, auch wenn es sich dabei um einen Titel ehrenhalber handelte.

Aber selbst ein Ehrentitel hatte seine Vorteile. Han und Chewbacca mußten nicht länger Scoutschiffen ausweichen oder planetare Sensornetze unterfliegen oder die geheimen Hohlräume unter den Deckplatten benutzen. Han Solo befand sich in der unwahrscheinlichen und irritierenden Position einer *Respektsperson*. Ein anderes Wort gab es nicht dafür.

Doch Hans neue Verantwortungen waren nicht nur kuriose Ärgernisse. Er war mit Leia verheiratet – wer hätte sich das vorstellen können? – und hatte drei Kinder.

Han lehnte sich in seinem Pilotensessel zurück und verschränkte die Hände hinter dem Kopf. Er gestattete sich ein wehmütiges Lächeln. So oft wie möglich hatte er die Kinder in ihrer schützenden Isolation auf dem Geheimplaneten besucht, und in einer Woche sollten die Zwillinge nach Coruscant heimkehren. Anakin, das dritte kleine Baby, erfüllte ihn jedesmal mit Staunen, wenn er es an den winzigen Rippen kitzelte und sah, wie ein vergnügter Ausdruck auf dem Gesicht des Säuglings erschien.

Han Solo, eine Vaterfigur? Leia hatte vor langer Zeit einmal gesagt, daß sie »nette Männer« mochte – und genau das war es, was aus Han geworden war!

Er bemerkte, daß ihn Chewbacca aus den Augenwinkeln heraus beobachtete. Verlegen setzte sich Han gerade hin und studierte die Kontrollen. »Wo sind wir? Dieser Sprung müßte doch gleich zu Ende sein.«

Chewie brummte eine Bestätigung und griff dann mit einer haarigen Pfote nach den Hyperraumkontrollen. Der Wookiee verfolgte den Countdown an seinem Kontrollpult; im richtigen Moment riß er an dem Hebel, der sie in den

Normalraum zurückstürzen ließ. Die gefleckten Farben des Hyperraums verwandelten sich in Sternlinien, begleitet von einem Dröhnen, das Han mehr spürte als hörte; dann umgab sie der erwartete Gobelin aus Sternen.

Das Spektakel des Schlundes hinter ihnen erinnerte an ein grelles Fingergemälde, als ionisiertes Gas in die zahlreichen Schwarzen Löcher stürzte. Direkt vor dem *Falken* sah Han das blauweiße Leuchten von Kessels Sonne. Als das Schiff beidrehte, um parallel zur Ekliptik zu gehen, kam Kessel selbst in Sicht, kartoffelförmig und zottelig von den flusigen Ausläufern seiner entweichenden Atmosphäre, umkreist von einem großen Mond, der früher eine Garnison imperialer Truppen beherbergt hatte.

»Zielgenau geflogen, Chewie«, lobte Han. »Ich übernehme jetzt die Kontrollen.«

Kessel erinnerte, wie er seiner Umlaufbahn folgte, an ein Gespenst, zu klein, um aus eigener Kraft seine Atmosphäre zu halten. Gewaltige Umwandlerfabriken lösten Sauerstoff und Kohlendioxid aus dem rohen Gestein, so daß die Bewohner im Freien mit einfachen Atemmasken überleben konnten, ohne geschlossene Schutzanzüge tragen zu müssen. Ein großer Teil der frisch erzeugten Atmosphäre entwich in den Weltraum und wehte hinter dem kleinen Planeten wie der Schweif eines mächtigen Kometen her.

Chewbacca bellte eine knappe, näselnde Bemerkung, Han nickte. »Ja, von hier oben sieht er großartig aus. Eine Schande, daß aus der Nähe betrachtet alles anders ist. Ich habe diesen Planeten nie gemocht.«

Kessel gehörte zu den wichtigsten gewürzproduzierenden Planeten und war sowohl ein Zentrum intensiver Schmuggleraktivitäten als auch der Sitz eines der härtesten Gefängnisse der Galaxis. Das Imperium hatte die Gewürzproduktion bis auf die geringen Mengen kontrolliert, die die Schmuggler unter der Nase der Imperialen gestohlen hatten. Aber nach dem Sturz des Imperators hatten die Schmuggler und die Gefangenen in der imperialen Strafanstalt den Planeten übernommen und dann, während der Feldzüge Großadmiral Thrawns und dem Wiederaufstieg des Imperiums, alles getan, um keine Aufmerksamkeit zu erregen, und auf verschiedene Hilfeersuchen keine Reaktion gezeigt.

Ein tiefes Grollen rumpelte in Chewies Kehle. Han seufzte und schüttelte den Kopf. »Hör zu, ich bin auch nicht glücklich darüber, dorthin zurückzukehren, Alter. Aber die Dinge haben sich geändert, und wir sind die besten Leute für diesen Job.«

Nach dem Ende des Bürgerkriegs hatte die Neue Republik ihre Stellung auf Coruscant gefestigt, aber überall kämpften versprengte Einheiten imperialer Kriegsschiffe gegeneinander, und es wurde Zeit, wieder Verhandlungen aufzunehmen. *Besser, sie auf unsere Seite zu ziehen, als zuzulassen, daß sie sich an den Meistbietenden verkaufen,* dachte Han, *obwohl sie das wahrscheinlich ohnehin tun werden.* Als Vertreterin der neuen Schmugglervereinigung hatte Lukes alte Widersacherin Mara Jade versucht, Kontakt mit Kessel aufzunehmen, und war rundweg abgewiesen worden.

Der *Millennium Falke* näherte sich Kessel und setzte die Achterdüsen ein, um sich der Geschwindigkeit des Planeten anzupassen und in die Umlaufbahn einzuschwenken. Han verfolgte auf den Scannerschirmen der Steuerung den Anflug. »Einschwenken«, befahl er.

Chewbacca deutete fauchend auf die Schirme. Han senkte den Blick und sah die Reflexe, die sich bereits im Orbit um den Planeten befanden oder aus der Wolkendecke der Atmosphäre aufstiegen. »Dürften ein halbes Dutzend Schiffe sein. Wir sind zu weit weg, um die Typen zu bestimmen.«

Han tat Chewies unbehagliches Knurren mit einer Handbewegung ab. »Nun, dann sagen wir ihnen einfach, wer wir sind. Keine Sorge. Warum, glaubst du, hat Leia einen solchen Wirbel gemacht, um uns mit den richtigen diplomatischen ID-Signalen und sonstigem Schnickschnack auszurüsten?«

Er schaltete das Funkfeuer der Neuen Republik ein, das automatisch ihre Identifikation in Basic und mehreren anderen Sprachen abstrahlte. Zu seiner Überraschung änderten die orbitalen Schiffe gleichzeitig ihren Vektor und erhöhten die Geschwindigkeit, um den *Falken* abzufangen.

»He!« schrie Han, und erst dann wurde ihm bewußt, daß er das Mikrofon noch nicht eingeschaltet hatte. Chewie brüllte. Han legte den Schalter um. »Hier ist Han Solo vom Schiff der Neuen Republik *Millennium Falke.* Wir kommen in diplomatischer Mission.« Seine Gedanken überschlugen sich, suchten verzweifelt nach Worten, die ihn als richtigen Diplomaten ausweisen würden. »Uh, geben Sie bitte Ihr Vorhaben auf.«

Die beiden nächsten Schiffe rasten heran, wurden zuerst zu scharfen Lichtpunkten, enthüllten dann ihre Umrisse. »Chewie, ich schätze, du fährst am besten unsere Bugdeflektorschilde hoch. Ich habe ein ungutes Gefühl bei der Sache.«

Er griff nach dem Kommunikationsschalter, während Chewie die Schilde hochfuhr, sah dann aber durch die vordere Sichtluke. Die beiden näherkommenden Schiffe schossen mit unglaublicher Geschwindigkeit auf sie zu und nahmen sie in die Zange. Der Anblick ihrer rechtwinkligen Solarzellenpaneele und des zentralen Cockpits verwandelte Hans Blut in Eiswasser.

TIE-Jäger!

»Chewie, komm her. Ich übernehme die Laserkanone.« Ehe der Wookiee antworten konnte, rutschte Han schon den Zugangsschacht zum Geschützturm hinauf. Er griff nach dem Kanoniersitz und versuchte, sich in dem neuen Gravitationsfeld zu reorientieren.

Die TIE-Jäger setzten zum Angriff mit zwei Spitzen an, hängten sich unter und über den *Falken* und feuerten mit ihren Lasern. Als das Schiff unter den Treffern erbebte, gelang es Han endlich, sich in den Kanoniersitz zu schwingen, nach den Sicherheitsgurten zu greifen und sich anzuschnallen. Eins der angreifenden Schiffe raste über ihn hinweg, und die Sensorzellen des *Falken* heulten unter dem Dröhnen der Zwillingsionentriebwerke des TIE-Jägers auf. Die Feindmaschine feuerte erneut, aber die Strahlen zerfaserten harmlos im Weltraum.

»Chewie, Ausweichmanöver! Keine gerade Flugbahn!« Der Wookiee brüllte irgend etwas von unten herauf, und Han schrie zurück. »Ich weiß es nicht – du steuerst, *du* mußt dir was einfallen lassen!« Offensichtlich hatte man auf Kessel nicht den roten Teppich für sie ausgerollt. Hatte eine Splittergruppe des Imperiums den Planeten übernommen? Wenn ja, dann mußte Han sofort Coruscant darüber informieren.

Inzwischen näherten sich weitere Schiffe, und irgendwie hatte Han nicht den Eindruck, daß sie ihnen zu Hilfe kommen wollten. Vor ihm beschrieben die beiden TIE-Jäger einen engen Hundertachtziggradbogen und setzten zum zweiten Angriff auf den *Falken* an.

Aber diesmal war Han angeschnallt und hatte die Lasergeschütze hochgefahren. Auf seinem Display erschien ein TIE-Jäger als digitalisiertes Ziel und wurde größer. Das Feindschiff kam näher und näher, Han verstärkte seinen Griff um den Feuerhebel und wußte, daß der TIE-Pilot dasselbe tat. Er wartete, spürte Schweiß in seinem Genick. Er registrierte, daß er den Atem anhielt. Noch eine Sekunde. Noch eine Sekunde. Das Zielkreuz fixierte den Steuerbordflügel des Jägers.

In dem Moment, als Han den Feuerknopf drückte, ließ Chewbacca den *Falken* in einem Ausweichmanöver seitlich abschmieren. Die Laserstrahlen verfehlten ihr Ziel und zerfaserten vor den fernen Sternen. Der Schuß des TIE-Jägers ging ebenfalls vorbei, verschwand in der entgegengesetzten Richtung und kam seinem Kollegen gefährlich nahe.

Dem zweiten TIE-Jäger gelang es, seine Zielerfassung gerade noch rechtzeitig zu fokussieren, so daß seine beiden Schüsse über die Schilde des *Falken* sengten. Han hörte Funken über den Kontrollpulten knistern. Chewie grollte einen vorläufigen Schadensbericht: Achterschilde zusammengebrochen. Bugschilde noch immer stabil. Das bedeutete, daß sie die TIE-Jäger frontal angreifen mußten.

Als der erste TIE-Jäger herumschwenkte, um zur dritten Attacke anzusetzen, drehte Han seinen Geschützturm so weit wie möglich und starrte wieder auf den Zielerfassungsschirm. Diesmal würde er auf alle Finesse und Genauigkeit verzichten. Er würde den Mistkerl einfach aus dem Raum blasen. Seine Laser hatten volle Ladung, und er konnte sich ein paar Fehlschüsse erlauben, solange sich diese Schlacht nicht in die Länge zog.

Sobald das Zielkreuz das Abbild des Jägers überlagerte, schaltete Han auf volle Energie, drückte alle Feuerknöpfe und deckte die Flugbahn des heranrasenden Schiffes mit tödlichen Laserstrahlen ein. Das imperiale Schiff scherte aus, konnte seinen Kurs aber nicht schnell genug ändern und flog direkt in das Gewitter der Laserblitze.

Das Schiff verwandelte sich in eine feurige Blume aus explodierenden Treibstofftanks und entweichender Atmosphäre. Han und Chewbacca schrien gleichzeitig ihren Triumph hinaus. Aber trotz seiner Euphorie wollte Han nicht einfach dasitzen und sich selbst auf die Schulter klopfen.

»Knöpfen wir uns den anderen vor, Chewie.« Der zweite TIE-Jäger drehte in einem großen Bogen bei und nahm dann Kurs auf Kessel. »Schnell, ehe die Verstärkung eintrifft.«

Er fragte sich, ob er und Chewbacca nicht besser sofort umkehren und fliehen sollten. Aber ein Teil von ihm wollte nicht zulassen, daß irgend jemand auf den *Millennium Falken* schoß und ungeschoren davonkam.

Chewbacca erhöhte die Geschwindigkeit, so daß sich die Distanz zwischen dem *Falken* und dem TIE-Jäger verringerte. »Gib mir nur einen guten Schuß, Chewie. Einen guten Schuß.«

Er war mit einem nicht gekennzeichneten modifizierten leichten Frachter unterwegs – warum hatten die TIE-Jäger sie überhaupt angegriffen? Lag es am ID-Funkfeuer der Neuen Republik? Was ging auf Kessel vor? Leia würde sich hinsetzen und alle Details überdenken, die Möglichkeiten analysieren und zu Schlußfolgerungen gelangen. Durch ihre zahllosen diplomatischen Verpflichtungen entwickelte sie sich mit jedem Tag mehr zur Denkerin und versuchte, die Probleme durch Verhandlungen und Verträge zu lösen. Aber eine politische Lösung funktionierte nicht bei einem imperialen TIE-Jäger, der das Feuer eröffnete.

Ein weiteres Schiff raste von hinten heran, während sie den TIE-Jäger nach Kessel jagten. Han gab ein paar Feuerstöße aus seinem Laser ab, aber alle verfehlten ihr Ziel; dann richtete er seine Aufmerksamkeit auf das Schiff, das sie verfolgte. Der *Falke* hatte am Heck keine funktionierenden Schilde. Von unten rief Chewbacca etwas herauf; und auf Han wartete die zweite Überraschung dieses Tages. »Ich sehe es, ich sehe es!«

Ein X-Flügler raste von hinten heran und schloß langsam zum *Falken* auf, während sie sich Kessel näherten. Han gab einen weiteren ungezielten Schuß auf den TIE-Jäger ab. Selbst aus der Entfernung machte der X-Flügler einen alten und zusammengeflickten Eindruck, als hätte er zahllose Reparaturen hinter sich.

»Chewie, nimm Verbindung mit dem X-Flügler auf und sag ihm, daß wir für jede Hilfe dankbar sind, die er uns geben kann.« Han drückte den Rücken gegen die Lehne des Kanoniersitzes und konzentrierte sich wieder auf sein Ziel.

Der flüchtende TIE-Jäger drang in den fahlen Atmosphärenschweif hinter dem Planeten ein. Han konnte einen glühenden Streifen erkennen, als das mit hoher Geschwindigkeit fliegende Schiff das Gas ionisierte.

Dann eröffnete der X-Flügler hinter ihnen das Feuer auf den *Falken*. Die Laser landeten einen Volltreffer und verbrannten die Sensorschüssel an der Oberseite des Schiffes.

Han und Chewie schrien durcheinander, verzweifelt nach einem Ausweg suchend. Chewbacca brachte den *Falken* in einem flachen Sturzflug näher zur Atmosphäre Kessels.

»Beidrehen! Beidrehen!« Sie mußten ihre ungeschützte Achtersektion aus der Schußlinie des X-Flüglers bringen.

Der X-Flügler feuerte erneut und brachte die Metallwandung des *Falken* zum Schmelzen. Alle Lichter im Schiff erloschen. Als er merkte, wie die Kabine bockte, wußte Han, daß sie einen ernsten Treffer abbekommen hatten. Er konnte bereits riechen, daß es irgendwo in den Unterdecks brannte. Die Notbeleuchtung flammte auf.

»Wir müssen von hier verschwinden!«

Chewbacca grollte das Wookiee-Äquivalent von: »Was du nicht sagst!«

Sie drangen in den Atmosphärenschweif ein und wurden plötzlich von dichten Gaspartikeln durchgeschüttelt, die über die Schiffswandung rieben. Um sie herum glühten erhitzte Gasstreifen in orangenem und blauem Licht. Der X-Flügler raste noch immer feuernd von hinten heran.

Hans Gedanken überschlugen sich. Sie konnten Kessel in einem engen Orbit umfliegen und sich von der Gravitation aus dem System katapultieren lassen. Die Ballung Schwarzer Löcher war so nah, daß niemand einen Sprung in den Hyperraum ohne vorherige genaue Berechnungen riskieren würde, und weder er noch Chewie würde ihnen die Zeit dazu geben.

Da die Sensorschüssel des *Falken* zerstört war, konnte Han nicht einmal einen Notruf senden oder versuchen, den verräterischen Piloten des X-Flüglers zu beschwatzen. Er konnte sich nicht einmal ergeben! Sie saßen wirklich in der Tinte. »Chewie, wenn du irgendwelche Vorschläge hast ...«

Er verstummte, die Kinnlade fiel ihm nach unten. Denn genau in diesem Moment entdeckte Han, während sie Kessel umflogen, daß von dem Garnisonsmond Kampfschiffe in dicht aufeinanderfolgenden Wellen aufstiegen und einen Verteidigungsschirm bildeten, den der *Millennium Falke* niemals durchdringen konnte.

Er sah Hunderte von Schiffen aller vorstellbaren Größen und Typen, von gekaperten Kriegsschiffen bis zu gestohlenen Vergnügungskreuzern. Der zweite TIE-Jäger drehte scharf bei und schloß sich der übermächtigen Flotte an. Und alle kamen nun auf sie zugerast, in einem Gewitter aus Turbolaserblitzen, das wie ein Feuerwerk aussah. Trotz des zusammengeschusterten Eindrucks, den die Kessel-Flotte machte, verrieten Hans Sensoren, daß ihre Waffen funktionierten.

Der angreifende X-Flügler landete einen Volltreffer. Die Kabine erbebte.

Der *Falke* scherte steil nach oben aus, als Chewbacca versuchte, vor der heranrasenden Flotte zu fliehen. Han deckte den Schiffspulk mit Laserfeuer ein und verfolgte zufrieden, wie die Maschinensektion eines kleinen Z-95-Jägers in Flammen aufging. Der stumpfnasige Jäger löste sich von der angreifenden Flotte und trudelte in die Atmosphäre Kessels. Han hoffte, daß er abstürzte.

Als er erkannte, daß sie gegen diese erdrückende Übermacht keine Chance hatten, schwang sich Han in den Zugangsschacht des Geschützturms und rutschte hinunter ins Cockpit, um Chewbacca zu helfen.

Im gleichen Moment begann die Flotte sie einzukreisen. Der X-Flügler feuerte erneut und landete einen zweiten Volltreffer. Ein Feuersturm aus Laserstrahlen hüllte ihre Bugdeflektorschilde ein. Chewie warf den *Falken* von einer Seite zur anderen, aber das Ausweichmanöver erwies sich als nutzlos.

Han ließ sich gerade rechtzeitig in den Pilotensitz fallen, um zu sehen, wie die Kontrollanzeigen der Bugschilde erloschen. Heck und Bug waren jetzt ungeschützt.

Ein weiterer Treffer schüttelte sie durch, und Han prallte mit der Brust gegen das Kontrollpult. »Das war die Hauptantriebseinheit. Noch ein Treffer, und wir sind Raumschrott. Bring uns nach unten, Chewie. Bring uns in die Atmosphäre. Das ist unser einziger Ausweg.« Chewbacca wollte schon seine Zweifel anmelden, aber Han griff nach den Kontrollen und steuerte im Sturzflug Kessel an. »Es wird gleich ziemlich ungemütlich werden. Halt dich an deinem Pelz fest.«

Der Schwarm der angreifenden Schiffe wirbelte durch den Weltraum, als der *Falke* in die weiße Atmosphäre Kessels eindrang. Er pflügte bockend durch die Wolken, und Han hielt sich an seinem Sitz fest. Plötzlich spürte er die heftigen Windstöße, die durch die ins All entweichenden Luftmassen erzeugt wurden. Seine Kontrolltafeln und der Gestank aus der Hecksektion bestätigten Han, daß ihre Manövriermöglichkeiten minimal waren. Das Stöhnen seines Kopiloten verriet, daß der Wookiee zu derselben Erkenntnis gekommen war.

»Du mußt es so sehen, Chewie. Wenn wir die Landung heil überstehen, werden unsere Pilotenfähigkeiten von einem Ende der Galaxis bis zum anderen Legende sein!« sagte Han mit erzwungenem Humor. *Ich wußte, ich hätte nicht nach Kessel zurückkehren sollen.*

Der *Falke* fiel nach unten. Han und Chewbacca versuchten alles, um ihren Sturz zu verlangsamen und nicht in der dünnen Atmosphäre zu verglühen.

Kessels Hauptverteidigungsflotte schwenkte in die Umlaufbahn ein und setzte zu einem ordentlichen Landeanflug an. Ein schlankes, insektenhaftes Schiff, das Han als einen illegal gebauten Hornissen-Abfangjäger identifizierte, löste sich vom Pulk und stürzte dem *Falken* hinterher.

Chewbacca entdeckte ihn als erster. Das Schiff, aerodynamisch perfekt, glitt wie ein Vibromesser durch die Atmosphäre und ignorierte die Reibungshitze an seiner Hülle. Das Schiff feuerte gezielt auf die Manövrierdüsen des *Falken* und fügte ihm weitere Schäden zu.

»Wir stürzen doch schon ab!« heulte Han. »Was wollen sie denn noch?« Aber er wußte es bereits. Sie wollten, daß der *Falke* beim Aufprall explodierte und die Insassen auslöschte. Han vermutete, daß es auch ohne Hilfe des Hornissen-Abfangjägers dazu kommen würde.

Während sie durch die Atmosphäre stürzten, erreichte der *Falke* eine der riesigen Atmosphärefabriken, einen himmelhohen Kamin auf der Oberfläche Kessels, wo mächtige Maschinen den Fels aufspalteten und die Gase in einem Zyklon aus atembarer Luft ausstießen.

Der Hornissen-Abfangjäger attackierte sie erneut. Der *Falke* schüttelte sich unter dem Streifschuß. Chewbacca machte ein grimmiges Gesicht. Seine Fänge blitzten, während er sich darauf konzentrierte, ihr Leben zu retten.

»Chewie, bring uns so nah wie möglich an den Kamin. Ich habe eine Idee.« Chewbacca jaulte auf, aber Han brachte ihn zum Schweigen. »Mach's einfach, Alter.«

Als die Hornisse versuchte, an ihnen vorbeizuziehen, und die hochwirbelnden Wolken aus atembaren Gasen den Himmel verhüllten, riß Han das Schiff zur Seite. Der Hornissen-Abfangjäger setzte zu einem zweiten Versuch an, doch Han scherte wieder zur Seite aus und trieb die Hornisse in den brüllenden Wirbel der Luftströmungen.

Am empfindlichen Insektenflügel brach ein Querruder, und die Hornisse verschwand trudelnd im Zyklon. Andere Teile seiner Hülle lösten sich, als das Schiff zu entkommen versuchte, doch dabei nur noch tiefer in die Gefahrenzone geriet. Han stieß einen triumphierenden Schrei aus, denn das Schiff explodierte in Flammen, die vom Strudel der Atmosphärefabrik in Fetzen gerissen wurden.

Dann raste Kessels Oberfläche wie ein gigantischer Hammer auf sie zu.

Han kämpfte mit den Kontrollen. »Zumindest werden wir dank der neu installierten Repulsoraggregate eine weiche Landung hinlegen«, keuchte er.

Er griff nach dem Pult, hantierte an den Kontrollen. Chewbacca bellte ihm zu, sich zu beeilen. Han stieß einen Seufzer der Erleichterung aus und aktivierte gleichzeitig die Repulsoraggregate.

Nichts.

»Was?« Er schlug wieder und wieder mit der Faust auf den Schalter, doch die Repulsoraggregate sprangen nicht an. »Ich hab sie doch gerade erst eingebaut!«

Han versuchte verzweifelt, den *Falken* zumindest halbwegs unter Kontrolle zu bringen, und schrie über den Lärm des tosenden Windes hinweg: »Okay, Chewie, ich bin definitiv offen für jeden Vorschlag!«

Aber Chewbacca bekam keine Gelegenheit zur Antwort, denn das Schiff schlug auf der zerklüfteten Oberfläche Kessels auf.

2

Die Türme von Imperial City reckten sich hoch über die dämmrige Oberfläche des Planeten Coruscant in den Himmel. Die Grundsteine der Türme befanden sich schon seit mehr als tausend Generationen an ihrem Platz, seit den Gründungstagen der Alten Republik. Im Lauf der Jahrtausende waren höhere und höhere Strukturen auf den alten, verfallenen Grundmauern errichtet worden.

Luke Skywalker trat auf die Fährenlandeplattform, die aus dem verwitterten, monolithischen Gesicht des ehemaligen imperialen Palastes herausragte. Windböen umfauchten ihn, und er schlug die Kapuze seiner Jedi-Robe zurück.

Er sah hinauf zum Himmel, dachte an die dünne Atmosphäreschicht, die Coruscant vor dem Weltraum schützte. Noch immer kreisten Raumschiffwracks in instabilen Umlaufbahnen, Trümmer aus erbitterten Schlachten, in denen die Allianz den Planeten der imperialen Kontrolle entrissen hatte, als der Bürgerkrieg zwischen den Überresten des Imperiums tobte.

Höher als die Spitzen der höchsten Türme reichten, glitten vogelähnliche Flederhabichte auf den Thermalströmungen, die aus den Schluchten der Stadt emporstiegen. Noch während er hochblickte, stürzte sich einer der Flederhabichte in den dunklen Spalt zwischen den uralten Gebäuden und tauchte einen Moment später mit etwas Zylindrischem und Tropfendem in den Klauen wieder auf – vielleicht eine Granitschnecke.

Luke übte sich in Geduld, indem er eine Jedi-Meditationstechnik einsetzte, um seine Unruhe zu vertreiben. Als junger Mann war er zappelig und ungeduldig gewesen, voller Unsicherheit. Aber Yoda hatte ihm neben so vielen anderen Dingen Geduld gelehrt. Ein wahrer Jedi-Ritter konnte solange warten, wie es notwendig war.

Der Senat der Neuen Republik tagte erst seit einer knappen Stunde, und er war wahrscheinlich immer noch mit weltlichen Themen beschäftigt. Luke wollte erst dazustoßen, wenn der Senat eine Weile debattiert hatte.

Unter ihm pulsierte das Leben in der gewaltigen Stadtlandschaft von Imperial City. Wenig hatte sich verändert, seit sie der Regierungssitz der Neuen Republik geworden war, nachdem sie dem Imperium und davor der Alten Republik als Hauptstadt gedient hatte. Das Regierungsgebäude, einstmals der Palast des Imperators Palpatine, bestand aus poliertem graugrünen Fels und spiegelndem Kristall. Es erhob sich funkelnd im dunstigen Sonnenlicht von Coruscant und überragte alle anderen Gebäude, selbst den angrenzenden Sitz des Senats.

Ein Großteil von Imperial City war in den Monaten des Bürgerkriegs nach Großadmiral Thrawns Tod verwüstet worden. Die verschiedenen Machtgruppen des alten Imperiums hatten um die Heimatwelt des Imperators gekämpft und ganze Viertel in Friedhöfe aus abgestürzten Schiffen und explodierten Gebäuden verwandelt.

Aber das Schlachtenglück hatte sich gewendet, und die Neue Republik konnte die versprengten Gruppen des Imperiums vertreiben. Viele Allianz-Soldaten, unter ihnen auch sein Freund Wedge Anillles, konzentrierten ihre Kräfte jetzt auf die Behebung der Schäden. Oberste Priorität hatte der Wiederaufbau des ehemaligen imperialen Palastes und des Senatssitzes. Die Baudroiden des Imperators wühlten in den kriegszerstörten Vierteln, sammelten automatisch alle brauchbaren Trümmer und benutzten sie als Rohmaterial für den Bau neuer Gebäude.

In der Ferne konnte Luke einen der riesigen Droiden – vierzig Stockwerke hoch – dabei beobachten, wie er eine halb eingestürzte Hausfassade einriß und eine Schneise walzte, wo er laut Programm eine neue Transporthochstraße anlegen sollte. Seine Trägerarme brachten die Steinfassade des Gebäudes zum Einsturz, legten metallene Tragkonstruktionen frei und schoben die Trümmer in seinen Verarbeitungsschlund, wo das Material sortiert und in Form neuer Werkstoffe ausgestoßen wurde.

Im vergangenen, von gewalttätigen Konflikten erschütterten Jahr hatte es Luke zur Festung des wiederauferstandenen Imperators im galaktischen Zentrum verschlagen, und dort hatte er die Dunkle Seite kennengelernt und war ihr verfallen. Er war der oberste Statthalter des Imperators geworden, genau wie sein Vater Darth Vader. Er hatte einen gewaltigen Kampf mit sich selbst ausgetragen, und nur dank der Hilfe und der Freundschaft und der *Liebe* Leias und Hans war es ihm gelungen, sich zu befreien …

Luke sah eine Diplomatenfähre aus dem Orbit kommen, mit Positionslichtern, die in einem komplizierten Muster blinkten. Ihre Düsen verstummten mit einem winselnden Laut, als sie auf einem Landefeld an der anderen Seite des Palastes niederging.

Luke Skywalker war durchs Feuer gegangen. An der Stelle seines Herzens saß ein diamantharter Klumpen. Er war nicht nur irgendein Jedi-Ritter – er war der einzige überlebende Jedi-*Meister*. Er hatte Prüfungen und Bewährungen bestanden, auf die ihn das normale Jedi-Training nicht vorbereitet hatte. Luke verstand jetzt mehr von der Macht, als er sich je hatte träumen lassen. Manchmal machte es ihm Angst.

Er dachte an die Tage zurück, in denen er voller Idealismus und Abenteuerlust gewesen war. Unterwegs mit dem *Millennium Falken* hatte er blind mit einem Droidentrainer gekämpft, während Ben Kenobi zusah. Luke erinnerte sich auch an die Zweifel, die ihn während der Schlacht um Yavin beim Anflug auf den ersten Todesstern beherrscht hatten, als er nach der winzigen Auslaßöffnung des Hitzeaustauschers suchte; Bens Stimme hatte damals zu ihm gesprochen und ihn aufgefordert, der Macht zu vertrauen. Luke verstand jetzt sehr viel besser, warum die Augen des alten Mannes einen derart gehetzten Ausdruck gehabt hatten.

Ein weiterer Flederhabicht stieß in das dunkle Labyrinth der unteren Gebäudeebenen hinunter, stieg flügelschlagend wieder in die Höhe, in den Klauen eine zappelnde Beute. Luke verfolgte, wie ein zweiter Flederhabicht heranschoß und dem ersten das Beutetier entriß. Trotz der Entfernung konnte er ihre krächzenden Schreie hören, während sie aufeinander einhackten. Die zappelnde Beute stürzte unbeachtet in die Tiefe, hin und her geschleudert von den Thermiken, bis sie irgendwo in einer der dämmrigen Straßen auf dem Boden aufschlug. Die beiden Flederhabichte, in einem tödlichen Kampf verkrallt, stürzten nun ebenfalls, bis sie auf einem Vorsprung der verlassenen unteren Ebenen zerschmetterten.

Ein besorgter Ausdruck erschien auf Lukes Gesicht. Ein Omen? Gleich mußte er vor dem Senat der Neuen Republik sprechen. Es wurde Zeit, daß er sich auf den Weg machte. Er wandte sich ab und kehrte in die kühlen Korridore zurück, wobei er seine Robe enger um sich zog.

Luke stand am Eingang des Senatssaals. Der Raum fiel zu einem riesigen Amphitheater ab, dessen innerer Ring den gewählten Senatoren Platz bot, während die äußeren Reihen den Vertretern verschiedener Planeten und Nichtmenschenrassen vorbehalten waren. Echtzeitholos der Sitzung würden in ganz Imperial City zu sehen sein und für die Übertragung zu anderen Planeten aufgezeichnet werden.

Sonnenlicht fiel gefiltert durch die bruchstückhaften Kristallsegmente der hohen Decke, zerfaserte in alle Farben des Spektrums und legte sich als Regenbogen über die bedeutendsten Personen in der Mitte des Saals, so daß sie bei jeder Bewegung funkelten – ein Trick des Imperators, wie Luke wußte, um die Zuschauer in Ehrfurcht zu versetzen.

Mon Mothma sprach auf dem Zentralpodium, doch die Pracht des Sitzungssaals schien der Staatschef in der Neuen Republik Unbehagen einzuflößen. Luke gestattete sich ein Lächeln, als er sich an seine erste Begegnung mit Mon Mothma erinnerte, wie sie beim Anflug der Rebellen auf Endor die Pläne des zweiten Todessterns erläutert hatte.

Mit ihren kurzen rötlichen Haaren und der weichen Stimme machte Mon Mothma nicht den Eindruck eines hartgesottenen Militärcommanders. Als ehemaliges Mitglied des imperialen Senats schien Mon Mothma jetzt mehr in ihrem Element zu sein, da sie versuchte, die Fraktionen der Neuen Republik zu einer starken, einigen Regierung zusammenzuschmieden. Neben Mon Mothma saß – aufrecht und auf jedes Wort der Rede konzentriert – Lukes Schwester Leia Organa Solo. In den vergangenen Monaten hatte Leia mehr und mehr wichtige diplomatische Aufgaben übernommen.

Auf dem Podium verteilt befanden sich die Mitglieder des Oberkommandos der Allianz, bedeutende Vertreter der Rebellion, die nun Funktionen in der neuen Regierung übernommen hatten: General Jan Dodonna, der die Schlacht um Yavin gegen den ersten Todesstern geführt hatte; General Carlist Rieekan, ehemaliger Commander der Echo-Basis auf dem Eisplaneten Hoth; General Crix Madine, ein imperialer Überläufer, der eine unschätzbar wertvolle Hilfe bei der Zerstörung des zweiten Todesstern gewesen war; Admiral Ackbar, der die Rebellenflotte in die Schlacht um Endor geführt hatte; schließlich Senator Garm Bel Iblis, der mit seinen Dreadnaught-Schiffen gegen Großadmiral Thrawn gekämpft hatte.

Erfahrung auf dem Schlachtfeld bedeutete nicht unbedingt, daß diese tapferen Führer auch fähige Politiker sein würden, aber da die Neue Republik immer noch auf tönernen Füßen stand, wie der kürzliche verheerende Bürgerkrieg gezeigt hatte, war es nur vernünftig, die Militärchefs an der Macht zu beteiligen.

Mon Mothma beendete ihre Rede und hob die Hände. Für einen Moment sah es aus, als wollte sie die Versammlung segnen. »Ich bitte um neue Vorschläge. Möchte jemand das Wort ergreifen?«

Luke war genau zum richtigen Zeitpunkt eingetroffen. Er trat ins Licht des torbogenförmigen Eingangs und schob seine Kapuze zurück. Er sprach leise, benutzte aber seine Jedi-Kräfte, um seine Worte zu verstärken, damit ihn alle im Amphitheater hören konnten.

»Ich würde gern ein paar Worte an die Versammlung richten, Mon Mothma. Sie erlauben?«

Er stieg mit geschmeidigen Bewegungen die Stufen hinunter, schnell genug, daß niemand ungeduldig werden konnte, doch mit genug Würde, um die Bedeutung seiner Person zu unterstreichen. Äußerlichkeiten konnten täuschen, hatte Yoda gesagt, aber manchmal waren Äußerlichkeiten überaus wichtig.

Während er die lange Rampe hinunterstieg, spürte Luke, daß alle Augen auf ihn gerichtet waren. Es wurde still im Saal. Luke Skywalker, der einzige überlebende Jedi-Meister, nahm fast nie an den normalen Regierungsgeschäften teil.

»Ich habe eine wichtige Angelegenheit vorzubringen«, sagte er. Für einen Moment fühlte er sich an seine einsame Wanderung durch die feuchten Gänge des Palastes von Jabba dem Hutt erinnert – aber diesmal gab es keine schweineähnlichen gamorreanischen Wachen, die er mit einem Fingerschnippen und einer Berührung der Macht manipulieren konnte.

Mon Mothma schenkte ihm ein sanftes, geheimnisvolles Lächeln und bedeutete ihm mit einem Wink, vorzutreten. »Die Worte eines Jedi-Ritters sind in der Neuen Republik stets willkommen«, sagte sie.

Luke unterdrückte ein zufriedenes Lächeln. Sie hatte ihm das perfekte Stichwort geliefert. »In der Alten Republik«, begann er, »waren die Jedi-Ritter die Beschützer und Wächter aller Wesen. Tausend Generationen lang haben die Jedi die Kräfte der Macht eingesetzt, um die rechtmäßige Regierung der Welten zu leiten, zu verteidigen und zu unterstützen – bevor die dunklen Tage des Imperiums anbrachen und die Jedi-Ritter ausgerottet wurden.«

Er ließ seine Worte wirken und sprach dann weiter. »Jetzt haben wir die Neue Republik. Es wurde eine neue Regierung eingesetzt, die auf der alten gründet, doch in der Hoffnung, daß wir aus unseren Fehlern lernen. Aber früher wachte ein ganzer Orden aus Jedi über die Republik. Heute bin ich der einzige existierende Jedi-Meister.

Können wir ohne diesen Orden der Wächter als Rückgrat der Neuen Republik überleben? Werden wir die Stürme und Schwierigkeiten beim Aufbau einer neuen Union meistern? Bis jetzt haben wir zahlreiche harte Kämpfe ausgetragen – aber die Zukunft könnte erweisen, daß es sich dabei um nicht mehr als Geburtswehen gehandelt hat.«

Ehe die anderen Senatoren dem widersprechen konnten,

fuhr Luke fort. »Unser Volk hatte in dem Imperium einen gemeinsamen Feind, aber wir dürfen in unseren Verteidigungsanstrengungen nicht nachlassen, nur weil wir interne Probleme haben. Die entscheidende Frage ist, was wird passieren, wenn wir uns über Belanglosigkeiten zerstreiten? Die alten Jedi haben bei vielen verschiedenen Auseinandersetzungen vermittelt. Was, wenn es in der Zukunft keine Jedi-Ritter gibt, die uns schützen können?«

Luke drehte sich leicht in den gebrochenen Regenbogenfarben des Kristallichts. Er nahm sich die Zeit, alle anwesenden Senatoren nacheinander anzuschauen; zuletzt richtete er seinen Blick auf Leia. Ihre Augen waren weit geöffnet, aber sie schien auf seiner Seite zu sein, obwohl er den Vorschlag nicht mit ihr abgesprochen hatte.

»Meine Schwester macht derzeit eine Jedi-Ausbildung. Sie hat große Fähigkeiten in der Macht. Ihre drei Kinder sind ebenfalls aussichtsreiche Kandidaten für die Ausbildung zum Jung-Jedi. Vor einigen Jahren habe ich eine Frau namens Mara Jade kennengelernt, die jetzt die Schmuggler – die ehemaligen Schmuggler«, verbesserte er sich, »zu einer Organisation vereinigt, die die Versorgung der Neuen Republik sicherstellen soll. Sie hat ebenfalls Talent in der Macht. Ich habe weitere Kandidaten auf meinen Reisen getroffen.«

Wieder eine Pause. Das Publikum hörte bis jetzt aufmerksam zu. »Aber sind sie die einzigen? Wir wissen bereits, daß die Fähigkeit der Machtausübung von Generation zu Generation weitergegeben wird. Die meisten Jedi wurden während der Säuberung des Imperators ermordet – aber hat er wirklich auch alle Nachkommen dieser Ritter ausgelöscht? Ich selbst wußte nichts von den Kräften in mir, bis Obi-wan Kenobi mich lehrte, sie zu gebrauchen. Meiner Schwester Leia erging es nicht anders.

Wieviele Wesen mag es in der Galaxis geben, die vergleichbar stark in der Macht, die potentielle Mitglieder eines neuen Ordens der Jedi-Ritter sind, aber nichts von ihrer Herkunft ahnen?«

Luke sah seine Zuhörer wieder nacheinander an. »Während meiner kurzen Suche habe ich bereits festgestellt, daß es in der Tat Nachfahren der früheren Jedi gibt. Ich bin zu Ihnen gekommen« – er drehte sich, um auf Mon Mothma zu deuten, und schloß mit einer Handbewegung alle Anwesenden im Saal ein, »um Sie um zwei Dinge zu bitten.

Erstens, daß die Neue Republik offiziell meine Suche nach diesen verborgenen Talenten in der Macht unterstützt, damit ich an sie herantreten und versuchen kann, sie zum Eintritt in unsere Dienste zu bewegen. Dafür brauche ich Hilfe.«

Admiral Ackbar unterbrach ihn, blinzelte mit seinen riesigen Fischaugen und drehte seinen Kopf. »Aber wenn Sie selbst in Ihrer Jugend nichts von Ihren Kräften wußten, woher sollen es diese anderen Leute wissen? Wie wollen Sie sie finden, Jedi Skywalker?«

Luke faltete die Hände vor sich. »Es gibt verschiedene Möglichkeiten. Erstens können wir mit der Hilfe zweier fleißiger Droiden, die die Archive von Imperial City durchkämmen, potentielle Kandidaten finden, z. B. Leute mit ans Wunderbare grenzenden Glückssträhnen, deren Leben von unglaublichen Zufällen bestimmt zu sein scheint. Wir könnten nach Leuten suchen, die über ungewöhnliches Charisma verfügen oder die als Wundertäter bekannt sind. Bei all diesen Dingen könnte es sich um unbewußte Manifestationen eines Talents in der Macht handeln.«

Luke hob einen Finger in die Luft. »Außerdem könnten die Droiden in den Archiven nach vergessenen Nachkommen bekannter Jedi-Ritter aus den Tagen der Alten Republik forschen. Wir dürften eine Reihe von Spuren finden.«

»Und was haben Sie selbst vor?« fragte Mon Mothma, ihre Robe glattstreichend.

»Ich habe bereits mehrere Kandidaten aufgespürt, die ich testen möchte. Ich bitte jetzt nur um Ihre Bestätigung, daß Sie den Plan für erfolgversprechend halten und daß die Jedi-Suche nicht nur von mir, sondern auch von anderen durchgeführt wird.«

Mon Mothma straffte sich auf ihrem zentralen Sitz. »Ich denke, daß wir dem ohne weitere Diskussion unsere Zustimmung geben können.« Sie sah die anderen Senatoren an und nahm deren bestätigendes Nicken entgegen. »Nennen Sie uns jetzt Ihre zweite Bitte.«

Luke richtete sich zu seiner vollen Größe auf. Dies war für ihn der wichtigste Punkt. Er bemerkte, daß sich Leia versteifte.

»Wenn wir geeignete Kandidaten mit dem Potential in der Macht finden, möchte ich – mit dem Segen der Neuen Republik – an einem passenden Ort ein Ausbildungszentrum errichten, eine Jedi-Akademie, wenn Sie so wollen. Unter meiner Leitung können wir diesen Studenten helfen, ihre Fähigkeiten zu entwickeln und ihre Kräfte zu konzentrieren und zu stärken. Schlußendlich könnte aus dieser Akademie eine Kerntruppe aus Jedi-Rittern hervorgehen, die über die Neue Republik wacht.«

Er holte tief Luft und wartete.

Senator Bel Iblis stand langsam auf. »Darf ich dazu etwas sagen? Es tut mir leid, Luke, aber ich muß diese Frage aufwerfen – wir haben bereits erlebt, welch schrecklichen Schaden ein Jedi anrichten kann, wenn er der Dunklen Seite zum Opfer fällt. Wir haben erst vor kurzem gegen Joruus C'baoth gekämpft und natürlich gegen Darth Vader, der fast unser aller Tod geworden wäre. Wenn ein so großer Lehrmeister wie Obi-wan Kenobi versagen und seinen Schüler nicht vor dem Bösen bewahren konnte, wie können wir dann das Risiko eingehen, einen ganzen Orden von Jedi-Rittern auszubilden und neu aufzubauen? Wie viele werden sich der Dunklen Seite zuwenden? Wie viele neue Feinde werden wir uns selbst erschaffen?«

Luke nickte ernst. Die Frage hatte ihn ebenfalls lange Zeit beschäftigt, und er hatte sie gründlich bedacht. »Ich kann nur sagen, daß es diese schrecklichen Fälle gegeben hat und daß wir aus ihnen lernen müssen. Ich selbst habe die Dunkle Seite berührt, aber ich bin daraus gestärkt und mir ihren Kräften bewußter als je zuvor hervorgegangen. Ich stimme zu, daß es ein Risiko ist, aber ich kann nicht glauben, daß die Neue Republik ohne eine neue Jedi-Streitmacht sicherer sein wird.« Ein Raunen ging durch den Saal. Bel Iblis blieb noch einen Moment stehen, als würde er etwas hinzufügen wollen, aber statt dessen nahm er mit zufriedenem Gesicht wieder Platz.

Admiral Ackbar erhob sich und applaudierte mit seinen flossenähnlichen Händen. »Ich bin der Meinung, daß die Bitte des Jedi im besten Interesse der Neuen Republik ist«, sagte er.

Jan Dodonna stand ebenfalls auf. Seit der Schlacht um Yavin vertraute er Luke voll. »Ich stimme dem zu!«

Bald standen alle Senatoren. Luke sah ein breites Lächeln auf Leias Gesicht, als auch sie sich erhob. Er spürte um sich die Regenbögen der Kristalldecke, scheinbar voller Macht, und ihm wurde innerlich warm.

Mon Mothma war sitzengeblieben und nickte ernst. Sie erhob sich als letzte, und sie hob ruhegebietend die Hand. »Meine Hoffnungen auf die Wiedergeburt der Jedi-Ritter sind mit Ihnen. Wir werden Ihnen jede Hilfe geben, die Sie brauchen. Möge die Macht mit Ihnen sein.«

Ehe sich Luke abwenden konnte, brauste der Beifall des Publikums donnernd durch den Saal.

3

Auf Leias Gemächern, die zu den geräumigsten und komfortabelsten im ehemaligen Palast des Imperators gehörten, lastete schwer die Einsamkeit. Leia Organa Solo, ehemals eine Prinzessin, nun Staatsministerin der Neuen Republik, fühlte sich müde und erschöpft, als sie am Ende des wieder mal langen Tages in ihr Quartier zurückkehrte.

Der Höhepunkt war Lukes triumphale Rede vor der Senatsversammlung gewesen, aber dies war lediglich ein Detail eines von Problemen beherrschten Tages. Verwirrende Widersprüche in multisprachlichen Verträgen, die nicht einmal 3PO ergründen konnte, nichtmenschliche kulturelle Barrieren, die Diplomatie fast unmöglich machten – ihr drehte sich der Kopf!

Als sich Leia in ihren Gemächern umsah, huschte ein Stirnrunzeln über ihr Gesicht. »Beleuchtung zwei Stufen höher«, befahl sie, und im Zimmer wurde es heller, so daß ein Teil der stillen Schatten zurückwich.

Han und Chewbacca waren fort, angeblich, um den Kontakt zum Planeten Kessel wiederherzustellen. Allerdings glaubte sie, daß es für ihn eher ein Urlaub war, eine Möglichkeit, noch einmal wie in den »guten alten Zeiten« zu leben, in denen er in der Galaxis herumgestromert war.

Manchmal fragte sie sich, ob Han es je bedauert hatte, eine Frau geheiratet zu haben, die so ganz anders war als er selbst und deren diplomatische Verpflichtungen sie an Coruscant fesselten. Er tolerierte endlose Empfänge, für die er sich in eine Garderobe zwängen mußte, in der er sich offenkundig unwohl fühlte. Bei Unterhaltungen mußte er mit einem gemessenen Takt sprechen, der ihm völlig wesensfremd war.

Aber Han war jetzt unterwegs und amüsierte sich, während sie in Imperial City festsaß.

Die Staatschefin der Neuen Republik, Mon Mothma, wies

Leia mehr und mehr Aufgaben zu, so daß das Schicksal ganzer Welten davon abhing, wie gut sie ihre Pflichten erfüllte. Bis jetzt *hatte* Leia gute Arbeit geleistet, aber in den sieben Jahren seit der Schlacht um Endor hatte es zahlreiche Rückschläge gegeben: der Krieg gegen das Imperium der nichtmenschlichen Ssi-ruuk, der Aufstieg Großadmiral Thrawns und sein Versuch der Wiedererrichtung des Imperiums, ganz zu schweigen von dem wiederauferstandenen Imperator und seinen gigantischen Weltzerstörungsmaschinen. Obwohl sie endlich eine Zeit relativen Friedens zu genießen schienen, hatte das ständige Kriegführen das Fundament der Neuen Republik unterhöhlt.

In gewisser Hinsicht war es während des Kampfes gegen das Imperium einfacher gewesen, alle Fraktionen der Allianz zu einigen. Aber jetzt war der Feind nicht mehr so klar definiert. Jetzt mußten Leia und die anderen Allianz-Diplomaten die Planeten, die einst unter dem imperialen Joch gestöhnt hatten, an ihre gemeinsamen Interessen erinnern. Aber einige dieser Welten hatten so sehr gelitten, daß sie nun allein gelassen werden wollten, um ihre Wunden zu lecken und zu heilen. Viele wollten nicht Teil der galaxisumspannenden Föderation der Planeten sein. Sie wollten ihre Unabhängigkeit erproben.

Aber unabhängige Welten konnten nacheinander fallen, wenn sich andere mächtige Kräfte je gegen sie verbünden sollten.

Leia ging in ihr Schlafzimmer und schlüpfte aus der Diplomatenkleidung, die sie den ganzen Tag getragen hatte. Am Morgen war sie frisch und hell gewesen, aber der Stoff verlor seine Leuchtkraft, wenn er zu lange dem Regenbogenlicht im großen Senatssaal ausgesetzt war.

Im Laufe der nächsten Woche würde Leia mit den Botschaftern von sechs verschiedenen Welten verhandeln müssen, um sie zum Beitritt zur Neuen Republik zu bewegen. Vier schienen geneigt, aber zwei beharrten auf vollständiger Neutralität, bis die spezifischen Interessen ihrer Planeten durchgesetzt waren.

Ihre schwierigste Aufgabe kam in zwei Wochen auf sie zu,

wenn der caridanische Botschafter eintraf. Carida befand sich mitten in einem Gebiet, das von versprengten Überresten des Imperiums kontrolliert wurde, und war Sitz einer der bedeutendsten imperialen Militärausbildungsbasen. Obwohl Imperator Palpatine tot und Großadmiral Thrawn besiegt war, weigerte sich Carida, der Realität ins Auge zu sehen. Es war schon ein großer Sieg gewesen, daß sich der Botschafter überhaupt zu einem Besuch auf Coruscant bereit erklärt hatte. Zweifellos würde Leia ihn unterhalten und die ganze Zeit freundlich lächeln müssen.

Leia aktivierte das Schallbad und stellte es auf Entspannungsmassage ein. Sie schlüpfte in die Kammer, seufzte tief und lang und ließ sich die Sorgen aus dem Kopf massieren.

Um sie herum erfüllten frisch geschnittene Blumen aus den Botanischen Gärten des Himmelsdoms den Raum mit ihren milden Düften. An der Wand hingen nostalgische Szenen vom Planeten Alderaan, Bilder des Planeten, auf dem sie aufgewachsen war, und den Großmufti Tarkin vernichtet hatte, um die Macht seines Todessterns zu demonstrieren: die friedlichen, rollenden Grasebenen, die im Wind flüsterten, die fliegenden Drachenwesen, die die Menschen von einer himmelhohen Turmstadt zur anderen trugen, die Industrieanlagen und tiefen Siedlungen, die in die Wände der breiten Spalten gebaut waren, welche Alderaans Oberfläche zerfurchten ... ihre Heimatstadt, die sich in der Mitte eines Sees erhob.

Han hatte ihr im letzten Jahr diese Bilder geschenkt, aber nie verraten, woher er sie hatte. Monatelang hatten sie ihr das Herz zerrissen, wenn sie sie betrachtete. Sie dachte an ihren Pflegevater, Senator Bail Organa, und an ihre Kindheit als Prinzessin, die nie etwas von ihrer wahren Herkunft geahnt hatte.

Jetzt betrachtete Leia diese Bilder mit bittersüßem Stolz, sah sie doch in ihnen einen Beweis für Hans Liebe. Er hatte schließlich einst in einem Kartenspiel einen ganzen Planeten gewonnen und ihn ihr und den anderen Überlebenden Alderaans geschenkt. Er liebte sie wirklich. Auch wenn er jetzt nicht hier war.

Nach wenigen Minuten hatte das Schallbad ihre Muskeln entspannt, sie mit neuer Frische und neuer Kraft erfüllt. Leia zog sich wieder an und wählte diesmal etwas Bequemeres.

Sie betrachtete sich im Spiegel. Leia beschäftigte sich inzwischen nicht mehr so intensiv mit ihrem Haar wie zu ihrer Zeit als Prinzessin auf Alderaan. Seitdem hatte sie drei Kinder geboren, die Zwillinge, die jetzt zwei Jahre alt waren, und kürzlich ein drittes Baby. Sie konnte sie nur ein paarmal im Jahr sehen, und sie vermißte sie schrecklich.

Wegen der potentiellen Macht, die die Enkel von Anakin Skywalker in sich trugen, waren die Zwillinge und das Baby zu einem streng bewachten Planeten namens Anoth gebracht worden. Alle anderen Einzelheiten über diesen Planeten waren aus ihrem Gedächtnis gelöscht worden, um zu verhindern, daß jemand dieses Wissen ihren Gedanken entnahm.

Während ihrer ersten beiden Lebensjahre, hatte Luke erklärt, waren Jedi-Kinder am verwundbarsten. Jeder Kontakt mit der Dunklen Seite konnte ihr Bewußtsein und ihre Fähigkeiten für den Rest des Lebens schädigen.

Sie aktivierte den kleinen Holowürfel mit den neuesten Bildern ihrer Kinder. Die zweijährigen Zwillinge, Jacen und Jaina, spielten auf einem prächtig ausgestatteten Spielplatz. Auf einem anderen Bild hielt Leias persönliche Dienerin Winter das neue Baby, Anakin, im Arm, das jemand außerhalb der Szene anlächelte. Leia lächelte zurück, obwohl die statischen Bilder sie nicht sehen konnten.

Bald würde die lange Einsamkeit, zumindest teilweise, zu Ende sein. Jacen und Jaina konnten sich inzwischen mit ihren Jedi-Kräften selbst schützen, und Leia konnte die Zwillinge ebenfalls abschirmen. In etwas mehr als einer Woche – nein, es waren genau acht Tage – würden ihr kleiner Junge und ihr kleines Mädchen nach Hause kommen.

Der Gedanke, daß die Zwillinge heimkehren und bleiben würden, hob ihre Stimmung. Leia ließ sich in den Formsessel sinken und schaltete den Unterhaltungssynthesizer ein, der eine pastorale Melodie eines berühmten alderaanischen Komponisten spielte.

Die Türklingel riß sie aus ihren Gedanken. Sie überzeugte sich, daß ihre Kleidung richtig saß, und ging zum Eingang.

Ihr Bruder Luke stand in seinem braunen Kapuzenmantel in den Schatten. »Hallo, Luke«, sagte sie, um gleich darauf zu stöhnen. »Oh, das habe ich völlig vergessen!«

»Die Entwicklung deiner Jedi-Kräfte solltest du nicht auf die leichte Schulter nehmen, Leia.« Er sah sie vorwurfsvoll an.

Sie bedeutete ihm, einzutreten. »Ich bin sicher, du wirst mir meine Nachlässigkeit mit ein paar zusätzlichen Übungsstunden austreiben.«

Aus der Ferne betrachtet, bewegte sich der riesige Baudroide im langsamen Trott und hob nur alle halbe Stunde seine mächtigen Säulenbeine, um einen Schritt nach vorn zu machen. Aber wenn man, wie General Wedge Antilles und seine Abrißteams, direkt unter ihm stand, verschwammen die Umrisse des Baudroiden, dessen abertausend Gliedmaßen wirbelten und die Ruinen einrissen. Die mobile Fabrik durchpflügte den Schutt der eingestürzten und halbzerstörten Gebäude im alten Sektor von Imperial City.

Einige der Gliedmaßen des Droiden endeten in Implosionsabrißbirnen oder Plasmabrennern, die mit explosionsartigen Schockwellen die Mauern zum Einsturz brachten. Sammelarme wühlten im Schutt, rissen Träger heraus und schaufelten Steinblöcke und Stahlbeton in Verteilerbehälter. Andere Trümmer wanderten direkt in die mahlenden Mandibeln und wurden von Förderbändern hinunter zu den Grundstoffseparatoren transportiert, wo die noch verwendbaren Rohstoffe aussortiert und zu neuem Baumaterial verarbeitet wurden. Die aus dem Innern der Fabriken aufsteigende Hitze strahlte in luftspiegelungsartigen Wellen nach außen ab und ließ die gewaltige Maschine in Coruscants sternenheller Nacht glühen.

Der Baudroide arbeitete sich weiter durch die Gebäude, die kürzlich in den zerstörerischen Kämpfen während des letzten Bürgerkriegs auf Coruscant beschädigt worden waren. Angesichts der umfangreichen Reparatur- und Abrißarbeiten schienen manchmal sogar die Sammelarme und Trümmernetze des Droiden überfordert zu sein.

Wedge Antilles sah nach oben, gerade rechtzeitig, um zu bemerken, wie ein voller Behälter aus seinen Halterungen gerissen wurde. »He, alle zurück! In Deckung!« Das Abrißteam suchte eilends Schutz unter einem Mauervorsprung, als die Trümmer zwanzig Stockwerke in die Tiefe stürzten.

Ein Regen aus Steinblöcken, Stahlglas und verdrehten Metallträgern prasselte mit explosiver Wucht auf die Straße. Jemand schrie etwas in sein Komm, verstummte aber sofort.

»Sieht so aus, als würde dieses Hauptgebäude jeden Moment einstürzen«, sagte Wedge. »Team Orange, halten Sie sich mindestens einen halben Block von diesem Ding entfernt. Niemand weiß, was der Droide machen wird, und ich will ihn nicht abschalten. Es dauert drei Tage, ihn wieder hochzufahren.« Wedge hatte es nicht gefallen, die altmodische und unsichere Technologie der Baudroiden einzusetzen, aber sie schienen der schnellste Weg zu sein, die Trümmer zu beseitigen.

»Verstanden, Wedge«, antwortete der Chef des Teams Orange. »Aber wenn wir wieder auf diese müden Flüchtlinge stoßen, müssen wir versuchen, sie zu retten – selbst wenn sie schneller sind und sich noch besser verstecken.« Dann ergoß sich ein Wortschwall über den Kommkanal, mit dem er die anderen Teammitglieder zum Rückzug antrieb.

Wedge lächelte. Obwohl er, genau wie Lando Calrissian und Han Solo, längst zum General befördert worden war, zählte sich Wedge noch immer zu »den Jungs«. Er war mit Leib und Seele Jägerpilot, und er wollte auch nichts anderes sein. Er hatte die letzten vier Monate zusammen mit den Bergungscrews im Weltraum verbracht und wracke Jäger in höhere Umlaufbahnen befördert, wo sie für die eintreffenden Schiffe keine Gefahr mehr darstellten. Er hatte die nur leicht beschädigten Einheiten geborgen und jene zerstört, die in den orbitalen Flugschneisen eine zu große Bedrohung waren.

Im letzten Monat hatte Wedge zur Abwechslung um einen Einsatz am Boden gebeten, obwohl er den Weltraum liebte.

Jetzt war er der Vorgesetzte von fast zweihundert Leuten und überwachte die vier Baudroiden, die sich durch dieses Stadtviertel wühlten, es wiederaufbauten und die Narben der Schlacht beseitigten, die der Krieg gegen das Imperium hinterlassen hatte.

Jeder Baudroide barg tief in seinem Computerkern einen Generalplan. Während sie Imperial City systematisch sanierten, überprüften die Droiden die vor ihnen liegenden Gebäude, reparierten jene, die nur geringe Schäden aufwiesen, und rissen alles ein, was nicht in den neuen Plan paßte.

Die meisten intelligenten Lebensformen waren aus der tiefen Unterwelt der uralten Metropole evakuiert worden, obwohl manche der Kreaturen, die in den finsteren Schlupfwinkeln hausten, nicht mehr als ganz menschlich betrachtet werden konnten. Schäbig und nackt, mit bleicher Haut und eingefallenen Augen, waren sie die Nachfahren jener, die vor langer Zeit in die düstersten Gassen von Coruscant geflohen waren, um ihren politischen Gegnern zu entkommen; manche erweckten den Eindruck, als hätten sie in ihrem ganzen Leben noch nie die Sonne gesehen. Als die Neue Republik nach Coruscant zurückgekehrt war, hatte eine Einsatzgruppe unter General Jan Dodonna, dem alten Veteran von Yavon 4, den Versuch unternommen, diesen armen Seelen zu helfen, aber sie waren wild und gerissen und entzogen sich jedes Mal der Gefangennahme.

Feuchtes Moos und üppig wachsende Pilze bedeckten die Straßen – oder das, was vor Jahrhunderten Straßen gewesen waren. Der Gestank faulender Abfälle und abgestandenen Wassers begleitete Wedges Team auf Schritt und Tritt. Mikroklimazonen aus aufsteigender Luft und kondensierender Flüssigkeit erzeugten in den Gassen winzige Regenschauer, aber das tropfende Wasser roch nicht frischer als die stehenden Pfützen oder Kanäle. Wedges Team benutzte schwebende Repulsorlampen, doch die Staubwolken, die beim Abriß entstanden, hingen als dichter Nebel in der Luft.

Der Baudroide unterbrach für einen Moment die Arbeit, und die relative Stille klang in Wedges Ohren wie ein dumpfer Schlag. Er blickte auf und sah, wie der Droide zwei seiner mächtigen Abrißbirnenarme ausstreckte. Er schwang die Birnen mit titanischer Kraft gegen die vor ihm aufragende Wand. Dann hob der Droide seine Säulenbeine und wollte mit einem Schritt in das einstürzende Gebäude treten.

Aber die Wand neigte sich nicht nach innen, wie Wedge eigentlich erwartet hatte; sie schien stabiler zu sein als der Rest des Gebäudes. Der Baudroide versuchte, sie einzutreten, doch die Wand gab noch immer nicht nach.

Der titanische Droide gab laute, hydraulische Geräusche von sich, während er um sein Gleichgewicht kämpfte. Die vierzig Stockwerke hohe automatisierte Fabrik neigte sich zur Seite und drohte jeden Moment umzukippen. Wedge riß sein Komm heraus. Wenn der Baudroide fiel, würde er einen halben Häuserblock mit sich reißen, das Gebiet eingeschlossen, in dem das Team Orange soeben nach Flüchtlingen suchte.

Aber dann koordinierten sich ein Dutzend seiner Arme und griffen nach der gegenüberliegenden Häuserfassade, brachen stellenweise durch, stützten aber lange genug das Gewicht des Droiden, damit er sein Gleichgewicht zurückgewinnen konnte. Ein raschelndes Geräusch drang aus dem Komm, als Wedges Teams einen kollektiven Seufzer der Erleichterung ausstießen.

Wedge versuchte, im Schein des schimmernden Halos über seinem Kopf und der Schwebelampen Einzelheiten zu erkennen. Hinter einem Gebäude versteckt, das sich von den anderen kaum unterschied, erhoben sich stabile Metallwände, massiv verstärkt, aber von dem riesigen Fuß des Baudroiden eingebeult und aufgerissen.

Wedge runzelte die Stirn. Die Abrißteams waren in den zerstörten Gebäuden auf zahlreiche uralte Artefakte gestoßen, aber keins davon war so sorgfältig geschützt und versteckt gewesen. Die massive Tarnung verriet ihm, daß sie es hier mit etwas Wichtigem zu tun hatten.

Er blickte abrupt auf und stellte fest, daß sich der Baudroide neu orientiert hatte und sich dem verstärkten Gebäude zuwandte, das ihm im Weg stand. Der Droide neigte seinen Scannerkuppelkopf und inspizierte die massiven Wände des geschützten Raums, als wollte er feststellen, wie sie sich am besten in Stücke reißen ließen. Mit zwei seiner elektrischen Sprengklauen griff er nach unten.

Der Baudroide wußte nichts von den Geheimnissen, die diese Gebäude möglicherweise bargen. Er folgte lediglich der Blaupause in seinem Computergehirn und führte seine programmierten Befehle aus.

Wedge wurde für einen Moment von lähmender Unschlüssigkeit befallen. Wenn er den Droiden abschaltete, um das mysteriöse Gebäude zu untersuchen, würde es drei Tage dauern, um alle Systeme wieder in Gang zu bringen und ihn erneut hochzufahren. Aber wenn der Droide tatsächlich auf etwas Wichtiges gestoßen war, etwas, das für das Kabinett von Interesse war, was spielten dann ein paar Tage für eine Rolle?

Blauweiße Blitze zuckten aus den Enden der Sprengklauen des Baudroiden, als er nach den verstärkten Wänden griff.

Wedge nahm sein Komm, um den Droiden abzuschalten – aber plötzlich war sein Kopf ganz leer. Wie lautete der Kode?

Lieutenant Deegan an seiner Seite bemerkte seine panische Verwirrung und stieß die Antwort hervor. »SGW Null-Null-Zwei-Sieben!« Wedge gab den Kode sofort in das Komm ein.

Der Droide erstarrte in dem Moment, als er seine elektrischen Klauen entladen wollte. Wedge hörte das zischende Rumpeln der zum Stillstand kommenden, auf Bereitschaft schaltenden und abkühlenden Fabriken in seinem Inneren. Er hoffte, daß er die richtige Entscheidung getroffen hatte.

»Okay, die Teams Purpur und Silber kommen mit mir. Wir sehen uns hier mal genauer um.«

Die Teams übernahmen eine Traube Schwebelampen, sammelten sich am Fuß des Baudroiden und arbeiteten sich dann durch die Trümmer. Staub legte sich auf sie.

Sie kletterten über den Schutt, darauf bedacht, sich an den Stahlglassplittern und hervorstehenden Metallstreben nicht zu verletzen. Wedge hörte das Rascheln kleiner Lebewesen, die sich in den neuen Rissen versteckten. Das Poltern der herunterfallenden Steine verstummte, während die vom Einsturz bedrohten Wände hin und her schwankten. »Paßt bloß auf – das Gebäude kann jeden Moment einstürzen«, warnte Wedge.

Vor ihm war eine höhlenähnliche Spalte in dem massiv verstärkten Raum entstanden, dahinter gähnte Dunkelheit.

»Gehen wir rein. Aber vorsichtig.« Wedge spähte mit zusammengekniffenen Augen in die Schatten. »Haltet euch bereit, auf meinen Befehl zieht ihr euch sofort zurück. Wir wissen nicht, was uns im Inneren erwartet.«

Von oben entlud sich ein ohrenbetäubendes Kreischen und hallte durch die Nacht. Die Abrißteams zuckten zusammen und entspannten sich allmählich wieder, als sie feststellten, daß es nur der abkühlende Baudroide war, der über seinen Thermoaustauscher überflüssige Hitze abgab.

Wedge trat an den Rand des dunklen Lochs. Der tiefe Spalt in der Wand war absolut finster und undurchdringlich.

Als er seinen Kopf in die Finsternis steckte, sprang ihn ein zähnestarrendes, geiferndes Ungeheuer an.

Wedge schrie auf und stolperte zurück, prallte gegen den gezackten Rand der Öffnung, während sich das nur aus Klauen, Fell und Körperpanzer bestehende Geschöpf auf ihn stürzte.

Ehe er einen klaren Gedanken fassen, ehe er auch nur daran denken konnte, seinen Leuten einen Befehl zuzurufen, zerriß ein Spinnennetz aus sich kreuzenden Blasterstrahlen die Nacht. Die meisten Strahlen schlugen zischend und rauchend in den Körper der Kreatur ein. Eine zweite Blastersalve zuckte los.

Das Ungeheuer brüllte vor Überraschung und Schmerz und stürzte dann schwer zu Boden, so daß eine kleine Steinlawine im Schutt niederging. Sein Todesseufzer klang wie Dampf, der einem Hochofen entwich.

Wedge fiel hin und spürte plötzlich, daß sein Herzschlag wieder einsetzte. »Danke, Jungs!«

Die anderen standen da, vor Überraschung und Entsetzen gelähmt, starrten auf ihre reflexartig gezogenen Blaster und die schwere, sterbende Masse des Ungeheuers, das in dem gesicherten Gebäude gehaust hatte.

Das Ding sah wie eine riesige gepanzerte Ratte aus, nur mit Stacheln am Rücken und aus dem Maul ragenden Hauern. Es hatte den Schwanz eines Kraytdrachens, der im Todeskampf ein letztes Mal zuckte, während aus den verbrannten Kratern der Blasterwunden in seinem Fell schwarzpurpurnes Blut sickerte.

»Vermute, das Warten dort drinnen hat es hungrig gemacht«, sagte Wedge. »Euer furchtloser Führer sollte beim nächsten Versuch etwas vorsichtiger sein.«

Er dirigierte die tanzenden Lampen durch die Öffnung, um die dahinterliegende Kammer auszuleuchten. Im Inneren schien sich nichts mehr zu bewegen. Hinter ihm erbebte die riesige Panzerratte in einem letzten ächzenden Seufzer und lag dann still.

Paarweise drangen sie durch die Öffnung in die isolierte Kammer vor. Der Boden aus Metallfliesen war mit gesplitterten Knochen und Schädeln von Halbmenschen übersät, die in den unteren Ebenen der Stadt hausten. »Ich schätze, es hat doch was zu fressen gefunden.«

Auf der gegenüberliegenden Seite des dunklen Raums, dort, wo sich ein Gitter gelöst hatte, entdeckten sie einen weiteren Tunnel, der in die Tiefe führte. Das Gitter war rostig, aber helle Kratzspuren von großen Klauen verrieten, wo sich das Rattenwesen seinen Weg gebahnt hatte.

»Es war kein Es – es war eine Sie«, bemerkte Lieutenant Deegan. »Hier, deshalb war sie so angriffslustig.« Er deutete in die Ecke, in der die Schäden am schlimmsten waren.

Geborstene Mauerbrocken türmten sich auf dem Nest des Rattenwesens. Helle Blutflecken zeigten, wo drei Junge des Geschöpfes – jedes so groß wie ein endorisches Pony – von den Blöcken zerquetscht worden waren.

Wedge wandte nach einem Moment den Blick ab und musterte den übrigen düsteren Raum. Als er den Restlichtverstärker seines Visiers justierte, konnte er dunkle Geräte, Konsolen und Bettplattformen mit Fesseln und Ketten erkennen. Auf zwei Podesten standen reglos schwarzglänzende imperiale Verhördroiden; versteckte Computeranschlüsse starrten sie wie graue tote Amphibienaugen an.

»Eine Art Folterkammer?« vermutete Lieutenant Deegan.

»Sieht so aus«, bestätigte Wedge. »Ein Verhörraum. Es könnten sich hier eine Menge Informationen befinden, die uns der Imperator vorenthalten wollte.«

»Ein Glück, daß Sie den Baudroiden abgeschaltet haben, Wedge«, sagte Deegan. »Es ist die Verzögerung wert.«

Wedge schürzte die Lippen. »Ja, ein Glück.« Er blickte zu den grausamen Verhördroiden und den Folterinstrumenten auf. Ein Teil von ihm wünschte, er hätte diese Kammer niemals entdeckt.

Die Skulptur auf Leias Kristalltisch rutschte vorwärts, verharrte und erhob sich dann in die Luft.

Die Figur stellte einen fetten Mann dar, der seine Handflächen nach außen richtete und so breit grinste, daß er einen X-Flügler verschlucken könnte. Der Händler hatte Leia versichert, daß es sich um eine echte corellianische Skulptur handelte, die in Han stolze Erinnerungen an seine Heimatwelt wecken würde, so wie Hans Bilder von Alderaan in ihr. Als Han an ihrem Hochzeitstag das Geschenk entgegengenommen hatte, hatte er ihr zwar überschwenglich gedankt, aber kaum sein Lachen unterdrücken können. Schließlich hatte er ihr erklärt, daß es sich bei der Statue um das gestohlene Markenzeichen einer billigen corellianischen Imbißkette handelte …

»Konzentriere dich, Leia«, flüsterte Luke in die Stille und beugte sich näher. Er beobachtete sie aufmerksam. Seine Augen waren in die Ferne gerichtet und nahmen die Skulptur überhaupt nicht wahr.

Die Statue schwebte noch immer über dem Tisch, stieg weiter in die Höhe; dann, plötzlich, kippte sie vornüber und fiel zu Boden.

Leia seufzte und ließ sich in den Formsessel zurücksinken. Luke versuchte, seine Enttäuschung zu verbergen und mußte dabei an seine eigene Ausbildung denken. Yoda hatte von ihm verlangt, auf dem Kopf zu stehen und gleichzeitig Felsen und andere schwere Gegenstände zu balancieren. Beim verrückten Joruus C'baoth hatte Luke seine Ausbildung fortgesetzt, und der wiederauferstandene Imperator persönlich hatte ihm die Abgründe der Dunklen Seite gezeigt.

Das Training seiner Schwester war viel weniger rigoros und vor allem unregelmäßiger verlaufen, da sie aufgrund ihrer zunehmenden diplomatischen Pflichten die Übungsstunden immer wieder hatte verschieben müssen. Aber Leia machte ihm Sorgen: Er arbeitete mit ihr jetzt seit über sieben Jahren, und sie schien blockiert zu sein oder die Grenzen ihrer Fähigkeiten erreicht zu haben. Als Tochter von Anakin Skywalker hätte Leia eigentlich eine begabte Schülerin sein müssen. Luke fragte sich, wie er eine große Gruppe von Studenten auf seiner geplanten Jedi-Akademie ausbilden sollte, wenn er nicht einmal bei seiner eigenen Schwester Erfolg hatte.

Leia rutschte von ihrem Sessel, hob die heruntergefallene Statue vom Boden auf und stellte sie wieder auf den Tisch. Luke musterte sie, bemüht, seinem Gesichtsausdruck die Niedergeschlagenheit nicht anmerken zu lassen. »Leia, was ist los?« fragte er.

Sie sah ihn mit ihren dunklen Augen an und zögerte, bevor sie antwortete. »Ich schätze, ich schwelge nur in Selbstmitleid. Han hätte schon vor zwei Tagen auf Kessel eintreffen müssen, aber er hat sich nicht einmal die Mühe gemacht, mir eine Nachricht zu schicken. Eigentlich keine große Überraschung, schließlich kenne ich ihn!« Aber Luke entdeckte in ihren Augen mehr Schwermut als Sarkasmus.

»Manchmal tut es weh, daß ich meine Kinder nicht bei mir haben kann. Ich bin nur einen Bruchteil ihres Lebens mit den Zwillingen zusammen gewesen. Ich kann an einer Hand abzählen, wie oft ich das Baby besucht habe. Die diplomatischen Verpflichtungen lassen mir einfach keine Zeit.« Dann sah sie ihn offen an. »Und du machst dich bald auf deine große Jedi-Jagd. Ich habe das Gefühl, daß das Leben an mir vorbeigeht.«

Luke berührte ihren Arm. »Du könntest eine sehr mächtige Jedi werden, wenn du dich nur ein wenig auf deine Arbeit konzentrieren würdest. Um der Macht zu folgen, mußt du deine Ausbildung zum Mittelpunkt deines Lebens machen und darfst dich nicht von anderen Dingen ablenken lassen.«

Leia reagierte heftiger, als er erwartet hatte, und entzog sich ihm. »Vielleicht habe ich Angst davor, Luke. Wenn ich dich ansehe, ist da ein gehetzter Ausdruck in deinen Augen, als ob ein lebenswichtiger Teil von dir in den privaten Höllen, durch die du gehen mußtest, verbrannt wäre. Der tödliche Kampf mit deinem eigenen Vater, das Duell mit deinem eigenen Klon, der Dienst an der Dunklen Seite im Auftrag des Imperators – wenn das dazugehört, um ein mächtiger Jedi zu werden, *will* ich den Job vielleicht gar nicht haben!«

Sie hielt die Hand hoch, um seinen Widerspruch abzuwehren, bis sie fertig war. »Meine Arbeit für den Rat ist wichtig. Ich helfe dabei, aus tausend Sonnensystemen eine geeinte Republik zu machen. Vielleicht ist das meine Lebensaufgabe, nicht die Ausbildung zur Jedi. Und vielleicht, nur vielleicht, möchte ich manchmal auch eine Mutter sein.«

Luke sah sie unbewegt an. Niemand konnte mehr seinen Gesichtsausdruck lesen; er war nicht mehr unschuldig. »Falls das dein Schicksal ist, Leia, dann ist es eine gute Sache, daß ich in Kürze mit der Ausbildung anderer Jedi beginne.« Sie starrten sich für einige Momente in unbehaglichem Schweigen an. Luke wandte als erster den Blick ab, ließ dieses Thema fallen.

»Aber du mußt dich trotzdem vor der Dunklen Seite schützen. Laß uns noch ein wenig an der Abschirmung und deiner inneren Abwehr arbeiten, und dann machen wir Schluß.« Leia nickte, aber er spürte, daß ihr Enthusiasmus noch weiter nachgelassen hatte.

Er berührte mit den Fingern ihr dunkles Haar, das die Konturen ihres Kopfes umschmeichelte. »Ich werde versuchen, dein Bewußtsein zu testen. Ich werde dabei verschiedene Techniken einsetzen. Versuche du, dich zu wehren oder zumindest festzustellen, in welchem Bereichen ich mich zu schaffen mache.«

Luke schloß halb die Augen, sandte dann feine Gedankenfühler in ihr Bewußtsein, geschickt die Topographie ihres Gedächtnisses abtastend. Zunächst reagierte sie nicht, aber dann konnte er spüren, wie sie sich konzentrierte und eine unsichtbare Mauer um seine Fühler errichtete. Obwohl es lange dauerte, gelang es ihr schließlich, ihn abzublocken.

»Gut, jetzt versuche ich es in einem anderen Bereich.« Er griff mit seinen Fühlern nach einem anderen Zentrum. »Wehr dich, wenn du kannst.«

Als seine Fühler tiefer vorstießen, wurde Leias Abwehr stärker. Sie parierte seine Versuche mit größerer Geschwindigkeit und Kraft, während er ihr zeigte, wie man Barrieren errichtete. Er wurde immer zufriedener mit ihr, berührte zufällig bestimmte Stellen ihres Gehirns, bemüht, sie zu übertölpeln. Er spürte ihre Freude über ihre zunehmende Geschicklichkeit.

Luke griff in die Tiefen ihres Bewußtseins, einen Bereich voller Urerinnerungen, aber wenigen bewußten Gedanken. Er bezweifelte, daß er dort eine Abwehrreaktion auslösen konnte, aber kein Angreifer würde auf einen Schlag gegen diese Region verzichten. Ihre Gedanken lagen vor ihm wie eine Landkarte, und Luke tauchte tiefer ein, griff nach einem isolierten Knoten in ihrem Bewußtsein …

Und plötzlich hatte er das Gefühl, als ob sich eine riesige unsichtbare Hand auf seine Brust legte und ihn zurückstieß. Luke wankte, aus dem Gleichgewicht gebracht, stolperte zwei Schritte nach hinten. Leias Augen weiteten sich, und vor Überraschung fiel ihr die Kinnlade nach unten.

Luke fragte in demselben Moment: »Was hast du getan?«, in dem Leia stutzte: »Was habe ich getan?«; dann antworteten beide gleichzeitig: »Ich weiß es nicht!«

Luke versuchte, das Geschehen zu rekonstruieren. »Laß es mich noch einmal versuchen. Entspann dich einfach.«

Sie schien alles andere als entspannt zu sein, als er erneut seine Fühler nach ihr ausstreckte, in die Tiefe ihres Bewußtseins griff und den isolierten Knoten zwischen ihren Instinktzentren fand. Als er ihn berührte, wurde er wieder mit körperlicher Gewalt zurückgestoßen.

»Aber ich habe nichts getan!« beharrte Leia.

Luke gestattete sich ein Lächeln. »Es waren deine Reflexe, Leia. Wenn dir ein Medidroide aufs Knie klopft, zuckt dein

Bein, ob du es nun willst oder nicht. Vielleicht sind wir soeben über etwas gestolpert, das einen potentiellen Jedi von normalen Menschen unterscheidet. Ich möchte, daß du es auch bei mir probierst. Hier, schließe deine Augen, und ich werde dir zeigen, was ich bei dir gemacht habe.«

»Glaubst du denn, daß ich es auch kann?« fragte Leia.

»Wenn es wirklich ein instinktiver Mechanismus ist, brauchst du nur die richtige Stelle zu finden.«

»Ich werde es versuchen.« Ihr Gesichtsausdruck verriet Skepsis.

»Tu es oder laß es. Es gibt keinen Versuch. Das hat Yoda immer gesagt.«

»Oh, hör auf, ihn zu zitieren. Du mußt mich nicht beeindrucken!«

Leia berührte die Schläfen ihres Bruders. Er holte Luft und setzte die Jedi-Entspannungstechniken ein, um seine Abschirmung zu reduzieren. In den letzten sieben Jahren hatte er mentale Schutzwälle um sich errichtet, so daß er fürchtete, sie würde nicht in ihn eindringen können. Er spürte die Berührung ihrer Gedanken, leichte Mentalfinger, die den Konturen seines Gehirns folgten. Er dirigierte ihre Suche in die Tiefe, wo die primitiven Gedanken schliefen. »Kannst du ...«

Bevor er die Frage beenden konnte, fiel Leia nach hinten in den Formsessel. »Mann! Ich habe den Knoten gefunden, aber als ich ihn berührte, hast du mich umgeworfen.«

Luke war verblüfft. »Und es war von meiner Seite her völlig unbewußt. Ich habe nicht gemerkt, daß ich überhaupt etwas getan habe.«

Luke strich sich über die Lippen, während ihm neue Gedanken durch den Kopf schossen. »Ich muß es bei anderen Leuten versuchen. Wenn es eine reine Reflexreaktion ist, könnte es sich als sehr nützlicher Test bei der Suche nach Leuten mit latenten Jedi-Kräften entpuppen.«

Am nächsten Morgen glitt die Metrofähre über den Dächern von Imperial City dahin, wie ein Bus, der auf den Thermiken schwebte, die aus den Schluchten zwischen den hohen Gebäuden aufstiegen. Der Streifen der von den Baudroiden neuerrichteten Gebäude sah wie eine leuchtende Schneise aus, die die Altstadt zerschnitt.

Admiral Ackbar steuerte die Fähre selbst. Mit seinen feingliedrigen Flossenhänden bediente er die Kontrollen, während seine weit auseinanderstehenden Fischaugen den Himmel beobachteten. Hinter ihm, an ihre Sitze geschnallt, saßen Luke Skywalker und Leia Organa Solo. Die helle Morgendämmerung warf lange Schatten in die unteren Ebenen der Stadt.

Ackbar beugte sich über das Komm. »General Antilles, wir befinden uns im Anflug. Ich kann den Baudroiden vor uns sehen. Ist alles für die Landung vorbereitet?«

»Ja, Sir«, drang Wedges Stimme deutlich aus dem Lautsprecher. »Direkt rechts neben dem Droiden befindet sich eine freie Stelle, die für eine Landung perfekt geeignet ist.«

Ackbar reckte den Kopf und spähte durch die gewölbte Windschutzscheibe, korrigierte den Kurs der Metrofähre, steuerte sie an den löcherigen Gemäuern vorbei und sank den unerforschten Straßenebenen entgegen.

Nachdem Ackbar die Fähre neben dem abgeschalteten Baudroiden gelandet hatte, kam Wedge heraus, um sie zu begrüßen. Ackbar betrat als erster die schuttübersäte freie Fläche, reckte den kuppelförmigen Kopf und betrachtete den schmalen Streifen Sonnenlicht am Himmel. Luke und Leia stiegen gemeinsam aus, während die Fähre ihre Maschinen summend auf Bereitschaft herunterfuhr.

»Hallo, Wedge«, rief Luke. »Oder sollte ich sagen General Antilles?«

Wedge grinste. »Warte nur, bis du siehst, was die Abrißcrew entdeckt hat. Vielleicht bringt mir das eine neue Beförderung ein.«

»Ich bin mir nicht sicher, ob Ihnen das gefallen wird«, sagte Leia. »Dann müßten Sie eine Menge diplomatischer Pflichten übernehmen.«

Wedge bedeutete ihnen, ihm zu folgen. Der Baudroide verdeckte das Sonnenlicht. Luke konnte die Teams hören, die an der äußeren Hülle des Droiden auf Zugangsleitern herumkletterten oder mit automatischen Liften in die Höhe führen. Wartungscrews nutzten die Bereitschaftsphase, um die internen Fabriken und Rohstoffverarbeitungsanlagen zu überprüfen und die Programmierung des Droidencomputers zu ändern.

Der ausgeweidete Kadaver eines großen Tieres lag im Schutt vor dem Durchgang zum abgeschirmten Raum. Wedge machte eine Handbewegung. »Dieses Ding hat uns gestern nacht angegriffen und wurde von meinem Team getötet. Als wir später oben in der Pilotenlounge des Baudroiden waren, um uns auszuruhen und frischzumachen, sind die Aasfresser gekommen und haben das Fleisch bis auf die Knochen abgenagt. Schade. Die Xenobiologen hätten es bestimmt gern klassifiziert, aber jetzt ist nicht mehr viel davon übrig.«

Wedge verschwand gebückt in dem von zerbeulten Metallwänden geschützten Raum. Luke hörte im Inneren Leute herumlaufen und hämmern. Er sah, wie Leia bei den strengen Gerüchen, die nach draußen drangen, die Nase rümpfte.

Lukes Augen brauchten einen Moment, um sich an den gelben Schein der in der Kammer verteilten Schwebelampen zu gewöhnen. Zuerst sah er die geborstenen Geräte und herausgerissenen Drähte auf dem Boden, dann die zerstörten Computerterminals an den Wänden. Ein schwarzer, kugelförmiger imperialer Verhördroide lag aufgeschlitzt in einer Ecke. Luke registrierte, daß Leia ihn gebannt anstarrte, und spürte die Woge aus Abscheu, die sie durchlief. Lange Klauenspuren furchten die Wände.

Mehrere Leute aus Wedges Team hatten ein schweres Metallgitter wieder an seinem Platz an einer der Wände installiert und schweißten es mit einem Laser an. Das Gitter war stark verbogen.

»Gestern nacht hat es noch mehr Aufregung gegeben«, erklärte Wedge. Die Schweißer blickten von ihrer Arbeit auf, winkten Wedge zu und beugten sich wieder über ihre Laserbögen. »Das Männchen dieses Rattenweibchens kam durch die Tunnel zurück, entdeckte seine getötete Gefährtin und zerschlug alles, was es finden konnte.« Er runzelte die Stirn.

»Es hat den Großteil der alten Geräte hier zerstört, aber vielleicht läßt sich einiges davon noch gebrauchen. Der Imperator hat die Kammer streng gesichert. Scheint eine Art Tiefenverhörzentrum gewesen zu sein.«

»Ja, in der Tat«, sagte Ackbar und stampfte durch die Trümmer. Unter seinen breiten Füßen knirschten zerbrochene Schaltkreise. »Wir müssen dafür sorgen, daß nichts davon in die falschen Hände gerät.«

Luke wandte seine Aufmerksamkeit dem Drahtgewirr und den flachen Kristallblattlesern auf dem Boden zu. Seine Stirn furchte sich vor Konzentration, als er nähertrat und sie genauer ansah. »Ist es das, für das ich es halte?« murmelte er. »Was hast du gesagt, Luke?« fragte Leia und folgte ihm.

Er antwortete nicht, sondern beugte sich über die Geräte und versuchte, das Durcheinander zu ordnen. »Es scheint sich um drei separate Einheiten gehandelt zu haben. Sie sind wahrscheinlich alle zerstört.« Aber vielleicht gelang es ihnen ja, die Komponenten wieder zusammenzusetzen.

»Was ist es?« fragte Leia wieder.

Luke entwirrte eins der Kabel und entdeckte an seinem Ende einen intakten Kristallblattleser. Er sah wie ein spiegelglattes silbernes Paddel aus, das größer als seine Hand war. »Ich bin bei meinen Nachforschungen über die alten Jedi-Ritter darauf gestoßen. Die Jagdtrupps des Imperators haben sie benutzt, um Jedi aufzuspüren, die sich während seiner großen Säuberung versteckt hatten.«

Er fand ein zweites intaktes Kristallblattpaddel und hob dann das Kontrollset auf, das am wenigsten beschädigt zu sein schien. Mit seiner Cyborghand wischte Luke den Staub weg, steckte dann die Kabel in die Anschlüsse an den Seiten des Sets und hielt in jeder Hand ein Paddel. Er schaltete das Kontrollset ein und sah erfreut das warme Flackern der Dioden, als die Einheit die Initialisierungsphase durchlief.

»Die Trupps des Imperators setzten derartige Geräte als eine Art Machtdetektor ein und konnten so die Aura von Leuten lesen, bei denen sie Jedi-Fähigkeiten vermuteten. Nach den Archivaufzeichnungen hatten die versprengten Überreste der Jedi-Ritter große Angst vor diesen Dingern – aber vielleicht können sie uns helfen, den Jedi-Orden neu zu gründen.«

Er grinste, und für einen Moment fühlte er sich wie der grüne, aufgeregte Bauernjunge, der er einst auf Tatooine gewesen war. »Halt still, Leia. Ich will es an dir testen.«

Alarmiert wich sie zurück. »Aber was macht es?« Wedge und Ackbar traten neugierig näher.

»Vertrau mir«, bat Luke. Er hielt die Kristallblattpaddel auf Armeslänge von sich, so daß sich Leia in der Mitte befand. Als er den Scanknopf drückte, tastete eine dünne, kupferfarbene Lichtscheibe Leias Körper von Kopf bis Fuß ab. In der Luft über dem Kontrollset hing eine kleinere Version der kupfernen Scanscheibe, die die Abtastung in umgekehrter Reihenfolge spiegelte, die Daten verarbeitete und ein winziges Hologramm von Leia erzeugte.

Es unterschied sich von dem kleinen Leia-Holo, das R2-D2 für Ben Kenobi projiziert hatte. Statt dessen war es eine Gitternetzsilhouette ihres Körpers, mit farbkodierten Linien, die zu den als Zahlenkolonnen in der Luft hängenden Werten führten. Eine fahle, aber erkennbare Korona aus flackerndem Blau hüllte die Silhouette ein.

»Sagt Ihnen das irgend etwas, Luke?« fragte Admiral Ackbar und sah genauer hin.

»Machen wir zum Vergleich einen weiteren Versuch.« Diesmal richtete Luke die Paddel auf Wedge, der zusammenzuckte, als die kupferne Scanscheibe von oben nach unten über seine Uniform tastete. Als sein Gitternetzholo neben Leias erschien, stimmten die meisten der farbkodierten Details überein – aber seinem Bild fehlte die blaue Korona.

»Versuchen wir's jetzt bei Ihnen, Admiral.« Er richtete die Paddel auf den Mon Calamari und justierte das Kontrollset auf Ackbars nichtmenschliche Physiologie. Als sein Scannerbild erschien, fehlte auch ihm die blaue Aura.

»Leia, testest du mich auch, um ganz sicherzugehen?« Leia nahm widerwillig das Gerät entgegen, als hätte sie Bedenken, einen Apparat zu berühren, der von jenen benutzt worden war, die auch den Verhördroiden entwickelt hatten.

Aber sie kam mit dem Scanner problemlos zurecht und hielt die Kristallblattpaddel an Lukes Seiten.

Sein Bild war von der hellen Korona umgeben.

»Ein sehr wertvolles Gerät«, stellte Luke fest. »Man braucht keine besonderen Fähigkeiten in der Macht, um es zu benutzen. Wir können Leute mit Jedi-Potential durch simples Scannen aufspüren. Es wird mir eine große Hilfe bei der Suche nach Kandidaten für meine Akademie sein. Vielleicht wird dieses Gerät nach all den Jahren nun doch einem guten Zweck dienen.«

»Viel Glück, Luke«, sagte Ackbar.

Luke schürzte die Lippen. »Wedge, ich möchte etwas ausprobieren. Könntest du dich für einen Moment entspannen, damit ich einen Bewußtseinscheck bei dir vornehmen kann?«

»Uh«, machte Wedge und sah dann, daß ihn seine Teammitglieder beobachteten. »Alles, was du willst, Luke.«

Luke verlor keine Zeit, sondern streckte die Hände aus und berührte Wedges Schläfen, tastete mit seinen mentalen Fingern über die Oberfläche seines Bewußtseins, stieß tiefer zu den primitiven Bereichen vor, zu dem überraschenden Knoten in der Kontur der Gedanken …

Aber als Luke ihn berührte, passierte nichts. Wedge bemerkte wahrscheinlich nicht einmal, daß er getestet wurde. Luke versuchte es mit stärkerem Druck, doch er löste keine reflexartige Gegenreaktion aus, keinen unkontrollierten Stoß, wie er ihm von Leia verpaßt worden war.

»Was sollte das alles?« fragte Wedge. »Hast du irgend etwas gemacht?«

Luke lächelte. »Ich habe nur eine von mir entwickelte Theorie überprüft. Wir sind der Wiederkehr der Jedi-Ritter einen großen Schritt nähergekommen.«

4

Zumindest war das Schiff beim Aufprall nicht explodiert.

Das war Han Solos erster Gedanke, als er unter Schmerzen aus der Bewußtlosigkeit erwachte. Er blinzelte und hörte, wie die Atmosphäre zischend durch Risse in der Hülle des *Millennium Falken* entwich. Irgendwie hatten sie die Bruchlandung überlebt. Er fragte sich, auf welchem Planeten er sich befand.

Kessel!

Seine Augen weiteten sich, als er die roten Flecke auf den Kontrollpulten entdeckte. Sein eigenes Blut! Sein Bein fühlte sich an, als würde es brennen, und er schmeckte flüssiges Blech in seinem Mund. Als er hustete, spuckte er weiteres Blut. Han hatte es nicht geschafft, sich vor dem Absturz anzuschnallen. Ein Glück, daß er nicht im Geschützturm geblieben war. Die verschobene Perspektive verriet ihm, daß sich das Schiff beim Aufprall gedreht und den Geschützturm unter sich zermalmt hatte.

Er hoffte, daß es Chewbacca besser ergangen war. Als Han seinen Kopf drehte, hatte er das Gefühl, als würden sich körnige Glassplitter in seine Wirbelsäule bohren. Der Wookiee lag reglos im Kopilotensitz, der Pelz von verfärbtem Blut verklebt, das aus Wunden unter seinem zotteligen Fell sickerte.

»Chewie!« krächzte er. »Sag was, bitte!«

Han hörte an der Hauptschleuse das Krachen einer kleinen Sprengladung; dann gelang es draußen jemand, die Rampe per Fernsteuerung herunterzufahren. Die restliche Luft im *Falken* entwich in Kessels dünne Atmosphäre. »Großartig«, murmelte er. Der pochende Schmerz in seinem Brustkorb machte ihm das Atmen ohnehin schon mühsam genug.

Schwere Schritte polterten die Rampe hoch. Han wollte seinen Blaster ziehen oder ein paar Feinde zumindest mit den Fäusten niederschlagen. Aber er konnte kaum den Kopf heben, geschweige denn sich verteidigen. Er rechnete damit, eine zackig hereinmarschierende Abteilung weißgepanzerter Sturmtruppen zu sehen. Das wäre der passende Abschluß für einen derartigen Tag.

Statt dessen trugen die Eindringlinge eine Mischung aus umfunktionierten Gefängnisaufseheruniformen und Sturmtruppenpanzern. Nichts davon ergab für Han irgendeinen Sinn, aber ihm drehte sich der Kopf ohnehin von Dingen, die nie hätten passieren dürfen. Ein TIE-Jäger und ein X-Flügler, die Seite an Seite kämpften? Gegen ihn?

Das Enterkommando trug Sauerstoffmaskenfilter, mit denen man die dünne Atmosphäre Kessels atmen konnte. Ihre Stimmen klangen gedämpft, als sie sich Befehle zuriefen.

Ein Mann, dessen Hals und Arme unmöglich lang waren und ihn wie eine Vogelscheuche aussehen ließen, betrat das Cockpit des *Falken*. Han glaubte, ihn zu kennen, konnte sich aber nicht an seinen Namen erinnern. Die Vogelscheuche trug die Armbänder eines imperialen Gefängnisses, aber an ihrer Seite hing ein modifizierter Doppelblaster, der auf den meisten Planeten streng verboten war. Weit auseinanderstehende, steinerne Augen richteten sich auf Han.

»Han Solo«, sagte der Mann. Obwohl die Atemmaske seine untere Gesichtshälfte verbarg, war sich Han sicher, daß der Mann breit grinste. »Du wirst dir noch wünschen, die Landung auf Kessel nicht überlebt zu haben.«

Schlagartig fiel Han der Name der Vogelscheuche ein. *Skynxnex.* Genau! Aber Skynxnex saß in der imperialen Strafanstalt und war nur knapp einem Todesurteil entgangen. Die ersten Fragen lagen ihm schon auf der Zunge, als Skynxnex eine gepanzerte Faust auf Hans Kopf niedersausen ließ und ihn zurück in die Bewußtlosigkeit schickte …

Kessel. Gewürz. Seine Gedanken mischten sich mit Alpträumen, während er darum kämpfte, wieder zu sich zu kommen.

Han hatte immer stolz damit geprahlt, daß der *Falke* die Strecke nach Kessel in Rekordzeit zurückgelegt hatte, aber nur selten die ganze Geschichte erzählt: daß er in Wirklichkeit mit einer großen Ladung Gewürz in seinen geheimen Unterdeckverstecken nach Kessel geflogen war, als ihn imperiale Zollboote aufgebracht hatten.

Han hatte die Ladung wie immer von Moruth Doole übernommen, einem froschähnlichen Mann, der den Schwarzmarkthandel mit dem Gewürz aus den imperialen Produktionsstätten beherrschte. Doole war eine Art Aufseher in dem gigantischen imperialen Gefängniskomplex, aus dem die meisten der Arbeiter in den Gewürzminen stammten. Das Imperium übte eine strenge Kontrolle über die Gewürzproduktion aus, aber Doole gelang es trotzdem immer wieder, einen Teil abzuzweigen und auf eigene Rechnung zu verkaufen. Han Solo und Chewbacca schmuggelten das Gewürz für ihn an den imperialen Patrouillen vorbei und leiteten es an Verteilernetze weiter, die von Verbrechern wie Jabba der Hutt organisiert wurden.

Aber Moruth Doole neigte eh' dazu, seine Helfer hinzuhalten, bis er schließlich zu der Überzeugung kam, daß er größeren Profit herausschlagen konnte, wenn er sie den Behörden auslieferte. Han hatte es nie beweisen können, aber er argwöhnte, daß Doole selbst den Zollbooten den Tip über den Abflug des *Falken* von Kessel gegeben und ihnen die genauen Koordinaten verraten hatte, wo Han in den Hyperraum springen wollte.

Han war gezwungen gewesen, die gesamte Ladung Glitzerstim-Gewürz, die ein Vermögen wert war, über Bord zu werfen, kurz bevor sie geentert wurden. Als Han später zurückkehrte, um die treibende Fracht aus dem Weltraum zu fischen, hatten die Imperialen die Verfolgung aufgenommen. Während der Jagd hatte er sich in seiner Verzweiflung näher an das Schwerkraftfeld der riesigen Ballung Schwarzer Löcher gewagt, als die Navkarten für möglich gehalten hatten. Eins der Zollboote war in dem wirbelnden Mahlstrom der heißen Gase verschwunden, die in die bodenlose Singularität stürzten. Aber der *Falke* hatte überlebt, war in den Hyperraum entkommen und in Sicherheit gewesen.

Allerdings nur vorübergehend in Sicherheit. Die verlorene

Ladung Gewürz allein war 12 400 Kredits wert, und Jabba der Hutt hatte sie bereits voll bezahlt. Jabba war ganz und gar nicht erfreut gewesen …

Der Gedanke an die langen Monate, die er tiefgefroren in Karbonid verbracht hatte, bewegungslos an Jabbas Wand hängend, ließ ihn frösteln. Die Kälte um ihn war schwarz, und er konnte nichts sehen. Seine Zähne klapperten …

»Stellen Sie Ihre thermalen Konvulsionen ein!« befahl eine knirschende metallische Stimme. Sie klang wie eine Plasmasäge, die durch Fels schnitt. »Die Temperatur im Medizentrum wurde gesenkt, um den chirurgischen Schock auf Ihren Metabolismus zu minimieren.«

Han öffnete die Augen und starrte in das runde Gesicht eines Medidroiden. Seine Metallhaut war größtenteils grün, aber vor seinen optischen Sensoren war ein schwarzes Zusatzgerät angebracht. Gegliederte mechanische Arme griffen nach ihm und enthüllten ein breites Sortiment an altmodischen medizinischen Instrumenten, die alle scharf aussahen.

»Ich bin der Gefängnismedidroide und nicht programmiert, Ihnen Narkosemittel zu verabreichen oder Ihnen den Aufenthalt angenehm zu machen. Wenn Sie nicht kooperieren, wird Ihre Behandlung noch unangenehmer verlaufen.«

Han verdrehte die Augen. Dieses Ding hatte nicht das geringste mit den traditionellen Medidroiden zu tun, die eigens auf das Wohl ihrer Patienten programmiert waren.

Han sah sich um. Das Gefängnismedizentrum war weiß und kalt, mit glänzenden medizinischen Apparaten und leeren Bactatanks an den Wänden. Han spürte vage die Gegenwart mehrerer Wachen, die in der Nähe der Türen standen. Als er den Kopf drehte, griff der Medidroide mit kalten Metallhänden nach seinen Schläfen. »Sie dürfen sich nicht bewegen. Es wird wehtun. Sehr weh. Jetzt entspannen Sie sich – sofort!« Auf der anderen Seite des Raums, außerhalb seines Blickfelds, stieß Chewbacca ein lautes Schmerzensgebrüll aus. Han war erleichtert, daß der Wookiee noch am Leben war. Zumindest vor der Operation.

Han wimmerte, als der Medidroide mit der Arbeit begann.

Chewie rüttelte ihn mit einer haarigen, begeisterten und dankbaren Umarmung wach. Han ächzte und blinzelte, aber im Raum war es so dunkel, daß es ein paar Minuten dauerte, bis sich seine Augen an das fast undurchdringliche Schwarz gewöhnt hatten. Sein ganzer Körper fühlte sich an, als wäre er geschlagen statt behandelt worden.

Chewbacca seufzte und umarmte ihn erneut. »Sachte, Chewie! Du schickst mich sonst noch zu diesem Medidroiden zurück!« sagte Han. Der Wookiee ließ ihn sofort los.

Han überprüfte seine körperliche Verfassung. Er setzte sich auf, beugte die Arme und erhob sich dann. Zwei, nein *drei* seiner Rippen und sein linkes Bein wurden von quälenden Bienenstichen geplagt, die verrieten, wo mit Knochenkitt die Brüche bearbeitet worden waren. Han fühlte sich schwach, aber Heil- und Nährlösungen hatten seinen Zustand wahrscheinlich auf Normalmaß stabilisiert.

Chewbacca sah ebenfalls heruntergekommen und abgemagert aus, Teile seines Fells waren abrasiert worden, und Han konnte knotige Narben erkennen, wo die Medidroiden ihn in aller Eile zusammengeflickt hatten. Nach der Operation waren die beiden in diesen feuchten Raum gesperrt worden.

Schließlich atmete Han tief die Luft in der Kammer ein. »Was ist denn hier gestorben?« Plötzlich wurde ihm klar, daß die Bemerkung vielleicht gar nicht so witzig war.

Chewbacca wies auf die massige Gestalt, die ein Drittel des Platzes in der Zelle einnahm. Han blinzelte erneut, um besser sehen zu können.

Das Ding war riesig und abscheulich – teils krebsähnlich, teils spinnenähnlich, und nach den Reihen der Dolchzähne zu urteilen, war es ein Fleischfresser. Seine Klauenhände waren so groß wie ein Mensch lang war und sein gegliederter Körperpanzer war von schorfigen Beulen übersät. Das einzige Positive an ihm war, daß es tot war. Der Kadaver stank.

Bei seiner ersten Begegnung mit einem Rancor in Jabbas Palast, frisch aus der Hibernation aufgetaut, war er blind gewesen. Jabba fütterte das Ungeheuer unter seinem Thronsaal mit seinen Feinden – oder jedem, der zufällig in der Nähe war. Han hatte während seines Werbens um Prinzessin Leia auf dem Planeten Dathomir noch viele andere Rancors gesehen. Eine der Bestien war aus irgendeinem Grund hier in der imperialen Strafanstalt verendet. Der Rancor war soweit verwest, wie es ihm möglich war, und dann mumifiziert.

Das Gefängnis selbst war, wenn sich Han richtig erinnerte, eine Kreuzung zwischen einem Zoo und einem Zuchthaus, denn die hier versammelten Lebensformen waren von unterschiedlicher Intelligenz. Der einzige gemeinsame Faktor war ihre Gewalttätigkeit.

Ihre Zelle war im Vergleich mit normalen Zellen gigantisch – groß genug, daß sich der Rancor frei hatte bewegen können. Mürbe, schimmelbedeckte Knochen lagen überall auf dem Boden verstreut, viele waren abgenagt und zermalmt worden, als hätte der verhungernde Rancor verzweifelt nach Nahrung gesucht. Grüne und blaue Schmierstreifen aus Schleim liefen zäh die Wände hinunter. Leises Tröpfeln war alles, was Han hören konnte.

»Wie lange sind wir schon hier, Chewie? Hast du irgendeine Ahnung?«

Chewbacca wußte es auch nicht.

Han ging den Zwischenfall noch einmal durch. Sie waren nach Kessel gekommen und hatten sich namentlich und mit einem Rufzeichen der Neuen Republik identifiziert. Eine Flotte Raumschiffe hatte sie angegriffen – TIE-Jäger, X-Flügler und ein bunter Haufen anderer Schiffe. Offensichtlich hatten die Leute, die Kessel kontrollierten, irgend etwas vor, und sie wollten nicht, daß die Neue Republik davon erfuhr.

Dann erinnerte er sich an den vogelscheuchenähnlichen Skynxnex, der den abgestürzten *Falken* geentert hatte. Skynxnex war ein Dieb und bezahlter Killer gewesen, Hauptkontaktmann zwischen Moruth Doole und den Gewürzschmugglern. Skynxnex hatte offiziell als Aufseher in der Strafanstalt gearbeitet, schien aber inzwischen sein Metier gewechselt zu haben.

Han hörte das Klicken und Summen des Deaktivierungsfeldes vor den Zellentüren und dann ein mahlendes Knirschen, als hydraulische Hebel die schwere Tür nach oben wuchteten. Sobald sich die Tür hob, flutete grelles weißes Licht in den Raum. Han bedeckte seine Augen mit der Hand. Er hatte nicht gewußt, daß es so dunkel in der Zelle war.

»Halt dich bereit, Chewie!« flüsterte Han. Wenn es nicht zu viele Wachen waren, konnten sie sie vielleicht überrennen, sich nach draußen durchschlagen und fliehen. Aber dann spürte er den Schmerz in seinen gebrochenen Rippen, und Benommenheit überwältigte ihn. Chewbacca lehnte geschwächt an einer der feuchten Wände der Rancorzelle und stöhnte.

Nun, vielleicht gibt es nur einen Wächter, der schlecht sehen kann und von wochenlanger Ruhr geschwächt ist …

»Vergiß es, Chewie. Mal sehen, was sie zu sagen haben.«

Die skelettähnliche Gestalt in der Tür war offensichtlich Skynxnex. Als sich Hans Augen an das Licht gewöhnt hatten, konnte er hinter Skynxnex vier weitere Wachen erkennen, die nicht ganz vollständige Aufseheruniformen und an den empfindlichen Körperstellen Panzerteile trugen, aber keine Rangabzeichen oder sonstigen Insignien aufwiesen.

»Nun, Han Solo, ich hoffe, dir gefällt unsere … Gastfreundschaft?« fragte Skynxnex.

Han grinste verzerrt und sah an ihm vorbei zu dem toten Rancor in der Ecke der feuchten Zelle. »Tja, ihr Burschen habt Kessel wirklich in ein Ferienparadies verwandelt. Fast wie der Planet Ithor.«

Skynxnex folgte seinem Blick zu dem mumifizierten Ungeheuer. »Ach ja, als wir das Gefängnis übernahmen, hat in dem ganzen Durcheinander jemand vergessen, den Rancor zu füttern. Wirklich schade. Erst nach Monaten erinnerten wir uns an ihn, was doppelt schade war, denn als er uns einfiel, hatten wir hier eine Menge imperiale Gefangene, die wir loswerden mußten. Wäre ein spaßiges Schauspiel gewesen. Statt dessen mußten wir alle in die Gewürzminen schicken.«

Skynxnex lächelte für einen winzigen Augenblick; dann rutschten seine Gesichtszüge wieder in jenen unbewegten, mechanischen Ausdruck. »Ich hoffe, die Medidroiden haben eure Absturzverletzungen geheilt. Es ist wichtig, daß ihr beide gesund genug seid, um ein Verhör durchzustehen. Wir möchten genau erfahren, warum ihr zum Spionieren nach Kessel gekommen seid.«

Han durchzuckte der Gedanke, daß er zum ersten Mal die Wahrheit über seine Mission sagen konnte. »Wir sind jederzeit bereit, Skynxnex.« Aber irgendwie befürchtete er, daß die Wahrheit in diesem Fall nicht genügen würde.

Der magere Mann gestattete sich ein weiteres kurzes Lächeln. »Du erinnerst dich also an mich, Solo? Gut. Moruth Doole will sofort mit dir sprechen.«

Han hob die Brauen. Das bedeutete, daß Doole noch lebte und noch immer die Fäden in der Hand hielt – aber Han hatte überhaupt keine Vorstellung, was das alles zu bedeuten hatte. »Ich freue mich auf ein Schwätzchen mit dem alten Moruth. Es ist lange her. Er war früher mein Kumpel!«

Skynxnex grinste höhnisch, wurde dann wieder ernst. Die anderen Wächter hinter ihm kicherten ebenfalls. »Ja«, sagte Skynxnex, »ich glaube, er hat deinen Namen erwähnt. Oft sogar.«

Der Lift brachte sie aus den zentralen Zellenblockbereichen durch eine Röhre zu einer der äußersten Ecken der Strafanstalt. An steilen Metallschienen entlang schossen sie dann himmelwärts.

Han blickte durch die transparenten, aber zerkratzten Wände des Fahrstuhls und stellte fest, daß das Gefängnis selbst ein massives, graubraunes Gebäude aus Stahlplastik und Synthostein war. Die glatte, nach hinten geneigte Vorderfront stieg in einem Winkel von etwa fünfundvierzig Grad in die Höhe; an jeder Ecke waren Fahrstuhltürme angebracht. Ein verglaster und verspiegelter Aufbau ragte aus der schrägen Frontseite hervor und beherbergte die Verwaltungsbüros und Räume für das Wachpersonal.

In der himmelwärts rasenden Liftkabine musterte Skynxnex seine beiden Gefangenen mit immer wieder aufflackernder Belustigung, während er seinen modifizierten Doppelblaster auf sie gerichtet hielt. Die beiden Posten, mit konventionelleren Waffen ausgerüstet, blieben ebenfalls wachsam und schußbereit.

Die Ironie der Situation durchaus begreifend, gestand Han sich ein, daß er beeindruckt war. Er wußte nicht, was er getan hatte, um diese Leute mit solcher Angst zu erfüllen.

Sie hatten Han und Chewbacca Stunnerschellen angelegt, Handfesseln, die – der Stärke des Widerstands entsprechend, den ein Gefangener leistete – lähmende Elektroschocks direkt ins Nervensystem schickten. Han hatte sich soweit unter Kontrolle, daß er nur ein unangenehmes Prikkeln an den Unterarmen zu spüren bekam. Chewbacca konnte wie gewöhnlich sein Temperament nicht zügeln und schaffte es, sich bis zur Benommenheit zu lähmen.

Als sich die Kabinentür öffnete, gab Skynxnex den beiden Gefangenen einen Stoß. Han setzte sich hastig in Bewegung und versuchte, selbstbewußt auszuschreiten. Er hatte seine Probleme mit Moruth Doole gehabt und traute dem Mann nicht über den Weg – aber soweit er sich erinnerte, gab es zwischen ihnen keinen ernsten Zwist.

Skynxnex führte sie durch Verwaltungsbüros, von denen viele geplündert oder ausgebrannt waren. Sie passierten ein geräumiges Vorzimmer und gelangten in ein riesiges Büro mit gewaltigen Fenstern, durch die man auf Kessels öde Landschaft blickte. In der Ferne konnte Han die krustigen Salzebenen erkennen. Die mächtigen Düsen der Atmosphärefabriken bliesen Wolken aus Sauerstoff, Stickstoff und Kohlendioxid in den rosafarbenen Himmel und sorgten dafür, daß der Planet halbwegs bewohnbar blieb. Starke Strahlungsschilde im Orbit filterten einen großen Prozentsatz der tödlichen Röntgen- und Gammastrahlen aus dem nahen Schlund. Gäbe es das kostbare Gewürz nicht, hätte niemand die Mühe auf sich genommen, auf Kessel zu leben.

Das Originalemblem an der Schreibtischfront verriet, daß dies ursprünglich das Büro des Gefängnisdirektors gewesen war, aber jemand hatte die ursprüngliche ID-Inschrift durchgestrichen und handschriftlich mit den Basic-Worten DOOLES ZIMMER überschrieben. An der Wand rechts neben der Schreibtischeinheit hing ein Mann in den letzten Zuckungen des Todeskampfes, eingefroren in Karbonid. Doole hatte von Jabba gelernt und stellte offen die Qualen zur Schau, die seinen Feinden drohten. Allein der Anblick der Trophäe ließ Han frösteln.

Neben dem Fenster, nur als Silhouette vor dem grellen Licht sichtbar, stand eine tonnenförmige Gestalt. Han erkannte Moruth Doole sofort.

Doole war ein Rybeter, gedrungen und weichhäutig. Hellgrüne und braune Streifen musterten wie Jahresringe seine Wangen, Arme und Schultern. Seine Haut war trocken, aber so glatt, daß sie schleimig wirkte. Wie immer trug Doole die Häute weniger glücklicher Reptilien. Seine Weste sah aus, als stammte sie aus einem antiken Historienvideo. Doole hatte sich außerdem eine leuchtend gelbe Krawatte umgebunden, was bedeutete, daß er paarungsbereit war, obwohl sich Han nicht vorstellen konnte, daß Doole auf diesem Planeten ein williges Weibchen seiner eigenen Spezies finden würde.

Doole drehte sich um und bot ihm sein Gesicht dar, das sich seit ihrer letzten Begegnung völlig verändert hatte, nervös zuckend, von Paranoia verzerrt. Seine rybetischen Augen waren überproportional groß, laternenähnlich, mit vertikalen Schlitzen – nur daß eins seiner Augen jetzt milchig weiß war, wie ein weichgekochtes Ei. Über dem anderen Auge trug er eine mechanische Linse, die mit braunen Lederriemen an seinem glatten Kopf befestigt war.

Doole hantierte an seinem mechanischen Auge, woraufhin die Linsen klickten und sich wie ein Kameraobjektiv drehten. Seine rybetischen Finger waren lang, mit breiten Fingerkuppen, und wiesen Spuren von rudimentären Saugnäpfen auf, wie Han sehen konnte, als Doole die Linse justierte und dicht an ihn herantrat. Das blinde Auge starrte milchig in eine andere Richtung. Nach einer langen Musterung zischte er schließlich zufrieden. »Sie *sind* es, Han Solo!«

Han runzelte die Stirn. »Sie haben offenbar zuviel am Gewürz genascht, Moruth. Das Augenlicht leidet immer zuerst darunter.«

»Nicht das Gewürz ist daran schuld«, schnappte Doole

und klopfte gegen das Gerät an seinem Auge. Er holte tief und prustend Luft – es klang wie ein kohlensäurehaltiges Getränk, das in ein Kohlenfeuer gekippt wurde. »Warum sind Sie hier, Solo? Ich will, daß Sie es mir sagen, aber mir käme es sehr gelegen, wenn Sie sich weigern würden, damit ich Ihnen *Schmerzen* zufügen kann.«

Chewbacca brüllte wütend auf. Han versuchte, die Arme auszubreiten, wurde aber von den Stunnerschellen daran gehindert. »Einen Moment, Moruth! Sie sollten mir ein paar Dinge erklären. Ich weiß wirklich nicht ...«

Doole hörte nicht zu, rieb sich die gespreizten Hände und lächelte mit schwammigen Lippen. »Das größte Problem wird sein, mich zu beherrschen, damit ich Sie nicht gleich hier in Stücke reißen lasse.«

Hans Herz hämmerte. »Können wir nicht für einen Moment vernünftig miteinander reden? Wir waren Geschäftspartner, Moruth, und ich habe Sie nie betrogen.« Han erwähnte nicht seinen Verdacht, daß Doole *ihn* bei jenem letzten Gewürztransport hintergangen hatte. »Ich entschuldige mich, wenn ich etwas getan habe, was Sie verärgert hat. Können wir die Sache nicht klären?«

Er erinnerte sich an sein Gespräch mit dem Berufskiller Greedo in der Mos-Eisley-Bar. Einmal verärgert, hatte Jabba der Hutt kein Interesse mehr daran gehabt, irgend etwas zu klären. Er hoffte, daß Doole vernünftiger war.

Moruth Doole trat zurück, fuchtelte mit seinen langfingerigen Händen. »Klären? Was wollen Sie tun, mir ein Droidentransplantat für mein Auge kaufen? Ich hasse Droiden! Wegen Ihnen hat Jabba versucht, mich umzubringen. Ich mußte ihn anflehen, damit er mir nur mein Auge nahm. Ich mußte ihn *anflehen,* mir mein Auge zu nehmen!« Er schlug sich auf die weichgekochte blinde Seite.

Skynxnex schlurfte zu Doole, senkte seine Stimme. »Ich schätze, Sie verwirren ihn nur, statt ihn zu verängstigen, Moruth. Vielleicht weiß er wirklich nicht, was passiert ist.«

Doole setzte sich an seinen Schreibtisch und strich seine Eidechsenhautweste glatt, bemüht, seine Fassung zurückzugewinnen. »Als Sie Ihre Gewürzladung über Bord warfen, gab Jabba mir die Schuld daran! Er setzte ein Kopfgeld auf mich aus. Alles wegen Ihrer Feigheit.«

Chewbacca brüllte wutentbrannt auf. Han konnte seinen Zorn kaum beherrschen. »Jabba hat auch auf mich ein Kopfgeld ausgesetzt, Doole. Greedo versuchte, mich auf Tatooine umzubringen. Boba Fett nahm mich auf Bspin gefangen, und ich wurde in Karbonid eingefroren, genau wie Ihr Freund da« – er deutete auf die schaurige Trophäe an der Wand – »und dann zu Jabba gebracht.«

Doole machte eine abschätzige Handbewegung. »Jabbas Leute hatten bereits die Gewürzminen unterwandert. Er wollte mich loswerden, um das Glitzerstim von seinen eigenen Leuten vertreiben zu lassen. Einer von seinen Killern verbrannte mein Auge und machte mich auf dem anderen halb blind. Er wollte mir noch mehr antun, aber Skynxnex tötete ihn.«

Die Vogelscheuche an der Tür lächelte voller Stolz.

»Jabba erklärte mir den Krieg, und ich mußte handeln. Wir inszenierten die Gefängnisrevolte. Der Direktor war Jabbas Mann, aber die Hälfte der Aufseher war auf meiner Seite. Sie wurden gut von mir bezahlt, wenn Sie verstehen. Glücklicherweise versank etwa zur gleichen Zeit das Imperium im Chaos. Wir übernahmen Kessel. Es gab ein paar aufstrebende Sklavenführer auf der anderen Seite des Planeten, aber sie lebten nicht lange. Ich habe Gewürzvorräte angelegt und alles Geld, was ich zusammenkratzen konnte, in eine mächtige Verteidigungsflotte investiert. Niemand – ich wiederhole *niemand* – wird hierherkommen und mich bestehlen.«

Doole griff sich müde mit den langen Fingern an den Kopf. »Alles lief hervorragend, bis ich mir durch Ihre Schuld Jabbas Zorn zuzog! Alles war geregelt. Ich wußte, wie ich das Spiel zu spielen hatte. Jetzt wittere ich überall Feinde, habe ständig Angst.«

Doole starrte Han mit seinem mechanischen Auge an. »Aber es hat Ihnen wohl nicht gereicht, einmal mein Leben zu ruinieren, was? Sie kommen zurück und funken eine Botschaft der Neuen Republik. Ich war überzeugt, daß nur die Überreste des Imperiums versuchen würden, mir die Gewürzminen wieder wegzunehmen, aber mächtige Regierungen sind alle gleich. Haben Sie geglaubt, Sie könnten einfach in unser Gebiet eindringen, sich umsehen und mit allen Informationen, die Sie brauchen, um uns zu übernehmen, wieder zu Ihrer Republik zurückkehren?« Er schlug mit der flachen Hand auf die Schreibtischplatte, so daß ein feuchtes Klatschen erklang. »Wir werden zuerst zuschlagen und ihre Spione töten, und wir werden bereit sein, sie vom Himmel zu blasen, sobald ihre Kampfschiffe den Hyperraum verlassen!«

»Sie haben keine Chance!« höhnte Skynxnex.

Han gestattete sich ein Lächeln und kicherte dann sogar. »Leute, ihr habt alles falsch verstanden. Absolut falsch.« Chewbacca grollte zustimmend.

Skynxnex schnitt ein finsteres Gesicht. Doole starrte Han für einen Moment schweigend an. »Das werden wir sehen.« Doole griff in die Tasche seiner Weste und brachte einen kleinen, antik aussehenden Schlüssel zum Vorschein, den er in eine der Schreibtischschubladen des früheren Direktors steckte, Er drehte ihn im Schloß, zog dann die Schublade auf, griff hinein und nahm eine gepanzerte Geldkassette heraus. Nachdem er die Kassette auf den Schreibtisch gelegt hatte, zauberte er aus einer anderen Tasche seiner Weste einen zweiten Schlüssel hervor.

Han sah mit mühsam gebändigter Neugierde zu, wie Doole die Geldkassette öffnete und ihr eine kleinere versiegelte Schachtel entnahm. Doole verstaute sorgfältig alle Schlüssel in seinen Taschen, ehe er den Blick wieder auf Han richtete.

»Ich würde mir gerne die Zeit nehmen, Sie gründlich zu verhören, aber ich will genau wissen, wann die Republik plant, herzukommen und die Macht zu übernehmen, wie viele Schiffe sie schicken und welche Streitkräfte sie einsetzen wird. Ich werde die Information jetzt bekommen, aber vielleicht finde ich später noch Zeit, Sie zu verhören, schon aus prinzipiellen Gründen.«

Doole legte seine mit Schwimmhäuten versehene rybetische Hand auf die versiegelte Schachtel. Mit einem leisen Summen spielte ein Lichtstrahl um seine Finger und nahm einen ID-Scan vor; die luftdichte Versiegelung des kleinen Behälters löste sich zischend. Der Deckel sprang auf und enthüllte das gepolsterte Innere.

In der Schachtel lagen dünne, schwarzumwickelte Zylinder von halber Fingerlänge. Han erkannte sie sofort. »Glitzerstim«, sagte er.

Doole sah ihn an. »Die potenteste Form des Gewürzes. Mit seiner Hilfe werde ich feststellen können, ob Sie die Wahrheit sagen. Ihre verborgenen Gedanken werden Sie verraten.«

Han spürte eine plötzliche Welle der Erleichterung. »Aber was ist, wenn ich keine verborgenen Gedanken habe, die es zu entdecken gibt?«

Skynxnex traf Hans Kopf mit dem Handrücken, so daß er taumelte. Chewbacca wollte sich auf ihn stürzen, aber die Stunnerschellen erstickten seinen Kampfschrei. Benommen torkelnd kämpfte er um sein Gleichgewicht.

Doole wählte einen der dünnen Zylinder aus und hielt ihn zwischen seinen Fingern. Mit einem heftigen Ruck riß er die lichtundurchlässige Verpackung auf und zog ein schmales Bündel durchsichtiger Glasfasern heraus. Als Doole das inaktive Glitzerstim in das Licht hielt, das durch das breite Panoramafenster fiel, begann das lichtempfindliche Gewürz zu funkeln und von innen heraus zu glühen, zu reifen.

Han verfolgte, wie es einen Zustand erreichte, der Doole erlaubte, es zu konsumieren. Er schluckte einen trockenen Kloß in seiner Kehle hinunter.

Als das Stück Glitzerstim in einem perlmuttartigen Blau erglühte, öffnete Doole den Mund. Er streckte seine spitze, purpurne Zunge heraus, wickelte sie um die kristallinen Fasern und zog sie in den Mund. Das Glitzerstim knackte und zischte; als Doole die Lippen spitzte, schlugen winzige Funken aus seinen Mundwinkeln.

Han starrte Doole an, der sein blindes Auge schloß und tief und gurgelnd atmete. Das Gewürz würde auf Dooles Gehirn einwirken und seine latenten Kräfte aktivieren. Der automatische Brennweiteregler von Dooles mechanischem Auge klickte und surrte und drehte sich in dem verzweifelten Bemühen, die Visionen zu erfassen, die durch das Bewußtsein des Rybeters fluteten. Dann drehte sich Doole Han und Chewbacca zu.

Han zuckte zusammen, als er spürte, wie winzige Finger durch sein Gehirn tasteten, die Gedächtnislappen durchforschten, in den Bildern seiner Erinnerung blätterten ... suchten, suchten. Er wollte zurückweichen, aber er wußte, daß es vor jemandem, der mit Glitzerstim vollgepumpt war, keine Geheimnisse gab.

Skynxnex kicherte, verstummte aber abrupt wieder, als fürchtete er, Dooles Aufmerksamkeit auf sich zu lenken und ihn zu Nachforschungen in seinem Gehirn zu veranlassen.

Han spürte wachsenden Zorn und Empörung bei dem Gedanken, daß Moruth Doole Einblick in seine intimen Stunden mit Leia hatte und die Geburt von Hans drei Kindern beobachten konnte. Aber die Wirkung des Gewürzes dauerte nur ein paar Sekunden, und Doole würde sich allein auf die Gründe für Hans und Chewbaccas Besuch auf Kessel konzentrieren.

»Ich habe Ihnen wirklich die Wahrheit gesagt, Doole«, versicherte Han ruhig. »Wir sind in einer Friedensmission hier und wollen die diplomatischen Beziehungen zu Kessel wiederherstellen. Die Neue Republik will mit Ihnen Handelsbeziehungen aufnehmen. Wir kamen in Frieden, aber Sie haben uns statt dessen den Krieg erklärt und die ersten Botschafter der Republik abgeschossen.«

Chewbacca grollte.

Skynxnex versteifte sich, trat dann zögernd ein paar Schritte näher. »Wovon redet er überhaupt?«

Han hob seine Stimme. »Lesen Sie die Wahrheit in meinen Gedanken, Moruth.«

Aus dem offenen Mund des Rybeters schlugen Funken und knisterten um seine Wangen. Han spürte, wie die winzigen forschenden Finger tiefer und tiefer in sein Bewußtsein eindrangen und herumtasteten. Doole versuchte verzweifelt, einen Beweis für seinen Verdacht zu finden, während die Wirkung des Gewürzes nachließ.

Aber Doole konnte nichts finden; es gab nichts zu finden.

Alles, was er erfahren konnte, war die Stärke der Allianzflotte, die sich ihm entgegenstellen würde. Eine Flotte, die das gesamte Imperium bezwungen hatte, war sicherlich stark genug, um den zusammengewürfelten Haufen der Gesetzlosen auf Kessel zu vernichten.

»Nein!« wimmerte Doole. Er wirbelte herum und funkelte Skynxnex an. »Was sollen wir jetzt tun? Er sagt die Wahrheit!«

»Das ist unmöglich!« sagte Skynxnex. »Er ist ... er ist ...«

»Das Gewürz lügt nicht. Er ist genau aus den Gründen hier, die er genannt hat. Und wir haben ihn abgeschossen. Wir haben ihn gefangengenommen. Die Neue Republik wird über uns herfallen und uns auslöschen.«

»Lassen Sie beide sofort töten«, sagte Skynxnex. »Wenn wir schnell handeln, können wir alles vertuschen.«

Hans Furcht kehrte plötzlich zurück. »He, einen Moment! Ich bin sicher, daß wir den Schaden mit ein paar sorgfältig formulierten Botschaften beheben können. Schließlich bin ich der Botschafter! Mit Beglaubigungsschreiben und allem. Ich möchte nicht, daß ein schlichtes Mißverständnis ...«

»Nein!« stieß Skynxnex hervor, Doole mit seinen Blicken bannend. »Wir können das nicht riskieren. Sie wissen, was Solo Ihnen schon einmal angetan hat. Er weiß, daß Sie ihn an die imperialen Zollboote verraten haben.«

In Wirklichkeit war Han sich dessen bis zu diesem Moment nicht sicher gewesen. »Es gibt keinen Grund zur Panik«, sagte er wieder. »Ich kann mit dem Senat der Neuen Republik reden. Ich kenne Mon Mothma persönlich, und meine Frau Leia ist Mitglied des Kabinetts und ...« Hans Gedanken überschlugen sich. Wie würde Leia reagieren? Viele Male hatte er erlebt, wie sie diplomatische Probleme gelöst hatte. Sie war wortgewandt, verstand es, auf die Probleme anderer Leute einzugehen, ihr Vertrauen zu gewinnen und gegnerische Parteien geschickt zu Kompromissen zu veranlassen. Aber im Moment war Leia nicht bei ihm.

»Ja, ich denke, Sie haben recht«, sagte Doole und tippte mit einem Finger gegen seine geschwollenen Lippen. Han stieß einen Seufzer der Erleichterung aus. »*Skynxnex* hat recht. Ich werde mir die Schlachtaufzeichnungen noch einmal ansehen, aber ich glaube nicht, daß Sie nach dem Verlassen des Hyperraums irgendeine Meldung abgeschickt haben. Einer unserer Jäger hat Ihre Antennenschüssel abgeschossen. Die Neue Republik hat keine Möglichkeit zu erfahren, ob Sie sicher angekommen sind. Ohne Beweise werden sie zu der Schlußfolgerung gelangen, daß Sie in den Schlund gestürzt sind.«

Doole begann vor dem großen Panoramafenster auf und ab zu gehen. »Wir werden jeden Hinweis auf Sie aus unseren Aufzeichnungen löschen. Wir werden alle meine Söldner anweisen, den Angriff zu vergessen. Ja, das ist die sicherste Alternative!«

»Sie machen einen Fehler!« sagte Han. Er konnte sich kaum bremsen, an den Stunnerschellen zu zerren.

»Nein«, widersprach Doole und legte die schwammigen Fingerspitzen aneinander. »Das glaube ich nicht.«

Chewbacca stieß heulend einen Schwall gutturaler Laute hervor.

»Am vernünftigsten wäre es, Sie auf der Stelle zu töten«, antwortete Doole; dann rieb er sich mit den Fingern wieder das blinde Auge. »Aber Sie schulden mir noch etwas, Solo. Selbst wenn Sie hundert Jahre lang jeden Tag arbeiten würden, könnten Sie nicht genug verdienen, um mich für den Verlust meines Auges zu entschädigen. Ich lasse Sie beide in die Gewürzminen bringen, in die tiefsten und entlegendsten Stollen. Dort wird ständig Ersatz gebraucht.«

Doole grinste mit seinem breiten, froschähnlichen Mund. Ein letztes Flackern der blauen Funken spielte um seine Lippen.

»Niemand wird Sie dort unten jemals finden.«

5

Das ehemalige imperiale Informationszentrum lag tief unter dem alten Palast begraben, abgeschirmt durch mehrere Schichten dicker Sicherheitswände und an den Eingängen streng bewacht. Um die Temperaturen für die großen Datenarchivmaschinen auf einem verträglichen Maß zu halten, brummten im Hintergrund des Raumes riesige Hitzeaustauschsysteme und mächtige Kühleinheiten.

An vierzehn Konsolen saßen plumpe, dunkelgraue Hackerdroiden, angeschlossen an die Terminals, und arbeiteten unermüdlich an den chiffrierten Sicherheitskodes und den Schutzviren, die in den Großrechnern des Imperators installiert waren. Die Hackerdroiden waren schon seit einem ganzen Jahr aktiv und durchforschten die labyrinthischen Datenbanken nach wichtigen Informationen. Sie hatten bereits dreiundzwanzig gut getarnte imperiale Spione aufgespürt, die versuchten, die aufblühende Neue Republik zu sabotieren.

Das Brummen der Kühleinheiten und die Reglosigkeit der Hackerdroiden erfüllten das Zentrum mit einer hallenden Leere. Allein und nervös ging der Protokolldroide C-3PO mit surrenden Servomotoren auf und ab und ließ zum hundertsten Mal seine optischen Sensoren durch den Raum wandern.

»Hast du inzwischen etwas gefunden, R2?« fragte er.

R2-D2, in einen der Informationsports eingestöpselt, piepte eine ungeduldige Verneinung und durchforschte dann sirrend weiter die ungeheuren Informationsmengen.

»Vergiß nicht, alles doppelt zu überprüfen«, mahnte 3PO und begann wieder auf und ab zu gehen. »Und folge auch unwahrscheinlichen Spuren. Master Luke würde sie als Ahnungen bezeichnen. Dies ist sehr wichtig, R2.«

R2 pfiff indigniert.

»Und denk daran, jeden Planeten der Alten Republik zu

überprüfen. Das Imperium hat vielleicht keine Zeit gehabt, alle Informationen über sie auf den neuesten Stand zu bringen.«

Diesmal ersparte sich R2 eine Antwort und arbeitete still weiter.

Einen Moment später hörte 3PO, daß sich die äußeren Türen öffneten und eine schattenhafte Gestalt mit lautloser Geschmeidigkeit auf sie zutrat. Wie immer trug Luke Skywalker seinen Jedi-Mantel, aber diesmal hing ihm die Kapuze locker über die Schultern. Lukes Schritte verrieten seinen Eifer.

3PO war erfreut, wieder jene aufgeregte Unternehmungslust bei ihm zu sehen, die für den jungen Luke so charakteristisch gewesen war, als die Droiden ihm zum ersten Mal begegnet waren. Das war, als er sie auf Tatooine von den Jawas gekauft hatte. In der letzten Zeit war der gehetzte Ausdruck in Lukes Augen nicht zu übersehen gewesen, ebensowenig wie die kaum verhüllte Macht eines Jedi-Meisters.

»Master Luke! Wie schön, daß Sie uns besuchen kommen!«

»Wie läuft's, 3PO? Habt ihr schon was gefunden?«

R2 piepte eine Antwort, die 3PO übersetzte. »R2 sagt, daß er so schnell arbeitet, wie er kann, aber ich soll Sie an die riesigen Datenmengen erinnern, die er überprüfen muß.«

»Nun, ich werde in ein paar Stunden aufbrechen, um mehrere Spuren zu verfolgen, auf die ich vor einiger Zeit gestoßen bin. Ich wollte nur nachfragen, ob ihr irgend etwas braucht, bevor ich abfliege.«

3PO straffte sich überrascht. »Darf ich fragen, wohin Sie fliegen, Master Luke?«

R2 zwitscherte, und Luke drehte sich zu ihm um. »Diesmal nicht, R2. Es ist wichtiger, daß du hierbleibst und die Suche fortsetzt. Ich kann allein fliegen.«

Luke wandte sich wieder an 3PO. »Ich will nach Bspin, um dort jemanden zu überprüfen, aber zuerst werde ich einem alten Außenposten namens Eol Sha einen Besuch abstatten. Ich habe Grund zu der Annahme, daß sich dort zumindest ein verschollener Jedi-Nachfahre aufhält.« Mit wirbelndem

Mantel fuhr Luke herum und eilte aus dem Informationszentrum. »Ich melde mich, wenn ich zurück bin.« Die Tür schloß sich hinter ihm.

3PO drehte sich sofort zu R2 um. »Rufe alle Daten über Eol Sha ab – mal sehen, wohin Master Luke fliegt.«

R2 gehorchte, als wären seine eigenen Schaltkreise auf diese Idee gekommen. Kaum erschienen auf dem Bildschirm die planetaren Statistiken und veralteten zweidimensionalen Bilder, riß 3PO entsetzt seine goldenen mechanischen Arme hoch. »Erdbeben! Geysire! Vulkane und Lava! Du liebe Güte!«

Als Luke aus dem Hyperraum stürzte, schrumpften die Sternlinien vor dem Cockpit zu Punkten zusammen. Unvermittelt überzogen leuchtende Pastellfarben das Universum – fuchsienrote, orangene und eisblaue Schattierungen der ionisierten Gase eines riesigen galaktischen Ozeans, der als Hexenkessel-Nebel bekannt war. Die automatischen Sichtblenden des Cockpits dämpften seine Leuchtkraft. Luke betrachtete das Spektakel und lächelte.

Er verließ den Hyperraummodus und gab die Koordinaten von Eol Sha ein. Seine modifizierte Passagierfähre pflügte durch die Gasschleier, doch als die Triebwerke ansprangen, fiel der Nebel hinter ihm zurück. Das doppelkeilförmige Schiff näherte sich Eol Sha.

Er hatte eigentlich seinen zuverlässigen alten X-Flügler benutzen wollen, aber der Jäger bot nur Platz für eine Person und einen Astromechdroiden im Heck. Wenn sich Lukes Vermutung bezüglich der Jedi-Nachfahren als richtig erwies, würde er zwei Kandidaten zurück nach Coruscant bringen …

Nach veralteten Aufzeichnungen war die Siedlung auf Eol Sha vor einem Jahrhundert von Unternehmern gegründet worden, die auf mit Staustrahltriebwerken ausgerüsteten Minenschiffen den Hexenkessel-Nebel durchzogen, um wertvolle Gase abzubauen. Die Minenschiffpiloten sollten die Gasernte zu reinen, seltenen Elementen destillieren und an andere Außenposten verkaufen.

Eol Sha war die einzige bewohnbare Welt, die nahe genug am Nebel lag, um als Basis für das Unternehmen zu dienen, aber ihre Tage waren gezählt. Ein Tandemmond umkreiste den Planeten in geringer Entfernung und näherte sich ihm unter dem Einfluß der Gravitation in einer immer enger werdenden Todesspirale. In weiteren hundert Jahren würde der Mond auf den Planeten stürzen und von beiden nur noch Trümmer übriglassen.

Der Nebelminenplan hatte sich nie ausgezahlt. Die unfähigen Unternehmer hatten die tatsächlichen Kosten der Staustrahlschiffe unterschätzt und die wenig vielversprechende Zusammensetzung der Hexenkessel-Gase überschätzt. Der Außenposten auf Eol Sha war sich selbst überlassen worden. Unglücklicherweise hatte zur gleichen Zeit die Neue Ordnung des Imperiums begonnen, und die Alte Republik war zerbrochen. Die wenigen Überlebenden von Eol Sha waren in dem Chaos vergessen worden.

Der Außenposten war vor zwei Jahren von einem Soziologen der Neuen Republik wiederentdeckt worden. Er hatte Eol Sha kurz besucht, seine Eindrücke aufgeschrieben und einen Bericht weitergeleitet, in dem die sofortige Evakuierung der zum Untergang verdammten Kolonie empfohlen wurde – doch der Bericht war irgendwo in der aufgeblähten Bürokratie der Neuen Republik verschwunden. Großadmiral Thrawns Angriffe hatten ihr übriges getan, um ihn in Vergessenheit geraten zu lassen.

Der Teil des Berichts, der Lukes Aufmerksamkeit erregt hatte, bezog sich auf eine Frau namens Ta'ania – illegitime Tochter eines Jedi –, die zu den ersten Kolonisten auf Eol Sha gehört hatte. Luke wäre wahrscheinlich davon ausgegangen, daß der Stammbaum des Jedi damit endete, aber da gab es eine winzige Kleinigkeit.

Nach dem Bericht des Soziologen verfügte der Anführer der Kolonisten, ein Mann namens Gantoris, über die Fähigkeit, bevorstehende Erdbeben zu spüren, und er hatte als Kind wie durch ein Wunder eine Lawine überlebt, die seine Spielkameraden getötet hatte. Irgendwie war Gantoris ohne einen Kratzer davongekommen, während die anderen, die bloß eine Armeslänge neben ihm gestanden hatten, zermalmt worden waren.

Luke führte die meisten solcher Geschichten auf Ausschmückungen beim Weitererzählen zurück, denn selbst jemand mit einem großen Jedi-Potential konnte derartige Dinge nicht ohne Training kontrollieren. Das wußte er schließlich aus eigener Erfahrung. Aber die Hinweise und Indizien hatten ihn trotzdem zu einem Besuch auf Eol Sha veranlaßt. Er mußte jede Spur verfolgen, wenn er genug Kandidaten für seine Jedi-Akademie finden wollte.

Luke steuerte die Fähre mit hoher Geschwindigkeit in eine 8förmige Bahn um den bedrohlich näherrückenden Mond und nahm dann Kurs auf die Überreste des Außenpostens auf Eol Sha. Nachdem er den Terminator überflogen hatte, wo die Nacht des Planeten in den Tag überging, betrachtete Luke durch die Kanzel die zerklüftete und wenig einladende Oberfläche des Planeten.

Seine Hände bedienten automatisch die Kontrollen. Als er tiefer ging, konnte er die baufälligen und notdürftig abgestützten Wohnmodule erkennen, die im Lauf der Jahrzehnte von Naturkatastrophen beschädigt worden waren. Nicht weit davon entfernt erinnerten erstarrte Lavaströme in der Umgebung eines Vulkankraters an frühere Ausbrüche. Aus dem Herzen des Vulkans stiegen Rauchfahnen in die Höhe, und in orangeglühenden Flecken quoll frische Lava durch Risse in seinen Seiten.

Luke steuerte die Fähre an der heruntergekommenen Siedlung und einem mit Kratern übersäten, aufgewühlten Landstreifen vorbei. Die Fähre ging auf dem felsigen Ortgestein nieder, und Luke stieg durch die Schleuse hinter den Passagiersitzen aus.

Die Luft von Eol Sha, von Schwefelsäurerauch und chemischen Dünsten gesättigt, brannte in seiner Nase. Der riesige Mond prangte wie eine Scheibe aus gehämmertem Messing am Horizont und warf sogar bei Tageslicht Schatten. Schmutzige Wolken und vulkanische Asche hingen wie eine dunstige Decke am Himmel.

Als sich Luke von der Passagierfähre entfernte, spürte er,

wie der Boden unter seinen Füßen vibrierte. Mit seinen von der Macht geschärften Sinnen konnte er den unvorstellbaren Druck registrieren, den der nahe Mond auf Eol Sha ausübte. Der Mond riß und zerrte mit Gezeitenkräften, die mit jedem Jahr stärker wurden, an dem Planeten und näherte sich unaufhaltsam auf seiner Spiralbahn. Ein zischendes Hintergrundgeräusch erfüllte die Luft, als ob die zahllosen Dampfgeysire und Fumarolen den Schmerz der Welt hinauskeuchten.

Luke zog den dunklen Mantel enger um sich, schob das Lichtschwert an seinem Gürtel zurecht und wanderte über das wüste Terrain zur Siedlung. Kleine Krater und tiefe Spalten zerfurchten den Boden, umgeben von weißen und braunen Mineralablagerungen. Aus der Tiefe drang das Prusten von Dampf.

Als Luke die Hälfte des Weges zur Siedlung zurückgelegt hatte, durchlief ein Stoß den Boden, und er fiel auf die Knie. Die Felsen tanzten und die Erde bebte. Luke breitete die Arme aus, um sein Gleichgewicht zu wahren. Die Erschütterungen nahmen zu, flauten wieder ab und wurden erneut stärker, bis sie schließlich abrupt aufhörten.

Plötzlich knatterten die Krater um ihn los und stießen Dampffontänen und siedend heiße Wassertröpfchen aus. Es waren alles Geysire – er war in ein Feld von Geysiren geraten, die durch das Erdbeben gleichzeitig zum Ausbruch gekommen waren. Dampf trieb wie dichter Nebel über den Boden.

Luke zog die Kapuze schützend über seinen Kopf und atmete flach, während er weiterhastete. Die Siedlung war nicht mehr weit. Rings um ihn prustete und heulte das Geysirfeld und beruhigte sich langsam, sobald der Druck der Gischtfontänen nachließ.

Als Luke dem Dampf endlich entkam, sah er zwei Männer, die ihm aus der Tür einer rostigen und uralten Präfabunterkunft entgegenstarrten. Der Außenposten auf Eol Sha war aus modifizierten Frachtcontainern und sich selbst errichtenden Modulen erbaut worden. Aber so, wie die Bruchbuden aussahen, hatten die Wartungssysteme schon vor Jahrzehnten versagt und die vergessenen Siedler zu einer armseligen Existenz verdammt. Der Rest der Siedlung wirkte verlassen und still.

Die beiden Männer hielten in ihrer Arbeit an dem geborstenen Türrahmen inne, doch sie schienen nicht zu wissen, wie sie auf das Auftauchen des Fremden reagieren sollten. Luke war wahrscheinlich der erste Neuankömmling seit dem zwei Jahre zurückliegenden Besuch des Soziologen.

»Ich bin gekommen, um mit Gantoris zu reden«, begrüßte sie Luke. Sie sahen ihn ausdruckslos an. Ihre Kleidung wirkte abgetragen und geflickt, aus verschiedenen Stoffetzen zusammengenäht. Lukes Blick bannte einen der Männer. Der andere wich in den Schatten zurück. »Sind Sie Gantoris?« fragte Luke leise.

»Nein. Mein Name ist Warton.« Er suchte nach Worten; dann kamen sie in einem Schwall über seine Lippen. »Alle sind weg. In einer der Spalten hat es einen Steinschlag gegeben. Er hat zwei unserer Jüngsten verschüttet, die Bugdillos sammeln wollten. Gantoris und die anderen sind los, um sie auszugraben.«

Luke griff ungeduldig nach Wartons Arm. »Bringen Sie mich hin. Vielleicht kann ich helfen.«

Warton ließ sich widerstandslos antreiben und führte Luke einen gewundenen Pfad entlang, der sich zwischen zerklüfteten Felsen schlängelte. Der zweite Mann blieb bei den baufälligen Unterkünften zurück. Luke und Warton kletterten über achterbahnähnlich auf- und absteigende Simse die steile Wand einer Bodenspalte hinunter, eine Kluft, die durch die Gezeitenkräfte entstanden war. Hier unten schien die Luft dicker, übelriechender, beklemmender zu sein.

Warton hatte keine Mühe, die anderen Überlebenden in dem Labyrinth aus Seitenspalten und Erdrutschen zu finden. Luke sah sie Schulter an Schulter in einem Winkel der Spalte arbeiten, über neu heruntergefallenes Gestein klettern, die Felsbrocken zur Seite wuchtend. Jeder der dreißig Leute dort hatte denselben verbitterten Gesichtsausdruck, als wäre ihr Optimismus erloschen und als zwänge sie allein ihr Pflichtgefühl weiterzumachen. Zwei der Frauen beugten sich über den Schutt und riefen in die Spalten hinein.

Ein Mann arbeitete doppelt so hart wie die anderen. Sein langes schwarzes Haar hing ihm, zu einem Pferdeschwanz gebunden, über die linke Gesichtshälfte. Seine Brauen und Augenlider waren ausgezupft und ließen sein vor Anstrengung gerötetes Gesicht glatt und eckig erscheinen. Er schaufelte die Steine zur Seite, die die anderen hochgewuchtet hatten. Einen Teil des Schutts hatten sie bereits weggeräumt, aber die beiden Opfer noch nicht ausgegraben. Der dunkelhaarige Mann hielt inne und blickte zu Luke hinüber, ohne ihn zu erkennen oder seine Gegenwart überhaupt wahrzunehmen, und machte sich dann wieder an die Arbeit. So, wie Warton und die anderen ihn anschauten, vermutete Luke, daß es sich bei dem Mann um Gantoris handeln mußte.

Bevor Warton ihn zum Rand des Steinschlags führen konnte, blieb Luke stehen und überflog mit einem raschen Blick die Position der Felsbrocken. Er ließ die Arme nach unten hängen, konzentrierte sich so stark, daß er die Augen verdrehte, und griff mit der Macht hinaus. Mit dieser Kraft betastete er die Felsen, bewegte sie und verhinderte, daß andere Steine nachrutschten und zusätzlichen Schaden anrichteten. Als Yoda ihm beigebracht hatte, wie man große Steine hebt, war es nur ein Spiel gewesen, eine Übung; jetzt hingen zwei Leben davon ab.

Er ignorierte die verblüfften Ausrufe der Kolonisten, die zurückwichen und sich duckten, während Luke Felsbrocken um Felsbrocken von der Spitze des Steinhaufens abtrug und sie in andere Teile der Spalte schleuderte. Er konnte irgendwo in den düsteren Tiefen Leben spüren.

Als an den Felsen die ersten Blutflecken auftauchten und er einen bleichen Arm freilegte, den Teil einer Schulter, die in den unheimlichen Schatten der Lawine verborgen lag, stürzten mehrere Leute nach vorn. Luke verstärkte seine Anstrengungen, um den rutschenden Steinhaufen stabil zu halten, damit die Rettungsaktion nicht gefährdet würde. Er schleuderte weitere Felsen zur Seite.

»Sie lebt!« schrie jemand, und mehrere Helfer machten sich über den Schutt her, räumten Steine fort und holten ein junges Mädchen heraus. Gesicht und Beine waren zerschlagen und blutig, ein Arm war offensichtlich gebrochen; die Verletzte begann vor Schmerzen und Freude zu weinen, als die Retter sie befreiten. Luke wußte, daß sie überleben würde.

Aber der kleine Junge neben dem Mädchen hatte nicht so viel Glück gehabt. Der Steinschlag hatte ihn auf der Stelle getötet; er war schon vor Lukes Ankunft tot gewesen.

Luke arbeitete grimmig weiter, bis sie auch den Jungen geborgen hatten. Bekümmert seufzend löste er sich aus seiner Halbtrance und öffnete die Augen.

Gantoris stand direkt vor ihm. Mühsam unterdrückter Zorn brodelte unter seinem beherrschten Gesichtsausdruck.

»Warum sind Sie hier?« fragte Gantoris. »Wer sind Sie?«

Warton trat neben Luke. »Ich habe gesehen, wie er aus dem Geysirfeld kam. Alle Geysire brachen plötzlich gleichzeitig aus, und er ging einfach durch den Dampf.« Warton blinzelte ehrfürchtig, als er Luke ansah. »Er behauptet, er ist wegen dir gekommen, Gantoris.«

»Ja – ich weiß«, murmelte Gantoris mehr zu sich selbst.

Luke suchte die Augen des anderen Mannes. »Ich bin Luke Skywalker, ein Jedi-Ritter. Das Imperium ist zusammengebrochen und eine Neue Republik hat seinen Platz eingenommen.« Er holte tief Luft. »Wenn Sie Gantoris sind und wenn Sie die Gabe haben, werde ich Sie lehren, mit der Macht umzugehen.«

Mehrere Kolonisten traten näher, in ihrer Mitte ein Mann, der den zerschmetterten Leichnam des Jungen trug. Für einen Moment zuckte es in seinem versteinerten Gesicht.

Gantoris' Miene war eine furchteinflößende Mischung aus Entsetzen und Eifer. »Ich habe von Ihnen geträumt. Ein schwarzer Mann, der mir unvorstellbare Geheimnisse anbietet und mich dann vernichtet. Ich bin verloren, wenn ich mit Ihnen gehe.« Gantoris straffte sich. »Sie sind ein Dämon.«

Verblüfft, vor allem angesichts der Mühe, die er sich mit der Rettung der verschütteten Kinder gegeben hatte, versuchte Luke, ihn zu besänftigen. »Nein, das ist nicht wahr.«

Andere Kolonisten drängten sich um sie, nach einem Ventil für ihre Wut und ihr Mißtrauen suchend. Sie starrten Luke an, diesen Fremden, mit dessen Ankunft der Tod in ihre schwindenden Reihen gegriffen hatte.

Luke sah die Leute um sich herum an und entschied, alles auf eine Karte zu setzen. Er blickte direkt in Gantoris' Augen. »Was kann ich tun, um Ihnen meine guten Absichten zu beweisen? Ich bin Ihr Gast oder Ihr Gefangener. Mir geht es um Ihre Kooperation. Hören Sie sich bitte an, was ich zu sagen habe.«

Gantoris nahm den Leichnam des Jungen in seine Arme. Der Mann, der ihn getragen hatte, sah traurig und verloren aus, als er die Blutflecken an seinen Ärmeln betrachtete. Gantoris nickte Luke zu. »Ergreift den schwarzen Mann.«

Mehrere Kolonisten packten Lukes Arme. Er wehrte sich nicht.

Mit dem toten Jungen im Arm führte Gantoris die Prozession langsam aus der Kluft. Einmal drehte er sich kurz um und funkelte Luke an. »Wir werden schon herausfinden, warum Sie gekommen sind.«

6

Leia stand in dem abgeschirmten Kommunikationsraum und sah zum wiederholten Mal seufzend auf den Chronometer. Der caridanische Botschafter verspätete sich. Wahrscheinlich absichtlich, um sie zu ärgern.

Aus Höflichkeit gegenüber dem Botschafter hatte sie ihre Uhr auf caridanische Zeit umgestellt. Obwohl Botschafter Furgan den Zeitpunkt der Übertragung selbst vorgeschlagen hatte, schien er sich nicht daran zu halten.

Zweiwegespiegel zeigten außerhalb des Kommunikationsraums leere Korridore. Zu dieser späten Stunde waren die meisten vernünftigen Leute in ihren Quartieren und schliefen – aber niemand hatte Leia Organa Solo je versprochen, daß sich diplomatische Pflichten an geregelte Zeiten hielten.

Wenn derartige Pflichten nach ihr riefen, murrte Han gewöhnlich, weil er mitten in der Nacht aus dem tiefsten Schlaf gerissen wurde, und klagte, daß selbst Piraten und Schmuggler ihre Geschäfte zu zivilisierteren Zeiten erledigten. Aber in dieser Nacht war Leia in stillen und leeren Räumen aufgewacht. Han hatte sich noch immer nicht gemeldet.

Ein Reinigungsdroide rollte durch den Korridor, polierte die Wände und säuberte die Zweiwegespiegel; Leia beobachtete, wie seine brickenähnlichen Bürsten ihr Werk vollendeten.

Begleitet vom statischen Prasseln eines ungenau justierten Holonetzsenders erschien im Zentrum des Empfängerwürfels das Bild von Botschafter Furgan von Carida. Vielleicht war die schlechte Übertragungsqualität Absicht – eine weitere Provokation. Der Chronometer verriet Leia, daß der Botschafter volle sechs Minuten nach der von ihm selbst festgelegten Zeit auf Sendung gegangen war. Furgan machte keine Anstalten, sich für seine Verspätung zu entschuldigen, und Leia vermied es bewußt, das Thema zur Sprache zu bringen.

Furgan war ein Humanoide mit tonnenförmiger Brust und

spindeldürren Armen und Beinen. Die Augenbrauen seines breitflächigen Gesichts stellten sich wie die Flügel eines Vogels auf. Trotz der bekannten Vorurteile des Imperators gegen nichtmenschliche Rassen waren die Caridaner von ihm offenbar akzeptiert worden, denn immerhin hatte Palpatine sein wichtigstes Sturmtruppen-Ausbildungszentrum auf Carida erbaut.

»Prinzessin Leia«, sagte Furgan, »Sie wollten bestimmte Pläne mit mir besprechen? Bitte fassen Sie sich kurz.« Er verschränkte die Arme vor der breiten Brust; seine Körpersprache verriet offene Feindseligkeit.

Leia versuchte, sich ihre Verärgerung nicht anmerken zu lassen. »Aus protokollarischen Gründen würde ich es vorziehen, wenn Sie mich als Ministerin und nicht als Prinzessin ansprechen würden. Der Planet, auf dem ich eine Prinzessin war, existiert nicht mehr.« Leia hatte Mühe, ihn nicht wütend anzufunkeln.

Furgan machte eine abfällige Handbewegung, als wäre ihre Bemerkung nicht weiter von Belang. »Nun, also gut, Ministerin, über was möchten Sie verhandeln?«

Leia holte tief Luft und unterdrückte die Gereiztheit, die hinter ihrer kühlen Miene hochkochte. »Ich möchte Sie darüber informieren, daß Mon Mothma und die anderen Kabinettsmitglieder der Neuen Republik Ihnen zu Ehren einen offiziellen Empfang geben werden, wenn Sie auf Coruscant eintreffen.«

Furgan reagierte erzürnt. »Einen frivolen Empfang? Erwartet man etwa von mir, daß ich eine herzliche und überschwengliche Rede halte? Täuschen Sie sich nicht, ich komme als Pilger nach Coruscant, um die Heimat des verstorbenen Imperators Palpatine zu besuchen – nicht, um mich von einer aufrührerischen, illegitimen Bande von Terroristen umschmeicheln zu lassen. Unsere Loyalität gilt nach wie vor dem Imperium.«

»Botschafter Furgan, es gibt kein einheitliches Imperium mehr.« Es kostete sie große Anstrengung, nicht nach dem Köder zu schnappen. In ihren dunklen Augen brannte Obsidianfeuer, aber sie lächelte den Botschafter trotzdem an.

»Nichtsdestotrotz werden wir Sie mit allen Ehren empfangen, darauf vertrauend, daß sich Ihr Planet früher oder später den politischen Realitäten in der Galaxis anpassen wird.«

Das holografische Bild des Caridaners flackerte. »Politische Realitäten können sich ändern«, sagte er. »Wir werden sehen, wie lange Ihre Rebellion sich hält.«

Furgans Bild verwandelte sich in statisches Rauschen, als er die Übertragung unterbrach. Leia seufzte und rieb sich die Schläfen, um die Kopfschmerzen wegzumassieren, die hinter ihren Augen pochten. Enttäuscht verließ sie den Kommunikationsraum.

Der Tag hatte ein schlechtes Ende genommen.

Im unterirdischen imperialen Informationszentrum erschienen alle Stunden gleich, aber C-3POs interner Chronometer verriet ihm, daß es Mitternacht auf Coruscant war. Zwei Wartungsdroiden lösten die Verkleidung von einem der großen Luftumwälzsysteme, das durchgebrannt war. Achtlos ließen sie Werkzeuge und abmontierte Teile der Metallverkleidung zu Boden fallen, so daß es in dem Raum wie in einem Kriegsgebiet dröhnte. 3PO sehnte sich nach der summenden Einsamkeit des vergangenen Tages zurück.

Unbeirrt, begraben in ihrem privaten Universum der Datennetzwerke, arbeiteten die Hackerdroiden weiter. R2-D2 setzte sklavisch seine bereits Tage dauernde, pausenlose Suche fort.

Mit einem lauten Poltern ließen die Wartungsdroiden einen kompletten, dreiblättrigen Ventilatorblock fallen. »Ich werde mir mal diese Droiden vorknöpfen!« schimpfte 3PO.

Ehe er losstürmen konnte, löste R2 die Verbindung zum Datenport und begann zu zwitschern und zu trällern. Vor Aufregung schaukelte der kleine Astromechdroide piepend hin und her.

»Oh!« rief 3PO. »Besser, wenn *ich* es überprüfe. Es ist wahrscheinlich nur wieder einer deiner falschen Alarme.«

Als die Daten über den Bildschirm flackerten, konnte 3PO nichts erkennen, das R2s Aufregung rechtfertigte – bis der andere Droide die Informationen neu zusammenstellte, um den wichtigsten Punkt hervorzuheben. Ein Name blinkte neben jedem Eintrag – TYMMO.

»Du liebe Güte! So betrachtet, sieht es verdächtig aus. Diese Person namens Tymmo scheint in der Tat ein geeigneter Kandidat zu sein.« 3PO richtete sich auf, plötzlich ratlos. »Aber Master Luke ist nicht hier, und er hat uns keine weiteren Anweisungen gegeben. An wen sollen wir uns wenden?«

R2 piepte und trillerte eine Frage. 3PO drehte sich entrüstet zu ihm um. »Ich werde Mistreß Leia nicht mitten in der Nacht wecken! Ich bin ein Protokolldroide, und in diesen Dingen muß man sich an die Vorschriften halten.« Er nickte bekräftigend. »Wir werden sie gleich morgen früh informieren.«

Auf der Gartenterrasse nahe den hohen imperialen Türmen senkte sich das Schwebetablett mit dem Frühstück auf Leias Tisch. Die Sonne beschien die Stadt, die sich über die gesamte Landmasse Coruscants erstreckte. Hoch oben in der Luft ließen sich fliegende Kreaturen auf den morgendlichen Thermiken treiben.

Leia musterte finster die Speisen, die ihr das Frühstückstablett darbot. Nichts davon sah appetitlich aus, aber sie wußte, daß sie etwas essen mußte. Sie entschied sich für einen kleinen Teller mit verschiedenem Gebäck und schickte das Frühstückstablett wieder fort. Ehe es verschwand, wünschte ihr das Tablett einen schönen Tag.

Sie seufzte und knabberte an ihrem Essen. Sowohl geistig als auch körperlich fühlte sie sich erschöpft. Sie haßte es, abhängig zu sein, selbst von ihrem eigenen Mann, aber sie schlief nie gut, wenn er fort war. Han hätte schon vor drei Tagen auf Kessel eintreffen müssen und sollte in zwei Tagen zurückkehren. Sie wollte sich nicht an ihn klammern, aber sie war enttäuscht, daß er ihr nicht einmal einen Gruß geschickt hatte. Da ihre diplomatischen Pflichten sie rund um die Uhr beanspruchten, sahen sie sich nur selten, selbst wenn sie beide auf demselben Planeten waren.

Nun, die Zwillinge würden in sechs Tagen heimkehren.

Bis dahin sollten Han und Chewbacca wieder zurück sein, und ihr gesamtes Leben würde sich ändern. Zwei Zweijährige, die durch den Palast tollten, würden Han und Leia zwingen, viele der Dinge, die sie als selbstverständlich erachteten, neu zu sehen.

Aber warum hatte sich Han nicht gemeldet? Es sollte doch kein Problem sein, vom Cockpit des *Falken* eine Holonetznachricht abzustrahlen. Sie war noch nicht bereit zuzugeben, daß sie sich Sorgen um ihn machte.

Aus dem Torbogen der Gartenterrasse drang ein Grußsignal, und ein altmodischer Protokolldroide trat auf sie zu. »Verzeihen Sie, Ministerin Organa Solo. Jemand möchte Sie sprechen. Wollen Sie den Besucher empfangen?«

Leia legte ihr Frühstücksgebäck auf den Teller. »Warum nicht?« Es war wahrscheinlich irgendein Lobbyist, der sich unter vier Augen bei ihr beschweren wollte, oder ein überängstlicher kleiner Funktionär, der von ihr eine Entscheidung in einer uninteressanten Detailfrage erwartete, oder einer der anderen Senatoren, der einen Teil seiner eigenen Verpflichtungen auf sie abwälzen wollte.

Statt dessen stürmte Lando Calrissian mit wehendem zinnoberrotem Umhang durch den Torbogen.

»Guten Morgen, Frau Minister. Ich hoffe, ich störe dich nicht beim Frühstück.« Er schenkte ihr ein breites, entwaffnendes Lächeln.

Als Leia ihn sah, hob sich augenblicklich ihre Stimmung. Sie stand auf und ging ihm entgegen. Er küßte galant ihre Hand, aber sie gab sich erst zufrieden, als sie ihn herzlich umarmt hatte. »Lando, du bist der letzte Mensch, den ich heute morgen erwartet habe!«

Er folgte ihr zu dem Tisch, der einen Blick auf die Skyline von Imperial City bot, rückte einen Stuhl zurecht und warf seinen Umhang über die Schulter. Ohne zu fragen, griff Lando sich eins der unberührten Teilchen und biß hinein.

»Was führt dich nach Coruscant?« fragte Leia. Plötzlich erkannte sie, wie sehr sie sich nach einer normalen Unterhaltung ohne diplomatische Verwicklungen und versteckte Interessen sehnte.

Lando wischte sich die Krümel aus seinem Schnurrbart. »Ich bin nur gekommen, um zu sehen, was ihr alle in dieser großen Stadt treibt. Wo ist Han?«

Sie knurrte. »Das scheint heute morgen der wunde Punkt zu sein. Er ist mit Chewie nach Kessel geflogen, aber ich glaube, es war für sie nur ein Vorwand, um sich ein paar schöne Tage zu machen und von den glorreichen alten Zeiten zu schwärmen.«

»Kessel kann ein ganz schön rauhes Pflaster sein.«

Leia wich seinem Blick aus. »Han hat sich seit sechs Tagen nicht gemeldet.«

»Das paßt gar nicht zu ihm«, sagte Lando.

»Oh ja, und ob – du müßtest es wissen! Wenn er übermorgen zurückkommt, wird er was von mir zu hören bekommen.« Dann zwang sie sich ein Lächeln ab. »Aber laß uns jetzt von etwas anderem reden. Wieso hast du überhaupt Zeit für einen Freundschaftsbesuch? Ein ehrbarer Mann wie du hat doch genug Verpflichtungen.«

Diesmal wich Lando ihrem Blick aus und rutschte unruhig auf seinem Stuhl hin und her. Er starrte zu den funkelnagelneuen Gebäudekomplexen hinüber, die aus der Stadtlandschaft hervorstachen. Erst jetzt bemerkte Leia, daß er ganz gegen seine Gewohnheit leicht heruntergekommen aussah. Seine Kleidung wirkte ein wenig fadenscheinig – die Farben waren verblaßt –, als hätte er sie zu oft getragen.

Er breitete die Arme aus und griff dann nach dem nächsten Frühstücksgebäck. »Um die Wahrheit zu sagen ... ich bin momentan, hm, auf der Suche nach neuen Aufgaben.« Er grinste ungezwungen, aber sie sah ihn irritiert an.

»Was ist mit deinem großen Bergwerksbetrieb auf Nkllon? Hat die Neue Republik nicht den Großteil deiner zerstörten Maschinen ersetzt?«

»Nun ja, es hat trotzdem noch jede Menge harte Arbeit gekostet, ohne daß es sich ausgezahlt hätte – nach dem Angriff auf Sluis Van war der Ruf ruiniert, du verstehst? Und Nkllon ist ein höllischer Planet – du warst ja dort. Ich brauchte einfach eine Veränderung.«

Leia verschränkte die Arme und sah ihn skeptisch an. »In

Ordnung, Lando. Die angemessenen Entschuldigungen sind angenommen und gespeichert. Nun, was ist wirklich mit Nkllon passiert?«

Er wand sich. »Also, ich habe ihn in einem Sabaccspiel verloren.«

Sie konnte ein Lachen nicht unterdrücken. »Und jetzt bist du arbeitslos?« Sein Ausdruck verletzten Stolzes war offensichtlich nur gespielt. Leia dachte einen Moment lang nach. »Wir können dir jederzeit deinen alten Rang als General der Neuen Republik zurückgeben. Du und Wedge – ihr seid ein großartiges Team auf Calamari gewesen.«

Seine Augen wurden groß. »Bietest du mir einen Job an? Ich kann mir nicht vorstellen, was ich für dich tun könnte.«

»Offizielle Empfänge, Staatsdinner ... es laufen jede Menge reiche Geldgeber herum«, sagte Leia. »Die Möglichkeiten sind endlos.«

In diesem Moment schlurfte der alte Protokolldroide wieder durch den Torbogen, aber ehe er sein Anliegen vorbringen konnte, drängten sich C-3PO und R2-D2 an ihm vorbei und stürzten zu Leia. »Prinzessin Leia!« 3PO konnte sich nicht länger beherrschen. »Wir haben einen gefunden. R2, erzähl es der Prinzessin. Oh, General Calrissian! Was machen Sie hier?«

R2 gab einen Schwall elektronischer Laute von sich, die 3PO pflichtbewußt übersetzte. »R2 hat die Aufzeichnungen über verschiedene Gewinner in allen möglichen Spielsalons der gesamten Galaxis überprüft. Wir scheinen auf einen Mann gestoßen zu sein, der bei den umgullianischen Blobrennen außergewöhnliches Glück hat.«

3PO reichte Leia einen Ausdruck der Gewinnstatistiken, aber sie gab ihn an Lando weiter. »Du verstehst mehr davon als ich.« Lando nahm ihn entgegen und studierte die Zahlenkolonnen. Er schien nicht zu wissen, wonach er suchen sollte.

3PO steuerte seinen eigenen Kommentar bei. »Wenn man allein die Gewinn- und Verlustrechnungen betrachtet, zeigen Mr. Tymmos Unterlagen nichts Ungewöhnliches. Aber als ich mir von R2 die Gewinne nach ihrer Höhe aufstellen ließ, kam heraus, daß Mr. Tymmo zwar oft bei kleineren Rennen verliert, aber jedesmal, wenn er mehr als hundert Kredits auf einen bestimmten Blob setzt, gewinnt dieser Blob das Rennen!«

Lando tippte auf die Zahlenkolonnen. »Er hat recht. Das ist verdammt ungewöhnlich. Ich habe selbst noch kein umgullianisches Blobrennen gesehen, und ich verstehe von den Einzelheiten nicht viel, aber ich würde sagen, daß diese Gewinnquoten fast unmöglich sind.«

»Das ist genau das, wonach wir laut Master Luke suchen sollten.« 3PO fuchtelte mit den Armen, bis die überlasteten Servomotoren protestierend aufjaulten. »Glauben Sie, daß Mr. Tymmo ein potentieller Jedi für Master Lukes Akademie sein könnte?«

Lando sah Leia fragend an. Er hatte von Lukes kürzlich vorgetragenem Ansinnen offenbar noch nichts gehört. Aber Leias Augen funkelten. »Jemand muß dies überprüfen. Wenn es nur ein Trick ist, brauchen wir eine Person, die sich mit Spielsalons auskennt. Lando, wäre das nicht ein Job für dich?«

Sie kannte die Antwort schon, noch ehe sie die Frage stellte.

7

Die zerklüftete und schrundige Wüstenei Kessels machte Moruth Doole immer hungrig. Er sah aus dem Panoramafenster und richtete sein mechanisches Auge in die Ferne.

Kessels Oberfläche war öde und staubig, nur hier und da in den Spalten trotzten ein paar anspruchslose Pflanzen der Kargheit. Gewaltige Gassäulen aus den Atmosphärefabriken fauchten in den rosigen Himmel in einem aussichtslosen Kampf gegen die schwache Gravitation. Unsichtbare Strahlung aus dem Schlund prasselte gegen die atmosphärischen Schilde. Der Garnisonsmond, auf dem Kessels Verteidigungsflotte stationiert war, verschwand soeben hinter dem Horizont.

Doole wandte sich vom Fenster ab und ging zu einer Nische im ehemaligen Büro des Gefängnisdirektors. Zeit für einen Imbiß.

Er zog einen Käfig voller fetter und saftiger Zweiflügler heraus und preßte sein Gesicht gegen das Gitter, um mit seinem halb erblindeten Auge besser sehen zu können. Die Insekten hatten zehn Beine, schillernde Vorder- und fleischige Hinterleibe. Sobald er den Käfig bewegte, gerieten sie in Panik.

Doole trommelte mit schwammigen Fingern gegen das Gitter und scheuchte sie auf. Die Insekten flogen wild in dem engen Behälter herum. Angst setzte in ihnen ein Hormon frei, das ihr Fleisch süßer machte. Er leckte seine geschwollenen rybetischen Lippen.

Doole öffnete die Gittertür und steckte seinen ganzen Kopf in den Käfig. Die Insekten sirrten um seine Augen, seine Ohren, seine Wangen. Dooles spitze Zunge schoß wieder und wieder heraus, spießte die Insekten auf und schlürfte sie in seinen Mund. Er fing drei weitere und schluckte. Ihre krabbelnden Beine kitzelten an der Innenseite seines Mundes. Mit einem genießerischen Seufzer verschlang Doole das nächste Paar. Ein Insekt flog ihm direkt in den offenen Mund, und Doole schluckte es in einem Stück hinunter.

Jemand klopfte an die Tür und trat ein, ehe er »Herein« sagen konnte. Mit dem Insektenkäfig über dem Kopf drehte sich Doole um und sah Skynxnex, dessen spindeldürre Arme und Beine nervös zuckten. »Ich habe eine Meldung zu machen, Moruth.«

Doole zog seinen Kopf aus dem Insektenkäfig und verschloß die Tür. Drei Käfer entkamen, flogen zu dem breiten Panoramafenster und prallten gegen das Stahlglas. Doole entschied, sie später zu fangen. »Ja? Was gibt's?«

»Wir haben die Überholung des *Millennium Falken* abgeschlossen. Alle Kennzeichen sind entfernt und durch gefälschte Seriennummern ersetzt worden. Wir haben außerdem noch ein paar andere Veränderungen vorgenommen, zusätzlich zu den erforderlichen Reparaturen. Mit Ihrer Erlaubnis werde ich ihn zum Garnisonsmond schaffen lassen, um ihn in unsere Raummarine einzugliedern. Leichte Frachter sind nicht die besten Kriegsschiffe, aber mit einem guten Piloten können sie eine Menge Schaden anrichten – und der *Falke* ist eher ein Kampf- denn ein Frachtschiff.«

Doole nickte. »Gut, gut. Was ist mit den Energieschildgeneratoren? Ich will, daß sie so schnell wie möglich einsatzbereit sind, nur für den Fall, daß wir Besuch von der Neuen Republik bekommen.«

»Unsere Ingenieure auf der Mondbasis glauben, daß sie ein paar Schaltkreise umgehen können, so daß wir nicht alle fehlenden Teile brauchen. Kessel wird in kurzer Zeit uneinnehmbar sein.«

Dooles gesundes Auge funkelte vor Begeisterung. »Sind Han Solo und sein Wookiee bereits in die Minen gebracht worden?«

Skynxnex legte die Fingerspitzen aneinander. »Ich habe einen gepanzerten Personentransporter bereitstellen lassen und werde sie persönlich in einer Stunde einliefern.« Er griff nach seinem Doppelblaster. »Wenn sie irgendeinen Trick versuchen, will *ich* es sein, der sie zur Räson bringt.«

Doole lächelte. »Ich freue mich schon darauf, sie in der

Finsternis verrotten zu lassen.« Er wedelte mit seinen gespreizten Händen. »Nun, worauf warten Sie noch?« Mit ruckartigen Bewegungen verließ Skynxnex das Direktorenbüro.

Doole lächelte bei dem Gedanken an seine Rache an Solo, trotzdem nagte Unbehagen an ihm. Die Neue Republik wirkte fern und unbedeutend, doch aufgrund seiner Durchforschung von Hans Bewußtsein wußte er, welch ungeheure Feuerkraft gegen ihn gerichtet werden konnte. Seit Doole das Straflager von Kessels Sklavenführern der ersten Stunde übernommen hatte, war er dem drohenden Verhängnis nie so nahe gewesen.

Unter dem alten System war alles soviel einfacher gewesen. Durch Erpressung oder Bestechung der Gefängnisaufseher war es Doole gelungen, unter den Augen des Imperiums einen Gewürzschmuggelring aufzubauen. Er verkaufte Karten und Zugangskodes von Kessels Energieschild und finanzierte kleinere Gewürzunternehmen in anderen Teilen des Planeten. Illegale Schürfer beuteten neue Minen aus und verkauften die Fördermengen heimlich an Doole. Sobald die Gewürzadern erschöpft waren, »entdeckte« Doole (in seiner Rolle als loyaler Gefängnisangestellter) die verbotenen Operationen und meldete sie seinem imperialen Vorgesetzten. Wenn die imperialen Truppen diese illegalen Minen aushoben, sorgten Dooles handverlesene Aufseher dafür, daß niemand, der Doole beschuldigen konnte, seine Festnahme überlebte. Die anderen bedauernswerten Lakaien wurden zur Zwangsarbeit in den offiziellen Minen verurteilt. Ein System, bei dem Doole nur gewinnen konnte.

Während der Gefängnisrevolte schaltete Doole seine Hauptrivalen aus und hetzte die brutalsten Aufseher auf die gefährlichsten Schmuggler, bis sie sich gegenseitig abschlachteten. Zum Schluß blieb nur noch Moruth Doole übrig, Skynxnex wurde seine rechte Hand.

Doole hatte den Gefängnisdirektor gefangengenommen und ihn bis zum Zusammenbruch in den Gewürzminen arbeiten lassen. Dann, aus purem Vergnügen, hatte Doole seinen Körper mit Gewürzlarven gespickt. Während die Larven sich durch seine Eingeweide fraßen, war der Direktor in wunderbare theatralische Zuckungen geraten, auf deren Höhepunkt ihn Doole in Karbonid konserviert hatte – mit Hilfe der Gefrieranlage, die früher dazu benutzt worden war, gewalttätige und gefährliche Gefangene transportfertig zu machen.

Die Erinnerung daran erregte ihn jedes Mal. Doole griff in eine Schublade seines Schreibtischs und zog die leuchtend gelbe Krawatte heraus, die seine Paarungsbereitschaft signalisierte. Er legte sie an, atmete dann zischend ein, während er sein mechanisches Auge neu einstellte, um sein Spiegelbild zu betrachten. Unwiderstehlich!

Doole rieb mit den Handflächen über seine Rippen, um die Eidechsenhautweste glattzustreichen, und schritt dann aus seinem Büro und den Korridor hinunter. Er betrat den Sicherheitstrakt und gab den Zugangskode ein, den nur er kannte; dann atmete er erneut tief ein. Züngelnd spürte er die Pheromone in der Luft. In ihren Einzelzellen kauerten die gefangenen Rybeterweibchen in den Ecken, darauf bedacht, sich in den Schatten zu verstecken. Dooles gelbe Krawatte leuchtete hell im trüben Licht.

Moruth Doole hatte lange, frustrierende Jahre allein auf Kessel gelebt. Aber jetzt, wo er den Planeten beherrschte, konnte er es sich leisten, Dutzende weiblicher Sklaven aus seiner Heimatwelt einfliegen zu lassen. Manchmal kooperierten die Weibchen nicht, aber nach all den Jahren, die er in der Strafanstalt gearbeitet hatte, wußte Doole sehr genau, wie man mit aufsässigen Gefangenen verfuhr.

In der letzten Zeit war sein einziges Problem, sich für eins der Weibchen zu *entscheiden.* Während er durch den schmalen Korridor schlenderte, sein mechanisches Auge auf höchstes Auflösungsvermögen schaltete und in die Zellen spähte, verzogen sich Moruth Dooles bebende Lippen zu einem breiten, lüsternen Lächeln.

Kessels Landschaft huschte unter dem gepanzerten Gefangenentransporter vorbei. Han Solo konnte durch die Fensterschlitze im Gefangenenabteil nur einen schmalen Streifen erkennen. Er und Chewie waren an ihre Sitze gefesselt und an Widerstands-Rückkoppelungs-Elektroden angeschlossen, die sie betäuben würden, sollten sie sich zu heftig wehren. Chewbacca hatte mit den Ganzkörperblockern noch mehr Probleme als mit den Stunnerschellen.

Skynxnex saß über die Pilotenkontrollen gebeugt und steuerte den Transporter in einem weiten Bogen um die mit Zinnen bestückte imperiale Strafanstalt. Ein gepanzerter Wächter saß auf dem Kopilotensitz und hielt sein Blastergewehr auf Han und Chewie gerichtet.

»He, warum zeigst du uns nicht ein paar von den Sehenswürdigkeiten, Skynxnex?« fragte Han. »Was ist das überhaupt für eine Tour?«

»Halt's Maul, Solo!« knurrte Skynxnex.

»Warum sollte ich? Ich hab' immerhin ein Erster-Klasse-Ticket gekauft.«

Skynxnex schickte einen schmerzhaften Stromstoß durch die Hemmelektroden. Chewbacca brüllte auf. »Jetzt kannst du dein Trinkgeld vergessen, Skynxnex«, keuchte Han.

Die Vogelscheuche steuerte den Transporter um eine riesige, klaffende Grube, die tief in den Boden hinabreichte. Rostige Gitter und Tragkonstruktionen ragten wie skelettierte Finger aus der fahlen Einöde. Han brauchte einen Moment, um zu erkennen, daß es sich dabei um einen Schacht handelte, der von einer der gigantischen Atmosphärefabriken in die Planetenkruste getrieben worden war, auf der Suche nach Felsen, die zermahlt und in Sauerstoff und Kohlendioxid umgewandelt wurden, um die ständig entweichende Lufthülle zu erneuern. Nachdem die gewaltige Fabrik alle atembaren Gase herausgefiltert hatte, war ein umfangreiches System unterirdischer Stollen übriggeblieben, in denen man das Gewürz abbauen konnte.

Skynxnex ließ den Gefangenentransporter auf dem felsigen Boden niedergehen und befestigte eine Atemmaske über Mund und Nase; eine zweite Maske reichte er dem Wächter. »Was ist mit uns?« fragte Han.

»Ihr werdet nicht lange draußen sein«, sagte Skynxnex. »Etwas Atemnot wird euch guttun.«

Skynxnex drückte einen Knopf an seinem Kontrollpult und löste die Fesseln. Han streckte seine schmerzenden Arme. Sofort riß der Wächter sein Gewehr hoch, Skynxnex zog seinen modifizierten Doppelblaster, und beide richteten die tödlichen Mündungen auf Han.

Han erstarrte. »Ich ... strecke mich nur. Es ist okay. Nur die Ruhe!«

Als Skynxnex die Seitentür des Transporters öffnete, knackte es in Hans Ohren. Feuchte Luft verwandelte sich in weißen Dampf, der durch die dünne Atmosphäre in der Umgebung der klaffenden Grube trieb.

Han spürte den Sauerstoffmangel in seiner Lunge. Instinktiv holte er tief Luft, aber das half ihm nur wenig. Er und Chewbacca stolperten aus dem Transporter, angetrieben von Skynxnex und dem Wächter.

Am Rand des Kraters stießen sie auf einen Fahrstuhlkäfig und Schienen, die steil in die tiefe Grube abfielen. Skynxnex schien sich absichtlich langsam zu bewegen. Unfähig zu atmen, beeilte sich Han, taumelte in den Fahrstuhlkäfig und bedeutete Chewbacca gestikulierend, ihm zu folgen. Er keuchte und schnappte pfeifend nach Luft. Schwarze Flekken tanzten vor seinen Augen. Als er die dünne Luft tief einatmete, biß Kessels Kälte in seine Brust.

»Noch vor ein paar Jahren haben wir die Atmosphärefabriken mit voller Kraft laufen lassen«, sagte Skynxnex gedämpft hinter seiner Gesichtsmaske. »Doole hielt es für eine frivole Verschwendung von Energie.«

Der Wächter schloß die Maschendrahttür und Skynxnex hantierte an den Fahrstuhlkontrollen. Der Käfig sank rasend schnell in die Tiefe, bis der Himmel über ihnen nur noch ein kleiner Fleck aus hellem Blau war.

Sie sahen Öffnungen in der Felswand, die mit Stahltüren versiegelt waren. Auf jeder Ebene zog sich ein Lampenring um die Grube, aber viele der Beleuchtungskörper waren durchgebrannt oder zerbrochen.

Chewbacca klammerte sich mit seinen großen haarigen Händen an die Haltestangen des Fahrstuhls und schnappte keuchend nach Luft. Seine rosa Zunge hing heraus, purpurn verfärbt vor Sauerstoffmangel. Han, fröstelnd und benommen und halb erstickt, sank auf dem Käfigboden in sich zusammen.

Als der Fahrstuhl abrupt anhielt, stieß Han mit dem Kopf gegen das Gitter. Er sah durch den offenen Käfigboden nach unten und stellte fest, daß die Grube in unauslotbare Tiefen hinabreichte.

»Hoch mit dir!« befahl Skynxnex und versetzte ihm einen Tritt. »Jetzt wird nicht geschlafen. Los, drinnen wartet frische Luft auf dich.«

Mit Skynxnex' Hilfe rappelte sich Han auf. Der kleinere Wächter hatte weitaus größere Schwierigkeiten, Chewbacca anzutreiben.

Nachdem sie die Fahrstuhltür geöffnet hatten, gelangten sie zu einem der Metallschotts. Skynxnex kurbelte die Luke nach oben, und alle vier stolperten in eine kleine gekachelte Kammer.

Han nahm kaum noch etwas wahr. In seinen Ohren summte es. Sein Blickfeld war eine Mischung aus schwarzen Flecken, rauschendem Blut und verschwommenen Umrissen irgendwelcher Gegenstände. Aber sobald Skynxnex das Schott hinter ihnen versiegelte, strömte herrlicher Sauerstoff in die Kammer.

Bevor sich die Gefangenen erholen konnten, drückte der Wächter Chewbacca den Lauf seines Blastergewehrs unter das Kinn und Skynxnex hielt seine eigene Waffe an Hans Kopf. »Wir sind fast da«, sagte Skynxnex. »Macht jetzt bloß kein Theater.«

Han, froh darüber, wieder atmen zu können, wußte auch nicht, was er hätte anstellen sollen.

Auf der anderen Seite der Luftschleuse befand sich ein großer Appellraum voller lethargisch aussehender Arbeiter, die auf den Schichtbeginn in den Gewürzminen warteten. Der Appellraum war aus dem massiven Fels gesprengt worden, und an einer Seite des Raumes waren in großer Höhe eine Reihe von Kojen angebracht. In der Mitte befand sich ein Speisetrakt mit langen Tischen.

Auf Wandvorsprüngen montierte Kameras beobachteten

das Treiben auf dem Boden. Aufseher in zusammengewürfelten Sturmtruppenuniformen wachten hinter Schirmen in den Kontrollräumen. Andere Aufseher hielten die Leute im Appellraum im Auge. Alle Arbeiter sahen bleich und abgemagert aus, als wären sie schon seit Jahren ohne Sonnenlicht und ausreichende Nahrung.

Ein stämmiger Mann kam auf sie zu, die Augen auf Skynxnex gerichtet. Der Mann hatte ein plumpes Gesicht, ein plumpes, von borstigen, schwarzen Bartstoppeln bedecktes Kinn und plumpe Arme, als wären seine kräftigen Muskeln an den falschen Stellen gewuchert.

»Ihr habt mir zwei Neue gebracht?« fragte der Mann. »Nur zwei? Das reicht nicht.« Er packte Chewbaccas haarigen Arm. Chewie brüllte und zuckte zurück, aber der plumpe Mann ignorierte es. »Nun, der Wookiee ist drei Männer wert, aber bei dem anderen bin ich skeptisch. Die ersetzen mir nicht mal die Hälfte der Leute, die ich verloren habe.«

Skynxnex funkelte ihn an. »Dann hör auf, Leute zu verlieren«, sagte er mit eisiger Stimme und stieß dann Han den Ellbogen in die Rippen. »Das ist Boß Roke. Sein Job ist es, dich zu quälen. Er bekommt von Moruth Doole 'ne Zulage, um dein Leben zur Hölle zu machen.«

»Er scheint seine Arbeiter nicht gerade gut unter Kontrolle zu haben«, stellte Han fest.

Roke warf ihm einen vernichtenden Blick zu. »Irgendwas läßt meine Männer in den tiefen Stollen verschwinden. Seit gestern fehlen wieder zwei. Sie verschwinden spurlos – keine Hinweise, nichts.«

Han zuckte die Schultern. »Heutzutage findet man kaum noch gute Leute.«

Skynxnex zog seinen Doppelblaster und drückte ihn wieder gegen Hans Gesicht, aber er wandte sich an Boß Roke. »Besorg den beiden Thermoanzüge. Wir passen auf sie auf, bis sie ausgerüstet sind.«

Roke schnippte mit den Fingern, und zwei der Aufseher wühlten in einigen Kisten. »Der Mensch ist kein Problem, aber der Wookiee – wir haben nicht viel in dieser Größe.«

Am Ende fand ein Aufseher einen großen, vergammelten

Anzug, der früher von einem Nichtmenschen mit drei Armen getragen worden war. Aber er paßte Chewbacca, nachdem sie den dritten Arm abgebunden hatten, so daß der leere Ärmel und Handschuh vor seiner Brust baumelte.

Ein Heizset zwischen den Schulterblättern sorgte dafür, daß sie es auch in den kalten Bergwerksstollen warm hatten. Han war erleichtert, als er feststellte, daß zu dem Anzug eine kleine Atemmaske gehörte.

Skynxnex zog sich Richtung Fahrstuhl zurück. Der Wächter hatte bereits die Schleusenkammer betreten. Ein letztes Mal, als hätte er das Gefühl, an diesem Nachmittag noch nicht genug ermüdende Drohungen ausgestoßen zu haben, richtete Skynxnex den Doppelblaster auf Han. »Beim nächsten Mal wird mir Moruth vielleicht erlauben, dieses Ding zu benutzen.«

»Wenn du dein Zimmer unaufgefordert aufräumst und brav dein Gemüse ißt«, stichelte Han, »darfst du vielleicht was besonders Böses tun.«

»Schicht Alpha, Arbeitstrupps fertigmachen!« bellte Boß Roke in den Appellraum, und Dutzende von müden Arbeitern schlurften zu den auf den Boden gemalten Quadraten. Roke deutete auf zwei leere Rechtecke. »Ihr beiden, Position Achtzehn und Neunzehn. Sofort!«

»Wie, keine Einweisung für die neuen Mitarbeiter?« fragte Han.

Mit einem sadistischen Grinsen schob ihn Boß Roke zu den Quadraten. »Wir bilden am Arbeitsplatz aus.«

Auf ein lautloses Signal hin legten die Arbeiter ihre Atemmasken an. Han und Chewbacca folgten ihrem Beispiel. Auf der anderen Seite des Raumes öffnete sich eine große Metalltür und gab den Blick auf eine rund hundert Meter lange erleuchtete Kammer frei, in der eine tausendfüßlerähnliche, aus kleinen, magnetisch gekoppelten Loren zusammengesetzte Grubenbahn schwebte.

Ein schriller Ton pfiff aus verborgenen Lautsprechern, und die ersten Arbeiter nahmen ihre Plätze in einer der Schwebeloren ein. Während die Leute einstiegen, schwankten die einzelnen Loren hin und her.

Chewie knurrte eine Frage. Han sah sich blinzelnd um. »Ich weiß auch nicht mehr als du, Alter.« Jetzt, wo Skynxnex fort war, brauchte er sich nicht mehr kaltschnäuzig zu geben. Furcht kroch in seine Glieder.

Boß Roke setzte sich in die Zugführerlore; weitere Aufseher waren in regelmäßigen Abständen in der offenen Grubenbahn postiert. Alle Aufseher trugen Infrarotbrillen. Die Gefangenen saßen bewegungslos da. Hinter ihnen schloß sich polternd die Metalltür. Jedermann schien auf etwas zu warten. »Was jetzt?« murmelte Han vor sich hin.

Alle Lichter gingen aus. Auf Han und Chewie legte sich eine absolute, erstickende Finsternis wie eine Teerdecke.

»Was zum …« Han keuchte. Die Finsternis war greifbar. Er konnte nicht die Hand vor Augen sehen. Chewbacca an seiner Seite grollte beunruhigt. Er hörte die anderen Arbeiter auf ihren Sitzen hin und her rutschen. Han strengte seine Ohren an und versuchte herauszufinden, was um ihn herum vorging. Er hörte ein klirrendes, schabendes Geräusch. »Festhalten, Chewie«, warnte er.

Auf der anderen Seite der Kammer glitt ein Metalltor in die Höhe. Das Knirschen, mit dem es sich an rauhen Metallschienen nach oben bewegte, hallte in dem geschlossenen Raum. Wind umpfiff ihre Ohren, als die Luft in die Bergwerksstollen von Kessel entwich.

Als Han spürte, daß die Atmosphäre dünner wurde, drückte er von plötzlicher Panik erfüllt seine Atemmaske fester an sein Gesicht. Die entweichende Luft nahm die verbliebene Wärme mit sich, so daß die Kälte in seine ungeschützte Haut biß.

Die Grubenbahn schoß auf ihren Repulsorkissen los und gewann an Geschwindigkeit. Die Beschleunigung preßte Han in seinen harten, unbequemen Sitz. Er hörte, wie die Luft brüllend an seinem Kopf vorbeibrauste, fühlte die Nähe der Stollenwände. Die Bahn bog in eine Kurve, und Han klammerte sich an das kalte Metallgeländer, um nicht von seinem Sitz geschleudert zu werden. Die Grubenbahn raste weiter, nach unten, dann zur Seite. Er konnte sich nicht vorstellen, daß Boß Roke etwas sehen konnte, aber womöglich war das ganze System computergesteuert.

Hinter ihnen, kurz nachdem sie einen hallenden Tunnelbogen passiert hatten, senkte sich polternd ein schweres Metalltor, als würde eine Lawine aus Altmetall niedergehen.

Han fragte sich, warum die Gewürzminenbetreiber die Stollen nicht wenigstens mit billigen Grubenlampen zur Orientierung ausgerüstet hatten. Aber dann traf ihn die Erkenntnis wie ein Schlag ins Gesicht: das Glitzerstim-Gewürz war *fotoaktiv* – unter Lichteinwirkung wurde es wirksam – und deshalb mußte es in völliger Dunkelheit abgebaut werden, damit es nicht verdarb.

Völlige Dunkelheit.

Han und Chewie würden ihr Leben lang Zwangsarbeit in den Minen leisten müssen, ohne sich jemals zu sehen, geschweige zu erfahren, wo sie waren oder was sie machten. Han mußte blinzeln, nur um sich zu überzeugen, daß seine Augen offen und nicht geschlossen waren – nicht, daß es irgendeinen Unterschied bedeutete.

Ein Schauder lief ihm über den Rücken. Boß Roke hatte angedeutet, daß irgend etwas Unbekanntes tief in den Stollen Jagd auf die wehrlosen Arbeiter machte und sie spurlos verschwinden ließ. Wie sollte jemand vor einem Raubtier fliehen, wenn er von absoluter Finsternis umgeben war?

Die Geräusche veränderten sich ständig. Als sich Han daran gewöhnt hatte, Informationen mit den Ohren aufzunehmen, spürte er, wann die rasende Grubenbahn einen Seitenstollen passierte, weil plötzlich eine Lücke im Fahrtwind auftrat. Durch die Maske konnte er nichts anderes als schale, wiederaufbereitete Luft riechen.

Die Grubenbahn schwankte hin und her und wackelte. Jemand stieg über die Sitze und kletterte von einer Lore zur anderen. Die Person näherte sich ihnen langsam von hinten. Han glaubte, keuchende Atemzüge zu hören, lauter werdend.

»Du da! Nummer vierzehn! Hinsetzen!« brüllte ein Aufseher.

Nummer vierzehn? dachte Han. Wie konnte der Wächter

überhaupt erkennen, wer sich bewegt hatte? Dann fielen ihm die Infrarotbrillen ein. Die Wächter konnten sie vermutlich alle sehen, helle Silhouetten vor dem Hintergrund aus Schwärze.

Die Lore hörte für ein paar Momente auf zu schwanken, aber dann ging das Geschaukele wieder los. Die geheimnisvolle Person kam immer näher. Jemand schwang sich über den Sitz auf den leeren Platz direkt hinter Han und Chewie.

»He, ich hab' dir gesagt, du sollst dich hinsetzen!« brüllte der Aufseher.

»Das ist mein neuer Sitz«, antwortete eine Stimme.

»Das ist dein neuer Sitz!« sagte der Wächter, seltsamerweise die Worte wiederholend, ehe er verstummte.

Han zwang sich zum Schweigen. Da er selbst nichts sehen konnte, mußte der Unbekannte sich aufs Geratewohl bewegen, ohne zu wissen, wo er war. Oder hatte er vielleicht eine eigene Infrarotbrille? Hatte Skynxnex oder Moruth Doole einen Attentäter angeheuert, um Han und Chewie zu beseitigen, wenn niemand zusah?

Ein schneller Stoß mit einem Vibratormesser? Ein Schubs, der ihn von der Schwebelore beförderte, hinein ins leere Labyrinth der Stollen? In der Dunkelheit würde Han niemals den Rückweg finden. Er fragte sich, ob er verhungern, erfrieren oder vorher ersticken würde. Er wollte es nicht unbedingt herausfinden.

Er hörte die leisen, gepreßten Atemzüge von jemandem, der hinter einer Atemmaske sprach und sich näher beugte. Chewie an seiner Seite spannte sich.

»Seid ihr wirklich von draußen?« fragte die Stimme. »Ich bin schon seit Jahren nicht mehr oben gewesen.« Sie schien hoffnungsvoll zu klingen, ein weicher Tenor, durch die Atemmaske und den fauchenden Wind gedämpft. Han konnte nicht sagen, ob es die Stimme eines alten Mannes, einer tiefstimmigen Frau oder eines eingeschüchterten und lammfrommen Angestellten aus der ehemaligen imperialen Strafanstalt war.

Vor Hans geistigem Auge erschien das Bild eines bis zum Skelett abgemagerten alten Mannes mit langen verfilzten

Haaren, struppigem Bart und zerlumpter Kleidung. »Ja, wir kommen von draußen. Eine Menge Dinge haben sich verändert.«

»Ich bin Kyp. Kyp Durron.«

Nach einem Moment des Zögerns stellte Han sich und Chewbacca vor. Eine Falle argwöhnend, beschloß er, nicht allzu viele Informationen preiszugeben. Kyp Durron schien dies zu spüren und redete über sich selbst, ohne zu viele bohrende Fragen zu stellen.

»Ihr werdet hier schon alles kennenlernen. So läuft's hier eben. Ich hab den Großteil meines Lebens auf Kessel verbracht. Meine Eltern waren politische Gefangene, die auf diesem Planeten ins Exil gegangen sind, nachdem der Imperator einen Volksaufstand niedergeschlagen hatte. Nach ein paar Jahren wurde mein Bruder Zeth ins imperiale Militärausbildungszentrum auf Carida gebracht, und wir haben nie wieder etwas von ihm gehört. Ich landete hier in den Gewürzminen. Ich dachte immer, sie würden zurückkommen und mich auch nach Carida verschleppen, aber ich schätze, sie haben mich vergessen.«

Han versuchte, sich vorzustellen, wie sich Kyps Leben vom Schlechten zum Ärgsten veränderte. »Wieso bist du noch immer hier unten in den Minen?«

»Während der Gefängnisrevolte haben sie sich nicht darum gekümmert, wer hier unten landete. Jetzt sind die meisten Arbeiter alte imperiale Gefängnisaufseher. Niemand kam auf die Idee, mich freizulassen, als sie alles auf den Kopf stellten. Ich war ihnen nicht wichtig genug.«

Kyp gab einen Laut von sich, bei dem es sich um ein bitteres Lachen handeln mußte. »Man sagt, daß ich jede Menge Glück in allen Lagen habe, aber mein Glück war nie groß genug, um mich ein normales Leben führen zu lassen.« Er schwieg, als würde er Hoffnung sammeln. In diesem Moment wünschte Han, das Gesicht des Fremden sehen zu können. »Stimmt es, daß das Imperium gefallen ist?«

»Vor sieben Jahren, Kyp«, sagte Han. »Der Imperator ist mit seinem Todesstern in die Luft geflogen. Seitdem hat es viele Kriege gegeben, aber die Neue Republik versucht, alles zusammenzuhalten. Chewie und ich sind als Botschafter hergekommen, um die Beziehungen zu Kessel wiederherzustellen.« Er brach ab. »Offensichtlich waren die Bewohner von Kessel daran nicht interessiert.«

Han richtete seine Aufmerksamkeit abrupt nach vorn, als er hörte, daß irgend etwas mit den Loren vor ihnen passierte. Der Wagen an der Spitze koppelte sich ab; er hörte, wie er mit einem Rauschen in einem Seitenstollen verschwand. Einen Moment später verschwanden zwei weitere Loren in einem anderen Seitenstollen. Der Rest der Schwebegrubenbahn setzte seinen Weg durch den Hauptstollen fort.

»Sie trennen die Schürfergruppen«, erklärte Kyp. »Ich wollte mit euch kommen, damit ihr mir alles erzählen könnt.«

»Kyp«, sagte Han seufzend, »wie's aussieht, werden wir genug Zeit haben, um dir alles ausführlich zu erzählen.«

Das laute Summen der Repulsoraggregate der Grubenbahn wurde plötzlich tiefer. Han spürte, wie der Fahrtwind auf seinem Gesicht nachließ, als sie abbremsten. Seine Hände und sein Gesicht waren taub; seine Ohren schmerzten vor Kälte, aber der Rest seines Körpers war in dem beheizten Thermoanzug behaglich warm.

Der Aufseher, der Kyp angebrüllt hatte, ergriff das Wort. »Alle raus! Aufstellen! Abmarsch zum Arbeitsplatz!«

Die übriggebliebenen Loren schaukelten, als die Insassen ausstiegen und schweigend auf dem steinigen Boden stehenblieben. Ihre Ausrüstungen schabten aneinander und ihre Stiefel knirschten im Dreck. Ein Pandämonium leiser Geräusche hallte durch den bedrohlich engen Stollen und ließ die Finsternis noch drückender erscheinen.

»Wohin gehen wir?« fragte Han.

Kyp griff nach einer Schlaufe von Hans Gürtel. »Halt dich einfach an der Person vor dir fest. Glaub mir, es ist kein Vergnügen, sich hier unten zu verirren.«

»Ich glaube dir«, versicherte Han. Chewbacca steuerte ein zustimmendes Knurren bei.

Als sich der Arbeitstrupp formiert hatte, setzte sich der Aufseher an der Spitze in Bewegung. Han machte kurze, schlurfende Schritte, um nicht über den Schutt auf dem Boden zu stolpern, aber trotzdem stieß er mehrfach gegen Chewbacca.

Sie bogen in einen anderen Stollen. Han hörte einen leisen Bums, gefolgt von einem Schmerzgeheul des Wookiee. »Paß auf deinen Kopf auf, Alter«, riet er. Fell schabte raschelnd über die Innenseite eines Thermoanzugs, als sich Chewbacca bückte und die Öffnung passierte.

»Hier ist die Rutsche«, sagte der Aufseher. »Stehenbleiben und dann hintereinander nach unten.«

»Was für eine Rutsche?« fragte Han.

»Das wirst du schon merken«, antwortete Kyp.

Die Geräusche, die Han hörte, ergaben keinen Sinn. Er konnte nicht feststellen, was sich tatsächlich abspielte. Da gab es das Schaben von Stoff, gepreßte Ausrufe der Überraschung und Furcht. Chewbacca war kaum losmarschiert, da stieß er einen gutturalen Klagelaut aus und schüttelte sich störrisch.

Der Aufseher holte mit etwas Hartem aus und traf Chewbacca. Der Wookiee brüllte vor Schmerz und schlug mit seinem Arm nach dem Wächter, erwischte aber offenbar statt dessen die Felswand. Chewbacca wurde immer wütender und schlug rechts und links wild um sich. Han mußte sich ducken, um nicht zu Boden geschmettert zu werden.

»Chewie! Beruhige dich! Hör auf!« Beim Klang von Hans Stimme gewann der Wookiee langsam wieder die Kontrolle über sich zurück.

»Du tust, was ich dir sage!« brüllte der Aufseher.

»Es ist schon okay«, fügte Kyp ermutigend hinzu. »Wir machen das jeden Tag.«

»Ich gehe zuerst, Chewie«, erbot sich Han, »was immer mich auch da erwartet.«

»Runter mit dir«, fauchte der Aufseher.

Han beugte sich nach vorn, fuchtelte mit den Händen und ertastete ein großes Loch im Boden, wie eine Falltür, die zu tieferen Stollen führte, umgeben von hochgetürmtem Schutt. Seine Finger berührten einen kalten Metallpfeiler von der Dicke eines durchschnittlichen Stahlträgers, glattpoliert und nach unten führend, wie eine Rutschbahn oder eine Metallschiene.

»Da soll ich runterrutschen?« fragte Han. »Wohin führt es?«

»Keine Sorge«, sagte Kyp wieder. »Es ist der beste Weg nach unten.«

»Das soll wohl ein Witz sein!«

Da hörte er Chewbacca lachen, ein nasaler, vergnügter Laut. Han gab sich einen Ruck. Er setzte sich auf die Metallschiene, schlang seine Beine um sie, schob seine Hände hinter seine Hüften und hielt sich so gut es ging an der Schiene fest. Der glatte Stoff des Thermoanzugs ließ ihn sofort nach unten rutschen. Die Finsternis griff nach ihm, als er an Geschwindigkeit gewann. Han bildete sich ein, daß nur Zentimeter über seinem Kopf scharfe Stalaktiten hingen und nur darauf warteten, daß er sich im falschen Moment aufrichtete und sie ihn skalpieren konnten. Seine Geschwindigkeit nahm weiter zu. »Mir gefällt das nicht!« murmelte er.

Plötzlich verschwand die Schiene unter ihm, und er stürzte in einen Haufen aus feinem Sand. Zwei andere Arbeiter stolperten vorwärts und zogen ihn vom Ende der Schiene weg. Er wischte über seinen Thermoanzug, obwohl er den Schmutz nicht sehen konnte.

Ein paar Momente später kam Chewbacca mit einem langen, hallenden Heulen herunter, und kurz darauf folgten Kyp Durron und der Aufseher. »Aufstellen!« befahl der Wächter.

Chewbacca grunzte und knurrte ein paar Worte. Han schnaubte. »Ja, es war *wahnsinnig* spaßig!«

Der Aufseher marschierte los. Plötzlich gab der Boden unter ihren Füßen nach, und sie stürzten in einen seichten See. Der Wasserdruck preßte die Beinteile von Hans Anzug zusammen. Die Zwangsarbeiter wateten weiter, während sie sich blind aneinander festhielten.

Das Wasser hatte einen säuerlichen, brackigen Geruch, Han drehte sich der Magen um. Jeden Moment rechnete er damit, in eine Untiefe zu treten und im Wasser zu versinken. Chewbacca winselte, behielt seine Kommentare aber für sich.

Unter der Wasseroberfläche betastete etwas Weiches und Fingerähnliches Hans Beine, stupste gegen seine Füße, legte sich um seine Knöchel. »He!« Er stampfte mit den Füßen. Die gespenstischen, neugierigen Geschöpfe umschwärmten ihn. Han stellte sich weiche, blinde Larven vor, die – hungrig und mit zähnestarrenden Mäulern – nach etwas Eßbarem suchten, etwas der Dunkelheit hilflos Ausgeliefertem – so wie er. Erneut trat er Wasser, um sie zu vertreiben.

»Du darfst keine Aufmerksamkeit erregen«, sagte Kyp Durron mit leiser Stimme. »Sonst lockst du nur noch mehr von ihnen an.«

Han zwang sich zur Ruhe, zu gleitenden, gelassenen Schritten. Keiner der anderen Gefangenen schrie auf; offenbar war bisher noch niemand bei lebendigem Leibe gefressen worden, obwohl die kleinen tastenden Finger oder Saugnäpfe oder Mäuler sich weiter an seinen Beinen zu schaffen machten. Seine Kehle fühlte sich trocken an.

Er wäre am liebsten auf die Knie gefallen, als sie endlich den Stollen auf der anderen Seite des unterirdischen Sees erreichten. Hinter ihnen hallte das Tröpfeln von Wasser und leises Plätschern durch die Grotte.

Unbestimmte Zeit später erreichten sie das eigentliche Gewürzabbaugebiet. Der Aufseher zog ein Gerät aus seinem Rucksack und machte dabei schabende und klickende Geräusche. Offenbar hatte er es an der Stollenwand befestigt.

»Wir müssen tief rein, um an die reichen Gewürzflöze zu gelangen«, sagte Kyp. »Hier unten ist das Glitzerstim frisch und faserig und nicht alt und bröckelig wie in den höheren Minen. Die Gewürzadern erstrecken sich kreuz und quer durch die Stollenwände, ohne dicht an die Felsoberfläche zu kommen.«

Ehe Han darauf etwas erwidern konnte, zerriß ein hohes, markerschütterndes Sirren den Stollen. Chewbacca brüllte schmerzgepeinigt auf. Dann löste sich an der Stollenwand die obere Felsschicht und rutschte zu Boden. Der Aufseher hatte einen akustischen Disruptor eingesetzt, der nur zentimetertief in den Fels eindrang und ihn zerbröckeln ließ. »An die Arbeit!« befahl er.

Kyp kniete auf dem schuttbedeckten Boden und zeigte Han und Chewbacca, wie sie den zertrümmerten Fels durchsieben, mit klammen Fingern durch die Steine und Kiesel tasten und die Glitzerstimfäden herausziehen mußten, die sich wie Haarsträhnen oder Asbestfasern anfühlten.

Hans Hände waren bald wund von der Arbeit und der beißenden Kälte, aber keiner von den Gefangenen beklagte sich. Sie schienen alle eingeschüchtert zu sein. Er hörte sie keuchen und stöhnen, während sie schufteten. Han stopfte die Glitzerstimfragmente in den Sammelbeutel an seiner Hüfte. Tiefe Niedergeschlagenheit überwältigte ihn und fraß sich wie Säure durch seine Eingeweide. Vielleicht würde er für lange, lange Zeit diese Arbeit machen müssen.

Nachdem die Gruppe den Schutt durchwühlt hatte, trieb der Aufseher sie tiefer in den Stollen und aktivierte wieder seinen akustischen Disruptor, um den nächsten Wandabschnitt zum Einsturz zu bringen.

Während sie im Stollen kauerten und den zerbröselten Fels durchsuchten, konnte Han nur an seine schmerzenden Knie und seine brennenden Finger denken. Wie schön es wäre, wieder bei Leia zu sein. Niemand hatte ihm gesagt, wie lange eine Schicht dauerte – nicht, daß es irgendeine Möglichkeit gab, in der Finsternis die Zeit zu schätzen. Er bekam Hunger. Er bekam Durst. Er arbeitete weiter.

Während einer kurzen Pause spürte Han ein Prickeln im Rücken. Er blickte auf, obwohl er wußte, daß er in der Dunkelheit nichts sehen konnte. Aber seine Ohren, die jetzt sein wichtigstes Sinnesorgan waren, fingen ein fernes Rascheln auf, das – wie tausend flüsternde, allmählich lauter werdende Stimmen – an Geschwindigkeit gewann, ähnlich einer Hydrolok, die durch eine Röhre rast. Ein perlmuttartiges Glühen schien aus der Luft zu sickern.

»Was …?«

»Pst!« zischte Kyp. Die Gefangenen hatten aufgehört zu arbeiten. Ein mattglitzernder Schein wie eine dichte Wolke aus fahlen Glühwürmchen schoß summend und raunend durch den Stollen.

Han duckte sich. Er hörte, wie sich die anderen um

ihn herum ebenfalls flach auf den schuttbedeckten Boden warfen.

Das glühende Ding raste durch den Tunnel, wirbelnd und tollend. Kaum hatte es sie passiert und die Stelle hinter sich gelassen, an der sie das Gewürz aus den Wänden geholt hatten, machte das glühende Ding plötzlich einen scharfen Knick und raste direkt in den massiven Felsen, wo es wie ein Fisch, der zurück in einen dunklen See fiel, verschwand.

Hinter ihnen, in der langen Biegung des Stollens, glitzerten winzige blaue Funken des freigelegten Gewürzes, das von der vorbeizuckenden Lichtquelle aktiviert worden war. Die blauen Funken knisterten und flackerten und erloschen rasch.

Hans Augen schmerzten nach der plötzlichen Lichtexplosion – ein Licht, das unter normalen Umständen wahrscheinlich zu matt gewesen wäre, um von ihm bemerkt zu werden, aber seine Augen hatten seit Stunden nur Finsternis gesehen. »Was war das?« rief er.

Er hörte Kyp an seiner Seite keuchen. »Niemand weiß es. Es war etwa der fünfzehnte, den ich im Laufe der Jahre gesehen habe. Wir nennen sie Kobolde. Sie tun niemand was zuleide – zumindest glauben wir das –, aber niemand weiß, was diese Leute unten in den tiefen Stollen erwischt.«

Auch der Aufseher schien einen Schreck bekommen zu haben, Han konnte das Zittern in seiner Stimme hören. »Das reicht. Ende der Schicht. Wir gehen zurück.«

Das klang in Hans Ohren nach einer guten Idee.

Als die Grubenbahn in die lange Wartegrotte zurückkehrte und das Metalltor sich hinter ihnen schloß, hörte Han, wie Waffen gezogen wurden. Alle Arbeiter wurden angewiesen, die Thermoanzüge abzulegen. Han konnte die Vorsichtsmaßnahmen nachvollziehen – ein Gefangener, der sich mit etwas gestohlenem Glitzerstim dopte, konnte vielleicht einen Fluchtversuch riskieren ... allerdings war Han auf der öden Oberfläche Kessels gewesen und fragte sich, wohin eine Flucht führen sollte.

Als die normale Beleuchtung endlich aufflackerte, zuckte

Han unter der blendenden Helligkeit wie unter einem elektrischen Schlag zusammen. Er schirmte seine Augen ab.

Plötzlich spürte er, wie eine Hand nach seiner griff und ihn in den Appellraum führte. »Es ist okay, Han. Folge mir einfach. Gewöhn dich in aller Ruhe an das Licht. Kein Grund zur Eile.«

Aber Han hatte es eilig festzustellen, wie Kyp Durron aussah. Er blinzelte tapfer die Tränen fort und zwang seine Pupillen, sich weit genug zusammenzuziehen, daß die grellen Flecken, die ihn umtanzten, zu erkennbaren Formen wurden. Aber als er Kyps Umrisse endlich ausmachen konnte, blinzelte er erneut – diesmal vor Überraschung.

»Du bist ja noch ein Kind!« Han sah einen Jungen mit schwarzen Wuschelhaaren, die aussahen, als würde er sie mit einem stumpfen Gegenstand schneiden. Unter seinen großen Augen lagen dunkle Ränder und seine Haut war nach den Jahren in der Finsternis der Gewürzminen bleich. Kyp machte einen drahtigen und zähen Eindruck. Voller Hoffnung und ein wenig eingeschüchtert blickte er Han an.

»Keine Sorge«, meinte Kyp. »Ich tue mein Bestes.«

Kyp erinnerte ihn an den vorwitzigen und großäugigen jungen Luke Skywalker, dem Han zum ersten Mal in der Mos-Eisley-Bar begegnet war. Aber Kyp wirkte ernster als Luke, nicht ganz so naiv. Angesichts des rauhen Lebens, das Kyp hinter sich hatte, auf Kessel aufgewachsen und in den Gewürzminen eingesperrt, wo sich niemand um ihn kümmerte, war es kein Wunder, daß der Junge abgehärtet war.

Im Moment wußte Han nicht, wen er mehr haßte – das Imperium, das Kyp und seiner Familie ein so hartes Los aufgezwungen hatte, oder Moruth Doole, der ihn weiter unter der Knute hielt ... oder sich selbst, weil er Chewie und sich überhaupt in diesen Schlamassel gebracht hatte.

8

Die Nacht auf Eol Sha brachte wenig Ruhe. Die Dunkelheit kämpfte gegen die schimmernde orange Glut des nahen Vulkans an, gegen den Pastellglanz des Hexenkessel-Nebels und die drohend am Himmel hängende Lichtscheibe des viel zu nahen Mondes. In unregelmäßigen Abständen zerrissen die prustenden Ausbrüche des Geysirfelds die Stille.

Luke saß allein in dem vollgestopften Lagermodul, das ihm Gantoris zum Schlafen zugewiesen hatte. Das Modul war nie zum Wohnen gedacht gewesen und bot wenig Komfort: eine Schüssel mit etwas Wasser und ein mit Decken gepolsterter Erdhaufen als Bett. Gantoris zog ein perverses Vergnügen daraus, Luke zu erzählen, daß dies der Lieblingsplatz des toten Jungen gewesen war. Entweder gaben die Flüchtlinge Luke die Schuld daran, daß nicht beide Kinder gerettet worden waren, oder Gantoris wollte ihn nur verunsichern.

Luke hatte sein Lichtschwert und all die Fähigkeiten, die ihm das Jedi-Training vermittelt hatte, falls er fliehen wollte. Aber das war nicht der Grund für seinen Besuch auf Eol Sha. Er stützte sein Kinn in die Hand und blickte hinaus in die abweisende Nacht. Er mußte Gantoris dazu bringen, ihn anzuhören und zu begreifen, wie wichtig es war, den Orden der Jedi-Ritter neu zu gründen – aber warum sollte jemand von einer isolierten Kolonie, ohne Kenntnisse der galaktischen Politik, ein Interesse daran haben? Doch wenn Gantoris tatsächlich ein Nachfahre der vor langer Zeit gestorbenen Ta'ania war, mußte Luke sein Interesse wecken.

Als die Kolonisten sich zur Nacht in ihre Quartiere zurückzogen, brachte ihm Warton einen gedünsteten Bugdillo. Luke knackte die glänzend schwarze Schale des Krustentiers, riß den vielgliedrigen Rumpf auf, um an das rosige Fleisch zu kommen. An diesem Nachmittag war ein Junge beim Sammeln dieser kleinen Kreaturen gestorben …

Luke konnte das baufällige Modul jederzeit verlassen, zur Passagierfähre auf der anderen Seite des Geysirfelds marschieren und seine eigenen Rationen holen; aber er wollte erst gehen, wenn sich Gantoris bereit erklärt hatte, ihn zu begleiten. Luke aß das säuerlich schmeckende Fleisch und kaute schweigend.

»Kommen Sie.« Gantoris zeichnete sich silhouettenhaft im eckigen Türrahmen von Lukes Unterkunft ab.

Luke blinzelte und erwachte aus seiner Trance, ausgeruht und überrascht, das graue Morgenlicht durch die Risse des Moduls sickern zu sehen. Wortlos stand er auf und trat nach draußen.

Gantoris hatte die abgenutzte Uniform eines Handelskapitäns an. Sie paßte ihm nicht, aber er trug sie voll Stolz. Die Uniform mußte von Generation zu Generation weitergegeben worden sein, während die Kolonisten voller Hoffnung darauf warteten, daß die Staustrahl-Gasminenschiffe zurückkehrten und ihre Siedlung in eine prosperierende Stadt verwandelten.

»Wohin gehen wir?« fragte Luke.

Gantoris reichte ihm eine Stofftasche und warf sich ebenfalls eine über die Schulter. »Essen sammeln.« Seinen dicken schwarzen Zopf zurückwerfend, marschierte er Richtung Geysirfeld.

Luke folgte ihm über das zerklüftete Terrain und wich dem kalkverkrusteten Netzwerk der Geysire und dampfenden Spalten aus. Der Planet Eol Sha vibrierte unter den Gezeitenkräften wie ein Gong, der sich nach einem Schlag langsam beruhigte.

Gantoris bewegte sich zielbewußt und voller Selbstvertrauen, aber Luke spürte in ihm Beklommenheit und Unsicherheit. Luke entschied, daß dies der richtige Zeitpunkt war, um über die Macht und ihre Kräfte zu sprechen.

»Ich muß Ihnen vom Orden der Jedi-Ritter erzählen«, begann er. »Tausend Generationen lang haben sie der Alten Republik als Wächter und Bewahrer der Ordnung gedient. Ich glaube, daß eine Ihrer Vorfahrinnen – Ta'ania – die Tochter eines Jedi war. Deshalb bin ich zu Ihnen gekommen. Sie gehörte zu den Gründern dieser Kolonie auf Eol Sha.

Der Imperator ließ von seinen Häschern alle Jedi-Ritter, die er finden konnte, jagen und töten, aber ich glaube nicht, daß er alle Nachfahren bzw. jede einzelne Blutlinie auslöschen konnte. Jetzt ist das Imperium zusammengebrochen, und die Neue Republik wartet auf die Rückkehr der Jedi-Ritter.« Er schwieg einen Moment. »Ich möchte, daß Sie dazugehören.«

Er griff nach Gantoris' Schulter. Der andere Mann zuckte zusammen und stieß Lukes Hand fort. Lukes Stimme nahm einen bittenden Ton an. »Ich will Ihnen die Kräfte der Macht zeigen, die zahllosen Pforten, die sie öffnen kann. Mit dieser neuen Kraft werden Sie mithelfen können, die gesamte Galaxis zusammenzuhalten. Ich verspreche Ihnen, daß wir Ihre Leute zu einem sicheren Planeten bringen werden, zu einem, der im Vergleich zu Eol Sha wie das Paradies sein wird.«

Luke befürchtete, daß seine Rede wie eine Predigt klang. Gantoris sah ihn mit düsteren, unauslotbaren Augen an. »Imperien und Republiken bedeuten mir nichts. Haben sie sich schon einmal um uns gekümmert? Mein Universum ist hier, auf dieser Welt.«

Er blieb vor der großen Öffnung eines Geysirs stehen und spähte in die Tiefe. Der Gestank von faulen Eiern hing in der Morgenluft. Gantoris zog aus seinem Hüftbeutel einen zerschrammten alten Datenblock und studierte eine Zahlenkolonne, die wie eine Art Stundenplan aussah. »Hier. Wir steigen in den Geysir und ernten.«

Luke blinzelte. »Was ernten?«

Ohne zu antworten, beugte sich Gantoris über den Rand des Geysirlochs und kletterte nach unten. Luke legte seinen Jedi-Mantel ab und ließ ihn neben dem Geysir zurück, um dann dem anderen Mann in die Tiefe zu folgen. Wollte Gantoris nur feststellen, ob Luke es wagen würde, ihm in den Bauch des Geysirs hinterherzusteigen?

Der Schacht war ein schmaler, gewundener Kamin, der durch porösen Fels führte, einer Röhre gleich, aus der kochendheißes Wasser sprudelte. Farbenprächtige Mineralienablagerungen funkelten weiß, hellbraun oder blau und zerbröselten unter seiner Hand. Luke fand überall Halt, während Gantoris ihn durch die durchlöcherten Tunnel führte. Der Fels fühlte sich warm und schleimig an. Die von unten aufsteigenden, beißenden Dämpfe brannten in seinen Augen.

Gantoris arbeitete sich zu einer Seitenspalte vor. »Was soll ich tun?« fragte Luke.

Gantoris quetschte sich tiefer in einen Spalt und nahm die Stofftasche von der Schulter. »Schauen Sie in die dunklen Löcher, die vor dem heißen Wasser geschützt sind.« Er schob seine Finger in eine Ritze, tastete herum und zog eine Handvoll gummiartiger Ranken heraus. »Die Hitze und die Mineralablagerungen bieten den Flechten ideale Lebensbedingungen. Es kostet ziemliche Mühe, sie zuzubereiten, aber wir können etwas Eßbares daraus machen. Auf unserer Welt haben wir keine große Wahl. Meine Leute müssen nehmen, was sie finden können.«

Luke legte seine Tasche ebenfalls ab und begann in den Spalten zu suchen, indem er mit seiner künstlichen Hand vortastete. Was, wenn etwas Giftiges in den Ritzen lauerte und ihn stach? Er spürte, daß Gantoris unlautere Absichten hatte, konnte aber nicht erkennen, welche. Suchte Gantoris nach einer eleganten Möglichkeit, den »Schwarzen Mann« aus seinen Träumen zu töten? Bei seinem dritten Versuch fand Luke ein Büschel schwammiger Gewächse und riß sie aus.

Gantoris warf ihm einen Blick über die Schulter zu. »Es ist besser, wenn wir uns trennen. Wenn Sie bei mir bleiben, finden Sie nur meine abgeernteten Stellen. Auf diese Weise kann ich meine Leute nicht satt kriegen.« Gantoris' Stimme bekam einen spöttischen Tonfall, seine Stirn legte sich in Falten, seine rasierten Brauen wölbten sich. »Oder kann Ihre Macht ein Bankett herbeizaubern?«

Sich sorgfältig festhaltend, kletterte Luke zu einem anderen Riß, während Gantoris tiefer in seine eigene Spalte vordrang und um eine gezackte Ecke bog. Luke wurde unbehaglich zumute, aber er begann in den Ritzen zu suchen.

Die Flechten waren nicht schwer zu finden, und Luke füllte rasch seine Tasche, während er durch schmale Spalten kroch. Vielleicht hatte Gantoris erwartet, daß er sich in dem Felslabyrinth verirren würde. Aber selbst in dieser fremden unterirdischen Welt konnte Luke seinen Weg mühelos zurückverfolgen. Er hatte seit längerem nichts von dem anderen Mann gehört, und als er zu der Überzeugung kam, daß er seine Pflicht getan hatte, kehrte Luke zu dem Ort ihrer Trennung zurück.

Als er die Tunnelkreuzung erreichte, fehlte von Gantoris jede Spur. Er kroch tiefer in den Spalt und suchte nach dem anderen Mann, stets auf der Hut vor einer Falle, doch voller Zuversicht, damit fertig zu werden. Er würde Gantoris mit seinen Jedi-Kräften beeindrucken.

Der Tunnel endete in einer Sackgasse aus erodiertem Gestein. Der Schwefeldampfgestank wurde beißender und erfüllte ihn mit einem Gefühl der Klaustrophobie. Luke dachte an die beiden Kinder unter dem Erdrutsch und an das helle Blut, das an den Unterseiten der heruntergefallenen Felsen geklebt hatte. Der Boden unter seinen Füßen vibrierte vor mühsam gebändigter, mörderischer Energie – was war, wenn es zu einem neuen Erdbeben kam, während er in diesen tiefen, schmalen Spalten feststeckte?

Gantoris war nirgendwo zu sehen. »Gantoris!« rief er, bekam aber keine Antwort. Als Luke den vom Tageslicht durchfluteten Schacht hinauf spähte, entdeckte er endlich dicht unterhalb der Öffnung die Silhouette eines Mannes. Gantoris kletterte die zerklüfteten Wände hinauf, bewegte sich so schnell er konnte und ließ Luke zurück.

Er floh vor etwas.

Bevor er ihn hörte, spürte Luke den Druck, der sich tief im Planeten aufbaute und die Wasserschicht, die, von dem oberflächennahen Magma erhitzt, zum Kochen gebracht wurde, nach oben trieb, so daß sie den direktesten Weg in die Höhe nahm.

Gantoris mußte gewußt haben, daß es zu einem Ausbruch kommen würde. Die Geysire eruptierten in regelmäßigen Abständen. Luke sollte dort unten festsitzen, wo er von dem siedendheißen Dampf bis auf die Knochen verbrüht werden würde.

Nach einem schmalen Sims greifend, zog sich Luke nach oben und schabte mit den Stiefeln über den Fels, auf der Suche nach einem Halt. Er stieg weiter durch den engen, gewundenen Kamin in die Höhe. Die Hitze um ihn nahm zu, erschwerte ihm das Atmen. Er keuchte und blinzelte brennende Tränen aus den Augen. Dampf umwaberte ihn, als würde er aus dem massiven Fels zischen.

Sein Fuß rutschte ab, so daß er fast in die Tiefe stürzte, aber mit seiner künstlichen Hand bekam er einen Vorsprung zu packen und hielt sich fest. Kaum hatte er sein Gleichgewicht zurückgewonnen, zerbröckelte der Vorsprung. Luke hatte kostbare Sekunden verloren. Er hielt sich an einem Riß fest, zog sich nach oben und griff nach dem nächsten Spalt.

Für einen kurzen Moment sah er den Schatten eines Kopfes in die Tiefe des Geysirkamins spähen, ihn beobachten. Gantoris. Aber er bot ihm keine Hilfe an.

Luke kletterte weiter, ignorierte seine zerrissene Pilotenmontur und stieg so schnell ihn seine Glieder trugen. Dann war es soweit!

Tief unter sich hörte er die Explosion, das grollende Tosen einer Säule aus kochendem Wasser, die zur Oberfläche schoß. Luke wappnete sich und wußte, daß er nur eine Chance hatte.

Er hatte es schon öfter getan, in Cloud City auf Bspin und während seiner Ausbildung bei Yoda; später dann bei einigen wenigen Gelegenheiten. Als die Säule aus Dampf und tödlichem Wasser auf ihn zuschoß, sammelte Luke all seine Kräfte, konzentrierte sich, und sprang steil nach oben und katapultierte so seinen Körper aus dem Geysirschacht. Er benutzte die Macht als Sprungbrett, um sich in die Höhe und die Freiheit zu schleudern, als würde er einen toten Gegenstand bewegen.

Luke schoß aus dem Geysirkamin und landete mit den Armen rudernd auf dem zerklüfteten Boden. Er ließ sich auf die Schulter fallen und rollte ab, mit der Macht den Aufprall dämpfend.

Eine Sekunde, nachdem er den Boden berührt hatte, brauste eine Fontäne aus Dampf und superheißem Wasser aus dem Geysir. Luke schirmte seine ungeschützte Haut vor den kochenden Tropfen ab und wartete darauf, daß der Ausbruch abflaute.

Die Geysireruption dauerte mehrere Minuten. Als Luke schließlich aufstand, sah er Gantoris und die anderen Leute von Eol Sha auf sich zukommen, wie immer mit grimmigen Gesichtern. Sie hatten ihn getäuscht, ihn in eine Falle gelockt und zu töten versucht.

Aber der Zorn verrauchte schnell. Hatte Luke Gantoris nicht aufgefordert, ihn zu prüfen, damit er seine guten Absichten beweisen konnte? Luke fischte seinen durchweichten Jedi-Mantel vom Geysirrand und wartete auf sie.

Gantoris verschränkte die Arme vor der Brust und nickte. Sein Gesicht sah ohne Brauen und Wimpern breit und leer aus. »Sie haben meine erste Prüfung bestanden, Schwarzer Mann.« Luke spürte die Erregung und das Entsetzen des Mannes. »Kommen Sie und stellen Sie sich der letzten Probe.«

Als die Leute vortraten und ihn wieder ergriffen, wehrte Luke sich nicht. Er hatte sich entschlossen, jedes notwendige Risiko einzugehen, um den Orden der Jedi-Ritter neu aufzubauen.

Nur hoffte er, daß es die Risiken wert war.

Es war wie eine religiöse Prozession. Mit Gantoris an der Spitze brachen die Leute von Eol Sha zu einem langen Marsch über die Hänge zu den Lavaspalten auf. Luke ging aufrecht und stolz, entschlossen, keine Furcht zu zeigen, obwohl die Leute bereits ihre mörderischen Absichten bewiesen hatten. Trotz seines Jedi-Trainings schwebte er in sehr realer Gefahr. Der bedrückende Mond hing wie eine gigantische Faust am Himmel.

Türme aus Lavagestein ragten wie verfaulte Zähne aus dem Berghang. Gantoris verlangsamte seine Schritte nicht, als der Hang abrupt steil anstieg, sondern blieb erst stehen, als sie eine von einem Überhang geschützte Öffnung in der

Vulkanflanke erreichten. In der Luft über ihnen hing eine Glocke aus Rauch und Asche.

»Folge mir hinein«, befahl Gantoris Luke. Die übrigen strömten an ihnen vorbei und marschierten weiter über den holprigen Pfad. Luke schloß sich Gantoris an; er mußte sich seinen Respekt und sein Vertrauen verdienen. Unter diesen Umständen war es Gantoris, der die Regeln festlegte.

Unbeirrt marschierte Gantoris durch den schmalen Tunnel in die Dunkelheit einer Lavaröhre, durch die sich bei einem früheren Vulkanausbruch der Überdruck entladen hatte. Vor ihnen verbreitete feurige, orangefarbene Glut ausreichend Licht, um den Weg zu erkennen. Luke spürte mit jedem Schritt, wie seine Erregung und seine Furcht wuchsen.

Die Lavaröhre wurde breiter und enthüllte einen kochenden See aus Feuer. Durch einen Spalt in der Decke und verschiedene Öffnungen drangen Windstöße und heizten die Kammer wie mit Blasebälgen auf. Luke senkte den Kopf und versuchte, sein Gesicht mit der feuchten Jedi-Kapuze zu schützen, aber Gantoris zeigte sich unbeeindruckt.

Luke spähte durch die giftigen Gase, die aus der Lava aufstiegen, und entdeckte, daß auf der gegenüberliegenden Seite der Höhle die Eol Sha-Bewohner auftauchten, sich in einer Reihe aufstellten und warteten. Alle Gesichter waren auf ihn gerichtet.

Gantoris mußte die Stimme heben, um das Brodeln des kochenden Magmas zu übertönen. »Laufe über das Feuer, Schwarzer Mann. Wenn du die andere Seite unversehrt erreichst, werde ich dir gestatten, mir alles beizubringen, was dir beliebt.« Ohne auf eine Antwort zu warten, verschwand Gantoris in der Dunkelheit der Lavaröhre.

Luke sah ihm einen Moment lang nach und fragte sich, ob Gantoris es ernst meinte – aber dann bemerkte er in der Glut der leuchtenden Lava dunkle Objekte. Harte Trittsteine aus dichterem Fels, der nicht geschmolzen war, sondern einen gefährlichen Pfad über den Feuersee bildete.

Wollte Gantoris seinen Mut prüfen? Was wollte der Mann und was hatten seine Träume von einem dämonischen »Schwarzen Mann« zu bedeuten?

Luke schluckte, aber seine Kehle war so trocken wie Pergament. Er trat an den Rand der siedenden Lava. Die Steine lockten ihn, doch der gesunde Menschenverstand riet ihm, sich umzudrehen, zur Fähre zurückzukehren und davonzufliegen. Er konnte andere Kandidaten für seine Jedi-Akademie finden. 3PO und R2 mußten inzwischen auf ein paar Spuren gestoßen sein, und auf Bspin wartete ein weiterer Anwärter auf ihn. Luke hatte Gantoris noch nicht einmal getestet; warum sollte er sein Leben für jemanden riskieren, der möglicherweise gar nicht über Jedi-Potential verfügte?

Weil er es tun mußte! Es würde schwierig sein, einen neuen Orden der Jedi-Ritter zu gründen, und wenn er schon vor der ersten Prüfung seiner eigenen Kräfte zurückschreckte, wie konnte er es dann wagen, eine solche Aufgabe in Angriff zu nehmen?

Unerträgliche Hitze umgab ihn. Luke trat an den Rand des Feuers und sah zu dem Fetzen Himmel hinauf, der sich im Deckenspalt abzeichnete. Dann setzte er den Fuß auf den ersten Trittstein.

Er trug sein Gewicht. Luke sah nach vorn, fixierte die gegenüberliegende Seite, wo die Menge ihn beobachtete.

Lava blubberte um ihn herum, spuckte giftige Gase in die Luft. Er versuchte, nur flach zu atmen. Er machte einen weiteren Schritt. Die andere Seite schien unendlich weit entfernt.

Mit zusammengekniffenen, da tränenden Augen zählte er die vor ihm liegenden Steine. Noch vierzehn Stück. Luke trat auf den nächsten.

Auf der gegenüberliegenden Seite tauchte Gantoris auf und gesellte sich zu den anderen Bewohnern von Eol Sha. Luke hatte zwar nicht erwartet, daß sie ihn anfeuern würden, aber ihr Schweigen war trotzdem unheimlich.

Ein weiterer Schritt. Um ihn gurgelte die Lava wie der Magen eines riesigen Tieres, eines hungrigen Molochs.

Luke sprang auf den nächsten Stein, den übernächsten. Ein Anflug von Euphorie erfaßte ihn. Es war nicht so schwer, wie er befürchtet hatte. Er würde diese Prüfung bestehen. Unerschrocken und schnell legte er die Hälfte des Weges zurück.

Dann begann die Lava lauter zu blubbern und zu zischen, wurde aufgewirbelt, als bewegte sich etwas unter ihr. Die vulkanische Kammer erdröhnte unter einem tiefen, knapp unterhalb der Hörgrenze liegenden Baßton, der seine Zähne zum Vibrieren brachte. Er spürte, wie sich sein Magen zusammenzog. Sich anspannend fragte er sich, welches Grauen auf ihn lauerte.

Irgend etwas lebte in dem Lavasee. Das Etwas bewegte sich.

Plötzlich durchbrach eine schlangenähnliche Kreatur die Oberfläche und zischte wie in Brand geratener Raketentreibstoff.

Der Feuerwurm hatte einen dreieckigen Kopf und spitze Ohren. Kristallschuppen panzerten jeden Quadratzentimeter seines Körpers. Seine großen Augen erschienen wie Juwelen, die in einem eigenen Feuer glühten. Isolierte Atemöffnungen saugten die heiße Luft ein, füllten damit Blasen tief im Leib der Kreatur, die sie riesig und drohend an die Oberfläche des Lavasees steigen ließen. Die Silikonschuppen glitzerten wie Spiegel im Feuerschein.

Luke hielt mühsam das Gleichgewicht auf dem Trittstein, um sich vor einem schnellen Tod im geschmolzenen Fels zu bewahren. Dann sprang er auf den nächsten Stein. Als sich der Feuerwurm vor ihm aufbäumte und den Kopf senkte, wußte er, daß er dem Ungeheuer nicht entkommen konnte. Er blieb stehen und suchte sicheren Halt für seine Füße. Instinktiv zog er sein Lichtschwert und zündete es mit einem Zischen. Der grüne Glanz seiner Klinge kämpfte gegen das feurige Orange der Lavablase.

Auf der anderen Seite des Lavasees standen die Leute von Eol Sha bewegungslos da und beobachteten ihn.

Der Feuerwurm starrte mit seinem Vipernkopf auf Luke hinunter. Er öffnete ein riesiges metallisches Maul und spuckte erstarrte Lava gegen die Wand. Gepanzerte Atemöffnungen saugten immer noch Luft an, so daß weitere Teile des leviathanischen Körpers an die Oberfläche stiegen. Luke hielt sein Lichtschwert hoch, aber es wirkte lächerlich klein im Vergleich zu dem Lavadrachen.

Mit einem Ultraschallgebrüll tauchte der Feuerwurm wieder in das Magma, wobei er geschmolzenen Fels in die Luft schleuderte. Luke tanzte von Trittstein zu Trittstein, um dem tödlichen Feuerregen zu entgehen. Lavatropfen setzten seinen Jedi-Mantel in Brand, doch Luke riß ihn sich vom Leib und warf ihn in den brodelnden See, wo er in lodernde Flammen aufging.

Er hielt sein Lichtschwert kampfbereit vor sich. Seine Augen weiteten sich. Er griff mit seinen Jedi-Sinnen hinaus und suchte nach der Kreatur. Alle seine Nerven waren zum Zerreißen gespannt, auf alles vorbereitet, aber er sah nur die aufgewühlte Lavaoberfläche.

»Wo bist du?« flüsterte er.

Auf der anderen Seite explodierte die Lava unter dem hervorbrechenden Kopf des Feuerwurms. Er schoß vor, öffnete sein riesiges Maul und entblößte Fangzähne wie Stalaktiten. Luke wirbelte herum, riß sein Lichtschwert hoch und sprang auf den vorherigen Trittstein.

Als der Feuerwurm zustieß, schlug Luke mit der summenden grünen Klinge zu. Aber kaum traf das Lichtschwert die spiegelnden Panzerschuppen, zersplitterte die leuchtend grüne Schneide in tausend Stücke, die als Querschläger durch die Höhle pfiffen. Funken regneten auf ihn herab. Die Energieklinge, die angeblich alles durchdringen konnte, hatte nur eine einzige Silikonschuppe zerstört.

Auf der anderen Seite der Höhle duckten sich die Leute von Eol Sha unter den herumfliegenden Splittern aus grüner Energie. Felsbrocken stürzten in den Magmasee. Luke wußte, daß er das Lichtschwert nicht noch einmal einsetzen konnte.

Der Feuerwurm heulte mehr aus Überraschung denn aus Schmerz und tauchte dann wieder schutzsuchend in die Lava. Sich niederkauernd suchte Luke verzweifelt nach einem Ausweg. Er drehte sich um, bereit, zur anderen Seite zu rennen, wo die Leute auf ihn warteten.

Der Feuerwurm konnte jeden Moment wieder auftauchen. Er wußte nicht, wieviel Zeit ihm noch blieb.

Plötzlich schnellte die Kreatur aus der Lava, brüllend und

zischend und unheimliche Laute von sich gebend, die zu schrecklich waren, als daß Luke sie beschreiben konnte. Mit dem Lichtschwert in der Hand fuhr er herum, bereit, im Kampf zu sterben – aber inzwischen hatte das Ungeheuer jedes Interesse an ihm verloren.

Beißende Rauchschwaden drangen aus dem Riß im Silikonpanzer, wo sich die Lava durch das Fleisch des Feuerwurms fraß. Die Kreatur wand und schüttelte sich und spuckte Lava in die Luft. Geschmolzener Fels zersetzte die Eingeweide des Feuerwurms wie Säure und tötete ihn von innen heraus. Im Inneren brennend, zuckte der Feuerwurm im Todeskampf, spritzte Lava um sich, während Flammen und stinkender Rauch aus der winzigen Öffnung in seinem Panzer quollen. Als sich der glühende Fels durch die aufgepumpten Atemsäcke des Feuerwurms brannte, explodierte die Kreatur.

Ein Regen aus erstarrender Lava prasselte nieder. Luke schaffte es, die meisten feurigen Brocken mit der Macht abzuwehren, aber einige versengten ihm den Rücken und die Schultern. Der Todeskampf des Feuerwurms wühlte den geschmolzenen Fels auf, bis sich die Wogen langsam wieder glätteten.

Luke hob die Augen und blinzelte ungläubig. Die Leute von Eol Sha warteten noch immer auf ihn.

Die meisten Trittsteine waren von den Feuerwogen fortgespült worden. Nur noch glühende Lava lag zwischen ihm und Gantoris. Er konnte seinen Weg nicht fortsetzen. Zwischen Entsetzen und den Möglichkeiten der Macht hin und her schwankend, starrte Luke den unüberwindlichen Flammenfluß zwischen sich und seinem Ziel an.

Er dachte an das Potential seiner geplanten Akademie, an die Rückkehr der Jedi-Ritter. Die Neue Republik brauchte ihn. Er mußte sein Versprechen einlösen. Er würde die Kandidaten um sich sammeln und ihnen die Wege der Macht zeigen. Er würde es tun. Ohne auch nur den Hauch eines Zweifels, da er nach seinem Kampf gegen den Feuerwurm noch immer vom Pulsieren der Macht durchdrungen war, schloß er die Augen.

Luke ging über den Feuersee.

Er dachte nicht darüber nach. Die Lava berührte seine Füße nicht. Nur die Macht brannte hell um ihn. Schritt für Schritt marschierte er über den flammenden Fels, allein auf sein Ziel konzentriert, bis er auf der anderen Seite des Feuersees wieder festen Boden unter sich hatte und Gantoris und seinen Leuten gegenüberstand.

Als er sicheres Terrain erreicht hatte, brach er vor Erleichterung fast zusammen, aber er konnte sich kein Zeichen der Schwäche erlauben. Er versuchte, nicht an das zu denken, was er soeben getan hatte.

Mit einem ehrfürchtigen Ausdruck auf dem breiten Gesicht stand Gantoris vor ihm. Die anderen scheuten zurück, aber Gantoris blieb stehen. Er schluckte, als ihn Lukes Blick traf. »Ich werde mein Versprechen halten.« Er holte tief Luft. »Zeige mir, wie ich die geheimnisvolle Macht in mir beherrschen kann.«

Ohne zu überlegen, griff Luke mit bebenden Händen nach Gantoris' Kopf. Er streckte mentale Finger aus, tastete in die Tiefe des anderen Bewußtseins, suchte, bis er den mysteriösen Knoten in Gantoris' Unterbewußtsein fand, und drückte zu …

Die Wucht der Reflexreaktion schleuderte Luke nach hinten, so daß er nur mit knapper Not sein Gleichgewicht zurückgewinnen und verhindern konnte, daß er in die Lava stürzte. Gantoris verfügte tatsächlich über Jedi-Potential, genug, um ihn zu einem hervorragenden Kandidaten für die Jedi-Akademie zu machen.

Luke gestattete sich einen Seufzer der Erleichterung. Die Schrecken der Prüfungen hatten sich gelohnt. Er ergriff Gantoris' Hand und sah dann zu den versammelten Überlebenden der aufgegebenen Kolonie hinüber.

»Wir werden eine neue Heimat für Ihre Leute finden. Aber zuerst werden Sie mit mir nach Coruscant kommen.«

9

Lando Calrissians Schiff, die *Glücksdame,* bekam von einem gelangweilt klingenden Raumlotsen die Freigabe für die Landung auf dem Raumhafen von Umgul. Während das Schiff durch die dunstige Atmosphäre pflügte, wunderte sich Lando über die vielen Privatschiffe, Raumyachten und luxuriösen Bodengleiter, die sich um das Landezentrum herum tummelten.

Lando überquerte auf seinem Weg nach Umgul City mit dem übrigen Verkehr einen breiten, in ebenes Land eingebetteten Fluß. Ganze Flotten von Stahlbarken trieben auf dem trägen Strom. Als er nach unten sah, konnte er blitzende Lichter und wirbelnde Körper erkennen, die darauf hindeuteten, daß auf den Barkendecks wilde Partys gefeiert wurden.

Ein feuchter Planet, aber kühl. Umgul war ständig in dichten Nebel und tiefhängende Wolken gehüllt; selbst jetzt, gegen Mittag, stiegen Nebelfahnen vom Fluß auf und bedeckten die Niederungen. Obwohl Umgul über wenige Rohstoffe verfügte und nur geringe strategische Bedeutung hatte, war der Planet in der ganzen Galaxis als Sportzentrum berühmt, vor allem als Austragungsort der beliebten umgullianischen Blobrennen.

Die *Glücksdame* folgte ihrem zugeteilten Vektor zu einem Raumhafen, der in die hohen Sandsteinklippen am Flußufer eingelassen war. Zu beiden Seiten von kleinen, zweisitzigen Vergnügungsgleitern flankiert, steuerte Lando sein Schiff durch die Höhlenöffnung. Nur mit knapper Not konnte er den Zusammenstoß mit einem blauen Zeppelin voller Touristen verhindern. Im Höhleninneren wiesen haarige Hafenmeister in hellorangen Westen die *Glücksdame* mit Hilfe tragbarer Lasersignallampen in ihre Parkbucht.

Lando drehte sich zu den beiden Droiden in der Pilotenkanzel um. »Habt ihr Jungs Lust auf ein wenig Spaß?«

R2 piepte etwas, das Lando nicht verstehen konnte, aber 3PO richtete sich indigniert auf. »Wir sind nicht zum Vergnügen hier, General Calrissian. Wir sind hier, um Master Luke zu helfen!«

»*Ich* bin hier als Privatperson, um die Blobrennen zu besuchen.« Lando stach mit einem Finger nach ihm. Er war erst einen Tag mit 3PO zusammen, aber der zimperliche Droide ging ihm bereits auf die Nerven. »Du bist mein Protokolldroide, und du solltest dich an diese Rolle halten – oder ich werde dich dazu verdonnern, die Abwasserkontrollsysteme von Umgul City zu überprüfen.«

»Ich … verstehe voll und ganz, Sir.«

Als sich die Rampe der *Glücksdame* senkte, trat Lando hinaus in das Chaos des umgullianischen Empfangszentrums. Aus dem Interkomsystem drangen blecherne Stimmen und machten ständig irgendwelche Mitteilungen, die im Hintergrundlärm untergingen. Das Motorengedröhn abfliegender Maschinen hallte durch die Grotte. Abgasschwaden und beißende Dämpfe aus Treibstofftanks brannten in Landos Nase.

Nichtsdestotrotz hielt er den Kopf hoch und ging die Rampe hinunter, ließ seinen Umhang wirbeln und winkte den beiden Droiden zu, ihm zu folgen. »3PO, verstehst du die Ansagen? Stell fest, wohin wir gehen müssen.«

3PO studierte die Datenwände mit den in Umgul City angebotenen Dienstleistungen. Texte in mehreren Sprachen rollten über die Tafeln.

Vier gedrungene Verkäufer stürzten sich auf die Neuankömmlinge und boten Lando Schmuckstücke und Souvenirs zum Kauf an. Die verwahrlost aussehenden Straßenhändler waren Häßlinge – die gleichen häßlichen kleinen Kreaturen, die in den unteren Ebenen von Cloud City die Wartungsarbeiten erledigten. »Wollen Sie Ihren Kindern nicht ein Blobbaby mit nach Hause bringen, Sir?« Der Häßling präsentierte eine grünliche, quallige Masse, die wie ein faustgroßer Schleimklumpen aussah.

»Wie wär's mit ein paar Blobbonbons, Sir? Die besten in der ganzen Stadt! Meine Zweitfrau stellt sie zu Hause selbst her.« Das gallertartige Bonbon sah genauso aus wie das Blobbaby, das der erste Häßling angeboten hatte.

»Glücksbringer?« rief ein dritter Häßling. »Wirkt bei allen Religionen!«

Lando scheuchte sie fort. »3PO, wohin müssen wir?«

»Ich schalte gerade auf Ortszeit um, Sir. Ich glaube, in weniger als einer Standardstunde beginnt ein wichtiges Blobrennen. Das umgullianische öffentliche Verkehrssystem wird uns direkt zur Blobarena bringen. Ich glaube, der Eingang zum Stadion liegt ...«

Die vier häßlingischen Souvenirverkäufer überschlugen sich geradezu, um dem vornehmen Herrn den Weg zur Arena zu zeigen.

»... gleich links von uns.« 3PO deutete auf einen hellgestrichenen Tunneleingang.

»Kommt«, sagte Lando, und ohne sich umzusehen, steuerte er den Eingang zum öffentlichen Verkehrssystem an. Die enttäuschten Häßlinge eilten davon und machten sich auf die Jagd nach neuen Kunden.

Die Fahrt mit dem öffentlichen Verkehrsmittel glich einer Runde mit einer räderlosen Achterbahn. Ein schlanker, röhrenähnlicher Zug schoß durch den Tunnel zum Klippenkamm hinauf, pflügte durch aufsteigenden Nebel und raste durch bewaldetes Gebiet, wo man in den Löchern und Rissen des verwitterten Sandsteins Bäume gepflanzt hatte. Die Landschaft war ein bunter Flickenteppich aus flackernden Reklametafeln, die Touristenattraktionen, Restaurants, Pfandhäuser und die Dienste von Kreditbüros anpriesen, die keine Fragen stellten und sofort bar auszahlten.

Am großen Kassenhäuschen der Blobarena drängten sich Massen von Menschen und anderen Wesen, zahlten ihre Kredits und nahmen ihre Eintrittskarten entgegen. Lando zahlte für sich selbst und stritt sich dann mit dem Ticketcomputer herum, ob seine beiden Droiden nun Freunde waren (und deshalb Tickets brauchten) oder nur untergeordnete informationsverarbeitende Begleiter; Lando gewann den Streit, obwohl 3PO gekränkt zu sein schien, daß man ihn als simple Maschine abqualifiziert hatte.

Die Blobrennbahn war eine riesige, schüsselförmige Vertiefung im Klippenkamm, eine kreisförmige Grube im felsigen Untergrund. Die umgullianische Stadionverwaltung hatte Tausende von Sitzen, Boxen, Gruben und Sockeln in die abfallenden Felswände gefräst, um allen denkbaren Körperformen gerecht zu werden.

Am Rand der Vertiefung waren gewaltige, surrende Ventilatoren angebracht, die eine kräftige Brise erzeugten und den Nebel zurücktrieben, der von allen Seiten herankroch; sie bliesen ihn in die Luft, wo er sich auflöste.

Lando drängte sich durch die voll besetzten Ränge, erreichte seinen Platz und stellte erfreut fest, daß er einen guten Blick auf die gesamte Blobrennbahn zu seinen Füßen hatte. Die Wettafel vor seinem Sitz brachte Informationen über die vierzehn Blobherausforderer des ersten Tagesrennens und zeigte außerdem die Zeit bis zum nächsten Rennen an – noch zwanzig Minuten.

Ein Grinsen breitete sich über Landos Gesicht aus, als er die Atmosphäre in sich aufnahm, den Trubel spürte und die surrenden Robotgetränkespender durch die Ränge schweben sah. Er genoß es schon jetzt. Es brachte viele alte Erinnerungen zurück.

Als Baron-Verwalter von Cloud City auf Bspin hatte Lando viel Zeit in den erstklassigen Kasinos verbracht und die Touristen und Spieler beobachtet. Allerdings hatte er noch nie ein Blobrennen gesehen, aber der Trubel ließ bereits jetzt sein Herz höher schlagen.

3PO zappelte nervös und musterte die Menge. Ein weißer Ursaner rannte ihn fast über den Haufen, als er sich zu einem Platz am Ende des Mezzanins drängte.

Aber Lando war sich auch über den eigentlichen Grund seines Hierseins im klaren. An R2s Rumpf war die Energiezelle des imperialen Jedi-Spürgeräts befestigt, während Lando die Kristallblattdetektorpaddel an der Seite trug.

»Okay, R2. Mal sehen, ob wir unseren Freund Tymmo finden. Schalt dich in den Stadioncomputer ein und stell fest, ob er sich ein Ticket gekauft oder eine Wette plaziert hat. Wenn ja, finde heraus, wo er sitzt.«

Die Stimme des Ansagers dröhnte durch die Arena. »Intelligenzwesen jeden Geschlechts – willkommen zu den galaxisberühmten Blobrennen von Umgul! Bevor wir mit dem ersten Durchgang dieses Nachmittags beginnen, möchten wir Ihre Aufmerksamkeit auf das Gala-Blobderby-Special lenken, das nächste Woche zu Ehren des Besuchs einer Würdenträgerin stattfinden wird, der Herzogin Mistal von unserem Schwesterplaneten Dargul. Wir hoffen, Sie dann alle bei uns begrüßen zu dürfen.«

Die lustlose Reaktion des Publikums verriet Lando, daß im Laufe des Jahres viele Würdenträger Umgul einen Besuch abgestattet haben mußten.

»Bei der Veranstaltung dieses Nachmittags werden wir vierzehn hochgezüchtete Rennblobs über einen zwölfteiligen Blobparcours schicken, der von der galaktischen Rennkommission überprüft und genehmigt wurde. Alle Daten über Alter, Gewicht und Viskosität unserer Rennblobs sind über die Terminals vor Ihren Sitzen abrufbar.«

Lando lächelte grimmig. Umgul City behauptete, saubere Blobrennen zu veranstalten, und Betrug galt als Schwerverbrechen. »Was bedeutet das, ›hochgezüchtete Rennblobs‹?« fragte er.

3PO hatte ihn gehört. »Diese Spezies Blob besteht aus zahlreichen Varianten, die im System zu verschiedenen Zwecken benutzt werden. Manche werden sogar von Vertretern der Oberschicht als Haustiere gehalten. Andere setzt man in der medizinischen Blobbehandlung ein, etwa in der Massagetherapie, bei der ein Blob über den Rücken des Patienten gleitet; andere Patienten, die unter Fußbeschwerden leiden, baden ihre Füße in der warmen, gelatinösen Masse.«

»Aber das hier sind Rennblobs?«

»Ja, Sir, auf Schnelligkeit und Viskosität gezüchtet.«

Der Ansager leierte eine Reihe von Standarderklärungen herunter und schloß: »In diesem Moment werden alle Wettschalter offiziell geschlossen. Über Ihre Terminals können Sie jetzt die Hochrechnungen der Quotencomputer abrufen. Das Rennen wird in Kürze beginnen. Greifen Sie in der Wartezeit doch zu einer mit Ihrer Biochemie verträglichen Erfrischung!« Lando hörte ein rasselndes Geräusch und wandte seine Aufmerksamkeit dem hinteren Teil der Arena zu. Ein Fördermechanismus hob die Blobplattformen auf eine hohe Rampe mit einem Tor, das die schleimigen Blobs von der Startrutsche trennte. Die vierzehn einzelnen Rutschbahnen in der steilen, eingefetteten Rampe dienten dazu, den Blobs nach dem Startsignal einen größeren Schwung zu geben.

»Auf die Plätze!« rief der Ansager.

Lando hörte, wie ein Raunen durch die Menge ging. Die Zuschauer beugten sich nach vorn, starrten die Rutschen an und warteten darauf, daß die Blobs auftauchten.

Ein lauter elektronischer Ton hallte durch die Luft, wie von einer Kugel, die einen Messinggong trifft, und plötzlich glitten die Tore nach oben. Die Rampen neigten sich nach vorn und kippten die farbenprächtigen Blobs auf die eingefetteten Rutschbahnen.

Vierzehn sirupartige Massen rollten und glitschten blubbernd die Rutschen hinunter, prallten gegen die niedrigen Seitenwände und schlidderten so schnell sie konnten zum Ende der Rampe. Die Blobs schillerten in allen Farben des Spektrums, obwohl ein von hellen Schattierungen geflecktes Graugrün vorherrschte. Buntscheckige Streifen aus Zinnoberrot kennzeichneten den ersten, aus Türkis den zweiten, aus Limonengrün den dritten. Jeder Blob trug in seinem Protoplasma eine imprägnierte holographische Nummer, die durch irgendeinen Trick immer aufrecht stand, ganz gleich, wie sich der Blob drehte.

Da die Rutschbahnen alle gleichermaßen eingefettet waren, erreichten alle vierzehn Blobs zur gleichen Zeit das Ende der Rampe. Als die niedrigen Seitenwände die Bahnen nicht mehr trennten, wimmelten die entfesselten Blobs holterdiepolter durcheinander und stürzten Richtung Blobparcours.

Ein Wettkämpfer, Blob 11 – ein dunkelgrünes, mit einem auffälligen Amethystmuster gesprenkeltes Exemplar –, erreichte die flache Bahn mit bereits ausgefahrenen Pseudopodien, wie in wilder Flucht vor dem Ende der Rampe, wo er hart auf dem Boden aufgeschlagen war. Er blies sich blubbernd auf, zog sich zusammen und schnellte ruckartig vorwärts.

Der Amethystblob hatte bereits einen kleinen Vorsprung errungen, als er das erste Hindernis erreichte, einen hohen, mit weitgeknüpftem Maschendraht bespannten Metallrahmen. Blob 11 warf sich mit seinem ganzen Gewicht gegen den Maschendraht und tropfte zäh durch die Öffnungen, um seine gelatinöse Masse auf der anderen Seite wieder zu vereinen. Er hatte sich schon halb hindurchgequetscht, als der nächste Blob eine andere Stelle des Gitterwerks traf. Lando feuerte den Amethystblob an, obwohl er kein Geld auf das Rennen gesetzt hatte. Er hatte schon immer eine Schwäche für Gewinner gehabt.

Der zweite Blob setzte eine andere Taktik ein, konzentrierte seinen Körper zu einem dünnen Wurm, der sich durch eine der Maschen schlängelte und seine Masse so auf die andere Seite brachte.

Der Amethystblob, der am Boden des Gitters seine alte Form wieder angenommen hatte, verlor keine Zeit und rollte weiter.

Zu diesem Zeitpunkt waren alle anderen Blobs mit der Überwindung des ersten Hindernisses beschäftigt. Der Amethystblob quoll hastig weiter und vergrößerte seinen Vorsprung, als würde er in Panik fliehen.

»Vorwärts!« schrie Lando.

Das zweite Hindernis war noch furchterregender. Eine lange Webeleine aus Kettengliedern führte zu einem weiteren eingefetteten Steilhang hinauf, der auf der anderen Seite scharf gekrümmt in die Tiefe führte.

Blob 11 erreichte das Bodenende der Webeleine und streckte ein Pseudopodium nach dem ersten Kettenglied aus, wickelte den geleeartigen Fühler um die biegsame Sprosse, fuhr das nächste Pseudopodium aus und das übernächste, bis er wie eine tentakelbewehrte Amöbe an der Leine hing und seine amorphe Masse schneller in die Höhe hangelte, als die Schwerkraft sie nach unten tropfen lassen konnte.

Der Amethystblob rutschte ab, ein großer Teil seiner Körpermasse glitschte nach unten, nur durch einen dünnen

Strang Schleim mit seinem Rumpf verbunden. Nach den offiziellen Regeln, die über das Terminal vor Landos Sitz flackerten, mußte die gesamte Körpermasse eines Blobs die Ziellinie erreichen; er durfte keine Teile zurücklassen.

Der zweite und der dritte Blob erreichten die Webeleine und begannen nach oben zu klettern.

Der Amethystblob schaukelte an der Webeleine und hing schlaff herunter, während er versuchte, seinen gefährlich absackenden Wurmfortsatz einzuziehen. Die Kettenglieder schnitten bereits durch das weiche organische Material, aber der Blob bewegte sich schneller, zog sich schließlich nach oben und hangelte sich zum nächsten Kettenglied.

Weiter zurück am ersten Hindernis quetschte sich der letzte Blob durch die Maschen und kroch mit Höchstgeschwindigkeit Richtung Webeleine.

Blob 11 erreichte das Ende der Webeleine, krümmte sich zusammen, katapultierte seine Masse auf den eingefetteten Steilhang und rollte eiernd nach unten. Die ganze Zeit über blieb seine holographische Nummer aufrecht. Der Blob erreichte das hochgewölbte Ende des Hangs, flog durch die Luft, landete hüpfend auf dem Boden und schoß zum nächsten Hindernis.

Die Menge tobte und jubelte jetzt. Lando geriet in Erregung. Er schwor sich, nach Umgul zurückzukehren, wenn er mehr Zeit hatte, um selbst einige Wetten zu plazieren.

»Verzeihen Sie, Sir, aber sollen wir Blob Elf anfeuern?«

»Ja, 3PO!«

»Vielen Dank, Sir. Ich wollte nur sichergehen.« Der Droide schwieg und schrie dann mit lauter Stimme: »Vorwärts, Nummer Elf!«

Der zweite und der dritte Blob erreichten gleichzeitig das Ende der Webeleine, sprangen auf den eingefetteten Abhang und rutschten mit alarmierender Geschwindigkeit nach unten. Viele der Zuschauer sprangen von ihren Sitzen und kreischten vor Begeisterung.

Die beiden Blobs prallten gegeneinander und rollten weiter, sich mit ihren Pseudopodien umklammernd. Das hochgewölbte Ende des Hangs ragte wie eine Wand vor ihnen auf.

»Oh, ich kann es nicht mitansehen!« sagte 3PO. »Sie werden zerschmettert!«

Die beiden Blobs krachten im selben Moment gegen die Wölbung, verloren die Kontrolle über ihre Körper und vereinigten sich zu einem riesigen Ball. Die Menge raste vor Entzücken.

»Totale Fusion!« rief der Ansager.

Die Zuschauer feuerten die Wettkämpfer weiter an. Die beiden Blobs bildeten jetzt eine einzige große Masse und schienen sich nicht einigen zu können, nach welcher Seite der Bahn sie ausbrechen sollten, um einer Kollision mit den nächsten, sich bereits nähernden Blobs zu entgehen. Der Amethystblob vergrößerte währenddessen seinen Vorsprung.

»Diese beiden sind aus dem Rennen«, murmelte Lando.

R2 kehrte aufgeregt trällernd zurück. »Verzeihen Sie, Sir«, sagte 3PO, »aber R2 hat Tymmo aufgespürt. Er ist tatsächlich zum Rennen gekommen und hat eine sehr hohe Wette plaziert. Wir haben seine Platznummer. Wir können ihn uns jetzt ansehen, wenn Sie wollen.«

Lando schreckte aus seiner Begeisterung für das Rennen hoch; dann sprang er auf. »Wir haben ihn bereits gefunden?«

»Ja, Sir. Und wie ich schon sagte, er hat eine sehr hohe Wette plaziert; zumindest meiner Meinung nach.«

»Laß mich raten«, bat Lando. »Auf Blob 11, richtig?«

»Korrekt, Sir.«

»Sieht aus, als hätte er's wieder mal geschafft«, sagte Lando. »Gehen wir.«

Sie drängten sich durch die anderen Zuschauer, die ihre Plätze verlassen hatten, und erreichten die gefliesten Gänge. Lando ließ sich von R2 durch die fast menschenleeren äußeren Korridore führen. Er war ungeduldig, denn er wollte unbedingt den Ausgang des Rennens sehen. »Beeil dich, R2.«

Der kleine Droide rollte summend nach unten zu den tieferen Ebenen des schüsselförmigen Stadions. Durch einen graffitibeschmierten Torbogen gelangten sie zu den billigeren Rängen, die voller verzweifelt aussehender Leute waren – Zuschauer, die ihren ganzen Besitz auf einen nunmehr aussichtslosen Kandidaten des Rennens verwettet hatten. Irgendwie hatte Lando nicht erwartet, einen so glücklichen Gewinner wie Tymmo auf den billigen Rängen anzutreffen. Vielleicht versuchte er nur, nicht aufzufallen.

Obwohl hier unten am Grund des Kraters Stützpfeiler und Abfallbehälter die Sicht behinderten, konnte Lando erkennen, daß Blob 11 seinen Vorsprung merklich ausgebaut hatten und ein ganzes Hindernis vor den verbliebenen neun Verfolgerblobs war. Weiter hinten auf der Bahn lagen zwei Blobs bewegungslos und gummiartig in einem Trockenbett, zu schwach, um das tödliche Hindernis noch vor der letalen Dehydrierung zu verlassen.

Die überlebenden Blobs waren dabei, sich durch eine Reihe von Metallringen, die an Seilen hingen, zu quetschen; jeder schaukelte hin und her und versuchte, mit einem Pseudopodium den nächsten Ring zu packen, ehe die Pendelbewegung ihn zerreißen konnte.

Der Amethystblob hatte längst die Trockenfalle hinter sich gelassen und wälzte sich nun vorsichtig über ein langes Bett aus spitzen Zacken, die seine Außenmembrane zerstachen. Unermüdlich warf sich Blob 11 mit wilder Unerschrockenheit nach vorn, ohne die Speere zu beachten, die sich in seinen Leib bohrten.

R2 pfiff, und 3PO deutete auf einen drei Reihen unter ihnen sitzenden Mann. »General Calrissian, R2 sagt, daß dies der Mann ist, den wir suchen.«

Lando sah Tymmo verstohlen an. Jung und attraktiv, aber mit einem nervösen, gehetzten Blick, machte er einen zwielichtigen Eindruck. Obwohl sein Blob mit großem Vorsprung führte, wirkte er nicht erregt. Die anderen Leute um ihn jubelten oder jammerten, je nachdem, auf wen sie gewettet hatten, doch Tymmo saß nur da und wartete, als würde er das Ergebnis bereits kennen.

Blob 11 ließ das Nagelbrett hinter sich zurück und schaukelte sich hin und her, um ein paar abgebrochene Spitzen abzuschütteln, die in seinem Leib steckengeblieben waren. Die Nägel hatten seinen Sprint zu einem Kriechen verlangsamt, und das direkt vor dem nächsten Hindernis – einem langsam rotierenden Propeller mit rasiermesserscharfen Blättern.

Der Amethystblob richtete sich auf, schien aber zu verängstigt, um den sichersten Weg durch die rotierenden Blätter zu finden. Er schnellte vorwärts, streckte sich, um seine Geschwindigkeit zu erhöhen, und katapultierte sich dann in eine Lücke zwischen den rotierenden Propellerblättern. Etwa ein Viertel des Blobs kam durch, ehe sich die scharfen Kanten in seinen Leib gruben und ihn zerschnitten.

Schleim quoll hervor, blieb aber als langer, zähflüssiger Faden an dem Propellerblatt kleben. Ein Teil des Blobs wartete sicher auf der anderen Seite des Hindernisses. Die übrigen drei Viertel zogen sich zusammen und schnellten dann durch die nächste Lücke zwischen den Blättern. Diesmal kam die Hälfte seiner Masse durch, die sich sofort mit dem ersten, kleineren Segment vereinigte. Der Rest von Blob 11 zog sich beim Durchbruch nur eine Kerbe am Hinterteil zu, und als sich die Rotorblätter weiterdrehten, formten sich die an den Kanten klebenden Schleimtropfen zu einem kleinen Ball, der auf die andere, sichere Seite geschleudert wurde, wo sich alle Teile wiedervereinigten.

Die Menge jubelte. Einige der Verlierer auf den unteren Rängen warfen ihre Trinkbecher gegen das Sicherheitsnetz vor ihren Plätzen. Blaue Funken tanzten über die elektrisch geladenen Drähte. Tymmo beugte sich nach vorn, eine Hand in der Tasche. Lando fragte sich, ob er bewaffnet war.

Tymmo sah sich um und kniff besorgt die Augen zusammen, als argwöhnte er, beobachtet zu werden. Lando wich zurück, denn er wußte, daß seine elegante Kleidung und der teure Umhang ihn hier auf den unteren Rängen zu einem Fremdkörper machten. Tymmo entdeckte Lando und die beiden Droiden, zuckte zusammen und zwang sich, das Ende des Rennens zu verfolgen.

Blob 11 erreichte das letzte Hindernis und hangelte sich mit seinen Pseudopodien die Sprossen einer Leiter hinauf. Er wirkte erschöpft, kämpfte aber weiter, als wären Dämonen hinter ihm her. Seine hellen Amethyststreifen waren zu bloßen Flecken verblaßt.

Der Blob schwang sich über das Ende der Leiter und sah sich mit einer Vielzahl voluminöser Trichter mit Ausgangslöchern unterschiedlicher Größe konfrontiert, von denen viele blockiert waren. Der Amethystblob stocherte und tastete mit seinen Pseudopodien in den Trichtern herum, bis er einen gefunden hatte, dessen Loch groß genug war.

Hinter ihm passierte der erste Verfolgerblob das Nagelbrett vor dem kreisenden Propeller.

Blob 11 zwängte sich in den Trichter. Ein zähflüssiges Band schlängelte sich aus der schmalen Öffnung, tropfte in Kringeln zu Boden und bildete einen größer werdenden Haufen. Langsam nahm der Blob wieder seine alte Gestalt an.

Der gesamte Körper von Blob 11 schimmerte, da er vor Erschöpfung zitterte. Er wälzte sich der Ziellinie entgegen und setzte zum Endspurt an.

Die Menge feuerte inzwischen die anderen Wettkämpfer an, aber das Rennen war bereits entschieden. Lando beobachtete Tymmo. Der fremde Mann nestelte in seiner Tasche.

Blob 11 überquerte die Ziellinie und blieb abrupt stehen. Blobknechte in Overalls stürzten mit großen Schaufeln und einem Schwebekarren auf die Bahn, um das erschöpfte Ding aufzusammeln und zurück in die Blobställe zu bringen, wo es Flüssigkeit aufnehmen und sich ausruhen konnte.

Tymmo glitt von seinem Sitz und sah sich verstohlen um, aber Lando war bereits hinter einem Stützpfeiler verschwunden. Sich durch die Zuschauer drängend, die den Rest des Rennens verfolgten, steuerte Tymmo einen der Wettschalter an, wo sich bereits andere Gewinner stauten. Die meisten Gewinner hüpften vor Freude und schrien aufgeregt durcheinander; selbst die reservierteren unter ihnen strahlten über das ganze Gesicht. Tymmos Miene jedoch war undurchdringlich, ausdruckslos, obwohl er sichtlich nervös wirkte.

Lando und die beiden Droiden folgten ihm durch die Menge. Tymmo sah sich immer wieder um, entdeckte sie aber nicht. Über die Lautsprecher verkündete der Ansager die Namen der Gewinner des Blobrennens.

Lando zog die Kabelanschlüsse der Jedi-Kristallblattdetektoren aus der Tasche und stöpselte sie in das Energieset an R2s Rumpf. Er verbarg die flachen Paddel in den Handflächen und wartete auf eine Gelegenheit, Tymmo zu scannen.

Er wollte feststellen, ob er jene bläuliche Aura hatte, die ihn zu einem potentiellen Kandidaten für Lukes Akademie machte.

3PO wirkte sehr aufgeregt. »Warum gehen wir nicht einfach zu ihm und überbringen ihm die frohe Botschaft, General Calrissian?«

»Weil hier irgend etwas faul ist«, erklärte er, »und ich ganz sicher sein will, ehe wir uns hervorwagen.«

»Faul?« fragte 3PO und blickte sich um, als erwartete er, irgendwo etwas Verdorbenes zu sehen.

»Er ist gleich an der Reihe. Wenn er seinen Wettschein in das Terminal steckt, dauert es etwa eine Minute, bis der Vorgang bearbeitet ist und er sein Geld ausgezahlt bekommt. Er sitzt bis zum Ende der Transaktion fest, wenn er nicht auf einen Haufen Kredits verzichten will.«

Natürlich wußte Lando, daß Betrug auf Umgul mit der Todesstrafe geahndet wurde, und vielleicht könnte Tymmo schon von Glück reden, wenn er mit dem Leben davonkam. Was versteckte er bloß in seiner Tasche?

Als Tymmo an das Terminal trat und seinen Schein eingab, übertönte die Stimme des Ansagers den Hintergrundlärm und erinnerte alle noch einmal an das Rennen der nächsten Woche, das zu Ehren des Besuchs der Herzogin von Dargul stattfand. Tymmo zuckte sichtlich zusammen, tippte aber seinen ID-Kode ein und schob seine Kontokarte in den Schlitz, um seinen Gewinn buchen zu lassen.

»Kommt«, sagte Lando, drängte sich an den Wartenden vorbei und eilte zum Kassenhäuschen. Er schaltete das Scanset ein; sein leises Summen ging im Hintergrundlärm unter.

Tymmo starrte ungeduldig das Display am Kassenhäuschen an, gab so schnell wie möglich seinen Zugangskode ein und buchte seinen Gewinn. Lando trat hinter ihn und tastete beide Seiten des Mannes mit den Detektorpaddeln ab, bevor Tymmo überhaupt merkte, was vor sich ging.

Als Tymmo sich umblickte und sah, daß Lando etwas in

der Hand hielt, das vielleicht eine Waffe war, dann die beiden Droiden entdeckte, bei denen es sich um bewaffnete mechanische Leibwächter handeln konnte, geriet er in Panik. Genau in dem Moment spuckte das Terminal seine Kontokarte aus und rief den nächsten Kunden auf. Tymmo griff nach seiner Karte und floh, rannte ein paar Häßlinge über den Haufen, während er durch die Menge stürmte.

»He, Tymmo!« schrie Lando. Der Mann wurde von den Zuschauermassen verschluckt, die nach dem Rennen von den Tribünen strömten.

»Sir, sollen wir ihn nicht verfolgen?« fragte 3PO.

Andere Zuschauer hatten sich umgedreht und starrten sie an. Der nächste Gewinner trat an das Kassenhäuschen.

»Nein.« Lando schüttelte den Kopf. »Wir haben seine Werte. Überprüfen wir sie zuerst.«

In einem abgeschiedenen Winkel, ohne sich darum zu kümmern, ob jemand beobachtete, was sie machten, da es ohnehin niemand verstehen würde, verfolgte Lando, wie das Energieset des imperialen Detektors Tymmos holographische Aura rekonstruierte.

Wie Lando erwartet hatte, waren Tymmos Werte völlig normal: kein bläulicher Halo, der auf ein Jedi-Potential hindeutete, absolut nichts, was ihn von einem normalen Menschen unterschied. »Er ist ein Betrüger.«

3PO wirkte enttäuscht. »Sind Sie sicher, Sir? Ich muß darauf hinweisen, daß viele Leute in der Nähe standen, die die Werte verfälscht haben könnten. Sie haben ihn außerdem nur sehr kurz gescannt, ohne direkten Körperkontakt. Außerdem dürfen Sie nicht vergessen, daß der Detektor selbst uralt ist und vielleicht nicht absolut zuverlässig funktioniert.«

Lando bedachte den Droiden mit einem skeptischen Blick, aber 3POs Argumente hatten einiges für sich. Außerdem gefiel es Lando bis jetzt auf Umgul. »In Ordnung, wir überprüfen ihn noch einmal gründlich.«

Mit dem erleichternden Gefühl, daß die Neue Republik alle Rechnungen bezahlen würde, entspannte sich Lando in seiner geräumigen Hotelsuite. Am Getränkeautomaten hatte er einen kalten, punschähnlichen Drink geordert, der auf Umgul beliebt war, und trat auf den Balkon, um sich die dichten Abendnebel anzusehen, die durch die Straßen trieben. Er schlürfte seinen Drink, aber der verwirrte Ausdruck in seinen Augen und das skeptische Runzeln auf seiner Stirn blieben.

»Kann ich noch etwas für Sie tun, Sir, oder soll ich mich vorübergehend abschalten?« fragte 3PO.

»Ja, bitte!« sagte er erfreut darüber, den Protokolldroiden für einige Zeit verstummt zu wissen. »Aber bleib in Bereitschaft, falls R2 versucht, Verbindung aufzunehmen.«

»Gewiß, Sir.«

R2 war als Wartungsdroide getarnt zu den Blobställen aufgebrochen, um dort ein wenig herumzuschnüffeln und festzustellen, ob er irgend etwas Ungewöhnliches entdecken konnte. Der kleine Astromechdroide hatte seine Kommunikationsfrequenz mit Landos Komm synchronisiert, so daß er ihm jederzeit eine Nachricht zukommen lassen konnte.

Jetzt, wo 3PO endlich still war, fand Lando Zeit zum Nachdenken. Er trat an das Gästeterminal der Suite und gab eine Informationsanfrage ein. Auf dem Bildschirm erschienen automatisch die Termine aller Blobrennen in den nächsten drei Wochen, aber Lando wählte ein anderes Menü.

Die umgullianische Rennkommission veröffentlichte rückhaltlos alle Informationen über die Rennen und die Blobs selbst. Vor und nach den Rennen wurde jedem Blob eine Protoplasmaprobe entnommen und einer gründliche Analyse unterzogen, deren Ergebnisse jedem Interessenten zugänglich waren.

Dank der eingebauten Hilfefunktion des Terminals konnte Lando die Vorher- und Nachher-Testwerte aller hochdotierten Gewinner abrufen, auf die Tymmo gesetzt hatte. Er wußte nicht genau, wonach er suchte, aber er vermutete, daß die Blobs mit einer Droge gedopt worden waren, einem Mittel, das die Sieger schneller machte.

»Führe einen Vergleichstest durch«, befahl Lando. »Gibt es an diesen Siegern irgend etwas Auffälliges? Etwas, das nur bei diesen Blobs gefunden wurde, nicht bei den anderen?«

Tymmo wettete nur gelegentlich, und wenn er bei seiner Manipulation subtil genug vorging, hielt es Lando für möglich, daß die umgullianische Rennkommission eine winzige Modifikation übersehen hatte. Aber Lando kannte eine Gemeinsamkeit, die diese bestimmten Sieger von den anderen Blobs unterschied. Da Hunderte von Leuten bei jedem Rennen wetteten und gewannen, hatte die Kommission keinen Grund, jene bestimmten Rennen unter die Lupe zu nehmen, bei denen Tymmo kassiert hatte.

»In allen Fällen wurde eine minimale Anomalie gefunden«, meldete die Hilfefunktion.

»Welche?«

»Geringe Spuren von Kohlenstoff, Silizium und Kupfer in den chemischen Testproben, die von den Siegern in dieser Kategorie nach den Rennen genommen wurden.«

»Das wurde noch nicht bemerkt?« fragte Lando.

»Als irrelevant eingestuft. Wahrscheinliche Erklärung: Aufnahme geringer Spurenelemente vom Blobparcours selbst.«

»Hmmm, und diese Spuren finden sich bei jedem der Sieger?«

»Ja.«

»Tauchen sie auch bei irgendeinem der anderen Blobtests vor oder nach den Rennen auf, ob nun bei den Gewinnern oder Verlierern?«

»Wird überprüft.« Nach einer Pause antwortete das Terminal: »Nein, Sir.«

Lando betrachtete die Testergebnisse. Die Spurenelemente waren absolut vernachlässigbar und konnten eigentlich keine Auswirkung haben. »Gibt es Vermutungen über die Ursache?«

»Nein«, erwiderte das Terminal.

»Vielen Dank«, sagte Lando.

»Es war mir ein Vergnügen.«

3PO fuhr aus seiner Bereitschaft hoch. »General Calrissian! R2 hat soeben Kontakt mit mir aufgenommen.« 3PO schaltete mit seinen goldenen Fingern am Komm und piepte Töne in den Lautsprecher. »Mr. Tymmo ist bei den Blobställen aufgetaucht, als Blobknecht verkleidet. R2 hat seine Identität verifiziert. Was treibt er da wohl nur?«

»Gehen wir«, sagte Lando. »Ich habe eigentlich nicht erwartet, daß er es so bald wieder versuchen wird, aber jetzt kriegen wir ihn, ganz gleich, was er dort treibt.«

Lando griff nach seinem Umhang und warf ihn sich über die Schultern, bevor er aus dem Zimmer stürmte. 3PO hob besorgt die Arme, schlurfte aber so schnell es ging mit jaulenden Servomotoren hinterher.

Die beiden liefen durch die dunklen, nebelverhüllten Straßen von Umgul City. Rechts und links reckten sich blockförmige Sandsteingebäude in die Höhe, wie Keksschachteln übereinandergetürmt und durch glänzende Lackversiegelungen vor der Feuchtigkeit geschützt. An den Kreuzungen hingen Straßenlaternen und tauchten den Nebel in einen perlmuttartigen Halo. Arbeiter kletterten an Gerüsten hinauf und rissen die alten Plakate ab, auf denen der Besuch eines Würdenträgers angekündigt wurde, um neue anzukleben, die die Herzogin Mistal in Umgul City willkommen hießen.

Lando lief durch die kopfsteingepflasterten Straßen, während 3PO steif hinter ihm her stakste. Steile Gassen führten zu den Klippen hinauf. Vor und an den Seiten des Stadionbereichs konnte er einen großen, beleuchteten Gebäudekomplex erkennen, in dem die Blobs untergebracht waren.

Lando trat gebückt durch einen Personaleingang in die Blobställe, gefolgt von 3PO. Fremdartige Gerüche, feucht und modrig, erfüllten die Luft. Reinigungsdroiden rollten durch die Gänge, während andere die Temperaturkontrollen der Blobpferche überprüften. Die Lichter waren für die Nacht gedämpft worden, damit die Blobs schlafen konnten.

»3PO, weißt du, wo wir hinmüssen?«

»Ich glaube, ich kann R2 lokalisieren, Sir«, versicherte 3PO, drehte sich langsam und deutete schließlich in eine Richtung.

Ein Stockwerk tiefer erreichten sie eine dunkle Kammer, die in den Sandstein geschnitten worden war. Die Lampen im Inneren waren auf geringste Leuchtstärke geschaltet, und

Feuchtigkeitsgeneratoren hielten den Raum feucht und klamm. »R2 ist hier, General Calrissian.«

»Okay, sei still. Mal sehen, was hier vor sich geht.«

»Halten Sie Mr. Tymmo wirklich für einen Betrüger, Sir? Obwohl er dadurch die Todesstrafe riskiert?«

Lando sah ihn stirnrunzelnd an. »Nein, ich bin überzeugt, es gibt eine völlig harmlose Erklärung dafür, daß er die Uniform eines Blobknechts trägt, sich mitten in der Nacht in die Blobställe stiehlt und in der Dunkelheit herumschleicht.«

»Was für eine Erleichterung, Sir. Ich bin froh zu hören, daß er vielleicht doch ein Jedi-Kandidat ist.«

»Halt den Mund, 3PO!«

Sie zwängten sich durch den Eingang in einen Raum voller Blobpferche. Zu beiden Seiten reihten sich etwa zwanzig kleine Boxen aneinander und begrenzten das Sichtfeld in dem dämmrigen Stall. In jedem Pferch blubberte und vibrierte ein gelatinöser Blob im Schlaf vor sich hin.

Von der anderen Seite des Stalls war ein Schaben zu hören; ein Blobpferch wurde geöffnet. Lando schlich lautlos an den Blobboxen vorbei, darauf hoffend, daß sich seine Augen schnell an die Dunkelheit gewöhnten.

In den Schatten am anderen Ende der Pferche entdeckte Lando eine menschliche Gestalt. Er erkannte Tymmos Umrisse, seine nervösen Bewegungen, sein strähniges schwarzes Haar. Tymmo beugte sich über eine Box, griff hinein und stellte irgend etwas mit dem Blob vor ihm an.

Lando drehte sich zu 3PO um und flüsterte ihm Worte ins Ohr, sicher, daß die Hintergrundgeräusche der Blobs alles übertönen würden. »Verstärke deine optischen Sensoren, damit du erkennen kannst, was er da treibt, und zeichne alles auf. Vielleicht brauchen wir einen Beweis, wenn wir den Burschen festnageln wollen.«

Ehe der Droide antworten konnte, hielt ihm Lando den Mund zu. 3PO nickte und drehte sich zu dem Mann in den Schatten um.

Surrend rollte R2 durch den Gang zwischen den Pferchen. Tymmo blickte erschrocken auf, aber R2 hatte ein Reinigungsmodul dabei und schrubbte den Boden unter den Pferchen. Er surrte direkt an Tymmo vorbei und ignorierte den Mann, wie es jeder Reinigungsdroide getan hätte. Lando nickte dem kleinen Astromech bewundernd zu.

Tymmo kehrte wieder an seine Arbeit zurück, von R2s Erscheinen sichtlich beunruhigt und bestrebt, sich so schnell wie möglich aus dem Staub zu machen.

»Sir!« rief 3PO. »Er hat soeben ein kleines Objekt in das Protoplasma dieses Blobs implantiert!«

Tymmo wirbelte herum und griff in eine Tasche seines Overalls. Lando erkannte auch trotz der erbärmlichen Beleuchtung, daß er einen Blaster zog.

»Vielen Dank, 3PO«, knurrte er und gab dem Droiden einen Stoß. Einen Augenblick später schlug an der Stelle, wo sie soeben noch gestanden hatten, ein Blasterblitz in die Wand ein. »Komm!«

Er sprang auf und stürzte zu der Stelle, an der sich Tymmo versteckt hatte. Dann duckte er sich, die Deckung nutzend, die ihm die Blobpferche boten. Ein weiterer Blasterstrahl zuckte durch die Dunkelheit und verfehlte sie um ein großes Stück.

»R2!« jammerte 3PO. »Gib Alarm! Ruf die Wachen! Alarmiere den Stallbesitzer! Irgend jemand!«

Tymmo schoß erneut auf sie, und 3PO keuchte, als dicht neben seinem Kopf Funken knisterten. »Du liebe Güte!«

Im Stall erwachten die Blobs, regten sich und quollen an den Gitterstangen ihrer Pferche hoch.

Er hörte, wie Tymmo gegen einen der Pferche prallte. Sie erreichten die Box, an der sich Tymmo zu schaffen gemacht hatte. Lando hielt den Kopf eingezogen. »3PO, stell fest, was er diesem Blob eingepflanzt hat.«

»Glauben Sie wirklich, daß dies der geeignete Augenblick ist, Sir?«

»Mach schon!« Lando hatte seinen eigenen Blaster gezogen und suchte in den Schatten nach Tymmos Umrissen.

Plötzlich heulten die Alarmsirenen los. »Gute Arbeit, R2«, knurrte Lando.

Als er eine sich geduckt bewegende Gestalt entdeckte, riskierte Lando einen Schuß, verfehlte aber sein Ziel. Eine Serie entrüsteter elektronischer Geräusche verriet ihm, daß er fast R2 erledigt hätte. »Tut mir leid.«

Durch den Blasterschuß hatte Lando seine Position verraten. Tymmo erwiderte das Feuer, doch sein Energieblitz zerfaserte an der Wand. Lando schoß erneut, und als der Stunnerstrahl durch den Stall zischte, sah er, daß mehrere Blobs in der Schußbahn zusammenzuckten und schlaff zur Seite kippten.

»Eine Schießerei im Blobstall«, murmelte Lando vor sich hin. »Genauso wollte ich meinen Urlaub verbringen.«

3PO stand vor der Box mit dem manipulierten Blob und versuchte herauszufinden, was Tymmo gemacht hatte. Der Blob selbst, von der Störung aufgeschreckt, quoll an den Gitterstangen hoch und warf sich gegen die Pferchtür. Trübes Licht glitzerte auf 3POs poliertem Körper und machte ihn zu einem deutlichen Ziel; aber als Tymmo diesmal feuerte, traf sein Blasterstrahl das Schloß des Pferches. Unter dem Gewicht des Blobs flog die Tür auf, und die gesamte gelatinöse Masse fiel auf 3POs Kopf. Zäh tropfte sie an seinem Körper hinunter. Durch das feuchte Protoplasma drangen die gedämpften Angstschreie des Droiden.

Lando entdeckte Tymmo, der durch die Schatten eilte, und sprintete hinterher. Der andere Mann steuerte so schnell, wie es ihm in der Dunkelheit möglich war, dem torbogenförmigen Ausgang an. »Tymmo! Bleiben Sie stehen!«

Tymmo fuhr herum und spähte in Landos Richtung, dann stürzte er noch schneller davon. In diesem Moment rollte R2 aus dem Schatten und in den Weg des Mannes. Tymmo prallte gegen den Droiden, schlug einen Salto und landete auf dem Rücken.

Kurz darauf war Lando bei ihm, packte Tymmos Blasterarm und drehte ihn nach hinten, bis er die Waffe fallen ließ. »Gute Arbeit, R2.«

Tymmo wehrte sich verzweifelt, während die Alarmsirenen weiterheulten. »Laßt mich los! Ich will nicht zu ihr zurück!«

»Hilfe! Zu Hilfe!« schrie 3PO. Er wedelte wie wild mit den Armen, um das Blobgewebe von seinem Lack zu wischen.

Wachdroiden und menschliche Sicherheitsbeamte stürzten in die Grotte. Die Lichter flammten grell auf, als jemand die Beleuchtung hochdrehte. Tymmo wehrte sich noch heftiger.

»Hier drüben!« rief Lando.

Die Wachdroiden nahmen Tymmo in Gewahrsam, legten ihre stählernen Arme um ihn. Ein weiterer griff nach Lando, und plötzlich wurde ihm klar, daß er auch keinen vernünftigen Grund hatte, sich im Blobstall aufzuhalten.

»Beim piependen Miasma, was geht hier vor?« brüllte eine tiefe Stimme. Ein stark behaarter Mann, der aussah, als hätte er sich in aller Eile angezogen, stürmte in den Stall. »Und schaltet diesen verfluchten Alarm ab! Meine Blobs werden nervös, und ich bekomme Kopfschmerzen davon.«

»Hier drüben, Mr. Fondine«, antwortete einer der menschlichen Wachen.

Der Mann kam herüber und sah Tymmo, der sich im Zwangsjackengriff der Wachdroiden wand. Lando trat näher. »Ich habe einen Sabotageanschlag auf die Rennen aufgedeckt, Sir. Dieser Mann hier hat an den Blobs herummanipuliert.«

Der Mann warf Tymmo einen eisigen Blick zu und wandte sich wieder an Lando. »Ich bin Slish Fondine, Besitzer dieses Stalles. Sie sollten mir besser verraten, wer Sie sind und was Sie hier treiben.«

Lando wurde sich plötzlich bewußt, daß er nichts zu verheimlichen hatte. »Ich bin General Calrissian, Bevollmächtigter der Neuen Republik. Ich habe diesen Mann – Tymmo – im Zuge einer völlig anderen Mission überprüft, aber ich glaube, seine Gewinne auf der Rennbahn werden Sie sehr interessieren.«

Tymmo funkelte Lando an. »Sie werden mich nicht zu ihr zurückbringen! Ich könnte es nicht ertragen – Sie wissen nicht, wie sie *wirklich* ist. Ich werde eher sterben.«

Slish Fondine brachte ihn mit einer Handbewegung zum Schweigen. »Das läßt sich arrangieren, wenn es stimmt, was der General sagt. Auf Umgul werden Betrüger hingerichtet.« Die Alarmsirenen verstummten endlich.

»Kann mir bitte jemand helfen?« jammerte 3PO.

Fondine sah, wie der Droide mit der tropfenden Masse kämpfte, und eilte ihm zu Hilfe. Er schob das Protoplasma zurück zur Hauptmasse und besänftigte und streichelte den Blob. »Ganz ruhig.« Seine Worte waren auch an 3PO gerichtet. »Hör auf, um dich zu schlagen! Der Blob hat genausoviel Angst vor dir wie du vor ihm. Bewege dich nicht.« Er senkte seine Stimme. »Sie können deine Furcht spüren, weißt du.« 3PO bemühte sich, still zu sein, während Fondine den Blob sanft zurück in den Pferch trieb. Plötzlich brach es aus 3PO hervor. »Sir! Ich habe soeben im Protoplasma des Blobs ein semimikroskopisches elektronisches Objekt entdeckt. Vergrößert ... scheint es sich um einen Mikromotivator zu handeln!«

Lando begriff plötzlich, was Tymmo gemacht hatte. Ein in den Blob implantierter Mikromotivator konnte einen mächtigen internen Stimulus abgeben und jedes Geschöpf zu panikartigem Fluchtverhalten veranlassen. Richtig eingestellt konnte der Mikromotivator einen Blob zu Höchstleistungen antreiben, die aus purer Angst geboren waren. Das Gerät war so winzig, daß Tymmo es zerstören konnte, sobald der Blob ein Rennen gewonnen hatte, und es blieben nur mikroskopische Spuren der wenigen Gerätebestandteile im Blobgewebe übrig. Und niemand würde je etwas davon erfahren.

Slish Fondine starrte Tymmo mordlüstern an. »Das ist eine schändliche Blasphemie gegen den Geist der Blobrennen.«

Tymmo wand sich. »Ich brauche das Geld! Ich muß von dem Planeten verschwinden, ehe sie hier eintrifft.«

Verdutzt fragte Lando: »Wovon reden Sie überhaupt? Wer ist sie?« Er schüttelte den Griff des Wachdroiden ab.

Tymmo riß bei Landos Frage die Augen auf. »Aber sie hat Sie doch geschickt, um mich zu holen! Ich habe gesehen, wie Sie mir beim Rennen nachspioniert haben. Sie wollten mich gefangennehmen, aber ich bin Ihnen entwischt. Ich werde unter keinen Umständen zu ihr zurückkehren.«

»Zu wem?!« stießen Lando und Slish Fondine gleichzeitig hervor.

»Zur Herzogin Mistal natürlich. Ständig klammert sie sich an mich, bläst mir ins Ohr, läßt mich nicht aus den Augen – ich konnte es einfach nicht mehr ertragen. Ich mußte fort.«

Lando und Fondine sahen sich verständnislos an, aber R2 rollte heran und zwitscherte eine Erklärung. 3PO, inzwischen von der Blobmasse befreit, trat vor und übersetzte.

»R2 hat die Sache überprüft. Die Herzogin Mistal von Dargul hat eine Belohnung von einer Million Kredits für denjenigen ausgesetzt, der ihren verschwundenen Gemahl heil zurückbringt – offenbar ist er ihr davongelaufen. Der offizielle Name des Mannes ist Dack, aber seine Beschreibung trifft präzise auf unseren Mr. Tymmo zu.«

Tymmo schüttelte unglücklich den Kopf. Fondine verschränkte die Arme vor der Brust. »Nun? Was haben Sie dazu zu sagen?«

»Ja, ich bin Dack.« Er gab einen Stoßseufzer von sich. »Die Herzogin Mistal ist vor zwei Jahren ins heiratsfähige Alter gekommen und begann mit der Suche nach dem perfekten Ehemann. Sie hat überall in der Galaxis Anzeigen aufgegeben und Millionen von Anträgen bekommen. Auch von mir. Wer hätte es nicht getan? Sie war reich und jung und schön. Die einzige Aufgabe ihres Gemahls war es, in absolutem Luxus zu leben und die Herzogin abgöttisch zu lieben.«

Tränen schossen aus Tymmos Augen. »Mein größtes Talent ist elektronische Tüftelei. Ich habe diese Mikromotivatoren aus Abfall zusammengebaut. Als ich mich für die Position des Gemahls bewarb, wußte ich, daß meine Chancen verschwindend gering waren. Aber es gelang mir, mich in den Zentralcomputer des Dargul-Palastes einzuklinken, die anderen Kandidaten zu sabotieren und einen Algorithmus einzuschmuggeln, der den Computer dazu brachte, meinen Namen als die perfekte Wahl auszuspucken.«

Slish Fondine schien allein der Gedanke an ein derart verabscheuungswürdiges Betrugsmanöver völlig aus der Fassung zu bringen.

»Die Herzogin und ich heirateten, und alles schien genauso zu sein, wie ich es erwartet hatte – zunächst. Aber die Herzogin war überzeugt, daß ich ihr perfekter Partner war, ihr vom Schicksal für alle Zeiten bestimmt. Sie ließ mich keinen Moment aus den Augen. Nachts weckte sie mich jede

Stunde auf, suchte nach mir in den Mittagspausen. Sie wollte mich im Garten, in der Bibliothek einsperren.«

In Tymmos Augen leuchteten Verzweiflung und Panik auf. »Ich dachte, sie würde meiner überdrüssig werden – oder sich zumindest *beruhigen* –, aber es ging länger als ein Jahr so weiter! Ich konnte nicht schlafen, zuckte bei dem leisesten Geräusch zusammen. Ich war ein Nervenbündel, und sie begann sich Sorgen zu machen ... und klammerte sich nur noch mehr an mich!

Aber ich konnte sie nicht verlassen! Auf Dargul dauert die Ehe ein Leben lang. Ein ganzes Leben! Sie wird nie aufhören, mich zu suchen, und sie wird sich keinen anderen Ehemann nehmen, solange ich lebe.« Tymmo sah aus, als würde er im nächsten Moment zu schreien anfangen. »Ich werde nie frei von ihr sein! Ich mußte fliehen.«

»Nun, wie es scheint, haben Sie schließlich doch einen Ausweg gefunden«, bemerkte Slish Fondine mit zorniger Stimme. »Als überführter Trickbetrüger werden Sie nach den Gesetzen von Umgul auf der Stelle hingerichtet.«

Zu Landos Überraschung machte Tymmo nicht einmal den Versuch eines Protests. Er schien sich mit seinem Schicksal abgefunden zu haben.

Aber Lando gefiel die Idee keineswegs. »Lassen Sie uns einen Moment darüber nachdenken, Mr. Fondine. R2, hast du nicht gesagt, daß derjenige, der ihn heil zur Herzogin zurückbringt, *eine Million Kredits* Belohnung erhält?« R2 pfiff bestätigend.

»Nun, Mr. Fondine, denken Sie doch mal daran, was es für ein wundervolles Begrüßungsgeschenk wäre, wenn Sie der Herzogin, sobald sie hier eintrifft, ihren Gemahl zurückgeben und sie von ihrer Einsamkeit erlösen.«

Tymmo stöhnte kläglich.

»Andererseits, wenn Sie ihn hinrichten wollen, obwohl Sie *wissen*, daß er ihr verschwundener Gemahl ist, könnte es zwischen Umgul und Ihrem Schwesterplaneten zu ernsten Unstimmigkeiten kommen. Vielleicht sogar zu einem Krieg.« Fondines Gesicht verdüsterte sich bei der Vorstellung, aber seine Ehre war derart verletzt worden, daß er nicht wußte, wie er sich entscheiden sollte. Er seufzte. »Wir werden es dem Gefangenen überlassen. Tymmo – oder Dack oder wie Sie auch immer heißen – möchten Sie hingerichtet oder zur Herzogin Mistal zurückgebracht werden?«

Tymmo schluckte hart. »Wieviel Bedenkzeit habe ich?«

»Es ist kein Trick!« betonte Lando.

Tymmo seufzte. »Kann ich zumindest in Ruhe ausschlafen, bis sie eintrifft? Ich werde all meine Kräfte brauchen.«

Die *Glücksdame* verließ die gewaltige Grotte von Umguls Raumhafen und stieg aus den Nebeln zum Himmel empor. Slish Fondine hatte aus Fairneß darauf bestanden, die Hälfte der von der Herzogin ausgesetzten Belohnung auf Landos Konto zu überweisen, sobald sie eintraf.

Nun nicht mehr pleite, konnte Lando das Geld in neue Unternehmen investieren, andere Projekte, die ihn reizten. Er hatte es mit den Schmelzmetallminen auf Nkllon versucht und mit den Tibanna-Gasminen auf Bspin. Er fragte sich, was er als nächstes in Angriff nehmen würde.

Obwohl er sein Bestes getan hatte, um einen geeigneten Kandidaten für Lukes Jedi-Akademie zu finden, haßte er es, mit leeren Händen nach Coruscant zurückzukehren. Aber er wußte, daß es noch andere gab.

3PO verhielt sich ganz gegen seine sonstige Gewohnheit still, als die *Glücksdame* in den Hyperraum sprang und sich auf den Weg nach Hause machte.

10

Die Ortungsreflexe von Raumschiffen wirbelten wie Stecknadelköpfe aus Feuer durch den Weltraum um Coruscant. Die holographische Karte des Systems zeigte die Positionen aller Einheiten im Umkreis und stellte ihre errechneten orbitalen Anflugbahnen auf einem großen, kugelförmigen Gitternetz dar. Datenterminals spuckten Informationen über die Größe der Schiffe und ihre Landeanforderungen aus und überwachten alle, die Steuerungsprobleme meldeten. Ein Flickenteppich aus roten Gefahrenzonen markierte Trümmerwolken aus Schiffwracks, die nach der Schlacht um Coruscant noch nicht beseitigt worden waren.

Dutzende von Raumlotsen standen an ihren Stationen rund um die 3-D-Karte des Planeten, tippten Reflexe mit Lichtstiften an und zeichneten sichere Anflugvektoren oder vorrangige Landemuster ein. Einer der im Krieg beschädigten Raumhäfen am westlichen Rand von Imperial City war erst letzte Woche wieder in Betrieb genommen worden, und ein Großteil des Fährenverkehrs wurde dorthin umgeleitet, um die Landeplattformen um den imperialen Palast zu entlasten.

Leia Organa Solo stand neben einer Raumlotsin. Da Leia sah, wie beschäftigt die Frau mit der Kontrolle des Raumverkehrs war, unterdrückte sie die Fragen, die ihr auf der Zunge lagen, aber sie wartete voller Ungeduld.

»Da ist etwas.« Die Raumlotsin deutete mit dem Lichtstift auf ein quadratisches, violettes Piktogramm, das *Kleine Raumschiffe – Unbekannter Typ* symbolisierte. »Könnte dies das Schiff sein, auf das Sie warten, Ministerin Organa Solo? Es ist soeben aus dem Hyperraum gestürzt. Der Anflugvektor läßt sich nicht bestimmen.«

Eine Welle krabbelnder Erregung überflutete Leia. »Ja, das ist es. Haben Sie schon um Freigabe gebeten?«

Die Raumlotsin berührte ein Empfängerimplantat an ihrer

Schläfe. »Kommt soeben herein. Die Pilotin sendet nur ihren Namen. Klingt wie eine Art Kode. Winter?«

Leia lächelte. »Nein, das ist ihr richtiger Name. Erteilen Sie ihr die Freigabe; sie soll mit meiner Erlaubnis auf der obersten Nordplattform des imperialen Palastes landen.« Sie holte tief Luft und spürte ihr Herz schneller schlagen. »Ich werde sie persönlich begrüßen.« Sie drehte sich um und hatte schon zwei eilige Schritte gemacht, als ihr einfiel, daß sie sich noch bei der Raumlotsin für ihre Hilfe bedanken mußte. »Komm, 3PO«, sagte Leia, als sie an ihm vorbeihastete.

Der Protokolldroide schreckte auf und folgte ihr mit steifbeinigen Schritten. Er war vor drei Tagen mit R2 und Lando nach Coruscant zurückgekehrt und hatte sich sofort vier Stunden lang ausgiebig abgeschrubbt und eingeölt. Jetzt funkelte er wie neu, alle Spuren des Blobschleims waren von seinem Lack verschwunden.

Leia hörte das Summen von 3POs Motivatoren, während er ihr folgte. Sie ignorierte ihn, in ihre eigenen widerstreitenden Gedanken versunken. Han hätte schon vor zwei Tagen von Kessel zurück sein müssen, aber sie hatte noch immer nichts von ihm gehört. Wahrscheinlich hatte er ein paar von seinen alten Schmugglerkumpanen getroffen, zuviel getrunken, bis in die späte Nacht hinein gespielt und seine anderen Verpflichtungen völlig vergessen. Er konnte sich wirklich glücklich schätzen, daß Chewbacca einen Bluteid geschworen hatte, ihn zu beschützen, denn wenn Han zurückkehrte, würde er es mit ihr zu tun bekommen, und dann würde er den Schutz eines Wookiee bitter nötig haben. Wie konnte er es nur wagen, so etwas Wichtiges zu vergessen? Aber jetzt mußte Leia ihre heimkehrenden Zwillinge empfangen. Allein.

Leia stand auf dem Dach des Palastes. Den Kopf in den Nacken gelegt, suchte sie den bedeckten Himmel ab. Coruscants Aurora schimmerte durch die Dämmerung, überstrahlt durch das komplexe Muster der orbitalen Raumwerften.

»3PO, sag mir sofort Bescheid, wenn du sie kommen siehst.« Der Wind blies ihr Haarsträhnen ins Gesicht.

»Ja, Mistreß Leia, ich suche schon.« In Imitation einer menschlichen Gebärde schirmte 3PO seine optischen Sensoren mit den goldenen Händen ab, als würde er so besser sehen können. »Meinen Sie nicht auch, es wäre klüger, ein paar Schritte vom Rand zurückzutreten?«

Leia hielt den Atem an. Ihre Kinder kamen nach Hause. Sie hatten seit fast zwei Jahren keinen Fuß mehr auf Coruscant gesetzt, aber jetzt würden sie für immer bleiben. Endlich konnte sie ihnen eine richtige Mutter sein.

Kurz nach ihrer Geburt waren die Zwillinge zu einem geheimen Planeten gebracht worden, den Luke und Admiral Ackbar entdeckt hatten. Es war eine Welt, die in keiner Karte verzeichnet war, aber bewohnbar und geschützt. Luke und Ackbar hatten dort eine schwerbewaffnete Basis eingerichtet und Leias treue Dienerin Winter zurückgelassen, die dort auf die Jedi-Kinder aufpassen sollte.

Leia vermutete allerdings, daß Luke mehr als nur Winter zu ihrem Schutz zurückgelassen hatte.

In der Zeit ihrer abgeschirmten Isolation hatte Leia Jacen, Jaina und Anakin alle paar Monate besuchen können, gewöhnlich zusammen mit Han. Zu einem vereinbarten Zeitpunkt stürzte dann Winter mit einer Langstreckenfähre aus dem Hyperraum. Ohne ihr Ziel zu kennen, gingen Leia und Han an Bord der Fähre, wurden im Passagierabteil eingesperrt und von Winter zu dem bewachten Planeten geflogen. Der Senat der Neuen Republik hatte gegen Leias mysteriöse Manöver protestiert, doch Luke und Ackbar hatten alle Einwände zurückgewiesen.

Leia hoffte, daß sie bald Zeit finden würde, ihr Baby zu besuchen, den kleinen Anakin, obwohl sie sich jetzt auch um die Zwillinge kümmern mußte. Es wäre eine Tragödie, wenn sie dem Baby eine noch schlechtere Mutter sein würde, als sie es den beiden anderen Kindern gewesen war.

»Dort ist sie, Mistreß Leia!« 3PO deutete auf einen flackernden Lichtpunkt, der mit jeder Sekunde heller wurde. »Die Fähre setzt zur Landung an.«

Leia spürte eine Mischung aus Furcht und Erregung.

Die Fähre kam näher, blinkende rote und grüne Lichter am Abendhimmel. Sie umkreiste den ehemaligen imperialen Palast und aktivierte dann ihre Repulsoraggregate, um mit einem leisen Seufzer auf der Landeplattform aufzusetzen. Die Fähre wirkte eckig und käferähnlich und trug keine Markierungen, die einen Hinweis auf ihren Ursprungsplaneten enthielten.

Vom Zischen des Druckausgleichs begleitet, öffnete sich die Schleuse zum Passagierabteil der Fähre und fuhr langsam eine Rampe aus. Leia biß sich auf die Lippe und trat einen Schritt vor, blinzelte in die harten Schatten. Die Fähre hielt die Böen ab, so daß es auf der Plattform windstill und ruhig wurde.

Die kleinen Zwillinge traten Seite an Seite heraus und blieben oben an der Rampe stehen. Leia starrte Jacen und Jaina an, die – beide gelassen und dunkelhaarig, mit großen, wachen Augen und schmalen Gesichtern – wie Spiegelbilder von Han und Leia aussahen.

Nach einem Moment des Zögerns lief Leia die Rampe hinauf und nahm die Kinder in ihre Arme. Jacen und Jaina klammerten sich an ihre Mutter. »Willkommen zu Hause!« flüsterte sie ihnen zu.

Sie spürte in ihnen Furcht und Zurückhaltung; Leia wurde sich plötzlich schmerzhaft bewußt, daß sie für sie wie eine Fremde war. Winter war so lange, wie sie zurückdenken konnten, ihre Amme gewesen, Leia nur eine Besucherin, die kam, wenn ihre Pflichten ihr die Zeit dazu ließen. Aber sie würde es wiedergutmachen. Das schwor sie sich.

Alle anstehenden Termine schossen ihr durch den Kopf und verwandelten sich in das Schreckgespenst der Pflicht. Sie mußte sich noch immer um den caridanischen Botschafter und tausend andere delikate Aufgaben kümmern, um die Neue Republik zusammenzuhalten. Dutzende von Planetensystemen standen kurz vor dem Beitritt zur Republik, und ihre Entscheidung würde positiv ausfallen, wenn eine fähige Abgesandte – Leia selbst – ihnen einen Staatsbesuch abstattete und so ihren guten Willen bewies. Wenn Mon Mothma

Leia mit der Ratifizierung eines Vertrags oder der Teilnahme an einem Staatsdinner beauftragte, wie konnte Leia dann ablehnen? Das Schicksal der Galaxis hing in der Schwebe, und es lag an ihr, die Zukunft zu gestalten.

Wie konnten da Kinder eine wichtigere Rolle spielen? Aber was für eine Art Mutter war sie eigentlich, daß sie überhaupt so dachte?

»Wo ist Paps?« fragte Jacen.

Zorn durchbohrte Leia wie ein Speer aus Eis. »Er ist im Moment nicht hier.«

Endlich stieg Winter aus der Pilotenkanzel. Leia sah ihre Freundin und Vertraute an, und warme Erinnerungen durchfluteten sie. Winters Haar war schneeweiß gewesen, so lange Leia zurückdenken konnte, und umrahmte ein heiteres Gesicht, auf dem sich nur selten ein Hauch von Verärgerung abzeichnete. Als Winter Hans Abwesenheit bemerkte, wölbte sie die Brauen und sah sie fragend an, sagte aber nichts.

»Wo ist der kleine Anakin?« fragte Jaina.

»Er muß noch für eine Weile bei mir bleiben«, erklärte Winter und führte die beiden Kinder die Rampe hinunter. »Kommt jetzt, wir bringen euch zu eurem neuen Zuhause.«

Die beiden Kinder gingen gehorsam vor, dicht gefolgt von Leia. 3PO schien nicht zu wissen, was er während des Wiedersehens tun sollte, also schlurfte er einfach hinterher, ruderte mit den Armen und plapperte nervös vor sich hin.

»Wie lange bleiben wir hier?« fragte Jacen.

»Wo ist unser Zimmer?« wollte Jaina wissen.

Leia lächelte über die Fragen und atmete tief ein, bevor sie sie beantwortete. Sie hatte das Gefühl, daß sie von nun an eine Menge Fragen zu hören bekommen würde.

Als Leia später den Zwillingen einen Gutenachtkuß gab, wußte 3PO nicht, ob nun die Mutter oder die Zwillinge erschöpfter aussahen. Leia schob sich eine dunkle Haarsträhne aus den Augen, blieb noch einmal in der Kinderzimmertür stehen und warf ihnen eine Kußhand zu.

Nachdem 3PO seine Servomotoren neu justiert hatte, um seine Glieder gelenkiger zu machen, ließ er sich zwischen den Betten der Zwillinge nieder. Er hatte bereits ein paar wichtige Aufgaben erledigt, den Kindern Tassen mit frischem Wasser gebracht und kleine Nachtlichter in den dunklen Winkeln installiert.

»Ihr beide müßt lieb zu 3PO sein«, sagte Leia. »Er wird bei euch bleiben, bis ihr eingeschlafen seid. Heute war ein aufregender Tag, und morgen werden wir noch mehr Spaß miteinander haben. Ich bin so froh, daß ihr wieder bei mir seid.« Leia schenkte ihnen ein liebevolles Lächeln. Selbst durch die Erschöpfung in ihrem Gesicht war ihr die Freude anzusehen.

»Ich bin sicher, daß ich damit zurechtkomme, Mistreß Leia«, erklärte 3PO, »Ich habe den Großteil der verfügbaren Kinderpsychologie-Datenbanken studiert – natürlich bis auf jene, die vom Imperator empfohlen wurden.«

Leias Blick wirkte ein wenig skeptisch, was 3PO irritierte.
»Will nicht schlafen«, sagte Jacen und setzte sich auf.

Leia lächelte noch immer. »Aber du brauchst Ruhe. Vielleicht erzählt dir 3PO eine Gutenachtgeschichte, wenn du brav bist.« Sie winkte noch einmal und verschwand dann im Wohnbereich.

Die Kinder hatten in der Tat einen anstrengenden Tag hinter sich. Nach ihrem Flug mit Winter hatte man sie durch den imperialen Palast geführt und ihnen dann ihre neuen Quartiere gezeigt. Trotz ihrer Verpflichtungen als Staatsministerin hatte es Leia geschafft, das Schlafzimmer der Zwillinge zu renovieren und es in warmen, beruhigenden Farben zu streichen. 3PO hätte dabei bestimmt seine Hilfe angeboten, aber zu jener Zeit war er mit Lando Calrissian bei den Blobrennen gewesen. Als 3PO daran zurückdachte, wünschte er sich, die Renovierungsarbeiten übernommen zu haben.

Während der Führung war Leia mehrmals durch dringende Pflichten gestört worden, hatte Dokumente unterschreiben und kurze Gespräche führen müssen, die keine Verzögerung duldeten. Jedesmal hatte Leia schuldbewußt dreingesehen, als dämmerte ihr, daß dies nur ein Vorgeschmack auf die Zukunft war.

Als die Zwillinge müde wurden, begannen sie trotz der Aufregungen und wunderbaren neuen Dinge um sie herum zu quengeln. Der Tag war zuviel für sie gewesen – die Ankunft in ihrem neuen Zuhause, das Schlafen in einem fremden Zimmer. Nach den Informationen, die 3PO vor kurzem abgespeichert hatte, war es völlig normal, daß Kinder Schwierigkeiten machten.

»Will keine Gutenachtgeschichte«, sagte Jacen, verschränkte die Arme vor der Brust und sah 3PO trotzig an.

»Keine Geschichte«, echote Jaina.

»Natürlich wollt ihr«, beharrte 3PO. »Ich habe die gesammelten Werke der Kinderliteratur von Tausenden von Planeten gespeichert. Ich habe eine Geschichte ausgewählt, von der ich glaube, daß sie euch wirklich Spaß machen wird. Sie heißt *Der kleine verschwundene Banthajunge,* ein Klassiker, der seit Generationen bei Kindern eures Alters beliebt ist.«

Er hatte sich schon darauf gefreut, diese Geschichte zu erzählen, und dachte daran, wie sehr es ihm gefallen hatte, den Ewoks von seinen Abenteuern mit Master Luke und Captain Solo zu berichten. Er hatte sogar einige überaus spannende Toneffekte zu bestimmten Stellen in der *Banthajunge*-Geschichte eingearbeitet. 3PO hatte während seiner Zeit auf Tatooine keinen lebenden Bantha gesehen, aber Banthareiter – die Tusken-Räuber – hatten ihn bei ihrem ersten Überfall auf Master Luke auseinandergenommen. Er vermutete, daß ihn dies in gewisser Hinsicht zu einem Experten machte.

»Will keine Geschichte!« wiederholte Jacen. Beide Kinder hatten das widerspenstige dunkle Haar und die braunen Augen ihrer Mutter. Im Moment machte der Junge allerdings das gleiche entschlossene und störrische Gesicht, das 3PO so oft bei Han Solo gesehen hatte.

3PO durchschaute, daß das vorliegende Problem sehr wenig mit der Geschichte an sich zu tun hatte. Nach seinen neugewonnenen Informationen über kleine Kinder mußten sich die Zwillinge im Moment verloren und hilflos fühlen. Da so viele Dinge außerhalb ihrer Kontrolle lagen, mußten sie ihre Kräfte messen, um sich eine winzige Insel der Stabilität zu bewahren. Jacen mußte sich beweisen, daß er seine Umgebung beeinflussen konnte. Im Moment war der Junge sehr aufgebracht; Jaina spürte die Verzweiflung ihres Bruders und konnte jeden Augenblick in Tränen ausbrechen.

»Nun gut, junger Master Jacen. Ich werde euch die Geschichte ein anderes Mal erzählen.«

3PO wußte genau, mit welchem Trick er die Zwillinge beruhigen und zum Einschlafen bringen konnte. Schließlich beherrschte er fließend sechs Millionen Kommunikationsformen. Er konnte Wiegenlieder in zahllosen Sprachen und Stilarten singen. Er suchte einige aus, die den Zwillingen garantiert gefallen würden. Jacen und Jaina würden in wenigen Minuten eingeschlafen sein. Er begann zu singen.

»Warum weinen sie denn *jetzt*?« fragte Leia, sich abrupt aufrichtend und zum Schlafzimmer blickend. »Vielleicht sollte ich mal nachsehen.«

Winter griff nach ihrem Handgelenk und hielt sie fest. »Keine Sorge. Sie sind müde, verschüchtert und haben Angst. Hab Geduld mit ihnen. Und da du neu für sie bist, werden sie zunächst einmal deine Grenzen testen, um herauszufinden, wie sie dich manipulieren können. Bring ihnen ja nicht bei, daß du jedesmal loslaufen wirst, wenn sie einen Mucks von sich geben. Kinder lernen solche Dinge sehr schnell.«

Leia seufzte und sah ihre Kammerzofe an. Seit Jahren beriet Winter sie in vielen Bereichen, und normalerweise hatte sie recht. »Sieht aus, als wäre *ich* diejenige, die schnell lernen muß.«

»Alles ist Teil eines Lernprozesses. Du mußt deine Liebe und ihr Bedürfnis nach Stabilität miteinander ausbalancieren. Das ist das Geheimnis der Elternschaft.«

Leia runzelte die Stirn, als verdrängter Kummer ihre Freude über die Rückkehr der Kinder zu überschütten drohte. »Alles muß ich allein machen.«

Winters Blick wurde bohrend, und sie stellte die Frage, die ihr schon seit Stunden durch den Kopf ging. »Wo ist Han?«

»Er ist nicht hier – das ist es ja!«

Um ihren Zorn und ihre Besorgnis vor Winter zu verbergen, stand Leia auf und drehte ihr den Rücken zu. Immer und immer wieder hatte sie sich vorgestellt, daß Han verletzt, verschollen, bedroht war … aber sie hielt es für sicherer, an andere Möglichkeiten zu denken. »Er fliegt mit Chewbacca im *Falken* herum. Er hätte schon vor zwei Tagen zurückkehren sollen. Er wußte, daß die Zwillinge nach Hause kommen, aber er hat sich nicht einmal bemüht, hier zu sein! Es ist schlimm genug, daß wir in ihren ersten beiden Lebensjahren als Eltern praktisch nicht existierten, aber er kann nicht einmal die Zeit erübrigen, Jacen und Jaina bei ihrer Heimkehr zu begrüßen.«

Han hatte die Rasiermesserschärfe von Leias Worten oft genug kennengelernt, und ihre Zunge war in den Jahren diplomatischer Übung immer spitzer geworden. Ein kleiner Teil von ihr war froh, daß er nicht hier war, um ihren Zorn zu spüren. Aber wenn er hier gewesen wäre, hätte sie auch keinen Grund für diesen Zorn gehabt.

»Wo ist er hin?«

Leia machte eine Handbewegung, zwang sich zur Ruhe. »Nach Kessel, um die alten Gewürzschürfer zum Beitritt zur Neuen Republik zu bewegen. Seit seinem Abflug hat er sich nicht ein einziges Mal gemeldet.«

Winter sah sie ausdruckslos an. Die langen Minuten schweigenden Nachdenkens hatten Leia an ihrer Vertrauten schon immer nervös gemacht. »Laß mich dir folgendes sagen, Leia. Ich glaube, daß ich damit recht habe. Wenn irgend jemand anders auf diese Mission gegangen und seit zwei Tagen überfällig wäre, sich außerdem seit einer Woche nicht mehr gemeldet hätte, würdest du dir Sorgen machen. Große Sorgen. Bei Han gehst du davon aus, daß er einfach verantwortungslos ist. Was ist, wenn ihm irgend etwas zugestoßen ist?«

»Das ist verrückt!« Sie wandte sich wieder ab, um zu verhindern, daß Winter sah, wie sehr dieselben Sorgen auch sie plagten.

Winters ernster Ausdruck änderte sich nicht. »Nach den Berichten, die ich gesehen habe, ist Kessel ein relativ feindliches Territorium. Nicht nur wegen der Gewürzminen, sondern auch wegen der imperialen Strafanstalt mit ihren strengen Sicherungsanlagen, die die Gefangenen an der Flucht hindern sollen. Das gesamte System hat schon seit langer Zeit keinen Kontakt mit uns gehabt.«

Winter schwieg, als kramte sie in ihren Erinnerungen. »Als Mara Jade und Talon Karrde vor zwei Jahren einen Teil der Schmuggler vereinigten, wiesen sie darauf hin, daß Kessel möglicherweise Probleme machen könnte. Warum wendest du dich nicht an deinen diplomatischen Kontakt auf Kessel, um sicherzugehen, daß dem *Millennium Falken* nichts zugestoßen ist?«

Leia blinzelte, verärgert über Winters Vorschlag, obwohl sie Dutzende Male selbst daran gedacht hatte. »Klingt nach einer Überreaktion, oder?«

Winter bewahrte ihre Ruhe. »Oder willst du deine Besorgnis nur deshalb nicht zeigen, weil es dich in Verlegenheit bringen würde?«

Der private Kommunikationsraum sah im hellen Morgenlicht Coruscants ganz anders aus. Bei ihrem letzten Besuch in diesem Raum, mitten in der Nacht, hatte Leia mit dem unverschämten caridanischen Botschafter gesprochen.

Als Leia jetzt durch die Spiegelwände blickte, sah sie niedrige Funktionäre zu ihrem Tagewerk eilen sowie Verwaltungs- und Dienstleistungspersonal, das wahrscheinlich schon seit Jahren in Imperial City arbeitete und sich wenig darum kümmerte, welche Art Regierung nun die Galaxis beherrschte.

Vor nicht langer Zeit, ging es Leia durch den Kopf, hatte die Allianz aus den tapfersten und entschlossensten Kämpfern bestanden, die bereit waren, für ihre Ideale zu sterben. Wie hatte die Neue Republik so schnell zur Bürokratie degenerieren können? Sie dachte an die Helden, die sie gekannt hatte, wie Jek Porkins oder Biggs Darklighter, die bei dem Versuch gestorben waren, den ersten Todesstern zu vernichten; sie hoffte, daß ihr Geist noch immer die neue Regierung beflügelte.

An der Sendekonsole räusperte sich Winter leise, um Leias Aufmerksamkeit auf sich zu lenken. »Es war schwierig, Leia, aber ich glaube, ich habe einen Kontakt hergestellt. Die gesamte Stadt Kessendra scheint verlassen zu sein, doch ich bin an die Kommunikationskodes der imperialen Strafanstalt gekommen. Weitere Nachfragen haben mich zu einer Person geführt, die zumindest formell der Gruppe vorzustehen scheint, die dort die Regierung bildet. Der Name des Mannes ist Moruth Doole; er kommt ursprünglich aus der Gefängnisverwaltung. Jetzt scheint er die Oberaufsicht über die Gewürzminen zu führen.

Übrigens scheint dort ziemliches Chaos zu herrschen. Zuerst habe ich Kontakt mit der Garnisonsstation auf Kessels Mond bekommen. Alle wirkten äußerst beunruhigt darüber, daß die Neue Republik Verbindung mit ihnen aufnimmt. Ich wurde mehrfach vertröstet, bis sich Moruth Doole endlich einverstanden erklärte, mit uns zu sprechen. Er wartet jetzt auf dich.«

»Mach weiter«, sagte Leia. Winter überprüfte ihr Pult und stellte dann die Verbindung her. Leia trat vor das Übertragungsfeld.

Das kleine Hologramm eines froschähnlichen Mannes erschien im Holowürfel. Störungen, die durch die erbärmliche Qualität des Senders auf Kessel hervorgerufen wurden, ließen Dooles Hautfarbe zu einem gelblichen Grün vermischen. In seiner altertümlichen Weste und hellgelben Krawatte sah er wie eine Witzfigur aus.

»Sie müssen Ministerin Organa Solo sein?« begann Doole. Er streckte in einer beschwichtigenden Geste die Hände nach ihrem Bild aus. Sie bemerkte, daß er über einem seiner laternengleichen Augen einen mechanischen Apparat trug, vielleicht eine Art Sehhilfe. »Ich fühle mich außerordentlich geehrt, mit einer Vertreterin der Neuen Republik zu sprechen, und ich bitte um Entschuldigung, sollte es bei der Kontaktaufnahme mit mir irgendwelche Schwierigkeiten gegeben haben. Wir hatten in den letzten Jahren einige soziale Unruhen, und ich fürchte, es ist uns noch nicht gelungen, Ruhe und Ordnung vollständig wiederherzustellen.«

Seine fleischigen Amphibienlippen wölbten sich zu einem Lächeln nach oben. Eine lange, spitze Zunge zuckte hervor, während er sprach, und Doole redete so schnell, daß Leia nicht zu Wort kam. In ihren Jahren im diplomatischen Dienst hatte Leia gelernt, der Körpersprache von Nichtmenschen nicht zu viel Bedeutung beizumessen, aber konnte es sich dabei nicht vielleicht doch um ein Zeichen von Nervosität handeln?

»Nun denn, Ministerin, wie kann ich Ihnen helfen? Glauben Sie mir, wir haben bereits überlegt, einen Abgesandten zu Ihnen zu senden, um Beziehungen zur Neuen Republik aufzunehmen. Ich möchte Sie im Interesse beiderseitiger Harmonie dazu einladen, einen Botschafter zu unserer Welt zu schicken. Auf Kessel zählen wir die Neue Republik zu unseren Freunden.«

Doole verstummte abrupt, als würde ihm klarwerden, daß er zuviel gesagt hatte. Leia unterdrückte ein Stirnrunzeln. Moruth Doole sagte genau das, was sie hören wollte. Er gab ihr die gewünschten politischen Antworten, ohne ihre Fragen abzuwarten. Seltsam. Was ging ihm wohl durch den Kopf? »Um offen zu sein, Mr. Doole – ich fürchte, ich kenne Ihren richtigen Titel nicht. Wie wünschen Sie angesprochen zu werden?«

Doole starrte sie mit seinem einen Auge an und hantierte an der mechanischen Linse, als hätte er die Frage überhaupt noch nicht bedacht. »Ah, ich denke, Polizeipräsident Doole wäre passend.«

»Polizeipräsident Doole, ich freue mich über Ihr Angebot bezüglich Offenheit und Kooperation, und ich hoffe, daß wir nicht voreilig gehandelt haben. Einer unserer Gesandten ist vor etwas mehr als einer Woche nach Kessel aufgebrochen, aber wir haben noch nichts von ihm gehört. Er sollte vor drei Tagen zurückkehren. Ich rufe Sie an, um festzustellen, ob Sie bestätigen können, daß er sicher angekommen ist.«

Doole hob seine langfingrigen Hände an die Wangen. »Ein Gesandter, sagen Sie? Hier? Mir ist nichts davon bekannt.«

Leias Gesicht blieb unbewegt, aber ihr Herz wurde kalt. »Könnten Sie überprüfen, ob sein Schiff, der *Millennium Falke*, eingetroffen ist? Wir hatten Schwierigkeiten, die zuständigen Stellen Kessels zu finden. Vielleicht hat er sich nicht an Sie, sondern an jemand anders gewandt.«

Doole klang zweifelnd. »Nun, natürlich kann ich es überprüfen.« Er beugte sich über ein Datenterminal, das außerhalb des Erfassungsbereichs des Übertragungsfelds stand. Fast sofort – viel zu schnell, wie Leia fand – richtete sich Doole wieder auf. »Nein, es tut mir leid, Ministerin. Wir haben keine Unterlagen über die Ankunft eines Schiffes namens *Millennium Falke* im Raum um Kessel. Wer hat das Schiff gesteuert?«

»Sein Name ist Han Solo. Er ist mein Mann.«

Doole straffte sich entsetzt. »Es tut mir schrecklich leid, das zu hören. Ist er ein guter Pilot? Wie Sie vielleicht wissen, gibt es in der Nähe Kessels eine Ballung Schwarzer Löcher, die selbst im Hyperraum eine extrem große Gefahr für den Flugverkehr darstellt. Der Schlund gehört zu den Wundern der Galaxis, aber wenn der Pilot den falschen Weg durch die Ballung genommen hat … Ich hoffe, ihm ist nichts zugestoßen!«

Leia beugte sich über das Übertragungsfeld. »Han ist ein hervorragender Pilot, Polizeipräsident Doole.«

»Ich werde sofort ein Suchteam losschicken, Ministerin. Glauben Sie mir, Kessel wird Ihnen in dieser Angelegenheit jede erdenkliche Hilfe leisten. Wir werden die Oberfläche des Planeten und Mondes scannen und im Weltraum nach einem manövrierunfähigen Schiff suchen. Ich werde Sie umgehend über die Fortschritte informieren.«

Doole griff nach den Kontrollen seines Holosenders und verharrte. »Und natürlich freuen wir uns darauf, Ihren Botschafter mit allen Ehren zu empfangen. Ich hoffe, unser nächstes Gespräch wird unter glücklicheren Umständen stattfinden, Ministerin Organa Solo.«

Als sich Moruth Dooles Bild in statisches Rauschen auflöste, weichte Leias versteinerter Gesichtsausdruck auf und verwandelte sich in Verwirrung und Argwohn.

Winter sah von ihren Kontrollen auf. »Ich habe keine offenkundigen Widersprüche in seinen Aussagen feststellen können, aber ich bin nicht überzeugt, daß er uns die ganze Wahrheit gesagt hat.«

Leias Blick glitt in die Ferne. Furcht zog ihren Magen zusammen, und sie kam sich töricht vor, daß sie wütend auf Han gewesen war. »Eins steht fest – irgend etwas stimmt hier nicht.«

11

Als bei Han Solo schließlich die Sicherung durchbrannte, holte er zu einem gewaltigen Schwinger aus, der den Aufseher nach hinten taumeln ließ. Han ging auf den Mann los, schlug wieder und wieder zu, gegen die Brust und in den Magen, und brach sich fast die Knöchel an dem abgewetzten Sturmtruppenpanzer.

Die übrigen Aufseher im Appellraum stürzten sich auf Han und schlugen ihn zu Boden. In den stahlglasverkleideten Beobachtungswürfeln gaben die Wachhabenden Alarm und riefen Verstärkung herbei. Die Tür zu den Gemeinschaftsbereichen glitt auf und vier weitere Aufseher stürmten herein, die Hände griffbereit an den Waffen.

Chewbacca stieß ein donnerndes Wookiee-Gebrüll aus und stapfte auf die bereits involvierten Wachen zu, fegte sie von Hans Rücken. Seine Lebensschuld gegenüber seinem Partner war stärker als seine Vernunft.

Han kämpfte weiter und deckte seine Widersacher mit wütendem Gebrüll ein. Chewbacca schmetterte die Köpfe zweier Wachen gegeneinander und ließ ihre schlaffen Körper fallen. Die herbeigeeilten Aufseher blickten zu dem Wookiee auf und erbleichten, als sie die Wand aus Fell und Muskeln sahen, die vor ihnen aufragte. Sie zogen ihre Waffen.

Der kleine Kyp Durron bückte sich und warf sich gegen die Kniekehlen des am nächsten stehenden, bewaffneten Aufsehers, so daß dieser zu Boden stürzte. Kyp kroch eilig davon, schlug nach Stiefeln und Beinen, brachte zwei weitere Männer zu Fall.

Da die anderen Gefangenen nichts zu verlieren hatten, stürzten sie sich ebenfalls in das Getümmel und schlugen auf alles ein, was sich ihnen in den Weg stellte, ob nun Wachen oder Gefangene. Viele der Zwangsarbeiter waren früher selbst Gefängnisaufseher gewesen, die während Moruth

Dooles Rebellion auf der falschen Seite gestanden hatten – und die übrigen Gefangenen haßten sie.

Aus einem auf Lähmwirkung geschalteten Blaster zuckten blaue, knisternde Energiestrahlen auf Chewbacca zu und warfen ihn zu Boden, wo er keuchend und stöhnend versuchte, sich auf die Ellbogen zu stützen.

Die Alarmsirenen heulten ohne Unterlaß in einem wimmernden Ton, der die Panik im Appellraum noch verstärkte. Immer mehr Aufseher stürmten aus dem Gemeinschaftsbereich. Blaue Stunnerstrahlen zuckten durch die Luft, mähten die rebellischen Gefangenen nieder und lähmten dabei auch einige Wachen.

»Genug!« brüllte Boß Roke in das Mikrofon an seinem Kragen. Die Stimme dröhnte aus den Lautsprechern des Appellraums. »Hört auf, oder wir werden euch alle stunnen und dann *auseinandernehmen,* um festzustellen, was mit euren Gehirnen nicht stimmt!«

Ein weiterer Stunnerstrahl wurde abgefeuert und ließ zwei kämpfende Gefangene wie Säcke voller Gelatine zu Boden kippen. Han riß sich von den Aufsehern los und rieb sich die aufgeplatzten Knöchel. Noch immer kochte die Wut in ihm, und er hatte doppelte Mühe, sich zu beruhigen, um nicht niedergeschossen zu werden.

»Alle in die Kojen! Sofort!« befahl Boß Roke. Er verzog die Lippen; die blauschwarzen Bartstoppeln an seinem Kinn sahen wie verschmiertes, schmutziges Öl aus. Sein plumper Körper wirkte angespannt und bedrohlich.

Kyp Durron kam vom Boden hoch, aber als sein Blick dem Hans begegnete, ließ er ein Lächeln aufblitzen. Ganz gleich, wie die Strafe ausfallen mochte, Kyp hatte die Schlägerei genossen.

Zwei äußerst unsichere Aufseher stellten Chewbacca auf die Beine und legten sich seine haarigen Arme über die Schultern. Ein weiterer Wächter, der einen zerbeulten alten Sturmtruppenhelm trug, richtete seine Waffe auf den Wookiee. Chewbaccas Arme und Beine zuckten, als versuchte er noch immer, sich zu wehren, doch der Stunnerstrahl hatte seine Nervenimpulse völlig durcheinandergebracht. Die

Aufseher warfen ihn in eine der Arrestzellen und aktivierten die Tür, ehe Chewbacca die Kontrolle über seine Muskeln zurückgewinnen konnte. Er sackte als zottiges, braunes Fellbündel zu Boden.

Die Augen dunkel vor Zorn, auf alles vorbereitet, folgte Han Kyp zu den Reihen der Metallkojen. Die Aufseher wichen zurück und funkelten ihn an. Han kletterte in seine unbequeme Schlafnische. Die Metallstreben rechts und links, die die Matratzen und Kojen voneinander trennten, sahen wie Käfiggitter aus.

Kyp kletterte in die obere Koje und beugte sich nach unten. »Was sollte das überhaupt?« fragte er. »Was hat dich so wütend gemacht?«

Einer der Aufseher hämmerte mit einem Stunnerstock gegen die Seite der Koje. »Zieh den Kopf ein!«

Kyps Gesicht verschwand blitzartig, aber Han konnte noch immer hören, wie er sich bewegte. »War wohl überempfindlich, schätze ich«, knurrte Han. Kummer überwältigte ihn. »Mir ist gerade nur klargeworden, daß heute der Tag ist, an dem meine Kinder nach Hause kommen, und ich nicht bei ihnen sein kann.«

Bevor Kyp etwas erwidern konnte, schaltete Boß Roke das einschläfernde Feld ein, das um die Kojen pulsierte und Han trotz seines Widerstands in einen bodenlosen Abgrund dumpfer Alpträume stürzte.

Moruth Doole stand vor der Tür des Nebengebäudes, in dem das Gewürz verarbeitet wurde, und befestigte einen Infrarotfilter an seinem mechanischen Auge. Sichtlich irritiert zischte er und ließ die Zunge aus dem Mund zucken, um die Luft zu schmecken und seine Sicherheit zurückzugewinnen.

Das Gespräch mit Solos Frau hatte ihn sehr nervös gemacht; er fragte sich, was die Neue Republik wohl mit ihm anstellen würde. In der warmen Dunkelheit der Gewürzverarbeitungsräume konnte er sich entspannen. Der Anblick der blinden und hilflosen Arbeiter, die Stunde um Stunde seinen Reichtum mehrten, machte ihn stärker und selbstbewußter.

Die schwere Metalltür fiel donnernd zu und sperrte das

Licht aus. Die zweite Pforte öffnete sich zu einem gebärmutterähnlichen Gewölbe, das durch die Körperwärme der Arbeiter in seiner IR-Brille warm und rot erglühte. Doole atmete tief ein und roch die modrige Feuchte der verschiedenen Lebensformen.

Er betrachtete die verschwommenen, orange leuchtenden silhouettenhaften Gestalten, die über das Förderband gebeugt standen. Sie bewegten sich unruhig und schreckten vor ihm zurück. Das hob Dooles Stimmung. Er trat zwischen sie und inspizierte ihre Arbeit.

Hunderte von blinden Larven, bleich und wurmartig, mit großen, blicklosen Augen und vier dünnen Armen, griffen nach den empfindlichen Gewürzkristallen. Sie wickelten die Fasersegmente in undurchsichtiges Papier und legten sie in spezielle Schutzbehälter, die später von einer Fähre hinauf zur Werft und Transferbasis auf Kessels Mond gebracht würden. Jetzt, da die Larven bequem in der völligen Dunkelheit arbeiteten, die für die Gewürzverarbeitung erforderlich war, liefen Dooles Geschäfte viel besser als damals unter imperialer Kontrolle.

Der kurze telepathische Effekt, den das Glitzerstim-Gewürz erzeugte, hatte die Substanz zu einem wertvollen Handelsgut gemacht, das vom Imperium streng kontrolliert wurde. Auf anderen Planeten gab es eine schwächere Form des Gewürzes, die als Mineralryll bekannt war, aber Kessel war der einzige Ort, wo man Glitzerstim finden konnte. Das Imperium hatte Kessels Gewürzproduktion im eisernen Griff gehabt und das Glitzerstim sowohl zu Spionage- und Verhörzwecken als auch zu Loyalitäts- und Sicherheitsüberprüfungen benutzt.

Aber auf dem Schwarzmarkt hatte es immer eine große Nachfrage gegeben: Liebespaare, die sich nach vorübergehender telepathischer Vereinigung sehnten, kreative Künstler, denen es um Inspiration ging, Investoren, die Insiderinformationen einholen, kriminelle Geschäftsleute, die reiche Klienten betrügen wollten. Viele Schmuggler belieferten Jabba den Hutt und andere Gangstersyndikate mit dem Gewürz.

Aber das Imperium hatte jetzt keine Kontrolle mehr über

die Gewürzproduktion. Doole hatte eigentlich erwartet, nun keine Probleme mehr zu haben – doch dann war Solo zurückgekehrt.

Doole hatte schon seit Tagen auf den Anruf von Coruscant gewartet. Immer wieder hatte er seine Antworten geprobt, genau wissend, was er sagen mußte. Vielleicht hatte er zu intensiv geübt, zu schnell geantwortet und Ministerin Organa Solo auf diese Weise mißtrauisch gemacht.

Skynxnex meinte, daß Doole überreagierte, daß es genügte, einfach ihre Rollen zu spielen. Solo und der Wookiee waren in den Gewürzminen perfekt verborgen. Niemand würde sie dort jemals finden. Aber es gab immer die Möglichkeit, daß irgend etwas schiefging. Vielleicht würde es das Beste sein, wenn er einfach den Befehl gab, Solo umzubringen, um jedes Risiko auszuschalten.

Doole ging an den Reihen der Larvenarbeiter vorbei. Der Infrarotfilter lieferte auch keine schlechteren Bilder als die normalen Linsen seines mechanischen Auges. Die raupenähnlichen Larven verbeugten sich schweigend und arbeiteten sklavisch weiter. Doole hatte sie aus dem Eiersack genommen und hier aufgezogen, so daß ihre gesamte Existenz um die Gewürzverarbeitung kreiste. Für sie war er ein Gott.

Als Doole in die Nähe eines der größten Männchen kam, richtete dieses sich auf, nahm eine Verteidigungsstellung ein und wedelte mit seinen zerbrechlichen Armen, als wollte es Doole von seinem Territorium vertreiben. Schockiert stellte Doole fest, daß die männliche Larve fast ausgereift war. War die Zeit wirklich so schnell vergangen? Diese würde bald ihre Haut abwerfen und zu einem kräftigen Erwachsenen metamorphieren.

Doole würde sie vorher töten müssen. Was er im Moment am wenigsten gebrauchen konnte, war ein Konkurrent – selbst wenn dies bedeutete, daß er eins seiner eigenen Kinder töten mußte.

Boß Roke stand, die Hände in die Hüften gestemmt, im Appellraum und schenkte den Arbeitern ein plumpes, abschätziges Lächeln. »Wir haben gestern ein weiteres Team verloren. Einen Aufseher und vier Arbeiter, tief unten in den neuen Stollen.« Er ließ seine Worte wirken, aber die meisten der Gefangenen hatten das Fehlen der Arbeiter bereits bemerkt.

»Die vorliegenden Proben zeigen, daß es möglicherweise die reichsten Gewürzvorkommen sind, die wir je entdeckt haben, und ich werde nicht zulassen, daß Unfähigkeit und Aberglaube mich um die Prämie bringen. Ich brauche ein paar Freiwillige, die mich in die unteren Stollen begleiten und die Lage überprüfen – und wenn sich keine Freiwilligen melden, werde ich eben welche bestimmen.« Boß Roke wartete. »Nicht so viele Freiwillige auf einmal.«

Er sah sich im Raum um. Han behielt ihn im Auge; er wußte, daß er wegen seiner Rolle bei dem gestrigen Aufruhr zu den Kandidaten gehörte. Aber es kümmerte ihn nicht – nicht, wenn seine Vermutung zutraf. Um Roke gar nicht erst in den Genuß kommen zu lassen, ihn zu zwingen, trat Han vor. »Ich melde mich freiwillig. So kann ich wenigstens einen weiteren Tag totschlagen, bei dem man sich sowieso nur die Hände schmutzig macht.«

Roke sah ihn überrascht an und kniff dann argwöhnisch die Augen zusammen.

»Ich komme auch mit.« Kyp Durron trat neben Han. Han spürte, wie ihm warm vor Freude wurde, aber er unterdrückte das Gefühl. Er wollte keine Erklärung abgeben, jetzt noch nicht.

Chewbacca heulte verblüfft auf und grunzte dann seine Zweifel an Hans Verstand.

»Was hat er gesagt?« fragte Boß Roke.

»Er meldet sich auch freiwillig«, erwiderte Han.

Chewie gab ein unbehagliches, protestierendes Schnauben von sich, erhob aber keine weiteren Einwände.

»Ich brauche noch einen Freiwilligen«, sagte Roke und sah sich im Raum um. »Du, Clorr.« Er deutete auf einen ehemaligen Gefängnisangestellten, der bei Hans Meuterei erheblichen Schaden angerichtet hatte. »Ich nehme einen Aufseher und euch vier mit. Zieht euch an. Los.«

Roke drängte zur Eile. Inzwischen hatte sich Han daran gewöhnt, in den Thermoanzug zu schlüpfen und die Atemmaske aufzusetzen. Er schaltete das Energieset ein, und Wärme pulsierte durch den Anzug. Chewbacca sah mit dem leeren dritten Ärmel, der schlaff und flach vor seiner Brust baumelte, lächerlich aus.

Kyp und Chewbacca starrten Han an und fragten sich, was er im Schilde führte. Han bedeutete ihnen mit einer verstohlenen Handbewegung, daß er ihre Fragen zu gegebener Zeit beantworten würde. Natürlich hatte er einen Plan.

Einer der anderen Aufseher, der einen nervösen und besorgten Eindruck machte, wechselte sein Blastergewehr von einer Schulter zur anderen.

»Gehen wir!« sagte Boß Roke und klatschte in die Hände.

Die vier Freiwilligen und der zweite Wächter stellten sich an dem Durchgang zur langgestreckten Metallkammer auf, in der die Schwebegrubenbahn wartete. Roke und der Aufseher nahmen in der ersten Lore Platz, während sich die anderen in die beiden übrigen Wagen quetschten.

»He, wie wär's mit ein paar von diesen Infrarotbrillen?« rief Han. »Wenn da unten wirklich etwas ist, müssen wir sehen können, wohin wir fliehen.«

Roke setzte verächtlich seine Brille auf. »Ihr seid entbehrlich.« Er aktivierte das Steuersystem des Triebwagens. Die Lichter erloschen, und das gegenüberliegende Tor glitt knirschend in die Höhe. Sofort wurde das Gewölbe mit kalter, dünner Luft durchflutet.

»Soviel zu dieser Idee«, brummte Han und setzte dann hastig die Atemmaske auf.

Der am wenigsten begeisterte Gefangene, Clorr, stöhnte unglücklich. Dann nahmen die Schwebeloren ihre Fahrt auf und beschleunigten, bis sie mit Höchstgeschwindigkeit durch die Stollen rasten. Luftturbulenzen brausten, wenn die Lore dicht an einsturzgefährdeten Felsstollen vorbeischoß, wo Generationen von Gewürzschürfern die Glitzerstim-Vorkommen abgebaut hatten.

Als der Fahrtwind alle anderen Laute übertönte, beugte sich Kyp zu Han und stieß durch die Atemmaske hervor: »Okay, jetzt sag mir, was wir vorhaben.«

Han zuckte die Schultern. »Ich habe eine Idee, und wenn

ich recht habe, kommen wir alle bald aus diesem Schlamassel heraus.«

Chewbacca knurrte skeptisch und stellte eine Frage.

»Denk drüber nach, Chewie. Immer wieder verschwinden Leute auf die gleiche Weise – was ist, wenn sie einen Fluchtweg entdeckt haben? Sie haben neue Stollen angelegt und in unerforschten Gebieten nach Gewürz gesucht, bis plötzlich ein ganzer Haufen von ihnen nicht mehr zurückkehrte. Wir alle wissen, daß es eine Menge aufgegebener Stollen der illegalen Schürfer gibt, die durch das imperiale Sicherheitsnetz geschlüpft sind. Dieser Planet ist von Eingängen zu den Gewürzstollen förmlich durchlöchert.«

Han schwieg und hoffte, daß sie bereits begriffen hatten. »Rokes Teams bestehen normalerweise aus einem Aufseher und fünf blinden Gefangenen. Was, wenn sie um eine Ecke gebogen sind und plötzlich einen Durchbruch zur Oberfläche entdeckt haben und wieder sehen konnten? Sie haben wahrscheinlich den Wächter überwältigt und sind in die Freiheit geflohen.

Aber sobald Roke einen solchen Ausgang entdeckt, wird er ihn blockieren, und wir werden keine zweite Chance bekommen. Wenn wir hier raus wollen, wenn ich jemals zurückkehren und Leia und die Kinder wiedersehen will, muß ich es versuchen. Es ist das Risiko wert.«

»Klingt nach einer guten Chance«, meinte Kyp. »Ich bin schon so lange hier unten, daß ich bereit bin, alles zu versuchen.«

Chewbacca stimmte zu, doch er klang nicht begeistert.

Sie rasten immer weiter in die Tiefe und schossen durch harte Kurven. Mehrmals hatte Han das Gefühl, daß die Felsdecke nur eine Handbreit über seinem Kopf vorbeirauschte, und er versuchte, sich in der Lore zusammenzukauern. Er wagte sich nicht vorzustellen, was passieren würde, wenn Chewbaccas Kopf bei dieser Geschwindigkeit gegen einen Felsvorsprung knallte.

In den finsteren Gewürzminen verlor Han rasch jedes Zeitgefühl. Er wußte nicht, wie lange sie schon unterwegs waren, welche Strecke sie zurückgelegt hatten oder wie schnell sich die Schwebeloren durch die Stollen bewegten. Boß Roke brachte das Gefährt zum Stehen und befahl den Gefangenen, auszusteigen. Der Aufseher nahm deutlich vernehmbar das Blastergewehr von der Schulter.

Han konzentrierte sich auf die leisen Geräusche, die er hörte, und versuchte sich die ganze Zeit die Positionen von Boß Roke und dem Aufseher vor sein geistiges Auge zu führen. Das Vorstellungsbild würde ihm helfen, wenn er fliehen wollte. Aber sie waren inzwischen so tief, daß er zweifelte, je den Weg zur Oberfläche zu finden.

»Folgt mir«, sagte Boß Roke. »Einer der Gefangenen soll vor mir gehen, und der Aufseher bildet die Nachhut.«

Han hörte ein Schlurfen und ein Keuchen, dann stolperte jemand nach vorn. War es Kyp? Nein, nach dem unglücklichen Stöhnen zu urteilen, mußte es sich bei dem Mann an der Spitze um Clorr handeln, den ehemaligen Gefängnisangestellten.

Raschelnd suchte Boß Roke in seinem Rucksack und zog einen Ausrüstungsgegenstand heraus. Han hörte ein elektronisches Klicken, gefolgt von einem Ping. Es mußte eine Art Detektor sein. Die Ohren spitzend lauschte Han auf die sich verändernden Geräusche, während Roke den Scanner hin und her bewegte.

»Überall um uns ist Gewürz«, stellte Roke fest. »Genau wie erwartet, und die Konzentration scheint weiter vorn noch stärker zu sein. Vorwärts.«

Clorr stolperte in die Finsternis, gefolgt von Boß Roke. Han marschierte blind. Er spürte Kyps Griff an seiner Hüfte und hörte Chewbaccas von der Maske gedämpfte Atemzüge.

Während sie weitergingen, wurde es in den Stollen immer kälter. Hans nackte Finger knackten, sobald er sie bewegte. Er schaltete den Hitzeregler seines Anzugs höher, doch die Wärme tröstete ihn nur wenig.

Das elektronische Klicken von Rokes Detektor wurde stärker. »Zunehmende Konzentration«, sagte er. »Das hier sind die reichsten und frischesten Flöze, die wir je entdeckt haben. Auf euch Gefangene wartet eine Menge Arbeit.«

Der Detektor klickte, und sie schlurften weiter. Es gab nur ihre eigenen Laute, ansonsten wirkte der Stollen wie eine Gruft.

Plötzlich glaubte Han, weiter vorn ein Schaben zu hören, als würde sich dort etwas Massiges bewegen, stehenbleiben, sich weiterbewegen, dann langsam, fast schleichend zurückkehren. An der Spitze murmelte Clorr etwas vor sich hin, aber Boß Roke stieß ihn vorwärts.

»Die Werte werden direkt hinter der Ecke stärker.« Boß Rokes ernste Stimme hatte einen Unterton kindlicher Aufregung. »Ich werde diesen Scanner neu kalibrieren müssen.«

Han hörte erneut ein leises Knirschen, aber es schien jetzt weiter entfernt zu sein. Von ihrer Gruppe hatte keiner das Geräusch gemacht. Es klang, als würden scharfe Metallspitzen über Glas kratzen.

Der Klang der schlurfenden menschlichen Schritte veränderte sich, als sie um die Ecke bogen. »Die Gewürzwerte sprengen die Anzeigen!« rief Boß Roke.

Plötzlich kreischte Clorr.

»He!« sagte Roke.

Clorr kreischte erneut, aber der Laut drang aus größerer Entfernung, als hätte ihn jemand gepackt und in die Tiefe des Stollens gezerrt, um ihn in eine verborgene Höhle zu schleppen.

»Wo sind ...«, begann Roke und stieß dann ebenfalls einen entsetzten Schrei aus.

Han hörte, daß Stiefel auf dem Absatz kehrtmachten und zurückrannten. Er stieß Kyp zur Seite, in die Richtung, aus der sie gekommen waren. Roke floh in panischer Angst.

»Lauf zurück!« schrie Han und beförderte Kyp mit einem Stoß Richtung Schwebeloren. »Was ist das?« brüllte er Boß Roke zu. Erneut hörte er das kratzende, schabende Geräusch, das näherkam, klickend wie zahllose spitze Beine, die in Dolchklauen endeten.

Roke kreischte und verstummte prustend, als ihm die Luft aus der Lunge gepreßt wurde. Han hörte einen Mann auf dem Boden aufschlagen, aber Roke rappelte sich wieder auf und kroch auf allen vieren weiter.

Als Han losstürzte, packte Roke sein Bein und klammerte sich fest. Han versuchte laut brüllend, ihn abzuschütteln. »Loslassen! Wir müssen von hier verschwinden!«

Aber ehe Roke loslassen konnte, wurde er von irgend etwas hinter ihm – etwas sehr Großem und sehr, sehr Nahem – gepackt und weggerissen. Rokes Fingernägel waren wie Klauen, die versuchten, sich am glatten Stoff von Hans Thermoanzug festzuhalten, bis er, von einem wischenden Geräusch begleitet, tiefer in den Stollen geschleppt wurde, noch immer gurgelnd und kreischend.

Han konnte in der Finsternis nicht das geringste erkennen. »Rennt!« brüllte er.

Chewbacca röhrte und prallte dann wie eine Abrißbirne gegen den Aufseher hinter ihm. Kyp folgte dem Wookiee und sprang über den gestürzten Mann hinweg. Doch Han stolperte über das Hindernis und schlug lang auf dem geröllbedeckten Felsboden auf. Niemand konnte irgend etwas sehen.

Der Wächter kam auf die Knie und schlug wie wild um sich, als wäre Han der Feind. Aber Han, blind und verzweifelt, griff gezielt nach vorn. Er riß an etwas und hielt plötzlich die Infrarotbrille des Wächters in der Hand.

Die Wände schlossen sich um ihn. Schreie und Laute panischer Flucht und das *Ticktick* des sich nähernden monströsen Dings klangen in seinen Ohren wie niederdrückende Donnerschläge.

Der entsetzte Ausruf des gestürzten und nun blinden Wächters wurde von seiner Atemmaske gedämpft. Er klammerte sich an Han, doch Han riß ihm die Atemmaske vom Mund. Der Sauerstoff entwich pfeifend. Der Aufseher mußte Han loslassen, um seine Maske wieder aufzusetzen.

Han stolperte vorwärts. Er mußte etwas sehen. Sie mußten die Schwebeloren finden, um von hier zu verschwinden. »Lauf, Chewie! Geradeaus! Sorg dafür, daß Kyp mitkommt!«

Er setzte die Brille auf. Wieder hörte er die raschelnden, klappernden Laute der spitzen, krabbelnden Beine. Wurden sie von einer ganzen Armee von Kreaturen angegriffen, oder handelte es sich nur um ein sehr großes Exemplar mit vielen Beinen?

Durch die Brille konnte er den hellen Infrarotfleck des gestürzten Wächters und die grellen, sich rasch entfernenden Umrisse von Chewbacca und Kyp erkennen. Er hörte das Klappern der harten, spitzen Beine, das sich durch den Stollen näherte.

Der Wächter bewegte sich, kam auf die Beine und begann hinter Han herzustolpern, aber der Mann konnte nichts sehen. Er torkelte hin und her und prallte gegen eine Wand, wo er sich den Kopf an einem harten Vorsprung aufschlug.

Die rennenden, monströsen Beine näherten sich, daß es wie ein Meteoritenschwarm klang, der gegen eine Raumschiffwandung prasselte. Der Wächter schrie.

Han wirbelte herum, konnte aber außer dem Wächter nichts in der Finsternis des Stollens erkennen, keine Gestalt, keine Fußabdrücke, keine Körperwärme irgendeiner Kreatur – *nichts*, das lebte.

Plötzlich erstarrte der Wächter, als hätte ihn eine riesige, unsichtbare Hand von hinten gepackt. Dann sah Han zu seinem Entsetzen, wie sich die *Silhouette* eines langen, dürren Beines um die Hüfte des Wächters schlang und sich ein anderes über seine Schulter legte, absolut schwarz, ein Schattenriß vor dem Infrarotbild des Wächters. Der Mann schlug um sich und heulte.

Der Wächter schwang etwas – sein Blastergewehr. Han keuchte, als ein gleißender Blitz durch die Rabenschwärze zuckte, das vielbeinige Ding traf und es für einen Sekundenbruchteil in grelles Licht tauchte. Han sah eine Art sich windende Masse aus spitzen Dornen, zahllosen dürren Beinen, Klauen und Fängen und Augen – viele, viele Augen. Dann absorbierte die Kreatur alles Licht und tauchte den Stollen wieder in undurchdringliche Finsternis.

Der Wächter wurde hoch in die Luft gehoben und herumgewirbelt. Weitere schattenhafte, eisige Beine wickelten sich um ihn. Das glühende Rechteck des Batteriesets seines Thermoanzugs brannte hell im Infrarotbereich, aber dann wurde es von einer scharfen Klaue wie von einem Stachel durchbohrt. Funken flogen durch die Dunkelheit und ließen helle Flecke vor Hans Augen tanzen.

Als Han stolpernd und taumelnd davonrannte, sah er noch, daß sich die Infrarotumrisse des Mannes verdunkelten, als ob er so kalt wie seine Umgebung wurde. Um was immer es sich auch bei dieser Kreatur handeln mochte, sie mußte ihm die Energie oder Körperwärme, aussaugen; sie ernährte sich von allem, was sie in den kalten, leeren Stollen finden konnte.

»Lauft weiter!« brüllte Han, als er vor sich Umrisse entdeckte. Die Schwebegrubenbahn gab noch immer einen trüben Wärmeschein von sich. »Die Bahn ist direkt vor dir, Chewie! Steig ein!«

Der Wookiee prallte gegen die Metallseite des Gefährts und blieb stehen. Chewbacca tastete um sich und ergriff Kyp, um ihn auf den Sitz der Lore zu wuchten.

Dann hörte Han hinter sich im Stollen wieder die klackenden, krabbelnden Schritte. Er war als nächster dran. Keuchend stürmte er vorwärts, stolperte über Geröll und stieß gegen Wände, die er nicht sehen konnte. Sein Blut hatte sich in Eiswasser verwandelt.

Chewbacca fummelte an dem Kontrollpult der Schwebegrubenbahn und versuchte, in der Dunkelheit die Knöpfe zu identifizieren. Han rannte weiter. Die Geräusche der spitzen Beine wurden lauter, hämmernder.

Han riskierte einen Blick über die Schulter. Obwohl er hören konnte, daß das Ding mit Höchstgeschwindigkeit hinter ihm her jagte, war in der Finsternis nichts zu erkennen, absolut nichts.

Er erreichte die Schwebelore und sprang hinein. »Drück einfach auf RÜCKKEHR, Chewie! Auf irgendwas!«

Chewbacca traf offensichtlich den Startknopf, denn die Lore drehte sich um ihre Achse, um in die Richtung zurückzukehren, aus der sie gekommen waren.

Die galoppierenden Geräusche der eispickelbeinigen Kreatur wurden schneller und schneller. Die Schwebegrubenbahn gewann an Geschwindigkeit, aber die Kreatur holte weiter auf. Han konnte mit seiner Infrarotbrille noch immer nichts sehen.

Mit einem lauten Scheppern traf irgend etwas die hinterste Lore, ließ sie hin und her schaukeln und schmetterte sie gegen die Seitenwand des Stollens. Funken flogen, als sie über den Fels schrammte, doch die Bahn gewann weiter an Geschwindigkeit.

Noch immer bedrohlich nah hörte Han ein hohles Gebrüll, aber dann fielen die Geräusche immer weiter hinter ihnen zurück. Die Kreatur hatte die Verfolgung aufgegeben. Finsternis erstreckte sich vor ihnen wie ein riesiges schwarzes Vakuum.

Han wußte, daß sie automatisch zum Appellraum zurückkehrten. Chewbacca stöhnte und röhrte ihn an. Kyp saß keuchend da, vor Entsetzen geschüttelt. »Was hast du gesehen?« fragte Kyp.

»Ich weiß es nicht«, gestand Han. »Es läßt sich mit nichts vergleichen, was ich kenne.«

Chewbacca fauchte vor Zorn und Ärger und ungeheurer Erleichterung, und Han seufzte. »Ganz meine Meinung. Das war nicht eine meiner klügsten Ideen.«

12

Luke Skywalker zeigte Gantoris die Wunder des Universums. Er steuerte mit seinem Passagier die modifizierte Fähre in eine Umlaufbahn und gewährte dem Mann einen Blick auf den zum Untergang verdammten Planeten Eol Sha. Der viel zu nahe Mond hing über der Welt wie eine erhobene Faust vor einem Vorhang aus Sternen.

Luke aktivierte die Sublichttriebwerke der Fähre und kreuzte durch die gleißenden Wunder des Hexenkessel-Nebels, während Gantoris durch die Sichtfenster in die wirbelnden, glühenden Gase starrte. Dann stürzten sie durch das bodenlose, außerdimensionale Loch in den Hyperraum und durchquerten die Galaxis.

Richtung Bspin.

Während der ereignislosen Reise begann Luke Gantoris von der Macht zu erzählen, von dem Training, dem sich die Kandidaten auf der geplanten Jedi-Akademie unterziehen sollten. Jetzt, wo er zugestimmt hatte, schien Gantoris bereit und sogar begierig, die seltsamen Echos und Gefühle zu verstehen, die sein ganzes Leben lang sein Bewußtsein berührt hatten.

Das Brummen der mächtigen Maschinen der Fähre und die schwindelerregenden, abstrakten Wirbel des Hyperraums ermunterten Luke dazu, mit den ersten Übungen zu beginnen, um Gantoris' Potential zu wecken. Luke war über die Konzentrationsfähigkeit des Mannes überrascht; er mußte nur die Augen schließen und sank sofort in eine tiefe Trance. Während seines eigenen Jedi-Trainings war Luke ein ungeduldiger junger Mann gewesen; Gantoris war unter viel härteren Umständen aufgewachsen und dadurch zäh und ausdauernd geworden.

»Greif hinaus und spüre dein Bewußtsein, spüre deinen Körper, spüre das Universum um dich herum. Die Macht umfaßt und durchdringt alles. Alles ist Teil von allem.«

Luke achtete genau darauf, was er von Gantoris verlangte. Obi-wan Kenobi hatte Luke eine Weile ausgebildet, und Yoda hatte sich noch länger mit ihm beschäftigt. Aber Luke war außerdem, wenn auch ohne Erfolg, von Joruus C'baoth unterwiesen worden und hatte während seiner Zeit mit dem wiederbelebten Imperator die Mächte der Dunklen Seite kennengelernt.

Luke konnte nicht vergessen, daß es ebenfalls Obi-wan Kenobis Training war, das Anakin Skywalker in Darth Vader verwandelt hatte. Lohnte es sich wirklich, die Jedi-Ritter zurückzubringen, wenn der Preis dafür die Erschaffung eines neuen Vaders war? Gantoris' ominöse Träume von einem »Schwarzen Mann«, der ihm die Macht zeigen und ihn dann vernichten würde, beunruhigten Luke außerordentlich.

Als Luke die Fähre aus dem Hyperraum steuerte und Bspin anflog, erwartete er, daß die neuen Eindrücke Gantoris vielleicht überwältigen würden. Aber der ernste Mann starrte wie ein Kind durch die Sichtfenster, tief beeindruckt von dem rotierenden Gasplaneten, auf dem Lando Calrissian einst über Cloud City geherrscht hatte. Der Anblick des wirbelnden Planeten brachte abrupt die Erinnerungen an die größten Schrecken in Lukes Leben zurück. Er kniff die Augen zu, als er den Stachel dieser Erinnerungen spürte.

Gantoris, der hinter ihm im Passagierabteil der Fähre saß, beugte sich nach vorn. »Stimmt etwas nicht? Ich habe gerade bei dir einen starken Gefühlsausbruch gespürt.«

Luke blinzelte. »Das konntest du spüren?«

Gantoris zuckte die Schultern. »Jetzt, wo du mir beigebracht hast, wie man spürt und wie man horcht, kann ich es deutlich erfassen. Was belastet dich? Sind wir in Gefahr?«

Luke öffnete die Augen und sah wieder zu Bspin hinaus. Er dachte an seinen Freund Han Solo, der entführt, in Karbonid eingefroren und zu Jabba dem Hutt gebracht worden war; er dachte an das Duell mit Darth Vader auf den Laufgängen von Cloud City, das Luke seine Hand gekostet hatte. Und, am allerschlimmsten, er erinnerte sich an Vaders tiefe Stimme, die ihm die schreckliche Wahrheit offenbart hatte. »Luke, *ich* bin dein Vater.«

Luke fröstelte, aber er drehte sich um und sah Gantoris in die dunklen Augen. »Ich habe sehr viele Erinnerungen an diese Welt.«

Gantoris schwieg und stellte keine weiteren Fragen mehr.

Auf Bspins Luftströmungen trieben fliegende Minenkomplexe – über den Wolken schwebten automatische Raffinerien und Vorratstanks und Anlagen, die wertvolle Gase aus den Wolkenbänken filterten. Allerdings hatte sich von diesen fliegenden Fabriken keine als profitabel erwiesen. Der driftende Koloß von Tibannopolis war menschenleer, eine knarrende Geisterstadt am Himmel.

Luke holte sich die wie betrunken torkelnde fliegende Stadt auf sein Navigationsdisplay. Die Konstruktion schwankte über den düsteren Wolken, wo sich ein Sturm zusammenbraute. Defekte Repulsorliftgeneratoren hatten dafür gesorgt, daß die Stadt sich zur Seite neigte.

»Ist das unser Ziel?« fragte Gantoris.

Das Dach, die Decks und die Seitenverkleidungen von Tibannopolis waren von Altmetallsammlern abmontiert worden. Mit ihren zerbeulten Wandungen und verdrehten Trägern, die eine breite Halbkugel bildeten, sah die Stadt wie ein Skelett ihres früheren Selbst aus. An der Unterseite hingen eingedellte Ballasttanks. Zahllose Antennen und Wetterfahnen ragten aus den Nahtstellen hervor.

»Wir müssen hier auf jemand warten«, erwiderte Luke.

Er ließ die Fähre auf einem der Hauptlandedecks niedergehen, das stabil genug aussah, um sein Schiff tragen zu können. Das Zickzackmuster der tragenden Teile war von einer Schutzschicht überzogen, aber an einigen Stellen waren die Schweißnähte aufgeplatzt.

Luke kletterte aus dem A-Flügler, dicht gefolgt von Gantoris. Die langen Haare des Mannes umflatterten ihn mähnengleich; stolz stand er in seiner geliehenen Pilotenmontur da. Seine schwarzen Augen glitzerten vor Staunen.

Der Höhenwind heulte klagend durch die ausgeschlachteten Überreste von Tibannopolis. Das schwankende Metall stöhnte, als sich rostige Nahtstellen aneinanderrieben. Der

Wind hatte einen bitteren, chemischen Geruch von den Spurengasen, die in die Höhe gewirbelt wurden.

Schwarze, vogelähnliche Kreaturen mit dreieckigen Köpfen drängten sich in den Fensterhöhlen der Gebäude und nisteten auf nackten Stahlgerüsten. Als sich Luke und Gantoris in Bewegung setzten, schreckten die fliegenden Kreaturen hoch und raschelten mit lederigen Schwingen. Ihre Schnäbel öffneten und schlossen sich mit krächzenden Lauten.

Unter und um Tibannopolis hatten die Wolken das rauchige Grau eines aufziehenden Gewitters angenommen. Blitze zuckten durch die Wolkenbank unter ihnen.

»Was jetzt?« fragte Gantoris.

Luke seufzte und holte ein paar Luftmatratzen und einen Schlafsack aus dem Laderaum der Passagierfähre. »Wir haben zwei Tage eingesperrt im Schiff verbringen müssen. Ich weiß nicht genau, wann Streen zurückkehren wird, und ich denke, wir haben uns etwas Schlaf verdient.«

»Streen?« fragte Gantoris.

»Der Mann, auf den wir warten.«

Der Sturm brach in der Nacht los und fauchte über die bloßliegenden Decks von Tibannopolis. Auf den Metallegierungen erblühten neue Rostflecke und Patina. Luke und Gantoris hatten in den verfallenen Gebäuden von Tibannopolis Unterschlupf gefunden und lagen auf dem Boden, der aufgrund des Neigungswinkels der herrenlosen Stadt schräg abfiel.

In eine Jedi-Trance vertieft, die erholsamer war als einfacher Schlaf, ignorierte Luke seine Umgebung, hielt aber ein kleines Fenster in seinem Bewußtsein offen, um im Fall des Falles sofort in den Wachzustand zurückzukehren.

Gantoris überraschte ihn. »Luke, ich glaube, jemand kommt. Ich kann es spüren.«

Luke wurde übergangslos wach, rollte aus der schützenden Metallnische und spähte zu den weißgewaschenen Wolkenwirbeln hinüber. Er brauchte nur einen Moment, um mit seinen Sinnen die sich nähernde Aura eines Menschen zu lokalisieren – aber er war beeindruckt, daß Gantoris den fernen Fremden überhaupt erspürt hatte.

»Ich habe geübt«, erklärte Gantoris, »einfach hinausgegriffen und mich mit meinem Bewußtsein umgesehen. Hier gibt es nicht viel, was mich ablenken kann.«

»Gute Arbeit.« Luke versuchte, die Befriedigung von seinem Gesicht zu verbannen, doch es gelang ihm nicht. »Das ist der Mann, auf den wir gewartet haben.«

Mit seinen Sinnen konzentrierte er sich auf ein schwarzes Objekt, das sich ihnen durch die Himmelslandschaft aus aufsteigenden Gasen näherte. Luke sah ein merkwürdiges Gebilde aus zusammengebundenen Plattformen und voluminösen Tanks, das an Ballons hing und von Propellern angetrieben wurde, die in alle Richtungen abstanden. Das zusammengeschusterte Fluggerät driftete auf sie zu, ritt auf den Winden.

Luke lächelte angesichts der bizarren Konstruktion, während Gantoris sie ehrfürchtig bestaunte. Sie konnten die Silhouette eines einzelnen Mannes am Ruder ausmachen. Windstöße knatterten in den Trimmsegeln an den Seiten der Hauptplattform. Streen, der Gasprospektor, kehrte heim.

Luke und Gantoris gingen zur Landeplattform hinunter, um ihn dort zu empfangen. Als das Gebilde aus Gastanks, Ballons und flachen Laufgängen näherkam, entdeckte Streen sie endlich.

Er schaltete an den Kontrollen seines Fluggeräts und umkreiste die verfallene Stadt, als fürchtete er sich vor der Landung. Aber da er nur zwei Personen erkennen konnte, gewann er seinen Mut zurück und ließ sich von den Winden herantreiben.

Streen landete sein Fluggerät nicht, sondern steuerte es nur an den Rand der Landeplattform und vertäute es an den Pfosten des Geländers. Luke griff nach den Fasertauen und half Streen, sein Fluggerät zu sichern.

Niemand sprach. Streen warf ständig verstohlene Blicke in ihre Richtung.

Luke musterte ihn. Streen war recht alt und trug einen Bart. Sein braunes Haar war derart von grauen Strähnen durchzogen, daß es eine cremige Farbe angenommen hatte. Seine Haut wirkte lederig, als ob die rauhen Winde und die strenge Luft den Lebenssaft aus seinem Fleisch gesaugt hatten. Der Prospektor trug einen abgewetzten Overall mit zahlreichen Taschen, von denen viele vollgestopft waren.

Als Streen auf das Landedeck trat, flatterten vier der schwarzen Vogelkreaturen, die auf den Ventilauslässen und Gastanks über den Plattformen von Streens Fluggerät gehockt hatten, auf und verschwanden im Dschungel der nackten Stahlträgergerüste.

»Tibannopolis ist schon seit Jahren unbewohnt«, sagte Streen. »Warum sind Sie hergekommen?«

Luke richtete sich zu seiner vollen Größe auf und sah den Mann an. »Wir sind gekommen, um Sie zu treffen.«

Gantoris stand geduldig neben Luke Skywalker und versuchte, sich an seine neue Rolle zu gewöhnen. Er hatte sich dem Jedi angeschlossen, um von ihm zu lernen – mitgerissen von seinen Visionen über einen neuen Orden der Jedi-Ritter und den Kräften, die sie durch die Macht erringen konnten.

Diesmal hörte Gantoris zu, während Skywalker Streen von seinen Plänen für eine Akademie erzählte, seiner Suche nach potentiellen Kandidaten, die vielleicht über ein Talent in der Macht verfügten. Er sah die Zweifel in Streens Gesicht, Zweifel, die auch ihn anfänglich beherrscht hatten. Aber sofern Streen nicht unter denselben düsteren Träumen oder Vorahnungen gelitten hatte, mußte dieser Einsiedler auf Bspin ein empfänglicherer Zuhörer sein als er selbst es gewesen war.

Streen kauerte auf der erodierten Oberfläche der Landeplattform und betrachtete blinzelnd den Himmel, ehe er wieder Skywalker ansah. »Aber warum ich? Warum sind Sie zu mir gekommen?«

Skywalker wandte sich statt dessen an Gantoris. »In den verschiedenen Atmosphäreschichten Bspins finden sich viele wertvolle aufgelöste Substanzen. Die fliegenden Städte sind riesige, stationäre Minenkomplexe, die das Gas aus den unteren Wolkenschichten verarbeiten. Aber Streen ist Wolkenprospektor. Zu bestimmten Zeiten wirbeln Stürme oder bodennahe Luftturbulenzen eine Wolke aus Spurenelementen auf, die dann nur noch abgesaugt werden müssen. Streen folgt mit seinen Tanks den Winden und sucht nach diesen Schätzen.

Bspin wird von computergesteuerten Satelliten umkreist, die diese Ausbrüche registrieren und die Mitarbeiter der Minengesellschaften in Marsch setzen – aber Streen ist immer als erster vor Ort. Er spürt einen Ausbruch, noch ehe er sich ereignet hat. Er wartet dort mit seinen leeren Tanks, saugt alles ab, was heraufgespült wird, und verkauft die Ausbeute an die unabhängigen Raffinerien.«

Skywalker kniete neben dem Einsiedler nieder. »Sagen Sie, Streen – woher wissen Sie, daß eine Gasschicht aufsteigen wird? Woher bekommen Sie Ihre Informationen?«

Streen blinzelte nervös. Jetzt sah er noch verängstigter aus als in jenem Moment, da er die wartenden Fremden auf der Landeplattform entdeckt hatte. »Ich ... weiß es einfach. Ich kann es nicht erklären.«

Skywalker lächelte. »Jeder verfügt bis zu einem gewissen Grad über die Macht, aber einige wenige haben ein stärkeres natürliches Talent. Wenn ich meine Jedi-Akademie gründe, werde ich am intensivsten mit jenen arbeiten, die bereits das Talent haben, aber nicht wissen, wie sie es nutzen können. Gantoris ist einer meiner Kandidaten. Ich denke, daß Sie ebenfalls einer sind.«

»Kommen Sie mit uns«, fügte Gantoris hinzu. »Stellen Sie sich vor, was wir alles erreichen können, wenn Skywalker recht hat!«

»Wie können Sie sich bei mir so sicher sein?« fragte Streen. »Ich dachte immer, ich hätte einfach Glück.«

»Lassen Sie mich Ihre Stirn berühren«, bat Skywalker. Als Streen nicht zurückwich, streckte Skywalker vorsichtig die Finger aus und strich sacht über die Schläfen des Mannes. Gantoris konnte sich nicht vorstellen, was Skywalker vorhatte, bis ihm einfiel, daß Skywalker ihn auf die gleiche Weise in der Lavakammer getestet hatte.

Skywalkers Gesicht wirkte für einen Moment völlig konzentriert, dann sprang er plötzlich hoch, als hätte er sich verbrannt. »Jetzt bin ich mir sicher, Streen. Sie haben das Talent. Es gibt keinen Grund, daran zu zweifeln.«

Aber Streen sah noch immer skeptisch aus. »Ich bin hierhergekommen, weil ich allein sein wollte. Unter Menschen fühle ich mich nicht wohl. Sie bedrücken mich. Ich mag Menschen. Und ich bin einsam, aber ... es ist für mich sehr schwierig. Ich kann ihre Nähe gerade so lange ertragen, wie ich meine Ladung abliefere. Dann muß ich so schnell wie möglich weg.

Vor sieben oder acht Jahren, als das Imperium Cloud City übernahm, wurde alles noch viel schlimmer. Die Leute waren durcheinander. Ihre Gedanken waren ein einziges Chaos.« Bekümmert blickte er zu Skywalker auf. »In den letzten acht Jahren war ich nur sehr selten unter Menschen.«

Gantoris spürte, wie der Mann an den Rand der Panik geriet – und gerade, als Gantoris zu der Überzeugung kam, daß Streen nicht mitmachen würde, hob Skywalker eine Hand. »Warten Sie«, sagte er. »Warum sehen Sie uns nicht einfach eine Weile beim Training zu? Vielleicht erkennen Sie dann, um was es geht.«

Erleichtert, die Entscheidung noch etwas hinausschieben zu können, nickte Streen. Er sah mit sichtlichem Bedauern zu seinen fliegenden Plattformen und Gastanks hinüber, als wünschte er, nie nach Tibannopolis zurückgekehrt zu sein. Gantoris spürte das Echo der Gefühle, die den anderen Mann bewegten, die Sehnsucht nach der Freiheit, die Bspins Wolken boten, den Trost der Einsamkeit.

»Zeig mir deine neuen Jedi-Übungen, Meister. Bring mir alles bei.« Skywalker schien bei dem Wort »Meister« zusammenzuzucken, und Gantoris fragte sich, was er falsch gemacht hatte – Luke Skywalker war doch ein Jedi-Meister! Wie sollte er ihn denn sonst nennen?

Skywalker ging nicht auf die Bemerkung ein. Er deutete auf das Gewirr der Stahlträger und rostigen Metallstreben, in denen sich die Schwärme der lederigen schwarzen Geschöpfe eingenistet hatten, die krächzend durch den Nachmittag flatterten. Tief unter ihnen zogen sich die Wolken zu einem neuen Sturm zusammen.

»Diese fliegenden Kreaturen«, sagte Skywalker. »Wir werden es an ihnen demonstrieren.«

Streen versteifte sich. Sein Gesicht lief rot an. »He, laßt meine Rawwks in Ruhe.« Dann senkte er die Augen, wandte sich ab, als würde er sich seines Ausbruchs schämen. »Sie waren in all den Jahren meine einzige Gesellschaft.«

»Wir werden ihnen nichts zuleide tun«, beruhigte ihn Skywalker. »Passen Sie auf.« Er senkte seine Stimme und wandte sich an Gantoris. »Diese Stadt ist ein komplexer Mechanismus. Jeder Träger, jede Metallplatte, jede Lebensform, angefangen von diesen Rawwks bis hin zu den fliegenden Algensäcken, einfach alles hat seinen eigenen Platz in der Macht. Die Größe spielt dabei keine Rolle. Ob es sich nun um winzige Insekten oder ganze fliegende Städte handelt, alles ist ein integraler Teil des Universums. Du mußt es fühlen, erspüren.«

Er nickte den verfallenen Gebäuden zu. »Ich möchte, daß du dir diese Stadt ansiehst, dir vorstellst, wie alles zusammenpaßt, die Träger mit deinem Bewußtsein erfaßt und mir sagst, was du tasten kannst und wie die Dinge zusammenhängen. Wenn du glaubst, die Nahtstelle zwischen einem Rawwk und dem Träger, auf dem er sitzt, gefunden zu haben, möchte ich, daß du hinausgreifst und mit deinem Bewußtsein *zustößt*. Schüttel sie ein wenig durch.«

Skywalker legte Daumen und Zeigefinger aneinander und streckte die Hand aus, als er einem einsamen Rawwk zunickte, der oben auf einer Wetterfahne saß. Er schnippte mit dem Finger, wie um eine Mücke zu verscheuchen, und Gantoris hörte ein fernes *Pinnngg*. Aufgescheucht flatterte der Rawwk mit den Flügeln und krächzte alarmiert.

Gantoris kicherte und schnippte eifrig wie der Jedi mit dem Finger. Er stellte sich einen ganzen Schwarm Rawwks vor, die in die Luft schossen – aber nichts geschah.

»Es ist nicht einfach«, sagte Skywalker. »Du konzentrierst dich nicht. Du mußt es denken, fühlen und dir vorstellen, daß du es schaffst – dann greif mit deinem Bewußtsein hinaus.«

Gantoris wurde ernst, schürzte die Lippen und blinzelte, suchte nach einem Ziel. Er entdeckte eine zerbrechliche, vielteilige Antenne, auf der fünf Rawwks saßen. Er stellte sich die Antenne vor, prägte sich sein Ziel ein und starrte es an. Er holte tief Luft und *stieß zu*. Er wußte immer noch nicht genau, was er eigentlich machte, aber er spürte, daß etwas in seinem Bewußtsein passierte, daß eine äußerliche ... *Macht* ihn mit der Antenne verband.

Er konnte ein leichtes Schwanken der Antenne ausmachen. Die Rawwks rührten sich, blieben aber auf ihren Stangen sitzen. Jeder andere hätte vielleicht geglaubt, daß es am Wind lag, aber Gantoris wußte, daß er sie bewegt hatte.

»Guter Versuch. Du hast die richtige Einstellung, aber jetzt schließ die Augen«, sagte Skywalker. »Du läßt dich von deiner Sicht blenden. Du weißt, wo die Antenne ist, du weißt, wo die Rawwks sind. Du kannst ihre Position in der Macht spüren. Du mußt sie nicht mit deinen Augen sehen. Konzentriere dich auf sie. Du mußt sie spüren, wissen, was du willst.«

Skeptisch schloß Gantoris die Augen. Aber als er sich konzentrierte, konnte er tatsächlich ihre verschwommenen Umrisse erkennen, winzige Nachbilder in der Macht, mit Ranken, die hinausgriffen und sie mit allem anderen verbanden.

Er streckte die Hand aus, um wieder mit dem Finger zu schnappen, doch dann zögerte er erneut. Ihm wurde klar, daß es überflüssig war. Das Fingerschnippen war nur ein Demonstrationsmittel Skywalkers gewesen. Ob er nun mit den Händen fuchtelte oder Zaubersprüche murmelte, es war bloßer Hokuspokus. Er mußte die Macht verstehen, um das tun zu können, was er tun wollte.

Befriedigt über diese plötzliche Einsicht, hielt Gantoris die Augen geschlossen und verschränkte die Arme. Er schnippte mit einem imaginären Finger, fühlte das Metall, stellte sich vor, wie sein Fingernagel die harte Oberfläche traf. In seinem Kopf hörte er das hohle *Kling*, mit dem der Nagel gegen das Metall stieß, dann öffnete er die Augen und sah, wie die fünf Rawwks in die Höhe flatterten und sich gegenseitig mit den Schnäbeln hackten, als würde jeder seinen Gefährten die Schuld geben.

»Gut!« lobte Skywalker. »Ich bin beeindruckt. Ich dachte, du würdest mehr Schwierigkeiten damit haben.« Grinsend sah er Streen an, der alles schweigend verfolgt hatte. »Möchten Sie es auch versuchen? Sie haben das Potential. Ich könnte es Ihnen zeigen.«

Streen schrak zurück. »Nein, ich ... ich glaube nicht, daß ich das kann.«

»Es ist nicht so schwer, wie es aussieht«, versicherte Gantoris. »Sie werden spüren, wie die Macht in Sie fährt.«

»Ich will es nicht«, wiederholte Streen abwehrend. Dann senkte er die Augen und betastete seine Taschen, als würde er etwas suchen, ohne davon überzeugt zu sein, es auch zu finden. Gantoris glaubte, daß es sich dabei nur um ein Ablenkungsmanöver handelte.

Der alte Mann schluckte und sah wieder Skywalker an. »Wenn Sie mir beibringen können, wie man diesen ... Sinn, den ich habe, gebraucht – können Sie mir dann nicht auch beibringen, wie man ihn *abschaltet?* Ich möchte lernen, die Leute um mich herum *nicht* zu fühlen, nicht mehr von ihren Stimmungen und neugierigen Gedanken und verbitterten Vorstellungen bombardiert zu werden. Ich bin es leid, nur die Rawwks zur Gesellschaft zu haben. Ich möchte so gern wieder unter Menschen gehen.«

Skywalker klopfte ihm auf die Schulter. In seinem dunklen Overall sah er wie ein gütiger Gott aus. »Das kann ich Ihnen alles zeigen.«

Luke beobachtete, wie Streen die Faserstränge löste, mit denen sein zusammengeschustertes Luftschiff am Dock von Tibannopolis vertäut war. Streen blieb auf der Dockplattform stehen und gab seinem Schiff einen überflüssigen Stoß, der es hinaus in die Winde treiben ließ. Die leere Barke aus Plattformen und Ballons, Propellern und Gastanks driftete davon, bis es von den wirbelnden Luftströmungen mitgerissen wurde.

Streen hatte die Taschen seines Overalls geleert und sah jetzt Luke an. »Ich weiß, daß ich nicht zurückkehren werde. Dieses alte Leben liegt hinter mir.«

Die drei bestiegen Lukes Passagierfähre und machten sie für den Abflug von Bspin startklar. Luke spürte tiefe Befriedigung, nicht nur, weil er in Kürze den Gasplaneten hinter sich lassen würde, der so viele düstere Erinnerungen barg, sondern auch, weil beide Passagierplätze besetzt waren und er zwei neue Kandidaten für seine Jedi-Akademie hatte.

Er steuerte die Fähre von der Landeplattform und schoß dann steil in den Orbit. Unter ihnen trieb Streens aufgegebene Plattform in die entgegengesetzte Richtung davon, sich immer mehr von der herrenlosen Stadt entfernend.

Streen sah aus dem Passagierfenster, mit trostloser Traurigkeit, die Lukes Herz rührte. Die Geisterstadt Tibannopolis unter ihnen war jetzt wieder menschenleer.

Dann beobachtete Luke etwas Erstaunliches. Die Stadt erwachte zum Leben, als sich winzige schwarze Objekte in die Luft hoben. Tausende und Abertausende von Rawwks, die sich in Streens Zuhause eingenistet hatten, flogen plötzlich davon und verließen die verfallene Metropole in einem riesigen Schwarm, der kein Ende finden wollte und in einem Abschiedsgruß an Streen die Wolken verdunkelte.

Als Streen es durch das Fenster sah, lächelte er.

13

Skynxnex lud seinen Doppelblaster mit frischen Energiezellen, grinste die Waffe an und schob sie dann in sein Halfter. »Danke, Moruth«, sagte er. »Sie werden es nicht bereuen.«

Doole trommelte mit schwammigen Fingern auf den Schreibtisch des ehemaligen Gefängnisdirektors. Eins der entflohenen schillernden Insekten summte durch das Zimmer und prallte immer wieder gegen das große Panoramafenster.

»Verderben Sie es bloß nicht«, warnte Doole. »Ich will, daß Solo verschwindet und alle Spuren beseitigt werden. Nichts darf übrigbleiben. Es ist nur eine Frage der Zeit, bis die Neue Republik hier herumschnüffeln wird. Wir müssen absolut sauber sein. Funktioniert der Energieschild inzwischen?«

»Wir werden ihn noch heute früh testen, und unsere Ingenieure sind überzeugt, daß er funktionieren wird. Solo und der Wookiee werden dann schon tot sein«, versicherte Skynxnex. »Das garantiere ich Ihnen.«

Dooles Lippen verzogen sich wie eine nachgebende Gummidichtung. »Spielen Sie nicht zuviel mit ihnen herum.«

Skynxnex erwiderte das Lächeln und wandte sich zum Gehen. Seine schwarzen Augen glitzerten. »Nur soviel wie nötig«, sagte er.

Die Grubenbahn raste in absoluter Finsternis durch die Stollen. Han blieb nichts anderes übrig, als dem Computerleitsystem zu vertrauen.

Chewbacca hatte den Beschleunigungsknopf gefunden und drückte ihn immer wieder, um so schnell wie möglich das vielbeinige Grauen in der Tiefe der Mine hinter sich zu lassen.

Zitternd vor Kälte und Angst hielt sich Han an den Seiten der Lore fest. Jedesmal, wenn sie an der klaffenden Öffnung eines Seitenstollens vorbeischossen, hörte er in seiner Einbildung die Geräusche klackender Beine und sensenartiger Klauen, die sie aus der rasenden Bahn zerren wollten.

»Unser Kurs bringt uns zurück in den Appellraum«, bemerkte Kyp. »Dabei könnte das unsere Chance zur Flucht sein.«

»Wo sollen wir denn hin?« fragte Han. Er spürte, wie sein Herz hämmerte. Chewbacca knurrte eine Frage, und Han übersetzte sie. »Kennst du irgendeinen anderen Weg aus diesen Stollen?«

»Nein«, gestand Kyp, »aber vielleicht kann ich einen finden.«

Han unterdrückte ein Frösteln. »Ich weiß nicht, wie es euch geht, aber ich bin nicht in der Stimmung, durch die dunklen Stollen zu irren und nach einem Fluchtweg zu tasten – nicht, solange dieses Ding uns auf den Fersen ist.« Der Gedanke an einen eisigen Tod in den energiefressenden Fängen des Ungeheuers ließ die Aussicht, in den Gewürzminen festzusitzen, inzwischen nicht mehr so schrecklich erscheinen.

Ehe sie einen Alternativplan ausbrüten konnten, hielt die Grubenbahn in der langen Wartekammer an. Hinter ihnen schloß sich dröhnend das äußere Metalltor. Durch seine Infrarotbrille konnte Han die Steuerkontrollen an der Wand neben dem inneren Tor sehen. Seine Hände zitterten, als er per Knopfdruck das Tor zum Appellraum öffnete.

Licht umflutete sie, und die drei Überlebenden stolperten, sich gegenseitig stützend, ins Innere. Chewbacca hielt mit seinen haarigen Armen Han und Kyp auf den Beinen.

Geblendet schirmte Han seine Augen mit den Händen ab und riß die Infrarotbrille herunter. »Boß Roke ist tot«, krächzte er, ohne jemanden direkt anzusprechen. »In den Stollen treibt sich ein Ungeheuer herum. Es hat den Aufseher angegriffen. Wir sind nur mit knapper Not entkommen.«

»Han …«, warnte Kyp.

Han kniff die Augen zusammen. Er hörte, wie sich mehrere Leute im Appellraum bewegten, konnte aber in dem grellen Licht nur Schatten erkennen. Endlich formten sich die Umrisse eines großen, dürren Mannes mit schwarzen Haaren und eingefallenen Augen in einem totenkopfähnlichen Gesicht heraus.

»Schön, daß du wieder da bist, Solo«, höhnte Skynxnex von der anderen Seite des Raums. Er zog den Doppelblaster aus dem Halfter.

Für Han schien sich alles in Zeitlupe abzuspielen. Er hatte den Adrenalinstoß nach dem grausigen Zwischenfall noch nicht verarbeitet. Han sah die Waffe, sah Skynxnex, sah das kadaverhafte Gesicht des Mannes. Doole hatte seinen Henker geschickt, um ihn zu töten.

Keine Zeit verschwendend, stieß Han Chewbacca zurück. »Weg, Chewie! Wir müssen weg von hier!« Er beförderte Kyp mit einem Stoß durch das offene Tor. Chewbacca heulte auf und sprang in die dunkle Kammer, wo die Schwebegrubenbahn wartete.

»He!« Skynxnex begann zu rennen, durchquerte mit großen, springenden Schritten den Appellraum. Han warf ihm das Tor vor der Nase zu und versiegelte es hastig.

»Er wird einen Moment brauchen, um den Zugangskode einzugeben. In die Loren, sofort!« Han schwang sich auf den schwankenden Pilotensitz. »Sieht aus, als müßten wir eine deiner Alternativen versuchen, Kyp.«

Er startete die schaukelnde Bahn. Von der anderen Seite des Tores drang Hämmern, gefolgt von Blastereinschlägen. Skynxnex wollte sich den Weg freischießen. Sie mußten sofort in der relativen Sicherheit der Stollen verschwinden.

Han aktivierte das Computerleitsystem und setzte die Bahn in Bewegung. Das große Metalltor an der gegenüberliegenden Seite öffnete sich knirschend, und die Grubenbahn raste wieder in den Hauptstollen, aus dem sie soeben gekommen waren.

»Ich hasse es, dorthin zurück zu müssen«, sagte Han. Chewbacca brummte einen Kommentar, und Han nickte. »Ja, ich hasse es noch mehr, niedergeblastert zu werden.«

»Kennst du Skynxnex?« fragte Kyp, als er wieder zu Atem gekommen war.

»Wir sind alte Kumpel«, erklärte Han. »Deshalb will er uns auch umbringen.«

Die Schwebebahn rauschte durch das halboffene Metalltor; im selben Augenblick schmolz die Tür zum Appellraum, und Licht flutete in den Stollen.

»Sie sitzen uns im Nacken«, stellte Han fest. Seine Infrarotbrille zeigte ihm jetzt die Steuerkontrollen – aber keine der Koordinaten sagte ihm etwas. Der einzige Ausgang, den er kannte, führte durch den Appellraum. »Irgendeine Idee, Kyp?«

»Es ist ein automatischer Kurs«, sagte Kyp. »Wenn ich etwas Zeit zum Nachdenken und Orientieren hätte, könnte ich vielleicht einen Weg finden.«

»Wir können uns diesen Luxus im Moment nicht leisten.« Das große Metalltor blieb auf halber Höhe, nachdem sie es passiert hatten. Wind pfiff an ihren Ohren vorbei, während Han den Finger auf dem Beschleunigungsknopf hielt. Von hinten hörten sie die Rufe ihrer Verfolger, die in die wartenden Grubenloren kletterten. Han beugte sich über die Kontrollen, aber die Höchstgeschwindigkeit der Repulsoraggregate war bereits erreicht.

Blind und ohne Kenntnis des unterirdischen Stollennetzes, wagte Han es nicht, die Bahn per Hand zu steuern. Er mußte hoffen, einen Vorsprung zu gewinnen, der groß genug war, um Skynxnex abzuschütteln ... aber was dann? Sie würden sich in dem kalten, finsteren Labyrinth verirren. Wie viele dieser vielbeinigen Ungeheuer lauerten in den Schatten auf sie?

Hinter ihnen näherte sich der Motorenlärm einer Grubenbahn. Han hatte drei Loren aneinandergekoppelt, mit drei Insassen, die von einem einzigen Triebwagen gezogen wurden. Wenn Skynxnex und die anderen je eine Lore nahmen, würden sie schneller fahren können. Jeden Moment konnten sie in Blasterschußweite sein.

»Solo!« bellte Skynxnex.

»Festhalten!« keuchte Kyp.

Instinktiv klammerte sich Han fest, als das Computerleitsystem die Bahn mit einem Ruck in die linke Gabelung eines unsichtbaren Stollens ausscheren ließ, wo sie dann steil in die Tiefe raste. Ehe sich Han fragen konnte, ob sie ihre Verfolger abgeschüttelt hatten, hörte er das hallende Wimmern der Repulsoraggregate einer zweiten Bahn, die hinter ihnen den Stollen hinunterschoß.

»Ich bin für alle Vorschläge offen«, bemerkte Han trocken. Er sah sich mit seiner Infrarotbrille um und entdeckte die glühenden Reflexe von Skynxnex sowie zwei anderen Triebwagen. In der kalten Finsternis würde seine Körperwärme für die Verfolger genauso deutlich sichtbar sein.

Chewbacca griff nach Kyp und drückte ihn nach unten in die Sicherheit der zweiten Lore. Der Wookiee beugte sich über ihn und hantierte an der Kupplung der leeren dritten Lore. Skynxnex und die beiden anderen Aufseher kamen rasend schnell näher. Chewbacca knurrte die Verfolger an und löste die Magnetkupplung der dritten Lore.

Plötzlich frei, fiel die leere Lore hinter ihnen zurück und sank zu Boden. Skynxnex schrie auf und zog sein Gefährt hoch, um einer Kollision zu entgehen. Die zwei anderen Wächter wichen gleichzeitig nach links aus und stießen zusammen, aber irgendwie gelang es allen drei Verfolgern, das Gleichgewicht zu halten. Sie rasten weiter hinter Han her.

»Guter Versuch, Chewie«, sagte Han.

Skynxnex zog seinen modifizierten Doppelblaster, entsicherte ihn und zielte. Als er feuerte, zuckten zwei Strahlen aus den Läufen, die sich kurz nach dem Verlassen der Mündungen vereinigten und sich wechselseitig verstärkten und in einem Stakkato kurzer Impulse explodierten, die zehnmal energiereicher waren als ein einzelner Blasterstrahl. Obwohl die Waffe eindrucksvoll aussah, war es mit ihr fast unmöglich, genau zu zielen, und die meisten anderen Schützen – selbst hartgesottene Kriminelle – hatten sie gegen zuverlässigere Waffen eingetauscht.

Der phasensynchronisierte Zwillingsstrahl zuckte an Han vorbei und traf ein Stück weiter vorn die Stollendecke. Die Explosion aus Hitze und Licht blendete ihn durch die Infrarotbrille. Kyp reagierte instinktiv und riß die Schwebelore zur Seite. Wie durch ein Wunder rasten sie an dem herunterpolterndem Geröll vorbei und wurden nur von ein paar kleinen Kieseln getroffen.

»Alle okay?« fragte Han.

Chewbacca grunzte. »Bis jetzt, ja«, sagte Kyp.

Han drehte sich um und sah, wie Skynxnex sicher durch die kleine Steinlawine brauste, die er selbst erzeugt hatte. Aber die Felsbrocken und Steine erwischten die nächste Lore und brachten sie ins Schleudern. Der helle Fleck prallte in einem Funkenregen gegen die zerklüftete Stollenwand und explodierte dann, so daß Metallsplitter in alle Richtungen pfiffen.

»Einer weniger«, kommentierte Kyp.

Aus dem offenen Stollenschlund vor ihnen drangen hallende Geräusche. Durch die Infrarotbrille konnte Han weitere Wärmeflecken erkennen, fast eine ganze Karawane. Als sie an dem Stollen vorbeirasten, schoß eine zweite Schwebegrubenbahn heraus.

»Sie haben Verstärkung bekommen!« rief Han verzweifelt. Aber dann bemerkte er, daß alle Loren zusammengekoppelt waren – ein Arbeitstrupp, der am Ende seiner Schicht zum Appellraum zurückkehrte.

Skynxnex und der zweite Wächter rasten direkt in sie hinein. Ihre schnellen Loren hoben sich und waren mit einem Satz über sie hinweg, schleuderten dabei drei ahnungslose Arbeiter von den Sitzen und ließen sie blind und verloren im Stollen zurück. Der Fahrer der Grubenbahn verlor die Kontrolle über die Steuerung und rammte die felsige Stollenwand.

Skynxnex drehte sich in der Luft, hielt sich aber auf seinem Sitz. Dem zweiten Aufseher erging es noch besser – er sauste am Unfallort und den schreienden Arbeitern vorbei und schloß zu Skynxnex auf.

Han hatte nicht die leiseste Ahnung, wohin sie flogen, aber sie entfernten sich mehr und mehr von den sicheren Bereichen. Mit Skynxnex und seinem Doppelblaster im Nacken hatten sie keine andere Wahl, als immer tiefer in die Stollen zu fliehen.

In der tintigen Schwärze vor ihnen löste sich plötzlich ein Klumpen perlmuttartigen Glimmers aus der nackten Felswand und tanzte in der Luft. Dann raste die Lumineszenz davon, den Stollen hinunter, als würde sie vor den heranjagenden Loren fliehen.

»Ein Bogey!« rief Kyp.

Ihre Schwebelore folgte dem Bogey und holte auf. Aber als sie sich näherten, beschleunigte das wirbelnde, glitzernde Ding, schien sie zu locken und verschwand pfeilschnell hinter Biegungen, sobald sie glaubten, es eingeholt zu haben. In seinem trüben Glanz konnte Han sogar die gewundenen Felswände erkennen.

Skynxnex und der andere Verfolger kamen rasend schnell näher.

»Uh-oh«, machte Kyp. »Ich schätze, mir ist gerade eingefallen, wohin wir fahren. Es kommt mir alles verdammt bekannt vor.«

»Was?« sagte Han. »Woran erkennst du das?«

»Boß Roke hat die letzten Zielkoordinaten in diesen Navigationscomputer eingegeben. Wir kehren zu diesem Ungeheuer zurück!«

Der glitzernde Bogey flog weiter vor ihnen her, tanzte auf und ab, wollte aber nicht in den gewürzdurchsetzten Wänden verschwinden. Während er dahinraste, aktivierte das Körperleuchten des Bogeys die faserdünnen Glitzerstim-Adern und ließ in seiner Flugbahn einen Kondensstreifen blauer Funken zurück.

In einem langen, geraden Stück des Stollens feuerte Skynxnex erneut seinen Doppelblaster ab.

Als würde er den heranzuckenden Strahl spüren, riß Kyp die Lore zur Seite. Der verstärkte Energieimpuls schoß durch den Tunnel, durchbohrte den Bogey, ohne ihm Schaden zuzufügen, und traf eine ferne Wand. Der Einschlag sprengte ein großes Loch in den Felsen und legte den Weg in eine andere Höhle frei. Der Bogey bemerkte den Fluchtweg und verschwand durch die Öffnung.

»Auf Handsteuerung umschalten«, rief Kyp. »Laßt mich fliegen.« Inzwischen hatten sich ihre Augen an das Licht des Bogey gewöhnt, und sie konnten sogar erkennen, wohin sie rasten.

»Ich möchte keinen Freiflug zurück zu diesem Ungeheuer.« Han ließ widerwillig die Kontrollen los. Ohne zu zögern steuerte Kyp die Lore durch das klaffende Loch in der Wand, das in einen unbekannten Teil des Labyrinths führte.

»Das ist derselbe Stollenbereich«, stellte Kyp fest.

Als sie in die neue Grotte rasten, traf etwas Langes und Faseriges Hans Gesicht wie ein scharfer, peitschender Draht.

Der Bogey schoß in die riesige Höhle und flog durch die Finsternis zur fernen Wand. Doch als er den Felsen traf, verschwand er nicht wie der erste Bogey ein paar Tage zuvor. Statt dessen blieb der leuchtende Ball an der rauhen Felsoberfläche kleben. Er glitzerte und funkelte und pulsierte wie unter einer großen Anstrengung.

Ein weiterer peitschenähnlicher Draht traf Hans Gesicht, während sie durch die weite Kaverne flogen.

Um den leuchtenden Bogey herum begannen breite Gewürzadern blau zu knistern, als das Licht sie aktivierte. Die Funken breiteten sich aus, überzogen die Wand mit einem geometrischen Muster. Das gesamte Gewürz in der Höhle wurde von der Kettenreaktion erfaßt und bildete funkelnde, lange Linien. Das Muster sah vertraut aus.

»Wie ein Netz!« sagte Han.

Der Bogey kämpfte verzweifelt weiter, während das Gewürz um ihn heller und heller strahlte. Han sah lange Fasern frei hängenden Glitzerstims die Höhle durchziehen.

Von hinten gab Skynxnex einen langen, kontinuierlichen Feuerstoß ab, der sie wegen der großen Entfernung verfehlte. Der energiereiche gepulste Strahl traf die hohe Decke der Grotte und ließ einen glühenden Gesteinsregen zu Boden gehen. Vor Hans Infrarotbrille tanzten blendend helle Flecke.

Der Bogey streckte und drehte sich, als der Steinschlag das Gewürznetz teilweise zerriß und die Funken unter sich begrub.

Dann sah Han die monströse Kreatur, die sich aus ihrem Nest am Höhlenboden erhob – wie eine riesige Spinne aus Glas, mit scharfen Kanten, Hunderten von Beinen und tausend Augen. Die stakeligen Beine bewegten sich so schnell, daß ihre Umrisse verschwammen, als die Kreatur über das

Geröll zu dem glühenden Bogey krabbelte, der im Spinnennetz zappelte.

Han warf die Schwebelore herum, bereit, sich mit Gewalt einen Weg in die Freiheit zu bahnen und das Ungeheuer hinter sich zu lassen, das sie in den Stollen fast erwischt hätte – selbst wenn dies bedeutete, daß sie Skynxnex direkt vor die Blastermündung flogen.

Auf den Felsen unter ihnen, weggeworfen wie zerknülltes, gebrauchtes Papier, lagen die zusammengeschrumpften Überreste von Boß Roke, Clorr und dem Aufseher, hartgefroren und aller Körperwärme beraubt.

Die Kreatur muß die Gewürzadern als Netz benutzen, um Bogeys zu fangen, dachte Han, *oder auch alle anderen warmen Geschöpfe, die sie hier unten in den Stollen erwischen kann.* Deshalb aktivierte Licht das Glitzerstim-Gewürz – um die Bogeys in die Falle zu locken.

Skynxnex und der sie verfolgende Wächter brausten in die Grotte. Der vogelscheuchenähnliche Mann feuerte wieder, ohne sich groß darum zu kümmern, wohin sein Weg ihn führte. Sein Schuß prallte von der Wand ab und aktivierte weitere Gewürzfasern.

Die Spinnenkreatur leuchtete in einem trüben Blau, von elektrischen Entladungen umzüngelt, die über ihre nadeldünnen Glieder tanzten, als würde die Kreatur selbst aus aktiviertem Gewürz bestehen. Angezogen von der sich nähernden Hitzequelle, richtete sie sich auf.

Skynxnex sah sie erst, als er seine Schwebegrubenbahn fast in die hakengleichen Klauen gesteuert hatte. Im letzten Augenblick riß Skynxnex seinen heißen Doppelblaster nach unten und schoß auf die gierige Kreatur – doch die Energiespinne absorbierte den Feuerstoß und stieß mit einem Dutzend Gliedern zu.

Skynxnex versuchte, von der todgeweihten Lore zu springen, aber das Spinnending spießte ihn mit einem spitzen Bein auf und hob seinen Vogelscheuchenkörper hoch in die Luft. Mit letzter Kraft schlug Skynxnex um sich, doch sein Körper wurde bereits kälter.

Die vielbeinige Kreatur begann zu fressen.

Der andere Aufseher prallte gegen ein dickes Geflecht aus Gewürzfasern, das von der Decke hing, und wurde zur Seite geschleudert. Das Glitzerstim funkelte und erglühte in dem heller werdenden Licht. Als der Wächter Skynxnex in den Klauen der riesigen Energiespinne und die einstürzende Höhlendecke sah, riß er seine Schwebelore herum und floh so schnell er konnte durch den Grotteneingang.

Han jedoch entdeckte in der Decke eine Öffnung und bemerkte den trüben Lichtschimmer, der hindurchfiel. Er wollte nur weg von hier, bevor das krabbelnde Ding hinter ihnen die Verfolgung aufnahm, sich an den gläsernen Fäden aus Glitzerstim zu ihnen hangelte …

»Nach oben!« drängte Han.

Kyp riß die Lore hoch und schoß durch das Loch in der Decke in ein weiteres Stollenlabyrinth. Aber diese Katakomben sahen künstlich aus. Es schien sich um einen illegalen Schacht zu handeln, den die Gewürzschmuggler bei ihrer Suche nach aktiven Adern ins Gestein getrieben hatten.

Han stieß einen Jubelschrei aus. »Das ist es! Gleich sind wir draußen!« Chewbacca klopfte ihm auf die Schulter und warf Han fast vom Pilotensitz. Sie rasten nach oben. Das ferne Tageslicht quoll durch die gezackten Hindernisse des Stollens. Han wollte die Geschwindigkeit nicht verringern. Kyp beschleunigte und schoß dem Licht entgegen.

Die Schwebelore raste durch die Öffnung und in die dünne Luft von Kessels Oberfläche, wo wässriges Licht sie wie eine Supernova blendete. Blinzelnd riß sich Han die Brille vom Kopf und schaltete die Steuerkontrollen herunter. Langsam kamen sie über der flachen, wüsten Oberfläche des kleinen Planeten zum Stillstand.

Rechts entdeckten sie in der Ferne den gewaltigen Koloß einer Atmosphärefabrik, die weißen Dampf und Luftfeuchtigkeit in den Himmel blies. »In diese Richtung«, schlug Kyp vor. »Dort sollten wir ein Schiff finden.«

»Gute Idee«, meinte Han.

Während sie sich, um keine Aufmerksamkeit zu erregen, im Tiefflug dem riesigen Komplex näherten, behielt er ihre Umgebung im Auge. Moruth Doole würde von ihrer Flucht erst erfahren, wenn der überlebende Aufseher in den Appellraum zurückgekehrt war und Bericht erstattet hatte. Han, Kyp und Chewbacca hatten einen Vorsprung, aber er war knapp.

Am Rand der Atmosphärefabrik sah Han tatsächlich einen breiten Landestreifen, auf dem vier Maschinen standen. Bei zweien handelte es sich um Landgleiter, die nutzlos für sie waren – aber die anderen waren kleine Versorgungsfähren, raumtauglich, wenn auch nicht besonders schnell.

Han drückte die Atemmaske gegen sein Gesicht und deutete mit seiner freien Hand nach vorne. »Dorthin. Wir schnappen uns eins der Schiffe und verschwinden von Kessel.« Er packte Kyps Schulter. »Wir fliegen nach Hause.«

14

Als Luke nach Coruscant zurückkehrte, wurde er jubelnd von Hans und Leias zweijährigen Kindern begrüßt. Seit sie vor langer Zeit von ihm und Ackbar zu dem geheimen, geschützten Planeten gebracht worden waren, hatte er sie nicht mehr gesehen.

In Leias Wohnzimmer spielte er mit den Zwillingen, warf sie in die Luft und fing sie mit seinen Jedi-Kräften wieder auf. Jacen und Jaina kreischten vor Vergnügen, kicherten und vertrauten intuitiv darauf, daß ihr Onkel Luke sie niemals fallen lassen würde.

Kinder waren für ihn ein Wunder. Von seinem Onkel Owen und seiner Tante Beru auf der Wüstenwelt Tatooine aufgezogen, hatte Luke kaum Zeit gehabt, mit Kindern zu spielen, denn das Leben eines Farmers, der sein Land ständig bewässern mußte, bestand aus harter Arbeit.

Als Luke mit Ben Kenobi Tatooine verließ, hatte er sich der Rebellen-Allianz angeschlossen und seine Zeit mit der Ausbildung zum Jägerpiloten und dem Jedi-Training bei Yoda verbracht. Er hatte nie die Zeit oder Gelegenheit gehabt, mit Kindern zusammen zu sein – und jetzt machte es ihm genausoviel Spaß, mit ihnen herumzutollen und ihre großäugige Unschuld zu sehen, wie sie Vergnügen an seiner Gesellschaft zu haben schienen.

»Schneller! Schneller!« schrie Jacen.

Um ihn zu necken, ließ Luke den Jungen statt dessen bewegungslos in der Luft hängen und Jaina um ihn kreisen. Das kleine Mädchen zappelte, streckte die Hand aus und grapschte nach dem Ohr ihres Bruders, während sie sich drehte.

Schließlich wurde es Luke zuviel; er ließ Jaina in einen gepolsterten Sessel sinken und fing Jacen mit seinen Armen auf. Jaina hopste auf und ab und streckte die pummeligen Arme nach ihm aus, da sie ebenfalls von ihm gehalten werden wollte.

Luke schnitt für den kleinen Jungen Grimassen, ließ seine

Wangen wabbeln und machte blubbernde Geräusche. Er sprach mit komischer, nasaler Stimme, die ein wenig wie Yodas klang. »Die Macht ist stark in diesem Kleinen? Ja!« Aber dann rümpfte Luke die Nase, weil er etwas entdeckt hatte, wozu er keine Jedi-Kräfte brauchte. »Oder vielleicht spüre ich da gar nicht die Macht. Leia, ich fürchte, du mußt deine Mutterpflicht erfüllen.« Er hielt Jacen weit von sich gestreckt.

3PO kam ins Zimmer geeilt. »Gestatten Sie, daß ich diese Aufgabe übernehme, Sir. Ich habe in den letzten ein oder zwei Tagen große Übung darin bekommen.«

Luke lächelte bei der Vorstellung, wie sich 3PO mit den zappelnden Kindern abmühte. Er bemerkte, daß der Droide leicht zerkratzt und mitgenommen aussah. »Gehört das zu deinem Protokollprogramm?«

»Meine manuelle Geschicklichkeit ist der Aufgabe gewachsen, Master Luke.« 3PO krümmte seine goldenen, servomotorbetriebenen Finger und nahm Luke dann Jacen ab. »Und glauben Sie mir, diese Pflichten bereiten mir mehr Vergnügen als dieses Herumstromern im Weltraum, wo imperiale Jäger auf einen schießen oder man sich in Asteroidenfeldern verirrt.«

Leia trat ins Zimmer. Sie rang sich ein Lächeln ab, von dem Luke sofort spürte, daß es nur aufgesetzt war. Sie sah sehr erschöpft aus. Es war nicht nur der Streß, die diplomatischen Pflichten mit ihrer Rolle als Mutter zu vereinbaren; etwas anderes machte ihr große Sorgen, aber sie hatte sich ihm noch nicht anvertraut. Luke drängte sie nicht – er hätte mit der Macht hinausgreifen und das Geheimnis ihrem Bewußtsein entnehmen können, doch das konnte er seiner Schwester nicht antun. Und vielleicht wußte sie inzwischen auch, wie sie ihn abblocken konnte. Er würde warten, bis sie von selbst auf dieses Thema zu sprechen kam.

»Die Kücheneinheit wird das Essen in ein paar Minuten fertig haben«, erklärte Leia. »Ich bin sehr froh, daß du wieder da bist, und die Zwillinge scheinen sich auch zu freuen.«

Luke wurde bewußt, daß er seit seiner Rückkehr noch keine Spur von Han gesehen hatte; aber wegen ihrer vollen Terminkalender geschah es auch nur selten, daß man Han und Leia zusammen sah. Es war ein Wunder, daß sie es überhaupt geschafft hatten, drei Kinder zu bekommen! Konnte Hans Abwesenheit etwas mit Leias heimlichen Sorgen zu tun haben?

Luke griff erneut mit der Macht nach Jaina und warf sie hoch in die Luft. Sie kicherte und begann mit den Armen und Beinen zu rudern, als würde sie durch den großen Raum schwimmen.

»Leia, ich brauche in ein paar bürokratischen Angelegenheiten deine Hilfe«, sagte Luke.

»Sicher.« Sie lächelte müde. »Was kann ich für dich tun?«

»Ich muß noch mit Mara Jade und einer Handvoll anderer potentieller Kandidaten Kontakt aufnehmen. Aber jetzt warten hier schon zwei Anwärter, und ich muß einen Ort finden, wo wir mit unseren Jedi-Studien beginnen können. Und ich muß ihn schnell finden.

Nachdem ich mit Streen und Gantoris gesprochen habe, ist mir klargeworden, daß Coruscant nicht der richtige Ort ist. Streen mag keine Menschen um sich haben und wird sich nirgendwo in Imperial City wohlfühlen. Ganz Coruscant ist eine einzige Stadt, von Gebäuden übersät.

Und …« Er zögerte, aber dies war ein persönliches Gespräch mit Leia; er konnte vor ihr seine Sorgen nicht verbergen. »Es könnte außerdem gefährlich werden. Wer bin *ich* denn, daß ich es wage, all diese Jedi-Fähigkeiten zu lehren? Ich kann nicht ausschließen, daß es nicht zu einer Katastrophe kommen wird, ähnlich den Machtstürmen des Imperators. Es wäre besser, wenn wir einen isolierten Ort finden könnten, eine abgeschiedene Welt, wo wir ohne Störungen trainieren können.«

»Und wo ihr in Sicherheit seid.« Leias dunkle Augen trafen seine, und er wußte, daß sie beide an Darth Vader dachten. »Ja, ich stimme dem zu. Ich werde versuchen, einen passenden Ort zu finden.«

»Und wenn du schon einmal dabei bist«, fuhr Luke fort, »wir müssen außerdem die Bevölkerung von Eol Sha umsiedeln. Es leben nur noch rund fünfzig Menschen auf diesem Außenposten, aber der Planet ist zum Untergang verdammt. Ich habe versprochen, daß wir für die Überlebenden eine neue Heimat finden werden. Sieh zu, was du für sie tun kannst.«

»Das sollte bei einer derart kleinen Gruppe nicht schwer

sein«, erwiderte Leia. »Jede andere Welt ist besser als der Planet, den sie verlassen müssen.«

Luke lachte. »Oder du könntest auch Han darum bitten, einen neuen Planeten für sie beim Kartenspielen zu gewinnen!«

Sie sah ihn betroffen an. *Ja, tatsächlich,* dachte er. *Es hatte etwas mit Han zu tun.* Er warf Jaina erneut in die Luft, daß sie fast die Decke berührte, und ließ sie dann wieder herunter.

Plötzlich stürmte ohne Vorankündigung Lando Calrissian ins Zimmer. »Leia! Winter hat mir gerade gesagt, daß Han noch nicht zurückgekehrt ist. Warum hast du mir nichts davon erzählt?«

Verblüfft ließ Luke Jaina fallen und fing sie erst eine Handbreit über dem harten Boden auf. Jaina kicherte entzückt, überzeugt, daß dies in voller Absicht passiert war.

Lando sah aufgebracht und wütend aus, als er Leia anfunkelte, den Umhang nach hinten warf und die Hände in die Hüften stemmte. Dann entdeckte er Luke. »Luke, willst du nicht irgend etwas unternehmen?«

»Ich weiß nicht, wovon du sprichst – aber ich denke, Leia wollte es mir soeben erzählen.«

Beide Männer sahen sie an. Sie seufzte und setzte sich. »Ja. Han wird vermißt. Er ist vor rund zwei Wochen nach Kessel geflogen und jetzt schon vier Tage überfällig. Er hat sich nie bei mir gemeldet, und deshalb habe ich gestern Verbindung mit Kessel aufgenommen. Ich habe mit jemand gesprochen, der dort der Verantwortliche zu sein scheint, ein Rybeter namens Moruth Doole.

Doole behauptet, daß Han und Chewie nie angekommen sind. Kessel hat keine Aufzeichnungen über den *Millennium Falken.* Doole meinte, daß sie vielleicht in die Ballung Schwarzer Löcher gestürzt sind.«

»Nicht Han!« widersprach Lando. »Und nicht mit dem *Falken.* Er fliegt dieses Schiff fast so gut wie ich.«

Leia nickte. »Während des ganzen Gesprächs hatte ich den Eindruck, daß mit Doole irgend etwas nicht stimmt. Seine Antworten kamen zu schnell und er wirkte nervös. Ich hatte das sichere Gefühl, daß er meinen Anruf erwartet und sich die passenden Ausreden zurechtgelegt hatte.«

»Mir gefällt das nicht«, sagte Lando.

»Nun, wenn Han vermißt wird und du es seit gestern weißt, warum hast du keine Flotte mit Scouts der Neuen Republik hingeschickt?« fragte Luke. »Einen offiziellen Suchtrupp? Was ist, wenn er wirklich irgendwo im Schlund festsitzt?«

Leia seufzte. »Denk nach, Luke. Wenn ich eine offizielle Streitmacht losgeschickt hätte, dann hätte ich möglicherweise einen galaktischen Zwischenfall provoziert, und das, wo wir gerade versuchen, Kessel an die Neue Republik zu binden. Und außerdem«, gab sie zu bedenken, »kennst du Han. Es kann genausogut sein, daß er sich einfach irgendwo amüsiert. Daß er die Heimkehr der Kinder schlicht vergessen hat. Vielleicht sitzt er irgendwo und spielt Sabacc oder schwärmt mit ein paar von seinen Gewürzschmugglerkumpeln von den guten alten Zeiten – deshalb wollte er überhaupt diese Mission übernehmen.«

»Wir werden selbst nach ihm suchen«, schlug Lando vor.

Leias aufleuchtendes Gesicht verriet Luke, daß sie dic ganze Zeit vorgehabt hatte, sie darum zu bitten. »Wir werden ein bißchen herumschnüffeln«, erklärte er. »Ganz inoffiziell.«

»Am besten nehmen wir die *Glücksdame*«, nickte Lando. »Sie ist nichts weiter als eine Privatyacht mit leistungsstarken Maschinen.«

Leia trat vor, angelte Jaina aus der Luft und wiegte sie. »Ich werde mich um Gantoris und Streen kümmern, solange ihr fort seid.«

Luke nickte und breitete die Arme aus. »Siehst du, *deshalb* bist du Diplomatin – weil du an derartige Details denkst. Sorg dafür, daß die beiden nicht in Schwierigkeiten geraten.«

»Wir sollten R2 mitnehmen«, warf Lando ein. »Dieser kleine Droide war mir bei den Blobrennen eine große Hilfe.«

Luke hatte von Landos Begegnung mit dem Trickbetrüger Tymmo gehört. »Du kannst mir unterwegs alles erzählen. Leia hat schon lange genug gewartet.«

»Auf nach Kessel«, sagte Lando.

15

Es gelang ihnen schließlich, die zweite Fähre zu stehlen.

Zunächst hatten Han und Chewbacca kostbare Zeit bei dem Versuch verschwendet, die Kontrollen des ersten Frachtschiffs auf dem Landefeld der Atmosphärefabrik kurzzuschließen, während Kyp Durron die offene Schleuse im Auge behielt. An ihrer ungeschützten Haut spürten sie die kalte Luft, ohne zu wissen, wieviel Streustrahlung aus dem Schlund durch den atmosphärischen Schild drang; ihre Atemzüge hinter den Masken klangen schnaufend. Niemand hatte sie gesehen. Bis jetzt.

Nach ein paar Minuten aktivierte Han unabsichtlich das automatische Sperrsystem der Fähre. Er schlug mit der Faust auf das Pult. »Ich hätte wissen müssen, daß ich die Sicherheitssperren der obersten Stufe nicht überlisten kann!«

Chewbacca riß eine Wartungsklappe ab und warf sie in den Laderaum, wo sie krachend zu Boden polterte. In seiner Wookiee-Sprache brüllend, löste er die Drähte von den Kontrollen und steckte sie in Überbrückungsanschlüsse, aber die wenigen Dioden an den Pulten leuchteten weiter rot.

»Vergiß es, Chewie. Wir versuchen es bei dem anderen Schiff«, drängte Han. »Ich glaube, ich weiß, was ich hier falsch gemacht habe.«

Unterdessen hielt Kyp die winzigen Türen in dem gewaltigen Koloß der Atmosphärefabrik im Auge. »Im Inneren rührt sich noch immer nichts. Die Luft ist rein.«

Sie rannten über das Landefeld zur zweiten Frachtfähre, ein altes imperiales Modell mit zerschrammter Panzerung und langen, geraden Tragflächen, das an einen mechanischen fliegenden Fisch erinnerte. Han und Chewbacca hatten während ihrer Guerillamission auf Endor eine ähnliche Fähre der *Lamda*-Klasse geflogen, aber dieser Typ sah älter aus. Gefängnisse wurden offenbar ganz zuletzt mit neuer Ausrüstung versorgt, dachte er.

Chewbacca öffnete die Schleuse. Han sprang gebückt hinein und machte sich sofort über die Kontrollen her. Kaum war der Wookiee ihm gefolgt, bogen vier Aufseher um die Atmosphärefabrik. Sie trugen aus alten Sturmtruppenpanzern und Minenthermoanzügen zusammengewürfelte Uniformen.

Kyp preßte sich in der offenen Schleuse gegen die Wand. Er spähte über das Landefeld und sah, daß sie vergessen hatten, die Schleuse der ersten Fähre zu schließen, so daß es klar war, daß sich dort jemand zu schaffen gemacht hatte. Er schluckte. »Beeil dich, Han. Wir haben Gesellschaft bekommen, aber sie haben uns noch nicht entdeckt.«

»Wenn das hier nicht funktioniert, stecken wir tief in Bantha-Mist«, knurrte Han, während er die Kommandomonitore aktivierte und die Zugangsklappe zur Sicherheitsüberbrückung öffnete.

Die Wächter, die sich offenbar auf einem routinemäßigen Kontrollgang befanden, marschierten weiter. Han blickte auf und beobachtete sie durch die Sichtluke der Fähre, während umgekehrt das verspiegelte Stahlglas verhinderte, daß sie in die Pilotenkanzel sehen konnten. Er fragte sich, wie oft am Tag sie ihren Rundgang um die Atmosphärefabrik machten. Vielleicht waren sie inzwischen schon völlig abgestumpft.

Er versuchte, die Maschinen der Fähre hochzufahren. Auf dem Kontrollpult flackerte eine FEHLER-Meldung auf. »Bantha-Mist!« fluchte er. Aber er konnte noch etwas anderes versuchen.

Der Wächter an der Spitze blieb plötzlich stehen und deutete auf die offene Schleuse der ersten Fähre. Er neigte den Kopf und sprach in sein Helmkomm, ging dann vorsichtig weiter. Ein zweiter Aufseher schloß sich ihm an, während die beiden anderen ihre Waffen zogen und sich trennten, um die Umgebung zu untersuchen.

»O Mann«, stöhnte Kyp.

Han manipulierte den Sicherheitsschaltkreis, so daß der Paßwortabfragemechanismus mit sich selbst verbunden war; dann warf er die Klappe wieder zu. »Versuchen wir's. Kyp, halt dich bereit, die Schleuse zu schließen. Wenn das hier funktioniert, werden die Aufseher durchdrehen. Wenn es nicht funktioniert, werde ich durchdrehen.«

Die beiden Wächter steckten die Köpfe aus der ersten Fähre und gestikulierten wild. Sie hatten die Sabotage entdeckt. Die anderen sprachen aufgeregt in ihre Helmkomms und sprinteten dann mit schußbereiten Waffen zur zweiten Fähre.

Kyp schlug mit der Faust auf den Knopf des Schleusenschotts. Jetzt begannen alle Wächter zu rennen und richteten ihre Blaster auf die Fähre.

Han drückte die Startkontrollen. Mit einem klagenden Winseln und Brummen sprangen die Maschinen an. Die Fähre vibrierte vor Energie, Han stieß ein Triumphgeheul aus, aber Chewbacca beförderte ihn zurück in den Pilotensitz und hantierte mit seinen großen, haarigen Händen hektisch an den Kontrollen, um sie in die Luft zu bringen.

Die Wächter feuerten mit ihren Blastern auf die Fähre. Han hörte die zischelnden Einschläge der Strahlen, doch die Panzerung des Schiffes widerstand den Handfeuerwaffen.

An der Basis der Atmosphärefabrik öffneten sich Türen; ein ganzer Trupp Aufseher stürzte heraus wie anoatische Eidechsenameisen während der Paarungszeit. Ein gleißender Laserstrahl sengte direkt vor Hans Augen über die Stahlglaskanzel und blendete ihn. »Es wird Zeit, daß wir die Party verlassen«, knurrte er.

Chewbacca brachte sie in die Luft und steuerte die Fähre weg von den anderen Schiffen auf dem Landefeld.

Zwei Wächter schleppten eine Blasterkanone heran, befestigten sie auf einer Dreifußlafette und richteten sie auf ihr Ziel, Chewbacca grollte und Han übernahm die Kontrollen. »Ich weiß. Dieses Ding könnte uns Schwierigkeiten machen, wenn wir nicht bald beschleunigen.«

Ein Gewitter aus Handblasterblitzen schlug in der unteren Hülle ein. Han ließ das Schiff spiralförmig am riesigen Kamin der Atmosphärefabrik emporsteigen, ihn so als Deckung nutzend. Die Wächter konnten nur einen einzigen Schuß aus der Blasterkanone abfeuern, doch der Feuerstoß verfehlte sie. Han ließ die Fähre weiter korkenzieherförmig steigen und blieb in der Deckung des Kamins. Unter ihnen rannten die Aufseher um die Rundung des Schornsteins, um freies Schußfeld zu gewinnen, doch inzwischen befand sich die Fähre nicht mehr in der Reichweite ihrer Handfeuerwaffen.

»Wir haben's geschafft«, sagte Han. »Drück auf die Tube, Chewie!«

Dann eröffneten die mächtigen Lasergeschütze auf dem Stratosphärenturm das Feuer auf sie.

»He!« schrie Han. »Was sollen denn Waffen auf einem Atmosphärekamin? Das ist eine Fabrik, keine Garnison!« Ein blendend grüner Strahl traf den Steuerbordstabilisator der Fähre und ließ das Schiff abschmieren. Han und Chewbacca klammerten sich an die Kontrollen, und Kyp hielt sich an den Verstrebungen des Pilotensitzes fest.

Sie trudelten in die weißen Luftwirbel, die aus dem Kamin in Kessels Atmosphäre geblasen wurden, und schleuderten hin und her. »Festhalten!« schrie Han. Er wollte nicht noch einmal eine Bruchlandung auf diesem Planeten machen.

Er holte alles aus den Maschinen der Fähre heraus und ließ sie auf den brüllenden Luftmassen in die Höhe steigen, wie ein Boot, das auf Stromschnellen ritt. Aus den Lasergeschützen zuckten weiter grüne Blitze, aber Han blieb im Zentrum der Luftwirbel und hielt die Fähre in der toten Zone ihres Zielerfassungsmechanismus.

Sie näherten sich den Ausläufern der Atmosphäre. Han sah Kyp und Chewbacca an. »Nun, soviel zum Thema Davonschleichen. Jetzt weiß Moruth Doole, daß wir entkommen sind.«

Wie aufs Stichwort knackte es im Komm der Fähre, und sie konnten im Hintergrund Dooles krächzende Stimme hören. »Ist es soweit? Haben Sie diesmal die richtige Frequenz gefunden?«

»Ja, Herr Polizeipräsident.«

»Solo! Han Solo, können Sie mich hören?«

»He, das klingt nach meinem alten Freund Moruth Doole!« sagte Han. »Wie geht's denn so, Alter? Ich hoffe, Sie fühlen sich besser als Ihr Assistent Skynxnex.«

»Solo, Sie bereiten mir mehr Kummer als jede andere Lebensform in der Galaxis – Jabba der Hutt eingeschlossen! Ich hätte Sie zerquetschen sollen, als Sie in meinem Büro waren.«

Han verdrehte die Augen. »Nun, Sie haben Ihre Chance verpaßt, und ich habe nicht vor, Ihnen eine zweite zu geben.« Doole kicherte, ein knirschendes He-he-he-Lachen wie von einem fetten Mann, der auf Sand kaute. »Sie werden nicht entkommen. Ich werde alles gegen Sie aufbieten. Am besten machen Sie sich schon einmal Gedanken über das Leben nach dem Tod.«

Kyp blickte durch die Sichtluke, schien tief in Gedanken versunken zu sein. Die Atmosphäre um das fliehende Schiff wurde hier am Rand von Kessels Gravitationsfeld immer dünner. Er sah Kessels Mond und fröstelte plötzlich. Verwirrt blinzelte er.

Chewbacca grollte in den Lautsprecher. »Du sagst es, Chewie«, nickte Han und schaltete das Komm ab.

Plötzlich stürzte Kyp nach vorn und griff nach den Kontrollen, aktivierte die Manövrierdüsen und beschleunigte die Fähre so abrupt und so stark, daß Han und Chewie gegen ihre Sitze geschmettert wurden. Kyp stolperte zurück, außerstande, bei der Beschleunigung das Gleichgewicht zu wahren.

»Warum hast du das gemacht?« fragte Han und funkelte Kyp an.

Aber Chewbacca gab einen alarmierten Laut von sich und zog Han zurück zur Konsole. Dicht unter ihnen schimmerte und kräuselte sich die Atmosphäre, als sich ein undurchdringliches ionisierendes Kraftfeld aufbaute und über den Planeten legte.

»Sie haben ihren Energieschild aktiviert!« sagte Han. Die Arbeiter auf Kessels Mondbasis hatten den Schutzschild also repariert, der den Gefängnisplaneten abschirmte. Wenn Kyp nicht rechtzeitig auf Beschleunigung geschaltet hätte, wären sie in dem Kraftfeld verglüht oder unter dem Schild gefangen gewesen, ohne Hoffnung auf Flucht.

»Woher hast du es gewußt?« fragte Han und warf Kyp einen Blick über die Schulter zu. Kyp rappelte sich vom Boden auf und schüttelte den Kopf, um die Benommenheit zu vertreiben. »Ist egal. Bist du okay?«

»Ja. Bring uns bloß weg von Kessel.«

Han fuhr zu den Fährenkontrollen herum. »Chewie, nimm Verbindung mit der Neuen Republik auf. Verlier diesmal keine Zeit. Sie müssen erfahren, was hier vor sich geht, nur für den Fall, daß wir es nicht bis nach Hause schaffen.«

Der Wookiee beugte sich über das Kommpult, während Han sich mit dem Navcomputer abmühte. Er starrte die Konsole fassungslos an. »Verdammt! Dieses Ding ist ein uraltes Fünfhundert-X-Modell! So was findet man sonst nur noch im Museum. Ich hoffe, hier liegt irgendwo Schmierpapier für die Sprungberechnung herum. Das dürfte schneller *und* genauer gehen!«

Chewbacca stöhnte und ließ seine haarige Faust auf die Konsole niedersausen, so daß eine Delle in der Abdeckung entstand. Han warf ihm einen Seitenblick zu. »Was soll das heißen, jemand stört die Kontrollen? Wer blockiert uns?«

Kyp drehte sich zu den Seitensichtluken um und sagte leise: »Da kommen sie.«

Die Garnison auf Kessels Mond spuckte Kampfeinheiten aus, Dutzende von überholten Schlachtschiffen, bewaffneten Frachtern, schnittigen und schwerbewaffneten X-Flüglern und TIE-Jägern. Viele der Schiffe mußten im letzten Krieg beschädigt und anschließend repariert worden sein. Jetzt, wo Doole seinen planetaren Abwehrschild wieder in Betrieb genommen hatte, würde Kessel jedem Angriff standhalten.

Schwärme aus X- und B-Flüglern schossen heran, zu beiden Seiten flankiert von je einem Geschwader TIE-Jäger. Sie brausten durch den dünnen Atmosphäreschweif in Kessels orbitalem Schlepptau und brachten mit ihren Sublichttriebwerken das ionisierte Gas zum Glühen.

»Schnallt euch an«, befahl Han. »Das wird ein Höllenritt.« Er griff nach den Kontrollen, bereit zum Kampf. Plötzlich spürte er, wie ein harter Klumpen in seiner Magengrube entstand. »Was? Dieses Schiff ist *unbewaffnet*!« Verzweifelt überflog er die Konsole. »Nichts! Nicht ein einziger Laser! Nicht einmal eine Schleuder!«

Kyp hielt sich an der Rückenlehne von Hans Pilotensitz fest. »Wir haben ein Versorgungsschiff gestohlen, keinen Jäger. Was hast du erwartet?«

»Chewie, pump alles in unsere Schilde – und ich meine alles, die Lebenserhaltungssysteme eingeschlossen. Wir haben hier genug Luft, um länger zu überleben, als dieses Schiff wahrscheinlich standhalten wird. Fahr die Schilde bis zum Anschlag hoch. Wir müssen sie abschütteln.«

Die erste Welle TIE-Jäger brauste heran. Aus den Rückkoppelungslautsprechern des Cockpits drang das Heulen ihrer Zwillingsionentriebwerke. Laserblitze zuckten und schüttelten die Fähre durch, aber die Schilde hielten. Von hinten griffen X-Flügler an.

»Kann dieses Schiff denn nicht schneller fliegen?« fragte Kyp. Die Beleuchtung wurde trüber, als Chewbacca die Schilde verstärkte.

»Wie du schon sagtest, Junge, wir haben eine Frachtfähre gestohlen. Das ist kein Rennboot, und es ist ganz gewiß nicht der *Falke*. Macht euch bereit für den Hypersprung, sobald dieses Navcomputerfossil die Berechnungen fertig hat.« Er starrte die Werte an und hieb dann mit der Faust auf die Konsole. »Es dauert noch zehn Minuten, bis er einen sicheren Vektor ausspuckt. Verdammt! Die Ballung Schwarzer Löcher verfälscht alle Berechnungen.«

Chewie blökte eine laute Bemerkung.

»Was hat er gesagt?« fragte Kyp.

»Er sagte, unsere Schilde werden in etwa zwei Minuten zusammenbrechen. Ich wünschte, ich hätte Waffen – ich wäre sogar mit einem Stein zufrieden, den ich aus der Sichtluke werfen könnte.« Seine Augen wurden groß und plötzlich bar jeder Hoffnung. »Wir können unmöglich so lange durchhalten, und Doole wird ein zweites Mal bestimmt keine Gefangenen machen wollen. Tut mir leid, daß ich dich da mit reingezogen habe, Junge.«

Kyp biß sich auf die Lippe, drehte sich dann um und wies aus der Bugluke. »Flieg dorthin.«

Der Schlund.

Wirbelnde Gaswolken stürzten in die bodenlosen Tiefen der Schwarzen Löcher und ließen den Weltraum wie ein unentwirrbares Geflecht aus strahlendem Garn aussehen. Die Schwerkraft wartete, um jedes Schiff, das sich zu nah heranwagte, in Stücke zu reißen. Die erbarmungslose Schlund-Ballung würde in nur tausend Jahren auch das Kessel-System verschlingen – aber Han hatte nicht vor, ihren Appetit vorher zu stillen.

Chewbacca brüllte etwas, das keine Übersetzung brauchte.

»Bist du verrückt?« fragte Han.

»Du behauptest doch, daß wir ohnehin schon tot sind.«

Vier B-Flügler feuerten gleichzeitig auf die Backbordseite der Fähre und schüttelten sie durch. Ein Funkenschauer knisterte aus der Kommeinheit, und Chewbacca arbeitete fieberhaft, um die durchgebrannten Schaltkreise zu überbrücken.

»Es soll angeblich sichere Wege durch den Schlund geben«, sagte Kyp. »Es muß sie einfach geben.«

»Ja, und etwa eine Million Wege, die in den Tod führen!«

»Es wird ein Flug am Rande des Abgrunds sein.« Kyps junge Augen sahen unermeßlich alt aus, als er Han anstarrte. »Haben wir eine bessere Chance, wenn wir hierbleiben und kämpfen?«

Die mächtigen Gravitationstäler des Schlunds verwandelten die Hyperraum- und Normalraumschneisen durch die Ballung in ein tödliches Labyrinth. Die meisten Routen endeten entweder in einer Sackgasse oder direkt im Rachen eines Schwarzen Lochs. »Wir werden nie den richtigen Kurs finden«, sagte Han. »Es ist Selbstmord.«

Kyp packte Hans Schulter. »Ich kann dir den Weg zeigen.«

»Was? Wie?«

Ein TIE-Jäger brauste von oben heran, drehte bei und feuerte auf die entführte Fähre. Von der Mondbasis näherten sich Kreuzer und versperrten den letzten Fluchtweg. Die Turbolaser der Großkampfschiffe würden die Flüchtlinge binnen Sekunden verdampfen. Chewbacca stöhnte, als ihre Heckschilde flackerten und erloschen.

Han arbeitete verbissen an den Kontrollen; zusammen mit

Chewbacca versuchte er, die schwachen Stellen zu verstärken, indem sie die massiveren Bugschilde anzapften. Die Lichter im Cockpit wurden immer matter, da die Schilde mehr und mehr Energie verschlangen.

»Ich habe euch durch die dunklen Gewürzstollen geführt, als wir vor Skynxnex geflohen sind, oder?« beharrte Kyp. »Ich wußte, wann Doole den Energieschild aktivieren würde! Ich kann den richtigen Weg durch den Schlund finden.«

»Das verrät mir immer noch nicht, *wie*, Junge!« brüllte Han.

Für einen Moment sah Kyp verlegen drein; dann sprudelte es aus ihm hervor: »Es klingt wie eine abstruse alte Religion – aber es funktioniert! Eine alte Frau, die einen Teil ihrer Strafe in den Gewürzstollen verbüßte, sagte mir, ich hätte irgendein ungeheures Potential. Sie zeigte mir, wie man etwas namens ›die Macht‹ oder ›die Kraft‹ oder so benutzt.« – »Die Macht!« rief Han erleichtert. Am liebsten hätte er Kyp umarmt. »Warum hast du das nicht gleich gesagt? Wer war diese Frau?«

»Sie hieß Vima da Boda. Sie konnte mir unten in den Gewürzminen nur ein paar Sachen beibringen, ehe sie von den Wächtern weggebracht wurde. Ich habe sie nie wiedergesehen, aber ich habe geübt, was sie mir gezeigt hat. Es hat mir ein paarmal geholfen, obwohl ich nicht begreife, wie.«

»Vima da Boda!« sagte Han, sich plötzlich an die greise, gefallene Jedi erinnernd, die er und Leia auf Nal Hutta entdeckt hatten. Während ihres büßerischen Exils hatte Vima da Boda offenbar auch einige Zeit in den Gewürzminen verbracht, lange genug, um Kyp ein paar grundlegende Fähigkeiten beizubringen. Han konnte nur hoffen, daß es genügte.

»Mir gefällt das nicht«, sagte Han. Zwei weitere Jäger dröhnten heran und feuerten wiederholt. »Aber es gefällt mir besser als unsere jetzige Situation.«

Er änderte den Kurs, drehte bei und steuerte direkt die glühende Ballung Schwarzer Löcher an. Er hoffte, daß die geschwächten Schilde der Fähre lange genug hielten, um sie dorthin zu bringen.

Das erste der größeren Schiffe erreichte sie und feuerte,

drehte über ihnen ab und kehrte zurück, als wollte es sie rammen. Die Form des angreifenden Frachters ließ Hans Blut gefrieren. Eine volle Sekunde starrte er ihn verzweifelt an, ehe er die Sprache wiederfand. »Das ist der *Millennium Falke*! Das ist mein Schiff!«

Der *Falke* kam direkt auf sie zu und feuerte wieder und wieder auf die Bugschilde der Fähre, die nur mit Mühe standhielten. Im letzten Moment ließ Han die gestohlene Fähre steil nach unten absacken, so daß der *Falke* über ihnen vorbeischrammte. Einer der Schüsse durchschlug die flackernden Schilde und brannte ein Loch in die Panzerung der Fähre.

»Das reicht!« stieß Han hervor. »Jetzt bin ich geladen. Chewie, schalte auf meinen Befehl die Schilde ab und pumpe alles in die Triebwerke. Pumpe auch das letzte Erg in unsere Maschinen und bring uns direkt in den Schlund.« Er warf einen Blick auf seine Instrumente. »Die Schilde werden sowieso in spätestens einer Minute zusammenbrechen, und der Navcomputer braucht noch weitere sechs für die Berechnungen. Verfluchte Fünfhundert-X-Modelle!«

Eine weitere Staffel Jäger nahm sie unter Beschuß und brauste dann vorbei. In die Lücke stieß eine riesige Fregatte der *Lanzen*-Klasse vor. Eine Welle Systempatrouillenboote und Carrack-Kreuzer folgten, bereit, sie mit einer Salve aus ihren Turbolaserbatterien einzudecken. Moruth Doole wollte diesmal kein Risiko eingehen.

»Los, Chewie!« sagte Han.

Der Wookiee senkte die Schilde und speiste alle Energie in die Sublichttriebwerke. Die Fähre machte einen Satz nach vorn, beschleunigte mit unerwartet hohen Werten und ließ die düpierten Verfolgerschiffe hinter sich zurück.

»Die Überraschung wird uns nur ein paar Sekunden helfen«, kommentierte Han. »Dann sind wir auf uns allein gestellt.«

»Zu diesem Zeitpunkt sollten wir uns im Griff des Schlundes befinden«, flüsterte Kyp.

»Falls du deine Fähigkeiten überschätzt hast, Junge, werden wir es nie erfahren.«

Vor ihnen gleißten Schleier aus glühenden Gasen, strudelnde Rückstände, die durch die Reibung erhitzt wurden und spiralförmig in komplizierten Umlaufbahnen durch den RocheLobus eines Schwarzen Lochs und in den Rachen eines anderen stürzten. Tödliche Röntgenstrahlung erfüllte den Weltraum und aktivierte die eingebaute Sichtblende des Stahlglases, die ihre Augen schützte.

»Nur ein Vollidiot würde so etwas versuchen«, sagte Han. Chewbacca stimmte zu.

Die Kessel-Schiffe beschleunigten ebenfalls in dem verzweifelten Versuch, die Flüchtlinge einzuholen, ehe Han die Schlund-Ballung erreichen konnte. Han saß über die Kontrollen gebeugt, die Fingerknöchel weiß, als wollte er mit der schieren Kraft seines Willens ihre Geschwindigkeit erhöhen.

Die Kampfschiffe entfesselten einen Feuersturm, aber die gewaltigen Schwerkraftverwerfungen des Schlundes zerstreuten die Energiestrahlen und lenkten sie in weiten Bögen um ihr Ziel.

»Hoffen wir, daß diese Kerle nicht auch Idioten sind!« sagte Kyp. Han steuerte die gleißenden Gasschleier an.

Die Kessel-Schiffe verfolgten sie bis zum letzten Augenblick und gaben dann mit ihren Manövriertriebwerken vollen Gegenschub, überließen ihre Beute dem sicheren Tod.

Das flüchtende Schiff stürzte in die Gravitationsmäuler der Ballung Schwarzer Löcher.

16

Leia unterdrückte ein feines Lächeln, als sie Gantoris in die Projektionskammer führte. Der schwarzhaarige Mann blickte sich mit großen Kinderaugen um und versuchte, alles gleichzeitig aufzunehmen.

Gantoris sah blendend aus in seiner funkelnagelneuen Uniform, die ähnlich geschnitten war wie die generationenalte Pilotenmontur, die er als Führer von Eol Sha getragen hatte. Leia hatte einen Schneiderdroiden mit Mustern aus den Archiven programmiert und Gantoris die Uniform zum Geschenk gemacht. Er war begeistert und vor Entzücken ganz außer sich gewesen,

Selbst jetzt, wo Leia ihn besser kannte, flößte Gantoris ihr Unbehagen ein. Obwohl Luke ihr versichert hatte, daß der Mann über ein großes Jedi-Potential verfügte, gefiel Leia der Gedanke an die tödlichen »Prüfungen« nicht, die Gantoris Luke auferlegt hatte, ehe er sich bereit erklärte, Eol Sha zu verlassen. Gantoris hatte ein höllisch hartes Leben hinter sich, das war ihr bewußt, doch er wirkte viel zu ernst, und seine dunklen Augen waren wie feurige Gruben aus gebändigtem Zorn. Er sah wie ein Mann aus, der an Macht gewöhnt war und plötzlich erkennen mußte, wie klein er im großen Plan des Lebens war.

Aber die andere Seite von Gantoris faszinierte Leia. Sie beobachtete, wie seine Augen hin und her huschten, wie er den Hals verdrehte, um die hohen Wohntürme anzustarren, die bis in die äußersten Atmosphäreschichten Coruscants reichten. Ehrfürchtig bestaunte er die glitzernde Audiokammer, den bescheidenen Luxus des Quartiers, das Luke ihm besorgt hatte. Dinge, die Leia für normal hielt, hatte er noch nie zuvor gesehen, ja, sich nicht einmal vorstellen können, daß es sie gab.

Als sie jetzt den Projektionsraum betraten, starrte Gantoris die riesigen Fenster an, die die Wände fast ganz ausfüllten und atemberaubende Aussichten auf Coruscant und seine jahrhundertealten Gebäude boten. Leia wußte natürlich, daß sie sich beide nicht in der Höhe befanden, von der aus eine derartige Aussicht tatsächlich zu genießen war; der Projektionsraum lag in Wirklichkeit tief unter der Erde, und die »Fenster« waren hochauflösende Monitore, die von den Dachkameras des imperialen Palastes mit Bildern versorgt wurden.

»Was ist das für ein Ort?« fragte Gantoris.

Leia lächelte und verschränkte die Arme vor ihrer Robe. »Im Moment ist es nur ein Raum. Aber gleich werde ich Ihnen eine neue Welt zeigen.«

Sie trat an den Kontrollwürfel in der Mitte des Raums und rief die Aufnahmen ab, die sie in den Archiven gefunden hatte, Bilder aus dem Nachlaß der Alten Republik und den Datenbanken, die während der Besetzung durch die Allianz angelegt worden waren.

Die Monitorfenster flackerten, und die Bilder wechselten, so daß Gantoris zusammenzuckte. Er wich zurück, als plötzlich die Landschaft eines völlig anderen Planeten auftauchte. Er riß die Augen auf und geriet an den Rand der Panik, als hätte ihn Leia quer durch die Galaxis transportiert.

»Ich zeige Ihnen Ihre neue Heimat. Das ist Dantooine, die Welt, die wir für die Leute von Eol Sha ausgesucht haben.«

Die Fensterschirme zeigten ausgedehnte Grasebenen und stachelige Bäume. Am fernen Horizont erhoben sich purpurne Berge. Eine Herde kleiner, haariger Tiere durchstreifte die Savanne; ein Schwarm leuchtender, ballonähnlicher Objekte trieb durch die Luft, entweder Pflanzen oder primitive Tiere; ein paar hatten sich an den spitzen Ästen der Stachelbäume aufgespießt. Zwei Monde, der eine lavendelfarben, der andere grünlich, hingen am Himmel.

»Auf Dantooine wurde eine der ersten Rebellen-Basen eingerichtet. Der Planet hat ein mildes Klima, zahllose Lebensformen und reichlich Wasser. Ein paar Nomadenstämme leben an den Meeresküsten, aber der größte Teil des Planeten ist unbewohnt.«

Leia hatte Dantooine als Köder eingesetzt, als sie an Bord

des Todessterns von Großmufti Tarkin verhört worden war. Um ihren geliebten Planeten Alderaan zu retten, hatte Leia lieber die Position der alten Rebellen-Basis auf Dantooine preisgegeben, als die richtige Basis auf Yavin 4 zu verraten. Aber Tarkin hatte Alderaan trotzdem vernichtet, weil Dantooine für eine effektvolle Demonstration der Macht des Todessterns zu weit entfernt gewesen war. Und jetzt fand Dantooine doch noch Verwendung als Heimat für die Flüchtlinge von Eol Sha.

»Glauben Sie, daß es Ihren Leuten auf dieser Welt gefallen wird?« Leia hob die Brauen.

Gantoris, der bis jetzt nur seine eigene unwirtliche Welt, den Gasplaneten Bspin und die Stadtlandschaft von Coruscant gesehen hatte, wirkte beeindruckt. »Sie sieht wie das Paradies aus. Keine Vulkane? Keine Erdbeben? Genug zu essen und keine wuchernden Städte?«

Sie nickte bestätigend. Ehe Gantoris weiterreden konnte, öffnete sich die Tür des Projektionsraums. Leia drehte sich um und stellte überrascht fest, daß es die Staatschefin, Mon Mothma, war.

Die Frau mit den rotbraunen Haaren bewegte sich mit sicheren Schritten, die den Eindruck erweckten, als würde sie durch den Raum gleiten. Die Führerin der Neuen Republik reichte Gantoris die Hand. »Sie müssen einer von Luke Skywalkers ersten Jedi-Lehrlingen sein. Ich möchte Sie auf Coruscant willkommen heißen und Ihnen viel Erfolg als Mitglied des neuen Ordens der Jedi-Ritter wünschen.«

Gantoris ergriff Mon Mothmas Hand und deutete eine leichte Verbeugung an; aber Leia hatte für einen Moment den Eindruck, daß er sich selbst für einen Führer hielt, der einer Gleichrangigen gegenüberstand.

»Mon Mothma«, sagte Leia, »ich habe Gantoris gerade einige Aufnahmen von Dantooine gezeigt. Wir wollen die Flüchtlinge von Eol Sha zu unserer alten Basis evakuieren.«

Mon Mothma lächelte. »Gut. Ich bin über das schwere Schicksal Ihrer Leute informiert, und es würde mich freuen, sie sicher auf Dantooine zu sehen. Ich hielt sie schon immer für eine unserer schönsten Basen, nicht so rauh wie Hoth oder die Gipfel-Basis und ohne die dichten Dschungel von Yavin 4.« Sie wandte sich an Gantoris. »Wenn diese Welt Ihre Zustimmung findet, werde ich Ministerin Organa Solo anweisen, unverzüglich mit den Umsiedlungsvorbereitungen zu beginnen.«

Gantoris nickte. »Wenn es sich hierbei um repräsentative Bilder handelt, dann ist der Planet Dantooine eine perfekte neue Heimat für meine Leute.«

Leia war erleichtert. »Ich dachte daran, Wedge ... ich meine, General Antilles mit der Umsiedlungsaktion zu betrauen. Er überwacht schon seit Monaten die Sanierung der unteren Stadtebenen, und um offen zu sein, ich halte es für eine Verschwendung seiner Fähigkeiten.«

»Einverstanden«, erklärte Mon Mothma. Obwohl die Last ihrer diplomatischen Verpflichtungen und bürokratischen Aufgaben größer war, als Leia sich vorstellen konnte, hatte sich Mon Mothma irgendwie ihre Gelassenheit und Tatkraft bewahrt. »Nebenbei, mein Terminplaner hat mich gerade daran erinnert, daß in zwei Tagen der caridanische Botschafter eintreffen wird. Kommen Sie mit den Vorbereitungen gut voran? Kann ich Sie in irgendeiner Hinsicht unterstützen?«

»Es genügt, wenn Sie dann anwesend sind. Mehr verlange ich nicht. Ich habe mich entschlossen, den Empfang nicht im imperialen Palast, sondern in den Botanischen Gärten des Himmelsdoms zu geben. Da Botschafter Furgan unserer Sache gegenüber feindlich eingestellt zu sein scheint, möchte ich seine Reaktionen nicht verschärfen, indem ich ihn im ehemaligen Sitz der imperialen Regierung empfange. Um genau zu sein, der Botschafter versucht, seine Mission hier zu einer bloßen Pilgerreise zu den diversen imperialen Denkmälern umzufunktionieren.«

Mon Mothma nickte leicht, lächelte aber dabei. »Zumindest kommt er. Das ist schon ein Erfolg.«

»Möglich.« Leia blieb skeptisch.

»Übrigens habe ich noch nicht Ihren Bericht über Hans Mission auf Kessel erhalten. Es war eine geniale Idee, ihn anstelle eines offiziellen Botschafters zu schicken. Han spricht die Sprache dieser Leute, und wenn es uns gelingt, den Gewürzschwarzmarkt auszutrocknen, könnte dies bei der neuen Ökonomie Wunder wirken. Hatte er Erfolg?«

Verlegen senkte Leia den Blick. »Er ist noch nicht zurück, Mon Mothma, so daß mir im Moment noch keine Informationen vorliegen. Ich werde Ihnen umfassend berichten, sobald er eintrifft. Hoffen wir, daß seine Mission ein Erfolg ist.«

»Gut.« Mon Mothmas Gesichtsausdruck verriet ihren Argwohn, daß Leia nicht die ganze Wahrheit mitteilte, doch sie stellte keine weiteren Fragen. »Auf mich wartet eine Verhandlung mit den Häßling-Vertretern über die Verwertungsrechte an den Schiffwracks im Orbit um Coruscant. Ich fürchte, es wird ein langer Nachmittag werden, und ich wollte Sie nur kurz begrüßen. Gantoris, es war mir eine Freude.«

Mon Mothma wandte sich zum Gehen, warf Leia aber noch einen Blick zu. »Nebenbei, Sie leisten gute Arbeit, Leia. In der Regierung hat man es ständig mit so vielen unzufriedenen Gruppen, so vielen Beschwerden zu tun, daß wir ganz übersehen, wieviel Positives wir leisten. Sie leisten *eine Menge* Positives.«

Leia konnte ein verlegenes Lächeln nicht unterdrücken. Aber sie hätte sich viel mehr über das Lob gefreut, wenn da nicht die Sorge um ihren verschollenen Mann gewesen wäre.

Die Zwillinge begannen gleichzeitig loszuheulen, als Winter die Rampe der ungekennzeichneten Fähre betrat. Leias Kammerzofe blieb stehen, mit dem Rücken zu Jacen und Jaina, und drehte sich dann langsam zu ihnen um.

Leia legte die Hände auf die Schultern der beiden Kinder, aber selbst nach mehreren Tagen behandelten sie ihre Mutter noch immer als Fremde. Ihr war klar, daß es vielleicht nicht das Vernünftigste war, sie festzuhalten, doch sie hatte plötzlich das Gefühl, ihren Besitzanspruch an den Kindern betonen zu müssen.

Winters Gesicht war kalt und ausdruckslos unter ihren weißen Haaren. »Kinder, hört sofort zu weinen auf.«

Jacen schluchzte. »Wir wollen, daß du bleibst, Winter.«

Winters Hand zuckte nach vorn, ein Finger deutete wie ein Speer auf Leia. »*Das* ist eure Mutter. Ich habe nur für euch gesorgt. Ihr seid jetzt große Kinder, und es ist an der Zeit, daß ihr euch in eurem neuen Zuhause einrichtet. Ich muß zurück und mich um euren kleinen Bruder kümmern.«

Leia unterdrückte ein Zittern. Sie kannte Winter schon seit einer Ewigkeit; die Frau mit dem perfekten Gedächtnis erinnerte sich an alles, was sie je gesehen oder gehört hatte, und nur selten zeigte sie irgendein Gefühl. Jetzt aber glaubte Leia, eine Traurigkeit in ihr zu spüren, ein Gefühl des Verlustes, da sie nun ihre beiden Mündel aus ihrer Obhut entlassen mußte.

Leia kniete neben den Zwillingen nieder. »Ihr beide bleibt jetzt bei mir. Und euer Paps wird auch bald nach Hause kommen. Wir werden viel Spaß miteinander haben.«

Die Zwillinge sahen sie an. Winter nutzte die Gelegenheit und schlüpfte in die Fähre. Ehe Jacen und Jaina bemerkten, daß sie weg war, schloß Winter hinter sich die Schotts.

Leia stand neben ihren beiden Kindern auf dem windgepeitschten Landefeld. Die Repulsoraggregate der Fähre heulten auf. Leia wich zurück und zog die Zwillinge mit sich. »Aus dem Weg. Weiter hinten ist es sicherer.« Jacen und Jaina schluchzten noch immer, bereit, jeden Moment wieder in Tränen auszubrechen. Leia versuchte linkisch, ihnen beruhigende, liebevolle Gedanken zu senden.

Sie sprach in das Komm am Revers ihrer Robe. »Startfreigabe für die ungekennzeichnete Fähre auf der obersten Nordplattform des Palastes, autorisiert durch Ministerin Organa Solo.«

Die Raumlotsen im Orbit bestätigten, und Winters Fähre löste sich von der Plattform, drehte sich und stieg dann steil in die Höhe. Leia hob die Hand zu einem Abschiedsgruß. »Winkt Winter zu«, sagte sie.

Die Zwillinge fuchtelten mit ihren pummeligen Armen. Winter ließ grüßend die Positionslichter der Fähre aufblitzen; dann sprangen die Orbittriebwerke an, und das Raumschiff verschwand in der auroradurchschimmerten Ferne.

»Kommt jetzt, ihr beiden«, sagte Leia zu ihnen. »Ich muß eine Menge versäumter Termine nachholen.«

Streen saß auf dem Dach des verfallenen und aufgegebenen Wolkenkratzers, in dem er sich häuslich niedergelassen hatte. Als Luke ihn in die brodelnde Metropole Imperial City gebracht hatte, wo Millionen von Menschen den Planeten mit all ihren Gedanken und all ihren Gefühlen erfüllten, hatte Streen um einen Ort gebeten, an dem er halbwegs allein sein konnte, bis sie den Planeten verließen und zu ihrer Jedi-Akademie flogen. Luke hatte ihm die verlassenen Teile der Stadt gezeigt, und Streen hatte sich für das höchste Gebäude entschieden. So hoch oben fühlte er sich an die Wolken von Bspin erinnert.

Jetzt brachte Leia die Zwillinge mit. Beide fest an der Hand haltend, bestieg sie den altersschwachen Aufzug, der sie hinauf zum Dach beförderte. Sie betraten die obere Plattform, auf der Streen allein am Rand saß. Unbeeindruckt von dem tausend Meter tiefen Abgrund, ließ der alte Mann seine Füße nach unten baumeln. Er blickte auf und betrachtete das endlose Häusermeer, die geometrischen Spitzen der wuchernden Wohntürme. Er beobachtete die Flederhabichte, die auf den Thermiken ritten.

Leia überquerte das Dach. Sie hatte noch nie Angst vor Höhen gehabt, aber mit den kleinen Kindern an der Hand spürte sie eine völlig andere Art der Furcht, eine magenumdrehende Paranoia vor den Millionen Dingen, die eine Gefahr für ihre Zwillinge darstellen konnten. Jacen und Jaina wollten zum Rand der Plattform stürmen und nach unten sehen, aber sie hielt sie unerbittlich fest.

Als Streen ihr Kommen hörte, drehte er sich um. Leia bemerkte, daß er noch immer seinen Overall mit den vielen Taschen trug und sich nach wie vor weigerte, die wärmeren oder bequemeren Sachen anzuziehen, die sie ihm besorgt hatte.

»Wir wollten uns nur überzeugen, daß es Ihnen gut geht, Streen. Während Luke fort ist, können Sie sich jederzeit an mich wenden, wenn Sie etwas brauchen.«

Streen schwieg einen Moment, bevor er antwortete. »Was ich brauche, das ist Einsamkeit, aber ich fürchte, die kann ich auf diesem Planeten nirgendwo finden. Selbst an den abgelegendsten Stellen Coruscants kann ich noch immer das ständige Flüstern der Gedanken und Stimmen hören. Es wird für mich hier sehr schwer sein, bis ich gelernt habe, mich abzuschotten. Der Jedi-Meister hat versprochen, mir zu zeigen, wie man es macht.«

»Luke müßte in Kürze wieder zurück sein«, versicherte Leia.

Sie erreichten den Rand, und Leia bestand darauf, sicheren Abstand zu halten. Aber Jaina zerrte an Leias Hand, bis sie über den Rand und nach unten starren konnte. »Das ist tief!« sagte Jaina.

»Zu tief, um zu fallen«, erklärte Leia.

»Ich werde nicht fallen.«

»Ich auch nicht«, sagte Jacen. Dann zerrte er ebenfalls so lange, bis er über den Rand spähen konnte.

Streen sah sie erstaunt an. »Mit Kindern ist es angenehmer als mit anderen. Ihre Gedanken sind einfach und geradlinig, und sie stören mich nicht. Sobald aber die Gedanken zu komplex und mit tausend unterschwelligen Bedeutungen belastet sind, bekomme ich Kopfschmerzen. Und Sie, Ministerin Organa Solo, sind ruhiger und viel konzentrierter als die meisten anderen Menschen.«

»Luke hat mir beigebracht, mein Bewußtsein zu kontrollieren. Ich strahle nicht die Gedanken und Gefühle ab, die Sie so quälen. Ich achte darauf, daß ich sie für mich behalte.«

Streen schenkte ihr ein mattes Lächeln und blickte dann hinauf zum endlosen Himmel. Auf zahlreichen parabolischen Kursen wanderten die Lichter ankommender und abfliegender Diplomatenfähren über das Firmament.

»Ich hoffe, daß alle Jedi-Kandidaten lernen können, so still wie Sie zu sein, Ministerin. Ich möchte so gern unter Menschen sein, zu einer Gemeinschaft gehören wie Sie und der Jedi-Meister. Wie lange, glauben Sie, wird es dauern?«

Er sah ihr tief in die Augen, und sie zog die Kinder vom Rand zurück. »Nicht mehr lange«, sagte Leia.

Sie schwor sich, einen passenden Ort für Lukes Akademie zu finden, bevor er von Kessel zurückkehrte. Es mußte der richtige Ort sein, und sie mußte ihn ohne Verzögerung finden.

Leia und 3PO bestanden darauf, die Zwillinge vor dem Schlafengehen in ein warmes Wellenbad zu stecken. Leia ließ das Wasser ein, während 3PO überprüfte, ob es die richtige Temperatur hatte.

Leia scheuchte Jacen und Jaina zum Whirlpool. Jacen schrie los. »Erst Schaum reintun!«

»Ich werde den Schaum hineingeben, während das Wasser läuft. Jetzt rein mit dir.«

»Winter tut *erst* Schaum rein«, sagte Jaina.

»Nun, diesmal machen wir es etwas anders«, erklärte Leia leicht gereizt.

»Ich will jetzt Schaum haben!« heulte Jacen.

»Du liebe Güte! Vielleicht hätten wir vorher den Schaum hineingeben sollen, Mistreß Leia«, sagte 3PO.

Aber das Gequengel der Kinder hatte Leias Sturheit geweckt. »Nein, ihr steigt jetzt in die Wanne. Mir ist es egal, wie Winter es gemacht hat. Das ist jetzt euer Zuhause. Manche Sachen laufen hier anders.«

Jaina begann zu weinen.

»Schon gut«, sagte Leia. »Es ist trotzdem ein schönes Bad. Schau doch.« Sie tauchte ihre Hand in das warme Wasser. »Es spielt keine Rolle, wann man den Schaum hineingibt.«

»Darf ich Schaum reintun?« fragte Jaina.

»Wenn du hineingehst, kannst du den Schaum reintun.«

Prompt stieg Jaina ins Wasser und streckte die Hände aus. Leia gab ihr eine bernsteinfarbene Kugel, die sich in den strudelnden Wellen des Whirlpools auflösen würde.

Jacen sprang ins Wellenbad. »Jetzt tu ich Schaum rein!«

»Zu spät«, sagte Leia. »Beim nächsten Mal bist du an der Reihe.«

»Vielleicht sollten wir ihnen besser noch eine Schaumkugel geben«, schlug 3PO vor und beugte sich über die in der Wanne planschenden Kinder.

Jacen spritzte dem Droiden mit beiden Händen Wasser ins Gesicht. »Ich will nach Hause!«

»Das ist dein Zuhause, Jacen. Du lebst jetzt hier. Ich bin deine Mutter.«

»Nein. Ich will *nach Hause!*«

Leia begann sich zu fragen, warum ihre diplomatischen Fähigkeiten hier versagten. Die Zwillinge spritzten sich gegenseitig voll. Zuerst sah es wie ein übermütiges Spiel aus, aber plötzlich – ohne erkennbaren Grund – brachen beide in Tränen aus. Vielleicht war dies die angemessene Vorbereitung auf das Treffen mit dem caridanischen Botschafter, dachte Leia.

Sie kniff die Augen zu, als die beiden weiterheulten. 3PO wurde immer nervöser und versuchte verzweifelt herauszufinden, was das Problem war.

Selten hatte sich Leia so sehr gewünscht, zu wissen, wo Han steckte.

17

Die gestohlene Fähre stürzte in den Schlund. Mahlströme aus heißem Gas schleuderten sie hin und her, während Kyp versuchte, Han durch die tödliche Region zu lotsen. Wo sich die Schwerkraftsingularitäten gegenseitig aufhoben, war der sichere Weg, gewunden und trügerisch.

Der Schlund selbst war eins der Wunder der Galaxis. Allein die Existenz der Ballung Schwarzer Löcher wirkte astrophysikalisch unmöglich und hatte zu zahlreichen Theorien über ihren Ursprung geführt. Die Wissenschaftler der Alten Republik waren aufgrund von Wahrscheinlichkeitsberechnungen zu der Schlußfolgerung gelangt, daß unter der nahezu unendlichen Zahl der Sterne im Universum *etwas* wie der Schlund mindestens einmal auftreten mußte. Andere Spekulationen, darunter auch die abergläubischer Schmuggler, gingen davon aus, daß der Schlund in Wirklichkeit *gebaut* worden war, konstruiert von einer ungeheuer mächtigen uralten Rasse, die die Schwarzen Löcher erzeugt und zu einer halbwegs stabilen Konfiguration vereinigt hatte, um Tore zu neuen Dimensionen zu öffnen.

Im Moment interessierte Han Solo nur, daß der Schlund ihn wahrscheinlich in den Tod reißen würde.

In der Fähre war es dunkel und heiß und stickig. Die wilden Farben und grellen Lichter ließen außerhalb des Schiffes psychedelische Feuerwerke flackern und tauchten das Innere in unheimliche Schatten. Die Beleuchtung, die Lebenserhaltungssysteme und die Klimaanlage waren abgeschaltet worden, um die flackernden Schilde mit Energie zu versorgen.

In seinem Pilotensitz schwitzend, beobachtete Han die Navigationskontrollen, die er Kyp überlassen hatte. Obwohl er in der letzten Woche fast ständig um sein Leben hatte kämpfen müssen, vermißte er gerade jetzt Leia besonders. Sie hatte keine Vorstellung davon, was ihm zugestoßen war, und sie mußte sich schreckliche Sorgen machen – war aber zweifellos zu stolz, sie zu zeigen. Han haßte noch mehr den Umstand, daß seine Kinder endlich von ihrem Zufluchtsplaneten heimgekehrt waren und er nicht dagewesen war, um sie zu begrüßen.

Aber er würde keinen seiner Familie je wiedersehen, wenn die Fähre nicht den Flug durch den Schlund überstand. Alles hing von Kyp Durrons mysteriösen Fähigkeiten ab.

Kyp hantierte an den Kontrollen, steuerte die Fähre und vollführte eins der kompliziertesten und schwierigsten Manöver, die Han je gesehen hatte – und Kyp hielt dabei die Augen geschlossen! Der junge Mann schien mit einem anderen Augenpaar zu sehen und einem Pfad zu folgen, der für normale Sinne unsichtbar war. Han starrte die tödlichen Schwarzen Löcher an, die sich um die Fähre massierten, und hätte am liebsten auch die Augen geschlossen.

Kyp wich intuitiv den tödlichen Hindernissen auf ihrem Kurs aus und bugsierte die Fähre durch labile Punkte der Stabilität. Chewbacca saß vor innerer Anspannung wie erstarrt da, als fürchtete er, die Konzentration des jungen Mannes zu stören.

Funken flogen aus einer der seitlichen Kontrollkonsolen, als ein Schild zusammenbrach. Chewbacca grollte und hämmerte mit langen Fingern auf die Kontrollen, um die noch stabilen Schilde auf die ungeschützten Stellen auszudehnen. Eine Lücke in den Schilden genügte, und die Röntgenstrahlen und heißen Gase würden sie rösten.

Kyp zuckte nicht einmal zusammen. »Wir nähern uns dem Ende der Passage«, sagte er, ohne die Augen zu öffnen. »In der Mitte der Ballung liegt eine schwerkraftfreie Zone, wie das Auge eines Sturmes.«

Han wurde von Erleichterung überwältigt. »Am besten verstecken wir uns eine Weile, laden die Energiezellen auf und flicken die beschädigten Maschinen notdürftig zusammen.« Chewbacca grunzte zustimmend.

»Und schlafen uns mal richtig aus«, fügte Kyp hinzu. Han sah Schweiß auf seiner Stirn glänzen. Trotz seiner äußerlichen Ruhe schien sich Kyp ungeheuer konzentrieren zu müssen und seine untrainierten Kräfte zu überfordern. »Wir müssen schließlich immer noch einen Weg nach draußen finden.«

Die wirbelnden ionisierten Gase teilten sich vor ihnen wie ein Vorhang, der zur Seite gerissen wurde und die Schwerkraftoase im Zentrum der Ballung enthüllte – ein sicherer Hafen, in dem sie sich erholen konnten, ehe sie nach Coruscant zurückkehrten.

»Geschafft!« sagte Han flüsternd.

Aber jemand anders hatte schon vor ihnen den Schlupfwinkel entdeckt.

Im Orbit um eine kleine Felseninsel im Zentrum des Schlundes hingen vier riesige, waffenstarrende imperiale Sternzerstörer.

In dem Moment ihrer Ankunft schossen ganze Schwärme von TIE-Jägern in einer beeindruckenden Demonstration militärischer Stärke aus den Hangarbuchten der Sternzerstörer.

Han starrte sie an, unfähig zu sprechen. Sie waren soeben der Hinrichtung durch Skynxnex entkommen, hatten den Angriff der Energiespinne in den Gewürzminen überlebt, sich mit der gesamten Raumflotte von Kessel herumgeschlagen und waren nur knapp der Vernichtung im Schwerkraftlabyrinth des Schlundes entronnen. Die Schilde der Fähre standen kurz vor dem Zusammenbruch, sie hatten keine Waffen – und sie wurden von einer imperialen Armada angegriffen.

»Wenn das so weitergeht, werden wir noch vor dem Abendessen versehentlich die ganze Galaxis zerstört haben«, knurrte Han. »Gib wieder volle Kraft auf alle Maschinen, Chewie. Und dreh die Kiste bei. Kyp, such uns einen Weg nach draußen!«

»Es gibt nicht viele Wege«, meinte Kyp.

Das Schiff bockte, als hätte es von hinten einen Tritt erhalten; dann knisterten Funken. Chewbacca stöhnte verzweifelt.

Han überflog die Instrumente. »Alle unsere Schilde sind soeben zusammengebrochen.« Er starrte die vier Sternzerstörer und die Wellen aus TIE-Jägern und TIE-Abfangjägern an, die ihnen entgegenbrandeten. »Ich habe das Gefühl, als hätte man uns ein großes Zielkreuz auf die Hülle gemalt«, sagte Han. »Sie können uns mit einem Zufallstreffer erledigen.« Suchend sah er sich nach etwas um, an dem er seine Wut abreagieren konnte; er fand ein Schott und versetzte ihm einen kräftigen Tritt.

Im Komm knackte es, und im ersten Moment erwartete Han, eine weitere Drohbotschaft von Moruth Doole zu hören, aber die ionisierten Gase und die Verzerrungen der Schwarzen Löcher würden jeden Funkspruch schon im Randbereich des Schlundes verstümmeln.

Barsche Worte dröhnten aus den Lautsprechern. »Imperiale Fähre, willkommen! Es ist schon lange her, daß wir eine Nachricht von draußen bekommen haben. Geben Sie uns bitte Ihren Sicherheitszugangskode. Unser TIE-Geschwader wird Sie eskortieren.«

Han versteifte sich. Natürlich, sie hatten in der Tat eine alte imperiale Fähre gestohlen. Es blieben ihnen noch ein paar Sekunden, bevor sie aus dem Raum geblasen wurden. Aber ein Sicherheitszugangskode? Ihm mußte schnell etwas einfallen.

Han drückte den Sendeknopf. »Hier ist die imperiale Fähre, äh … *Endor*. Wir haben, äh, einen ziemlich rauhen Flug durch den Schlund hinter uns, und die meisten unserer Computersysteme sind ausgefallen. Wir brauchen Hilfe.« Er schwieg einen Moment, schluckte. »Nebenbei, wie lange haben Sie keine Nachricht von draußen mehr erhalten?«

Am anderen Ende der Leitung klickte es laut. Unterdessen näherten sich ihnen die TIE-Jäger. Han stöhnte auf. Er wußte, daß sein Bluff nicht funktionieren konnte und sie ein ungeschütztes Ziel abgaben, das von jedem nervösen imperialen Zeigefinger per Knopfdruck in Staub verwandelt werden konnte.

Die Stimme meldete sich wieder, barscher und kälter als beim erstenmal. »Imperiale Fähre *Endor*, wir wiederholen – wie lautet der Sicherheitszugangskode? Wir verlangen umgehende Bestätigung!«

Han drehte sich zu seinem Kopiloten um. »Chewie, wie

lange wird es dauern, bis unsere Schilde wieder funktionieren?«

Der Wookiee hatte die Wartungsklappen an der Seite der Energiebänke geöffnet und zerrte Unmengen an Kabeln heraus, ließ sie durch die Finger laufen und überprüfte die Kontakte. Chewbacca schnüffelte nach durchgebrannten Schaltkreisen. Es würde lange dauern, bis die Systeme auch nur halbwegs wieder funktionierten.

Han ging erneut auf Sendung. »Äh, wie ich schon sagte, unsere Computeranlage ist schwer beschädigt. Wir sind nicht in der Lage ...«

»Inakzeptable Entschuldigung! Der Kodesatz wird verbal übermittelt.«

»Ich sehe gerade nach«, sagte Han. »Der Kodesatz ist ...« Er sah zu Kyp hinüber, in der verzweifelten Hoffnung, daß der junge Mann den Kode aus der Luft zaubern würde, aber so etwas hätte nicht einmal Luke Skywalker vollbringen können. Kyp zuckte nur die Schultern.

»Äh, der letzte uns vorliegende Kodesatz ist RJ-Zwei Strich ZZ Strich Achttausend. Wir erwarten ihre Bestätigung.« Er schaltete ab, warf Chewbacca und Kyp einen Blick zu und breitete die Arme aus. »Zumindest ist es den Versuch wert.«

»Falsche Antwort«, schnappte die barsche Stimme.

»Was für eine Überraschung«, murmelte Han.

Die Stimme fuhr fort: »Sie sind offensichtlich nicht von Großmufti Tarkin geschickt worden. Fähre *Endor*, Sie werden umgehend aufgebracht und zum imperialen Sternzerstörer *Gorgo* geschafft, wo man Sie einem Tiefenverhör unterziehen wird. Sollten Sie versuchen, zu fliehen oder Widerstand zu leisten, werden Sie vernichtet.«

Han fragte sich, ob er sich die Mühe machen und bestätigen sollte, verzichtete dann aber darauf. Die Erwähnung von Großmufti Tarkin, jenes brutalen Gouverneurs, der den ersten Todesstern gebaut hatte, verwirrte ihn. Tarkin war vor zehn Jahren zusammen mit seiner Weltuntergangswaffe vernichtet worden. War es möglich, daß diese Leute schon so lange ohne Kontakt mit der Außenwelt waren?

Die Fähre schwankte, als ob eine unsichtbare Hand sie packte. Han hörte, daß die Metallplatten der Außenhülle unter zunehmendem Druck ächzten. »Das ist ein Traktorstrahl«, erklärte er.

Der riesige pfeilförmige Rumpf des Sternzerstörer-Flaggschiffs ragte drohend vor ihnen auf. Chewbacca stöhnte etwas, und Han stimmte zu. Er hatte auch ein schlechtes Gefühl dabei.

»Versuch's nicht einmal, Chewie. Wir könnten den Traktorstrahl nie abschütteln, wir könnten nie schnell genug von hier verschwinden, und wir könnten nie einen weiteren Flug durch den Schlund überleben.«

Ein Geschwader TIE-Jäger umgab die entführte Fähre wie ein Kokon und verhinderte, daß sie von dem direkten Weg des Traktorstrahls abwich. Der Sternzerstörer *Gorgo* öffnete seine riesige Hangarbucht, um die Gefangenen zu verschlingen. TIE-Jäger schossen an ihnen vorbei in das höhlenähnliche Metallmaul.

Han erinnerte sich, daß er fast auf dieselbe Weise als Gefangener an Bord des ersten Todessterns gebracht worden war, flankiert von imperialen Sternjägern, im Griff eines mächtigen Traktorstrahls. Aber damals hatte er sein eigenes Schiff geflogen, und sie hatten sich in den geheimen Lagerräumen des *Falken* verstecken können. Jetzt konnten sie nicht einmal Uniformen stehlen; sie trugen nur die Thermoanzüge, in denen sie in den Gewürzminen von Kessel gearbeitet hatten.

»Wir werden keinen besonders guten Eindruck machen«, sagte Kyp.

Die vier Sternzerstörer schwebten über einer Traube miteinander verbundener Felsbrocken im Zentrum des Schlundes. Verschiedene Konstruktionen und skelettierte Trümmerteile umkreisten in einer niedrigen Umlaufbahn das Asteroiden-Archipel.

Han fragte sich erneut, was all das zu bedeuten hatte. Waren sie auf eine Forschungsbasis gestoßen? Einen geheimen Stützpunkt? Warum sollte das Imperium soviel Feuerkraft zusammengezogen haben, um die paar Felsbrocken zu beschützen?

Der Traktorstrahl zog die Fähre in den Hangar der *Gorgo* und transportierte sie zu einem abgelegenen Landefeld. Als die Fähre aufsetzte, hörte Han leises Ächzen und Knacken, als würde das malträtierte Schiff vor Erleichterung seufzen, daß der Traktordruck nachließ. Gepanzerte Sturmtruppler nahmen ihre Stellungen ein, marschierten in perfekten Kolonnen, die verrieten, daß sie noch immer gedrillt wurden und ihr Ausbildungsstand hervorragend war. Sie waren mit altmodischen Blastern bewaffnet.

»Wir stellen besser fest, was sie wollen«, sagte Han. »Hat irgend jemand einen genialen Vorschlag?«

»Nur idiotische«, antwortete Kyp kopfschüttelnd.

Han seufzte resigniert. »Steigen wir zusammen aus. Mit erhobenen Händen und ganz langsam.«

Chewbacca verkündete grollend, daß er nichts dagegen hatte, im Kampf zu sterben, wenn sie ohnehin hingerichtet werden würden.

»Das wissen wir noch nicht«, sagte Han. »Gehen wir.«

Da Chewbacca am einschüchterndsten aussah, übernahm er die Mitte, flankiert von Han und dem viel kleineren Kyp Durron. Sie gingen nach draußen und ergaben sich. Sofort richteten die Sturmtruppler ihre Waffen auf sie. Han fragte sich, was er eigentlich verbrochen hatte, daß er mit einer solchen Pechsträhne geschlagen war.

Auf ein Signal hin nahmen die hinteren Reihen der Sturmtruppler Habtachtstellung ein und schulterten ihre Waffen, während die vorderen Reihen weiter auf die Gefangenen zielten. Dann entdeckte Han, daß sich im Hintergrund des Landehangars ein Schott öffnete und eine hochgewachsene Frau heraustrat, begleitet von zwei Leibwächtern.

Sie hatte eine schlanke Figur und bewegte sich kontrolliert. Sie trug einen olivgrauen Overall und schwarze Handschuhe. Ihre Umgebung ignorierend, als wären die Truppen bloßes Inventar, marschierte sie weiter und richtete ihre Blicke auf die Gefangenen.

Ihr auffälligstes Merkmal war eine wallende Haarmähne, die ihr über die Schultern fiel und – so war zu vermuten – lang den Rücken hinunterfloß. Ihr Haar hatte die Farbe heißen Kupfers und schien in einem eigenen elektrischen Leben zu knistern. Ihre Augen waren grün und stechend, wie Turbolaserblitze.

Sie ging direkt auf sie zu. Han sah die Rangabzeichen an ihrem Kragen und stellte verblüfft fest, daß sie den Rang eines Admirals hatte. Als junger Mann hatte Han selbst die imperiale Akademie besucht und wußte, daß eine Frau im Admiralsrang ein unerhörtes Ereignis war. Die Vorurteile des Imperators Palpatine gegenüber Nichtmenschen waren wohlbekannt, aber auch Frauen wurden von ihm diskriminiert, wenngleich auf subtilere Weise, und selbst jene, die die strengen Prüfungen bestanden, wurden nur selten befördert. Daß diese Frau den Rang eines Admirals bekleidete – und eine kleine Flotte von Sternzerstörern der Imperiumsklasse kommandierte –, war äußerst bemerkenswert. Han nahm sich in acht; mit dieser Person war nicht zu spaßen.

Sie blieb am Fuß der Rampe stehen und sah steif zu ihnen hinauf. Ihre Gesichtszüge waren so feingeschnitten und kalt und starr wie die einer Statue. Ihre Lippen bewegten sich kaum, als sie sprach.

»Ich bin Admiral Daala, Oberkommandierende der Wachflotte des Schlund-Forschungszentrums.« Sie funkelte sie nacheinander mit ihren grünen Augen an. »Sie drei sind in ernsten Schwierigkeiten.«

18

Luke und R2 hatten wenig zu tun, während Lando Calrissian die *Glücksdame* nach Kessel steuerte. Die entweichende Atmosphäre legte sich als nebulöser Schleier um den kartoffelförmigen Steinball, der von dem zerklüfteten Mond in einer niedrigen Umlaufbahn umkreist wurde.

»Willkommen im Garten der Galaxis«, sagte Lando.

Luke dachte an seinen Heimatplaneten Tatooine, die Wüstenseen, die Große Grube von Carkoon, die Jundland-Einöde. »Ich habe schon Schlimmeres gesehen«, erwiderte er. R2 piepte zustimmend.

Lando beugte sich zu den Sichtfenstern. »Ja, nur keine voreiligen Schlüsse. Wir haben uns diese Welt noch nicht aus der Nähe angesehen.« Er öffnete einen Kommkanal. Wenn Kessel über eine gute Raumortung verfügte, mußte die Station die *Glücksdame* sofort nach ihrem Sturz aus dem Hyperraum entdeckt haben. »Hallo, Kessel! Hört mich jemand? Ich suche nach einem Mann namens Moruth Doole, um ihm ein paar geschäftliche Vorschläge zu machen. Antworten Sie bitte.«

»Wer spricht da?« erklang eine verblüfft klingende Stimme. »Identifizieren Sie sich.«

»Mein Name ist Tymmo, und wenn Sie weitere Informationen bekommen wollen, lassen Sie mich mit Doole persönlich sprechen.« Lando grinste Luke an. Daß sie unter dem Namen des Trickbetrügers aus der Blobrenn-Branche auftraten, verlieh ihrer Mission einen Hauch von Ironie. »Mein Mitarbeiter und ich wollen einen Haufen Geld loswerden – eine halbe Million Kredits, um genau zu sein –, also machen Sie schon und holen Sie Doole an den Apparat.«

Der Lautsprecher blieb still, während der Kommunikationsoffizier offenbar Rücksprache hielt; dann antwortete er. »Wir senden Ihnen die Parameter für einen stationären Orbit, Mr. ... äh, Tymmo. Befolgen Sie diese Anweisungen genau. Unser Energieschild ist zur Zeit aktiviert und wird Sie desintegrieren, wenn Sie versuchen, ohne Erlaubnis zu landen. Haben Sie verstanden?«

Luke sah Lando an, und beide zuckten die Schultern. »Wir werden hier warten, bis Doole den roten Teppich ausrollt. Aber wenn er sich zuviel Zeit läßt, werde ich mein Geld woanders ausgeben.« Er faltete die Hände hinter dem Kopf und lehnte sich im Pilotensitz zurück. Unter ihnen füllte Kessel die Sichtfenster. Es war Landos Aufgabe, ihnen mit seinem losen Mundwerk alle Türen zu öffnen, während Luke die Augen und Jedi-Sinne offenhielt und nach einer Spur von Han suchte.

Vor dem Abflug von Coruscant hatten sie sich falsche Identitäten zusammengebastelt, dabei jeden Hinweis auf die Neue Republik getilgt, aber genügend Andeutungen auf zwielichtige Geschäfte und schnelle Transaktionen eingestreut, um ihre Legenden zu untermauern. Luke würde, wenn es sich machen ließ, namenlos bleiben.

Endlich drang eine kratzige Stimme aus den Lautsprechern. »Mr. Tymmo? Hier ist Moruth Doole. Kenne ich Sie?«

»Im Moment noch nicht ... aber ich habe eine große Summe flüssig, die sagt, daß Sie mich vielleicht kennenlernen wollen.«

Sie hörten einen zischenden Atemzug. »Und was heißt das genau? Mein Kommunikationsoffizier sagte etwas von einer halben Million Kredits?«

»Ich hab' vor kurzem mächtig bei den umgullianischen Blobrennen gewonnen. Ich suche nach einem Unternehmen, in das ich die Kredits investieren kann, und ich war schon immer der Meinung, daß sich im Gewürzgeschäft gutes Geld verdienen läßt.«

»Eine halbe Million Kredits sind gewiß ein Gespräch wert«, erklärte Doole prompt. »Ich werde Ihnen eine Flugeskorte schicken. Sie wird Sie durch einen sicheren Korridor im Energiefeld geleiten.«

»Ich freue mich schon darauf, Sie persönlich kennenzulernen«, sagte Lando.

Doole gab nur ein froschähnliches Quaken von sich.

Lando ließ die *Glücksdame* auf dem Landefeld der imperialen Strafanstalt zurück, umringt von Scoutbooten, Bodentransportern und anderen Schiffen, die man aus Mangel an Ersatzteilen ausgeschlachtet hatte. Er war elegant gekleidet, ein Lächeln umspielte seine Lippen, seine Augen blitzten hell. Luke an seiner Seite trug einen unauffälligen Overall, von dem alle Insignien entfernt worden waren.

Ein Trupp in zusammengewürfelten Sturmtruppenpanzern und Gefängnisuniformen führte Lando, Luke und R2 zu dem gewaltigen, trapezförmigen Gebäudekomplex der Strafanstalt. Der düstere Gefängniskoloß schien von jahrelangen Schmerzen und Qualen aufgeladen zu sein und legte sich schwer auf Lukes überempfindliche Sinne. Er blieb still, war aber auf der Hut. Immerhin hatten die Männer ihrer Eskorte die Waffen im Halfter gelassen und verhielten sich so freundlich, wie es ihnen möglich war.

Mit einem Röhrenaufzug fuhren sie an der steilen Frontseite des Gefängnisses hinauf. Durch das Stahlglas betrachtete Luke die Einöde Kessels, die sich trostlos bis zum Horizont erstreckte.

Als der Aufzug sie in den verspiegelten Verwaltungsanbau entließ, bedeuteten ihnen die Wachen, ihnen zu folgen. Angestellte, Bürokraten und zwielichtig aussehende Funktionäre eilten durch die Korridore und wirkten überaus beschäftigt. Luke fragte sich, ob Doole diese Betriebsamkeit inszeniert hatte, um Lando zu beeindrucken; aber das aufgeregte Gewimmel wirkte eher chaotisch als effizient.

Moruth Doole kam ihnen in einem der Korridore entgegen. Das untersetzte Amphibienwesen rieb seine gespreizten Hände aneinander und wackelte grüßend mit dem Kopf. An einem Auge drehte sich surrend der Brennweiteregler einer mechanischen Sehhilfe.

»Willkommen, Mr. Tymmo!« sagte Doole. »Ich muß mich für das Durcheinander hier entschuldigen. Sie haben sich für Ihre Visite keinen guten Tag ausgesucht. Gestern habe ich meinen engsten Mitarbeiter und meinen Oberaufseher bei einem Grubenunglück verloren. Verzeihen Sie mir, wenn ich ein wenig … aufgelöst wirke.«

»Schon in Ordnung«, meinte Lando und schüttelte Dooles ausgestreckte Hand. »Ich habe früher selbst ein paar große Bergwerksunternehmen geleitet. Manche Planeten wollen einfach nicht kooperieren.«

»Wie wahr!« rief Doole und öffnete und schloß seinen Mund wie ein junger Rawwk, der um Futter bettelte. »Interessante Sichtweise.«

»Ich hoffe, das Unglück hat die Gewürzproduktion nicht allzusehr in Mitleidenschaft gezogen?« fragte Lando.

»Oh, wir werden in kürzester Zeit wieder mit voller Leistung produzieren.«

Lando wies auf Luke. »Mein Mitarbeiter wird die Gewürzminen untersuchen und mich über ihr Investitionspotential beraten.« Er holte tief Luft. »Ich weiß, daß mein Besuch für Sie überraschend kommen muß. Sagen Sie, gibt es irgendeinen Bereich in Ihrem Unternehmen, in den ich investieren kann?«

Doole bat sie, ihm in sein Büro zu folgen. Seine Weste aus Eidechsenhaut kräuselte sich im trüben Licht der Korridore. »Kommen Sie, lassen Sie uns drinnen weiterreden.«

Doole watschelte vor und drehte immer wieder ruckartig den Kopf von einer Seite zur anderen, als hätte er Schwierigkeiten zu sehen, wohin er ging. Im Büro des ehemaligen Gefängnisdirektors forderte Doole sie auf, Platz zu nehmen. R2 blieb neben Luke stehen.

Luke sah sich im Büro um und bemerkte den in Karbonid eingefrorenen Mann, der an einer Wand hing; die Lebenserhaltungsanzeigen an der Kontrolltafel waren alle erloschen. »Ein Freund von Ihnen?« fragte er.

Doole stieß ein zischendes Gelächter aus. »Ein ehemaliger Konkurrent. Er war der Direktor dieses Gefängnisses, bevor unsere kleine Revolution den echten Kapitalismus ins Gewürzgeschäft einführte.« Er ließ sich schwer in seinen Schreibtischsessel fallen. »Kann ich Ihnen eine Erfrischung anbieten?«

Lando hatte sich gesetzt und faltete die Hände im Schoß. »Ich würde lieber zunächst übers Geschäftliche sprechen. Wenn unsere Verhandlungen positiv verlaufen, können wir sie später mit einem Drink begießen.«

»Gute Einstellung«, sagte Doole, sich wieder die Hände reibend. »Nun, ich habe seit Ihrem Anruf sorgfältig nachgedacht, und es könnte durchaus sein, daß ich Ihnen die perfekte Investitionsmöglichkeit anbieten kann. Zufälligerweise hat unser Oberaufseher kurz vor seinem Ableben ein außergewöhnlich reiches Glitzerstimvorkommen entdeckt. Es wird eine Menge Geld und Mühe kosten, die eingestürzten Stollen wiederherzurichten und die Gewürzvorräte abzubauen, aber der Profit dürfte Ihre kühnsten Träume übertreffen.«

»Ich habe ziemlich kühne Träume«, grinste Lando.

Luke unterbrach mit ernster, skeptischer Stimme. »Das sind vollmundige Behauptungen, Mr. Doole. Gestatten Sie, daß sich unsere R2-Einheit in Ihr Computernetz einschaltet und die Bilanzen der, sagen wir, letzten beiden Jahre überprüft? Ich brauche diese Daten, um Mr. Tymmo zu beraten.«

Doole wand sich bei der Vorstellung, seine Bücher zu öffnen, aber Lando zog seine Kredittransferkarte aus der Tasche. »Ich kann Ihnen versichern, daß der Droide Ihr Datensystem nicht beschädigen wird, und ich würde Ihnen gern eine kleine Vorauszahlung anbieten, wenn Sie das beruhigt. Was halten Sie von Fünftausend?«

Doole war hin und her gerissen zwischen seinem Wunsch nach Vertraulichkeit und seinem Bestreben, sich einem potentiellen großen Investor gegenüber aufgeschlossen zu zeigen – von seiner Gier nach den fünftausend Kredits ganz zu schweigen.

»Ich glaube, das ist in Ordnung. Aber ich kann Ihrem Droiden nur für fünf Minuten den Zugang gewähren. Das sollte ihm genügen, die Informationen zu finden.«

Luke nickte. »Sehr gut, danke.« R2 würde seine Zeit ohnehin nicht mit den gefälschten Bilanzen verschwenden, sondern sofort nach irgendwelchen Hinweisen auf Han Solo, Chewbacca und den *Millennium Falken* suchen.

R2 rollte summend zum Terminalanschluß neben Moruth Dooles Schreibtisch und stellte die Verbindung her. Sein Datennetzarm surrte, während er die im komplexen Gefängniscomputer gespeicherten Informationen durchforschte.

In der Zwischenzeit setzte Lando sein Gespräch mit Doole fort. »Ich würde gern alle Bereiche Ihrer Gewürzabbau- und Gewürzproduktionsstätten sehen. Gewiß können Sie sofort einen Rundgang organisieren. Ich möchte aus erster Hand feststellen, wie Ihr Unternehmen arbeitet. Diese eingestürzten Stollen eingeschlossen – vielleicht werde ich in die Reparaturen investieren, falls ein angemessener Profit winkt.«

»Uh«, machte Doole und sah überrumpelt drein. »Wie ich schon sagte, im Moment ist es nicht sehr günstig. Vielleicht können wir uns auf einen günstigeren Termin einigen ...« Doole breitete die schwammigen Hände aus.

Lando zuckte gleichmütig die Schultern, stand auf und wandte sich zum Gehen. »Ich verstehe. Wenn Sie nicht interessiert sind, werde ich woanders hingehen. Das Geld juckt mir in der Tasche. Ich will mit ihm jetzt etwas anfangen. Es gibt andere Gewürzminen auf anderen Planeten.«

»Ah, aber das sind Ryllgewürzvorkommen, kein Glitzerstim ...«

»Sie sind trotzdem profitabel.«

R2 rollte zurück und wandte sich trällernd an Luke. Obwohl Luke die Droidensprache nur bruchstückhaft beherrschte, verstand er genug, um zu wissen, daß R2 weder Hinweise auf Han noch sonst etwas Verdächtiges gefunden hatte, soweit es Doole betraf. Wenn es in den Informationsspeichern irgendwelche Aufzeichnungen über den *Falken* gegeben hatte, dann waren sie gelöscht worden.

»Nun, was meint Ihr Droide?« fragte Doole.

»Er hat nichts Ungewöhnliches gefunden«, erklärte Luke. Er wechselte einen verstohlenen Blick mit Lando.

Doole stand strahlend auf. »Gut. Ich verstehe Ihre Vorsicht, Mr. Tymmo. Manchmal bringen Geschäfte Unannehmlichkeiten mit sich. Ich möchte nicht, daß Sie Kessel mit irgendwelchen Zweifeln verlassen. Kommen Sie, ich zeige Ihnen die Gewürzverarbeitungsstätten, und dann werde ich eine Rundfahrt durch die neuen Stollen arrangieren.«

Er watschelte davon, und sie folgten ihm, noch immer nach einer Spur von Han suchend.

Eine Schwebelore brachte sie über die Oberfläche zum Eingangsschacht der eingestürzten Stollen. Luke und Lando duckten sich unwillkürlich, als sie in den schmalen, spiralförmigen Tunnel schossen.

»Hier waren illegale Schürfer aktiv, damals, als die imperiale Strafanstalt noch den Gewürzabbau kontrollierte«, erklärte Doole, mit erhobener Stimme den Motorenlärm übertönend. »Die Übeltäter wurden gefangengenommen, und dieser Eingangsschacht wurde versiegelt, bis er vor kurzem von einem Steinschlag wieder freigelegt wurde.«

Doole brachte sie in eine große Höhle, in der ein Teil der Decke heruntergekommen war. Mattes Licht fiel herein und erhellte die Grotte. Die Arbeiter hatten zusätzlich an den Wänden Lampen befestigt, zerkleinerten die Felsbrocken und untersuchten sie. Rund dreißig Männer hielten sich in der Höhle auf, stützten die Wände ab und entfernten das Geröll. Die aus der Grotte führenden Stollen waren durch tragbare pneumatische Türen abgesperrt, die den Rest der Stollen in Finsternis einschlossen.

»Das ist eine seltene Gelegenheit, Mr. Tymmo«, sagte Doole. Er war immer redseliger geworden, seit er ihnen die Gewürzverarbeitungsstätten gezeigt hatte, wo die blinden Larven das Glitzerstim verpackten. »Das Gewürz muß in völliger Dunkelheit abgebaut werden, so daß wir die Stollen fast nie beleuchtet sehen. Aber der Steinschlag hat Sonnenlicht hereingelassen und das Glitzerstim hier ohnehin verdorben. Wir haben die anderen Schächte versiegelt, um den Rest zu erhalten.«

»Was ist hier eigentlich passiert?« fragte Lando und sah sich um.

»Tektonische Verwerfungen«, erwiderte Doole.

Luke konnte schwarze Male an den Felswänden erkennen, die auf den Einschlag energiereicher Blasterstrahlen hindeuteten, und er wußte, daß mehr dahinterstecken mußte als bloße seismische Aktivität.

Plötzlich spürte er bei Lando Furcht. »Was ist das für ein Ding?« Lando wies zur anderen Seite der Grotte.

Dutzende von gläsernen, speerähnlichen Beinen ragten in

grotesken Winkeln unter einem Geröllhaufen hervor. Der kugelförmige Rumpf des Wesens war von trüben, juwelengleichen Knoten übersät – Augen, im Tode erloschen. Der Rest des Körpers schien ausschließlich aus Fängen zu bestehen. Herunterstürzende Steinbrocken hatten ihn zermalmt, und die Beine der Kreatur standen schief in alle Richtungen ab, als hätte sie versucht, die Felsen wegzuschieben.

Doole trottete zu dem Kadaver. »Das, meine Freunde, scheint das Wesen zu sein, das das Gewürz erzeugt. Es ist die erste derartige Kreatur, die wir entdeckt haben, aber es muß noch andere tief in den Stollen geben. Wir werden sie von einem Xenobiologen untersuchen lassen. Der Rumpf scheint aus purem Glitzerstim zu bestehen, und die Fasern, die wir aus den Stollenwänden gewinnen, sind Teil ihres Netzes.« Doole blieb dicht vor dem toten Ungeheuer stehen.

Der für die Sektion der Spinne zuständige Aufseher gesellte sich zu ihnen. Er trat mit dem Stiefel gegen eins der scharfen, kristallinen Beine. »Wir wollen herausfinden, ob wir aus dem Webesack und den Spinndrüsen des Kadavers reines Glitzerstim gewinnen können.«

Doole wackelte mit dem Kopf. »Wäre das nicht großartig? Absolut reines Glitzerstim!«

Lando nickte unverbindlich. Luke, seine Rolle spielend, bemühte sich um weitere Informationen. »In welcher Form beeinflußt dies Ihre Sicherheitsmaßnahmen? Hat diese Kreatur die Minenarbeiter angefallen?«

»Ja, es hat mehrere getötet, darunter den Oberaufseher und meinen Assistenten – ich habe Ihnen davon erzählt. Wie viele Leichen haben Sie bis jetzt entdeckt?« wandte sich Doole an den Wächter.

»Drei neue und zwei alte, und wir glauben, daß sie noch eine ganze Reihe weiterer Männer getötet hat. Ein großer Wookiee und ein paar andere Gefangene sind noch immer spurlos verschwunden.«

Doole funkelte den Aufseher an, gewann aber schnell sein falsches Lächeln wieder zurück.

Luke wurde kalt, als er die Neuigkeit hörte. Natürlich konnte er nicht mit Sicherheit wissen, ob es sich bei dem fraglichen Wookiee um Chewbacca handelte – das Imperium hatte auf der Wookiee-Heimatwelt Kashyyyk viele Sklaven gemacht, und viele Überlebende konnten ohne weiteres nach Kessel verfrachtet worden sein. Luke suchte Landos Blick, aber der andere Mann schüttelte andeutungsweise den Kopf. »Sehr interessant«, bemerkte Lando.

»Kommen Sie, es gibt noch mehr zu sehen«, sagte Doole, als er zu den Schwebeloren zurückkehrte. »Ich hoffe, Sie sind von all dem beeindruckt.«

»Gewiß«, bestätigte Lando. »Sie haben hier ein erstaunliches Unternehmen aufgebaut, Moruth.«

Luke schwieg. Den ganzen Tag hatte er seine Sinne angestrengt und nach einem Echo von Han und Chewbacca gesucht, aber nichts gefunden. Es gab hier viele, die von Schmerz und Trauer erfüllt waren, doch Luke hatte keine Spur von den Gesuchten entdeckt.

Han Solo hatte Kessel vielleicht nie erreicht, und er war bestimmt nicht mehr hier. Zumindest nicht lebend.

19

Die Admiralsquartiere auf einem Sternzerstörer der Imperiumsklasse waren geräumig und nüchtern. Seit über einem Jahrzehnt waren sie Daalas einziges Zuhause.

Jahr für Jahr hatte sie in einem Vakuum operiert. Schon seit langem ganz auf sich allein gestellt, befolgte sie Tarkins letzte Instruktionen, ohne von dem Großmufti je wieder etwas gehört zu haben. Die gewaltige Verzerrung des Schlundes blockierte jede externe Holonetzübertragung. Ihre Flotte war isoliert, und die Besatzungen ihrer vier Sternzerstörer drohten in Routinetrott zu verfallen, aber Daala lockerte ihren eisernen Griff nicht. Sie schreckte davor zurück, sich über die Geschehnisse draußen in der Galaxis Gedanken zu machen und vertraute zumindest darauf, daß sie sich auf das Imperium mit seinen unbeugsamen Gesetzen verlassen konnte, die manchmal grausam, aber immer unmißverständlich waren.

Doch jetzt, in ihrer Verwirrung, war sie froh, daß ihre Quartiere abgeschottet und verriegelt waren, still und leer, so daß niemand sie in diesem Zustand sehen konnte. Alles war vor dem Verhör der neuen Gefangenen so klar und übersichtlich gewesen …

Daala rief die Aufzeichnung ab und sah sie sich noch einmal an, obwohl sie das Band schon viele Dutzend Male abgespielt hatte. Sie kannte jedes Wort der Gefangenen, aber dieses kleine Bild hatte bei weitem nicht die betäubende Wirkung auf sie wie das reale Geschehen.

Der Mann, Han Solo, saß festgeschnallt in einem alptraumhaften Sessel, der in Metallstangen, Kabel und Rohrwerk eingesponnen war. Die Geräte wirkten brutal und unheilverkündend. Sie dienten hauptsächlich dazu, die Angst der Gefangenen zu steigern und hatten sich dabei als effektiv erwiesen.

In der Aufzeichnung stand Daala neben Commander Kratas, dem Captain ihres Flaggschiffs *Gorgo*. Sie konnte die Furcht des Gefangenen riechen, aber sein Verhalten war von Frechheit und Sarkasmus geprägt. Er würde bald zusammenbrechen.

»Sagen Sie uns, woher Sie kommen«, begann Daala. »Ist die Rebellen-Allianz inzwischen besiegt? Was ist aus dem Imperium geworden?«

»Küssen Sie einen Hutt!« fauchte Solo.

Daala starrte ihn für einen Moment ausdruckslos an, zuckte dann die Schultern und nickte Kratas zu. Der Commander drückte einen Kontrollknopf, und eine der Metallstangen vor dem Hemmsessel fing an zu summen.

Die Muskeln in Solos linkem Oberschenkel begannen sich zu verkrampfen und unkontrolliert zu zucken. Die Krämpfe wurden schlimmer. Sein Gesicht trug einen verdutzten, verwirrten Ausdruck, als könnte er nicht fassen, daß sich sein eigener Körper plötzlich so seltsam benahm. Der äußere Druck preßte die Muskeln unter seiner Haut zusammen.

Daala lächelte.

Kratas justierte eine der Kontrollen, und Solo keuchte, als sich nun auch die Muskeln an der linken Brustkorbseite zu verkrampfen begannen und seinen Körper durchschüttelten. Nur der Sessel hielt ihn fest. Solo unterdrückte einen Schrei.

Die Krämpfe waren eher unerträglich als schmerzhaft. Daala hatte herausgefunden, daß die effektivste Verhörtechnik darin bestand, ein unkontrollierbares Zucken der Gesichtsmuskulatur auszulösen, so daß die Augen immer und immer und immer wieder blinzeln mußten, stundenlang, ohne Ende.

»Erzählen Sie uns alles über das Imperium«, befahl sie erneut.

»Das Imperium ist auf dem Müllhaufen gelandet!« sagte Solo. Daala konnte das Weiße in seinen Augen sehen, als Solo versuchte, auf seine rebellische Beinmuskulatur hinunterzuschielen. »Der Imperator ist tot. Er starb bei der Explosion des zweiten Todessterns.«

Daala und Kratas hoben abrupt die Köpfe. »Des zweiten Todessterns? Erzählen Sie mir mehr davon.«

»Nein«, trotzte Solo.

»Ja«, bekräftigte Daala.

Kratas drückte einen weiteren Knopf. Die Stangen um den Kokonsessel summten, und Solos rechte Hand begann zu zucken, seine Finger trommelten auf das glatte Metall, bebten, zitterten.

»Der zweite Todesstern?« fragte Daala wieder.

»Er befand sich noch immer im Bau, als wir in seinem Kern eine Kettenreaktion auslösten. Darth Vader und der Imperator waren an Bord.« Solo war störrisch, aber es schien ihm Vergnügen zu bereiten, ihnen die Neuigkeiten zu erzählen.

»Und was ist aus dem ersten Todesstern geworden?« fragte Daala.

Solo grinste. »Die Rebellen haben ihn in die Luft gejagt.«

Daala blieb skeptisch und glaubte ihm nicht ganz. Ein Gefangener würde alles behaupten, vor allem einer, der so widerspenstig war wie dieser. Aber tief im Inneren fürchtete sie, daß er die Wahrheit sagte – denn dies würde einige Dinge erklären, zum Beispiel die Jahre des Schweigens.

»Und was ist mit Großmufti Tarkin?«

»Er ist in Milliarden Atome über das ganze Yavin-System verstreut. Er starb zusammen mit seinem Todesstern. Er hat mit seinem Leben für den Massenmord an der Bevölkerung von Alderaan bezahlt – einem Planeten, den er vernichtete.«

»Alderaan ist vernichtet?« Daala wölbte ihre Brauen.

Kratas erhöhte die durch den Sessel vibrierende Energie. Winzige Schweißperlen erschienen auf seiner Stirn. Daala wußte, was der Commander dachte: In all diesen Jahren hatten sie geglaubt, daß der Imperator seinen eisernen Griff aufrechterhalten hatte, daß die Flotte der allmächtigen Sternzerstörer und der geheime Todesstern die imperiale Herrschaft über die Galaxis zementieren würden. Die Alte Republik hatte tausend Generationen überdauert … konnte das Imperium wirklich nach nur wenigen Jahrzehnten gefallen sein?

»Wie lange liegt die Explosion des zweiten Todessterns zurück?«

»Sieben Jahre.«

»Was ist seitdem geschehen?« Daala setzte sich endlich. »Erzählen Sie mir alles.«

Aber Solo schien seine inneren Kräfte zu sammeln und schwieg beharrlich. Er funkelte sie mit seinen dunklen, zornigen Augen an. Daala seufzte. Wie es schien, würden sie wieder zu den bewährten Methoden greifen müssen. Kratas justierte die Kontrollen, bis Solos gesamter Körper eine sich windende, von Krämpfen geschüttelte Masse aus zuckenden Muskeln war, als würde in seinem Körper ein Sturm toben.

Nach und nach erzählte der Gefangene die ganze Geschichte von den anderen Schlachten, dem Bürgerkrieg, Großadmiral Thrawn, dem wiederbelebten Imperator, dem Pakt von Bakura, den schrecklichen Konflikten, in denen das wankende Imperium immer und immer wieder besiegt worden war – bis sie Kratas schließlich befahl, ihn zu erlösen. Das laute Summen des Sessels brach abrupt ab, und Han Solo sank in sich zusammen, erschöpft und gleichzeitig glücklich darüber, daß die Folter seiner Muskulatur endlich vorbei war.

Daala winkte durch die offene Tür der Arrestzelle einem schwarzglänzenden Verhördroiden zu, der mit hypodermatischen Nadeln hereingeschwebt kam, die im trübroten Licht wie Speere glitzerten. Solo schreckte zurück, und Daala konnte die Furcht in seinen Augen sehen.

»Gut«, befand Daala. »Jetzt wird der Verhördroide feststellen, ob Sie uns die Wahrheit gesagt haben.« Sie stand auf und ging hinaus.

Später hatte sie erfahren, daß Solo tatsächlich in allen Punkten die Wahrheit gesagt hatte. Allein in ihren Quartieren, schaltete Admiral Daala die Aufzeichnung ab. In ihrem Kopf hämmerte ein quälender, schmirgelnder Schmerz, als würden stumpfe Fingernägel über die Innenseite ihres Schädels kratzen.

Als eine Wissenschaftlerin vom Schlund-Zentrum hörte, daß der neue Gefangene persönlich an Bord des fertigen Todessterns gewesen war, verlangte sie mit ihm zu sprechen.

Daala schickte ihr den Verhörbericht – natürlich erst, nachdem sie ihn zensiert hatte. Manchmal war es unmöglich, diese primadonnenhaften Wissenschaftler bei Laune zu halten. Sie hatten eine so beschränkte Weltsicht.

Im Moment hatte Daala ganz andere Sorgen. Sie mußte entscheiden, was sie mit diesen neuen Informationen anfangen sollte.

In ihren Quartieren stand Daala zwischen zwei mannshohen, gewölbten Spiegeln, in denen sie ihren ganzen Körper vom Kopf bis zu den Zehen betrachten konnte. Ihre rauchgraue Uniform war faltenlos, zeigte nur glatte Nähte und fast unsichtbare Säume. Ein strenges Fitneßprogramm und rigoroser Drill hatten während der langen Wartezeit verhindert, daß sie an Gewicht zunahm; obwohl sie jetzt älter und härter war, hatte sie an ihrem Aussehen noch immer nichts auszusetzen.

Daala trug ihre prächtigen Admiralsabzeichen stolz über ihrer linken Brust: eine Sechserreihe scharlachroter Rechtecke über einer Reihe blauer. Soweit sie wußte, war sie die einzige Frau, die in der imperialen Flotte je diesen Rang bekleidet hatte. Die Beförderung war auf direkte Anweisung von Großmufti Tarkin persönlich erfolgt, und es war möglich, daß der Imperator nie etwas davon erfahren hatte. Über das Schlund-Forschungszentrum war er mit Sicherheit nicht informiert.

Ihr Kupferhaar floß um ihre Schultern und am Rücken entlang bis zu den Hüften. Vor mehr als einem Jahrzehnt, bei ihrer Ankunft im Schlund-Zentrum, waren Daalas Haare streichholzkurz gewesen, eine der Schikanen, mit denen die imperiale Militärakademie weibliche Kandidaten malträtierte.

Aber im Schlund angekommen, hatte Daala das Kommando übernommen, auf direkten Befehl Tarkins. Idiotische Vorschriften, die bloßer Selbstzweck waren, interessierten sie nicht mehr. Sie ließ sich als Zeichen ihrer Unabhängigkeit die Haare wachsen: Ein hoher Rang hatte seine Privilegien. Sie wußte, daß es Tarkin gefallen würde. Aber Tarkin war tot.

Sie drehte sich um, dämpfte die Beleuchtung und aktivierte dann die Tür. Die beiden Leibwächter draußen nahmen Haltung an und sahen starr geradeaus. Trotz der Isolierung des Schlund-Zentrums bestand Daala auf militärischem Reglement, hartem Drill und Manöverübungen. Sie war in der imperialen Militärschmiede ausgebildet worden; obwohl das System alles versucht hatte, um ihre Ambitionen zu ersticken, hielt sich Daala an seine Regeln.

Die beiden Wachen sahen unter ihrem Panzer gutgebaut und attraktiv aus; aber nach Großmufti Tarkin hatte Daala keinen anderen Liebhaber mehr gehabt. Ihre Träume genügten ihr.

»Begleiten Sie mich zum Fährenhangar«, befahl sie, als sie auf den Korridor trat. »Ich muß hinunter zum Forschungszentrum.« Sie ging weiter und hörte, wie die Leibwächter ihr mit schußbereiten Waffen folgten. »Informieren Sie den diensthabenden Commander, daß ich bei Tol Sivron zu finden bin.« Einer der Leibwächter sprach leise in sein Helmkomm.

Sie ging durch die Korridore und dachte flüchtig an die Größe ihres Schiffes, die vielen Truppen und das Versorgungspersonal. In der imperialen Flotte bestand die Besatzung eines einzigen Sternzerstörers aus siebenunddreißigtausend Crewmitgliedern und neuntausendsiebenhundert Sturmtrupplern. Aber da das Schlund-Zentrum ein Geheimprojekt war, hatte ihr Tarkin nur eine Rumpfbesatzung zugeteilt – Leute ohne Familien und ohne Verbindungen zur Außenwelt, von denen viele von Welten stammten, die in den zurückliegenden Schlachten des Imperiums vernichtet worden waren.

Aber trotz der strengen Disziplin saß ihre Crew hier jetzt schon seit elf Jahren fest, ohne Urlaub, ohne Zerstreuungsmöglichkeiten, sah man von den begrenzten Freizeiteinrichtungen an Bord ab. Ihre Soldaten waren der Unterhaltungsbibliotheken längst überdrüssig – unruhig, gelangweilt und wütend, daß man sie so lange in Bereitschaftsalarm hielt, ohne Nachrichten von der Außenwelt. Sie waren hervorragend bewaffnet und brannten darauf, nach draußen zu fliegen und etwas zu *tun* – genau wie Daala selbst.

Daala hatte die Macht über sechzig Turbolaserbatterien, sechzig Ionenkanonen und zehn Traktorstrahlprojektoren, von denen sie einen soeben eingesetzt hatte, um die klapperige imperiale Fähre an Bord zu holen. Allein in den Hangars der *Gorgo* warteten sechs TIE-Jägergeschwader, zwei Angriffsfähren der Gamma-Klasse, zwanzig AT-AT-Läufer und dreißig AT-ST-Scoutläufer.

Drei weitere, identische Schiffe, die *Mantis,* die *Basilisk* und die *Hydra,* umkreisten das Schlund-Forschungszentrum und unterstanden ebenfalls Daalas Befehl. Vor Jahren hatte Mufti Tarkin Daala persönlich zu den Kuat-Triebwerkswerften gebracht, um ihr die im Bau befindlichen vier Sternzerstörer zu zeigen. Tarkin und Daala waren mit einer kleinen Inspektionsfähre um die riesigen Einheiten geflogen, die im Orbit zusammengebaut wurden. Die beiden hatten die meiste Zeit geschwiegen, überwältigt von der Größe des Projekts. Um sie herum hatten die winzigen Positionslichter der Arbeiter, Transportschiffe, Schrottschmelzen und Dockgerüste den Weltraum mit hektischer Aktivität erfüllt.

Tarkin hatte ihr eine Hand auf die Schulter gelegt und wie mit stählerner Klaue zugedrückt. »Daala«, sagte er, »ich gebe dir genug Macht, um jeden Planeten in Schlacke zu verwandeln.«

Jetzt, an Bord des Sternzerstörers *Gorgo,* betrat Daala einen Personenaufzug, der sie und ihre Leibwächter von den Kommandoquartieren unter den Brückenturm zu einem der Hangars brachte. Sie ließ ihre Ankunft nicht melden. Als die Türen zur Seite glitten, stellte Daala befriedigt fest, daß ihre Soldaten um die TIE-Jäger, Fähren und Wartungseinheiten wimmelten. Selbst nach so vielen Jahren der Langeweile hielten ihre Leute alle Systeme perfekt in Schuß.

Nur Monate nach der Fertigstellung des Schlund-Zentrums hatte Daala bemerkt, daß sich Unbehagen bei ihrer Crew breitmachte. Zum Teil lag es an ihr, davon war sie überzeugt. Kommandiert von dem einzigen weiblichen Flaggoffizier der Flotte, mit dem Auftrag, am bestgesicherten Ort der Galaxis die Babysitter für einen Haufen von Wissenschaftlern zu spielen, waren die Truppen lax geworden. Aber ein paar demonstrative Hinrichtungen und ständige Drohungen hielten Daalas Crew seitdem auf Trab, schärften ihre Fähigkeiten und machten es ihr unmöglich, ihre Pflichten zu vernachlässigen.

Diese Taktik war eine von Tarkins wichtigsten Lektionen gewesen. *Es läßt sich besser mit der Furcht vor der Gewalt als mit der Gewalt selbst kommandieren.* Daala standen 180 000 Menschen zur Verfügung, die Waffendesigner in der Schlund-Installation nicht mitgerechnet. Sie wollte sie nicht verschwenden.

Sie sah sich im Hangar um und warf dabei ihr Haar, das an flüssiges Metall erinnerte, zurück. Im Inneren eines elektromagnetischen Käfigs, der das gesamte Schiff von der Umgebung abriegelte, untersuchten Techniker die ramponierte imperiale Fähre *Endor,* mit denen die neuen Gefangenen gekommen waren. *Endor* – was war das überhaupt für ein Name? Sie hatte den Ausdruck noch nie zuvor gehört. Die Techniker suchten nach Wartungsmarkierungen, Standortfunkfeuern und Kurslogdateien.

Für einen Moment überlegte Daala, ob sie mit der klapperigen Fähre zu Tol Sivron fliegen sollte, dem Chefwissenschaftler des Schlund-Forschungszentrums; der Schock würde ihr wahrscheinlich augenblicklich seine volle Aufmerksamkeit sichern. Aber das wäre eine kindische Geste. Sie ließ die Techniker ihre Arbeit fortsetzen und nahm statt dessen die imperiale Fähre *Edikt.*

»Ich kann selbst fliegen«, wandte sie sich an ihre Leibwächter. »Sie können gehen.« Auf dem Flug nach unten wollte sie allein sein. Sie wußte, was Sivron sagen würde, wenn er die Neuigkeiten hörte, aber diesmal würde sie ihn nicht damit davonkommen lassen.

Die Leibwächter zogen sich zurück, als Daala über die Rampe die Fähre bestieg. Sie bewegte sich schnell und routiniert, fuhr die Maschinen hoch und ging die automatische Checkliste durch. Dann befestigte sie die Kopfhörernodi an Schläfen und Ohren und nahm den Kursvektor entgegen, während sie die *Edikt* vom Landefeld in die Höhe steigen ließ und durch die magnetischen Schilde steuerte, die den Hangar vom Vakuum des Weltraums trennten.

Um sie herum strudelten farbenprächtige, tödliche Gasschleier in die endlosen Abgründe der Schwarzen Löcher. Unter ihr hing die Schlund-Forschungsstation, eine Traube von Planetoiden, die im exakten Mittelpunkt der Gravitationsinsel stationiert waren. Die Oberflächen der öden Felsen berührten sich an einigen Stellen und schabten gegeneinander. Gewaltige Brücken und Bänder hielten die Asteroiden an ihren Plätzen. Zugangsröhren und Transitschienen verbanden die treibenden Felsen zu einer Traube.

Auf Befehl von Großmufti Tarkin hatten imperiale Ingenieure die Felsbrocken durch den Weltraum und die gefährliche Passage in den Schlund transportiert. Das Innere der Asteroiden war ausgehöhlt und enthielt Wohnbereiche, Laboratorien, Prototypmontagehallen und Messen.

Wenn wir der Bevölkerung eine Waffe präsentieren, die so mächtig ist, das sie jeden nur vorstellbaren Angriff abwehren kann, eine Waffe, *die in der Schlacht unverwundbar und unsichtbar ist, so könnte sie zum Symbol für das Imperium werden.* Daala hatte eine Kopie des Berichtes gelesen, den Tarkin an den Imperator geschickt hatte, um ihn zur Entwicklung von Superwaffen zu drängen. *Möglicherweise könnten wir mit nur einer Handvoll von diesen Superwaffen Tausende von Welten unterwerfen, jede von Millionen und Abermillionen Wesen bewohnt. Eine derartige Waffe müßte mächtig genug sein, ein gesamtes System zu vernichten, und sie dürfte genug Furcht verbreiten, daß Ihnen niemand mehr die Herrschaft über die Galaxis streitig machen wird.*

Nachdem ihm die Erlaubnis zur Umsetzung seines Plans erteilt worden war, hatte Tarkin mit seiner neuen Autorität als Großmufti sein supergeheimes Braintrust-Zentrum eingerichtet, in dem er die brillantesten Wissenschaftler und Theoretiker isolieren und sie an neuen Waffen für den Imperator forschen lassen konnte. Da Tarkin alle Erfolge für sich beanspruchte, ohne seine Quellen anzugeben, wußte der Imperator selbst nichts von der Existenz des Zentrums.

Die Arbeiter und Architekten, die die Anlage errichtet hatten, waren nach getanem Werk an Bord eines Schiffes gegangen, von dem sie glaubten, daß es sie nach Hause bringen würde, aber Daala persönlich hatte ihren Navcomputer umprogrammiert und einen falschen Kurs aus dem Schlund eingegeben. Statt in die Freiheit zu fliegen, waren sie direkt ins Maul eines Schwarzen Lochs gestürzt. Nur kein Risiko eingehen.

Das Geheimnis des Schlund-Zentrums war gewahrt worden. Nachdem von Tol Sivron und seinen Teams das Urkonzept des Todessterns entwickelt worden war, hatte Großmufti Tarkin einen der Spitzenwissenschaftler des Zentrums, Bevel Lemelisk, zum Äußeren Rand gebracht, um von ihm den Bau des ersten Todesstern-Produktionsmodells überwachen zu lassen.

Tarkins letzte Worte an die Schlund-Wissenschaftler waren eine Herausforderung gewesen. »Gut. Entwickeln Sie jetzt eine noch mächtigere Waffe. Es mag unvorstellbar erscheinen, den Todesstern zu übertreffen, aber wir müssen unsere Überlegenheit bewahren, wir müssen die Bürger des Imperiums weiterhin in Furcht halten. Der Todesstern ist furchterregend. Denken Sie sich etwas Schlimmeres aus. Das ist der Grund Ihrer Existenz.«

Tarkin hatte ihnen neun Jahre gegeben, um die ultimative Waffe der nächsten Generation zu entwickeln. Und jetzt, da Tarkin tot war und niemand sonst von der Existenz des Schlund-Zentrums wußte, konnte Daala ihre eigenen Entscheidungen treffen, ihre eigenen Pläne verfolgen.

Daala erreichte schließlich das schwache Gravitationsfeld des zentralen Verwaltungsasteroiden und steuerte die Fähre *Edikt* in den Hangar. Sie blieb neben ihrer Fähre stehen, atmete flach die staubige, abgasgeschwängerte Luft ein und sehnte sich bereits wieder zu den funkelnden und sterilen Decks der *Gorgo* zurück. Sie würde das Gespräch mit Tol Sivron schnell hinter sich bringen und dann zurückkehren.

Eine Abteilung Sturmtruppen, zum Bodendienst abkommandiert, nahm vor ihr Haltung an. »Folgen Sie mir«, sagte sie. Eine Machtdemonstration würde jeden Protest des Chefwissenschaftlers im Keim ersticken.

Sie kündigte ihren Besuch nicht an, sondern marschierte direkt durch die Vorzimmer, so daß die diversen technischen Assistenten und Verwaltungsbeamten aufschreckten. Die Sturmtruppler nahmen Haltung an. Mit scheuen Blicken beobachteten die Assistenten den Aufmarsch und nahmen dann langsam wieder Platz, zu eingeschüchtert, um irgendwelche Einwände zu machen.

»Tol Sivron, ich muß mit Ihnen reden«, sagte Daala, als sie sein Büro betrat. »Ich habe wichtige Neuigkeiten für Sie.«

Das Büro des Chefwissenschaftlers war bis unter die Dekke vollgestopft, allerdings mit den falschen Dingen. Mehr Bürokrat denn Wissenschaftler, verlangte Tol Sivron von den Theoretikern und Entwicklern, daß sie Konzeptmodelle und kleine Prototypen ihrer Erfindungen bauten, die Sivron auf seinen Regalen zur Schau stellte. Daala vermutete, daß Sivron in seinen Mußestunden mit ihnen spielte.

Überall im Büro lagen Vorschläge, Designstudien, reguläre Forschungsberichte und Karten mit optimierten Parametern herum, die dem wissenschaftlichen Administrator vorgelegt werden mußten. Seine Mitarbeiter studierten diese Berichte, schrieben dann ihre eigenen Zusammenfassungen und fügten weitere Dokumente hinzu. Daala glaubte nicht, daß der Administrator auch nur irgend etwas davon gelesen hatte.

Tol Sivron drehte sich mit seinem Sessel um und sah sie mit gelangweilter Miene an. »Neuigkeiten? Es hat seit einem Jahrzehnt keine Neuigkeiten mehr gegeben.«

Sivron war ein Twi'lek, bleich und haarlos, mit zwei peitschenähnlichen Kopffühlern. Die Tentakel hingen wie zwei hautlose Blutegel über seine Schultern und saugten an seinem Hinterkopf. Sivrons eng zusammenstehende Schweinsäuglein und seine spitzen Zähne verstärkten nur noch Daalas Abscheu. Twi'leks galten im allgemeinen als zwielichtige Kreaturen, die sich mit Schmugglern herumtrieben und für Verbrecherbosse wie Jabba den Hutt als Killer arbeiteten. Obwohl Daala nur sehr selten Großmufti Tarkins Entscheidungen in Zweifel zog, verstand sie nicht, wie Tol Sivron zu seiner Position gekommen war.

»Nun, heute gab es jedenfalls Neuigkeiten. Wir haben drei Gefangene gemacht, die mit einer gestohlenen imperialen Fähre in den Schlund eingedrungen sind. Wir haben sie alle einem Tiefenverhör unterzogen, und es gibt für mich keinen Grund, an der Zuverlässigkeit ihrer Informationen zu zweifeln, so unangenehm sie auch sein mögen.«

»Also, was sind das für unangenehme Informationen?«

Daalas Gesicht blieb völlig ausdruckslos. »Der Imperator ist tot, die Rebellen haben gesiegt. Ein paar Kriegsherren haben versucht, das Imperium zusammenzuhalten, aber das hat nur zu einem jahrelangen Bürgerkrieg geführt. Eine neue Republik ist derzeit die stärkste Macht der Galaxis.«

Sivron fuhr entsetzt hoch. Nervös rollten sich seine Kopffühler im Nacken zusammen. »Aber wie konnte das geschehen? Mit unserem Todessterndesign ...«

»Großmufti Tarkin ließ einen Todesstern bauen, aber die Rebellen stahlen die Pläne und entdeckten einen Schwachpunkt, den Auslaß eines Hitzeaustauschers, durch den sie mit einem kleinen Kampfschiff zum Reaktorkern vorstoßen konnten. Die Rebellen zerstörten den Todesstern und töteten Tarkin.«

»Ich werde ein Team zusammenstellen, um die Pläne zu überarbeiten und diese Schwachstelle auszuschalten!« erklärte Sivron, für den es um eine Frage der Ehre ging. »Sofort!«

»Was soll uns das jetzt noch nutzen?« fauchte Daala. »Tarkin hat Bevel Lemelisk mit nach draußen genommen. Nach der Zerstörung des ersten Todessterns gab der Imperator persönlich Lemelisk den Auftrag, ein größeres Modell zu bauen, diesmal ohne die bekannte Schwachstelle. Der zweite Todesstern befand sich noch im Bau, als ihn die Rebellen vernichteten.«

Sivron schnitt ein finsteres Gesicht, als überlegte er, wie er ein Problem lösen sollte, das bereits sieben Jahre alt war. In den Jahren der Isolation hatte Sivron Drohnen, die mit Selbstzerstörungsmechanismen versehen waren, durch die

Feuerwände des Schlundes geschickt, um Tarkin mit kodierten und gerafften Funksprüchen über die Fortschritte ihrer Arbeit zu informieren. Daala hatte strikten Befehl, das Schlund-Zentrum nicht zu verlassen, und so hatten sie gewartet. Und gewartet.

Daalas größter Fehler war es gewesen, die Fähigkeit ihres Mentors Tarkin zu überschätzen. Sie hatte ihren Abschluß auf der imperialen Militärakademie von Carida gemacht, in einem der härtesten Ausbildungslager des Imperiums. Sie hatte in jedem Fach mit Auszeichnung bestanden, viele Gegner im Einzelkampf besiegt und mit ihren strategischen Fähigkeiten in Kriegsspielen ganze Armeen ausgelöscht.

Aber da sie eine Frau war, und da weibliche Offiziere im imperialen Militärdienst extrem selten waren, teilte die caridanische Akademie Daala meist schwierige und undankbare Aufgaben zu, während die weniger talentierten Männer – Männer, die sie immer wieder geschlagen hatte – in hochrangige Positionen befördert wurden.

Aus Frustration hatte Daala in den Computernetzen eine falsche Persona geschaffen, ein Pseudonym, unter dem sie Vorschläge machen konnte und erhört wurde. Nachdem einige Handvoll dieser wahrhaft radikalen Ideen Furore gemacht hatten, war Großmufti Tarkin nach Carida gekommen, um diesen brillanten neuen Taktiker zu sprechen – doch statt dessen war er auf Daala gestoßen.

Glücklicherweise war Tarkin einfallsreicher und aufgeschlossener als der Imperator. Er hatte Daala umgehend seinem persönlichen Stab zugeteilt, sie mit seiner Flotte Sternzerstörer zu den Territorien des Äußeren Randes gebracht und sie dort für sich arbeiten lassen.

Sie wurden ein Liebespaar, zwei gleichgesinnte Geister, entschlossen und gnadenlos. Obwohl er älter war als sie, hatte Tarkin Macht und Charisma, was Daala bewunderte. Hager und unermüdlich in seiner stillen Bösartigkeit, verfügte er über ein Selbstvertrauen, das groß genug war, um sich nicht einmal von Darth Vader einschüchtern zu lassen.

Um Daala zu decken, hatte Großmufti Tarkin ihr vier Sternzerstörer überlassen und sie mit dem Schutz des

Schlund-Forschungszentrums beauftragt. Aber jetzt, nach den neuen Informationen, die sie von den Gefangenen bekommen hatte, war alles anders. Alles.

Sivron sah sie mit zornigen Augen an. »Wo sind diese Gefangenen jetzt?«

»In Arrestzellen an Bord der *Gorgo*. Sie erholen sich von den ... Belastungen der Verhöre.«

»Was ist, wenn jemand nach ihnen suchen kommt?« Er drehte sich zu dem Stahlglasfenster seines Büros um.

»Sie sind aus den Gewürzminen von Kessel geflohen. Sie wußten nicht, wohin sie flogen. Man wird davon ausgehen, daß sie im Schlund umgekommen sind – ich verstehe ohnehin nicht, wie es ihnen überhaupt gelungen ist, den Flug durch die Ballung zu überleben.«

»Warum haben Sie sie nicht einfach beseitigt?« fragte Sivron.

Daala bewahrte mit Mühe ihre Geduld. Dies war nur ein weiteres Beispiel für die Kurzsichtigkeit des Twi'leks. »Weil sie die einzige Verbindung zur Außenwelt sind, die wir seit einem Jahrzehnt haben. Qwi Xux hat bereits um ein Gespräch mit den Gefangenen gebeten, um sie nach Einzelheiten über den realisierten Todesstern zu fragen. Vielleicht brauchen wir sie noch, um weitere Informationen aus ihnen herauszuholen – erst dann können wir unsere nächsten Schritte planen.« Sivrons Schweinsäuglein blinzelten. »Planen? Was meinen Sie damit? Was *gibt* es denn zu planen?«

Sie verschränkte die Arme vor der Brust. »Wir können den neuen Sternenhammer nehmen und die Neue Republik System für System vernichten.« Sie starrte ihn mit ihren grünen Augen an, blinzelte nicht.

Der Twi'lek wand sich. »Aber der Sternenhammer ist noch nicht fertig. Wir müssen noch immer Tests durchführen, Berichte schreiben ...«

»Seit zwei Jahren zögern Sie es schon hinaus. Dank Ihrer Bürokratie und Unfähigkeit liegen Sie hinter dem Zeitplan zurück. Großmufti Tarkin wird nicht zurückkehren, und für weitere Verzögerungen gibt es keine Entschuldigung. Ich brauche die Waffe jetzt, und ich werde sie bekommen.«

Sie erinnerte sich an Tarkins Worte während der Inspektion der Kuat-Triebwerkswerften. *Ich gebe dir genug Macht, um jeden Planeten in Schlacke zu verwandeln.* Und mit der neuentwickelten Sternenhammer-Waffe konnte sie die Neue Republik in die Knie zwingen.

»Wenn Solo die Wahrheit sagt«, fügte Daala hinzu, »dann ist meine Flotte der mächtigste Überrest der imperialen Raummarine.« Sie nahm eins von Tol Sivrons kleinen Modellen in die Hand. »Wir können nicht länger warten. Jetzt sind wir an der Reihe, ihnen zu zeigen, was wir können.«

20

Der caridanische Botschafter und sein Gefolge trafen auf der kürzlich reparierten westlichen Landeplattform ein, weit entfernt vom imperialen Palast. Seine Diplomatenfähre sah wie ein glänzend schwarzer Käfer aus und starrte vor Waffen, die per Fernsteuerung lahmgelegt worden waren, ehe die Fähre die Anflugerlaubnis für Coruscant erhalten hatte.

Leia erwartete Botschafter Furgan mit einer kompletten Ehrengarde der Neuen Republik. Der Wind frischte auf und heulte um das hohe Gebäude, als wollte er die caridanische Delegation dorthin zurückblasen, woher sie gekommen war. Leia trug ihre offizielle Regierungsrobe mit den Rangabzeichen der Allianz-Streitkräfte.

Mit seinem mächtigen militärischen Ausbildungszentrum war Carida einer der wichtigsten Stützpunkte, die noch immer loyal dem Imperium gegenüber waren. Wenn es ihr gelang, mit Carida in Verhandlungen zu treten, konnte sie einen großen Erfolg für sich buchen. Aber das System war eine harte Juwelennuß und schwer zu knacken, vor allem, da es von einem rücksichtslosen und eiskalten Botschafter wie Furgan vertreten wurde.

Die Schleuse der Fähre öffnete sich, und mit einem Zischen entwich die dichtere Atmosphäre Caridas. Zwei Sturmtruppler marschierten die Rampe herunter und schulterten ihre mit Bajonetten versehenen zeremoniellen Blastergewehre. Ihre weißen, peinlich genau polierten Panzer blitzten. Sie bewegten sich wie Droiden, traten von der Rampe und nahmen an den Seiten Habtachtstellung ein, während ein zweites Paar Sturmtruppler folgte und am Ende der Rampe wartete.

Botschafter Furgan schritt herunter, kurzbeinig und aufgeblasen, sich wie zu einer feierlichen Musik bewegend. Seine Uniform war von mehr Abzeichen, Insignien und Orden übersät, als sich ein normaler Mensch in seinem ganzen Leben verdienen konnte.

Nachdem sich zwei Sturmtruppen-Offiziere dem Botschafter angeschlossen hatten, atmete Furgan tief ein, ließ die Blicke in die Ferne schweifen und ignorierte Leia. »Ah, die Luft des imperialen Zentrums.« Er drehte sich zu dem wartenden Empfangskomitee um und strich seine buschigen Brauen glatt. »Allerdings riecht sie jetzt etwas bitter. Der Geruch der Rebellion.«

Leia überhörte die Bemerkung. »Willkommen auf Coruscant, Botschafter Furgan. Ich bin Staatsministerin Leia Organa Solo.«

»Ja, ja«, sagte Furgan ungeduldig. »Nach Mon Mothmas Erklärung über die extreme Bedeutung Caridas hatte ich eigentlich erwartet, von einem hochrangigen Vertreter empfangen zu werden. Ein Schlag ins Gesicht.«

Leia mußte auf Lukes Selbstkontrollübungen zurückgreifen, eine Jedi-Technik, mit der sie ihren aufsteigenden Zorn unterdrückte. »Wie ich sehe, haben Sie sich nicht die Zeit genommen, sich mit unserer Regierungsstruktur vertraut zu machen, Botschafter. Obwohl Mon Mothma die Staatschefin der Neuen Republik ist, liegt die eigentliche Regierungsgewalt in den Händen des Kabinetts, und die Staatsministerin und das mir unterstellte diplomatische Korps sind sein vielleicht wichtigstes Organ.«

Leia verstummte, wütend auf Furgan, daß er sie provoziert hatte, und wütend auf sich selbst, daß sie sich von ihm zu diesen Spiegelfechtereien hatte hinreißen lassen. Mon Mothma hatte sie angewiesen, den Botschafter mit ausgesuchter diplomatischer Höflichkeit zu behandeln. Sie wünschte, Han oder Luke wären an ihrer Seite.

»Mon Mothma ist wegen zahlreicher anderer Verpflichtungen derzeit verhindert, aber sie hat für später am Tag ein kurzes Gespräch unter vier Augen arrangiert«, fügte Leia hinzu. »Darf ich Ihnen in der Zwischenzeit Ihre Quartiere zeigen? Vielleicht kann ich Ihnen nach der Reise ein paar Erfrischungen anbieten?«

Furgans Augen sahen wie kleine, überreife Beeren aus, als er seinen Blick auf sie richtete. »Meine Leibwächter werden zuvor meine Quartiere inspizieren. Sie werden jeden Quadratzentimeter, die gesamte Einrichtung, alle Wände und Böden nach versteckten Abhöranlagen oder Mordinstrumenten untersuchen. Die übrigen Wachen werden mich auf Schritt und Tritt begleiten. Sie werden mich mit Speisen und Getränken aus unseren Vorräten versorgen, um jede Möglichkeit eines Giftanschlags auszuschließen.«

Leia reagierte schockiert auf diese Anspielungen. Sie verzichtete darauf, ihm zu versichern, daß Furgans Vorsichtsmaßnahmen überflüssig waren, da sie ihm damit zweifellos nur in die Hände spielen würde. Statt dessen schenkte sie ihm ein dünnes, nachsichtiges Lächeln. »Natürlich, wenn Sie sich dadurch besser fühlen ...«

»In der Zwischenzeit«, erklärte Furgan, »möchte ich den imperialen Palast besichtigen. Arrangieren Sie es. Ich bin auf einer Pilgerreise, um den Sitz des Imperators zu besuchen und ihm meinen Respekt zu erweisen.«

Leia zögerte. »Wir hatten nicht geplant ...«

Furgan hob eine Hand. Die Sturmtruppler an seiner Seite nahmen noch zackiger Haltung an. Der Botschafter trat einen Schritt auf Leia zu, als wollte er damit Druck auf sie ausüben. »Nichtsdestotrotz werden Sie es arrangieren.«

Am Nachmittag stand Mon Mothma im abgedunkelten Zuschauerraum vor den Kontrollen des Holoprojektors. Obwohl sie tausend andere Verpflichtungen hatte, um die sie sich kümmern mußte, schien Carida die wahrscheinlichste Bedrohung für die Stabilität der Neuen Republik zu sein. Sie hatte Leia deutlich gemacht, daß sich jedes Opfer lohnte, wenn sie dadurch einen möglichen Krieg verhindern konnten.

Obwohl sich Mon Mothma nicht bewegte, schien sie den Raum mit ihrer stillen, gebieterischen Präsenz auszufüllen. Leia hatte nie aufgehört, ihre unterschwellige, aber unleugbare Aura der Macht zu bewundern, die Mon Mothma sogar ohne Jedi-Training ausstrahlte.

Leia folgte Botschafter Furgan die Rampe hinunter zum Holoprojektor. Mürrisch sah er sich zu seinen Leibwächtern um, die am Eingang der Kammer warteten. Furgan hatte sich geweigert, sie zurückzulassen, und Mon Mothma hatte sich geweigert, selbst entwaffnete Sturmtruppler in ihre Nähe zu lassen. Die Machtprobe war kurz und scharf gewesen, aber am Ende hatte Mon Mothma den Sturmtrupplern erlaubt, in Sichtweite des Botschafters, doch außerhalb der Kammer zu warten. Immerhin hatte sie ihm ebenfalls eine scheinbar kleine Konzession abgerungen. Mon Mothma setzte durch, daß die Sturmtruppler in ihrer Gegenwart die Helme abnahmen. Unmaskiert standen die Soldaten da, die schädelähnlichen Helme unter die Arme geklemmt, als Menschen enthüllt, junge Kadetten, die noch immer ihre Panzer trugen, aber ihre Anonymität eingebüßt hatten.

»Bleiben Sie dort stehen, Botschafter Furgan«, sagte sie grußlos. »Ich möchte Ihnen etwas zeigen.«

Der Holoprojektor schimmerte, und die bekannte Galaxis füllte den Raum, Milliarden Sterne, in spiralförmigen Linien massiert. Die Beleuchtung erlosch automatisch, als sich die Glitzerwolken der Sterne herausschälten. Die Sturmtruppler an der Tür reckten die Köpfe und starrten das riesige Holobild an. Mon Mothma und Furgan am Boden der Kammer wirkten bedeutungslos.

»Dies ist unsere Galaxis«, erklärte Mon Mothma. »Wir haben jedes bekannte System mit peinlicher Sorgfalt katalogisiert. Diese Sterne« – sie machte eine Handbewegung, und ein Teil der galaktischen Spiralarme verfärbte sich blau – »haben der Neuen Republik bereits den Treueid geschworen. Andere sind neutral geblieben, obwohl sie unserer Sache nicht ablehnend gegenüberstehen.« Weitere Sterne verfärbten sich grün.

»Das dunkle Gebiet stellt die Überreste des Ssi-Ruuk-Imperiums dar.« Sie deutete auf einen Klecks, der einen Teil eines Spiralarms verfinsterte. »Wir haben noch nicht alle ihre Welten erforscht, obwohl schon sieben Jahre vergangen sind, seit sich die Streitkräfte des Imperiums und der Allianz auf Bakura verbündet haben, um die Invasoren zu vertreiben.

»Schließlich«, fuhr Mon Mothma fort, »gibt es da noch die Systeme, die dem untergegangenen Imperium noch immer treu ergeben sind.« Ein viel kleinerer Fleck aus Rot legte sich über das Hologramm, hauptsächlich im Bereich des galaktischen Kerns konzentriert, von wo aus der wiederbelebte Imperator seine Angriffe gestartet hatte. »Wie Sie sehen können, schwindet die Zahl Ihrer Verbündeten rapide.«

Furgan wirkte nicht beeindruckt. »Jeder kann Punkte auf eine Karte zeichnen.«

Empört wunderte sich Leia über die Gelassenheit, mit der Mon Mothma die Situation meisterte. Ihre Stimme wurde nicht lauter; sie sah ihn nur mit ihren ruhigen, ausdrucksvollen Augen an. »Sie können gern mit jedem Botschafter dieser Welten sprechen, um ihre Treue zu überprüfen.«

»Botschafter lassen sich so leicht bestechen wie man die Farben einer Projektionskarte ändern kann.«

Diesmal klang Mon Mothmas Stimme einen Hauch schroffer. »Es gibt keine Bestechungsgelder, mit denen sich Tatsachen ändern lassen, Botschafter Furgan.«

»Wenn dies der Fall ist, dann müssen eben die Tatsachen geändert werden.«

Leia verdrehte unwillkürlich die Augen. In gewisser Hinsicht amüsierte es sie, aber es kam ihr wie Zeitverschwendung vor. Furgan war so unzugänglich wie ein Mann, der in Karbonid eingefroren war.

Die gesamte Planetenoberfläche Coruscants war von Gebäuden bedeckt; Ebene schichtete sich über Ebene, war errichtet, abgerissen und neu errichtet worden. Im Lauf der Jahrtausende hatten die galaktischen Regierungen gewechselt, aber Coruscant war stets das Zentrum der Politik geblieben.

Die komplexe Bebauung und die sich auftürmenden Metall- und Stahlglasberge erschwerten die Wettervorhersage. Gelegentlich entstanden völlig überraschend aus dem Wasser, das aus Millionen von Auslaßventilen dampfte, kondensierte und aus dem Wolkenkratzerdschungel aufstieg, lokale Gewitterstürme, die Regen auf die Dächer der Gebäude niedergehen ließen.

Als sich die zahlreichen Diplomaten im Botanischen Garten des Himmelsdoms zum Empfang des Botschafters Furgan einfanden, prasselten plötzlich Regentropfen gegen die

Glasscheiben und verdeckten die leuchtenden Schleier von Coruscants Aurora.

In der Ferne, dicht am Horizont, erhob sich der wiederaufgebaute imperiale Palast wie eine Kreuzung aus einer Kathedrale und Pyramide und vereinigte in sich die architektonischen Stile zahlloser verschiedener Zeitalter. Leia hatte Furgans Empfang nicht an einem Ort geben wollen, der an die Pracht und Herrlichkeit des gestürzten Imperators erinnerte.

Der Botanische Garten des Himmelsdoms befand sich auf der Dachebene eines isoliert stehenden Wolkenkratzers. Entworfen von einem Philanthropen der Alten Republik, der durch die Gründung der Galaktischen Presseagentur reich geworden war, bestand das riesige Terrarium aus sorgfältig gepflegten, in sich abgeschlossenen Biosphären mit der exotischen oder vom Aussterben bedrohten Flora zahlreicher Systeme in der Galaxis.

Leia, mit 3PO und ihren beiden Kindern im Schlepptau, traf in dem Moment ein, in dem der Regen auf die Stahlglasdecke niederprasselte. Als Leia durch die Tür trat, hatte sie ihre Rechtfertigung bereits formuliert und war gewappnet. Sie wußte, daß die Gegenwart der Kinder auf einem steifen diplomatischen Empfang einige Unruhe auslösen konnte, aber es kümmerte sie nicht.

Während des ganzen Tages hatte Furgan sie herumgestoßen, sich beschwert, Forderungen gestellt und sich alles in allem einfach unverschämt benommen. Leia hatte ihre Kinder vernachlässigen müssen, um den Botschafter zu begleiten, bis sie schließlich entschied, daß es die Mühe nicht wert war. Sie war vielleicht ein wichtiges Kabinettsmitglied der Neuen Republik, aber darüber hinaus war sie vor allem eine Mutter, die noch immer versuchte, sich auf die neuen, zeitraubenden Anforderungen einzustellen. Als sie sich in ihren Quartieren für den Empfang umgezogen hatte, war Leias köchelnder Zorn ins Sieden geraten. Wenn sie sowieso die ganze Zeit unterwegs war, hätte sie Jacen und Jaina auch bei Winter lassen können!

Zusätzlich wurde sie von 3PO begleitet, der schließlich ein

Protokolldroide war. Er konnte auf die Zwillinge aufpassen und ihr überdies bei den kritischen Momenten des Empfangs helfen und für sie dolmetschen.

Seit Hans Verschwinden wußte sie die meiste Zeit vor Sorge weder ein noch aus. Luke und Lando hatten sich bis jetzt noch nicht gemeldet. Sie brauchte einen Ruhepol in ihrem Leben. Leia hoffte fast, ihr würde jemand Vorwürfe machen, daß sie die Kinder mitgebracht hatte, um sich abreagieren zu können.

Als sie durch die Tür schnitt, verstellten ihr Furgans Sturmtruppen-Schlägertypen den Weg. Die noch immer helmlosen Sturmtruppler schienen sich unwohl dabei zu fühlen, ihr Auge in Auge gegenüberzustehen, aber sie wichen nicht zur Seite. Hinter ihnen wartete wachsam eine zahlenmäßig identische Abteilung Soldaten der Neuen Republik und hielt die Sturmtruppler im Auge.

»Was ist das Problem« – sie warf einen Blick auf die Rangabzeichen des Sturmtrupplers und interpretierte sie bewußt falsch – »Lieutenant?«

»*Captain*«, korrigierte er. »Wir überprüfen jeden. Eine Vorsichtsmaßnahme gegen Attentäter.«

»Attentäter?« wiederholte sie und entschied, sich nicht aufzuregen, sondern amüsiert zu reagieren. »Ich verstehe.«

Einer der Sturmtruppler brachte einen Handscanner zum Vorschein und führte ihn an Leias Körper entlang, auf der Suche nach versteckten Waffen. Leia ließ den Scan mit eisiger Miene über sich ergehen. »Es dient der Sicherheit des Botschafters«, erklärte er. Mißbilligend sah er Jacen und Jaina an. »Man hat uns nicht darüber informiert, daß Kinder teilnehmen.«

»Haben Sie Angst, daß eins von *ihnen* Botschafter Furgan ermorden wird?« Leia starrte finster das nackte, blasse Gesicht des Mannes an, bis er zurückzuckte. »Das verrät einiges über Ihre Fähigkeiten als Leibwächter, meinen Sie nicht auch, Captain?« Der Anblick des sich nervös windenden Mannes war alle Unannehmlichkeiten wert, die er ihr gemacht hatte, dachte Leia.

»Reine Routinemaßnahme.« Der Captain scannte Jacen

und Jaina und fühlte sich dabei sichtlich unwohl. Als er damit fertig war, wollte er den Weg noch immer nicht freigeben.

Leia verschränkte die Arme vor der Brust. »Noch etwas?«

»Ihr Droide, Ministerin«, sagte der Captain. »Wir müssen einen kompletten Systemcheck durchführen. Er könnte ein Attentatprogramm in sich tragen.«

»Ich, Sir?« rief 3PO. »Du liebe Güte! Das kann doch nicht Ihr Ernst sein.«

Allein die Vorstellung, daß der zimperliche Droide für einen Attentäter gehalten wurde, ließ Leia die Augen verdrehen. »Und wie lange wird dieser komplette Systemcheck dauern?«

»Nicht lange.« Der Captain griff nach einem anderen Scanner, an dem Kabel hingen.

»Mistreß Leia, ich protestiere!« 3POs Stimme hatte einen panischen Unterton. »Wie Sie wissen, bin ich in der Vergangenheit schon einmal böswillig umprogrammiert worden! Ich werde nicht noch einmal einer fremden Sonde vertrauen.«

Leia sprach zu dem Droiden, sah dabei aber dem Sturmtruppen-Captain unverwandt in die Augen. »Laß ihn ruhig machen, 3PO. Und wenn dein Programm auch nur im geringsten verändert wird, dann wird dieser Mann die Verantwortung für einen galaktischen Zwischenfall tragen, der zu einem Krieg führen könnte – einem Krieg, in dem sein Heimatsystem Carida das Hauptangriffsziel für die vereinigten Streitkräfte der Neuen Republik sein wird.«

»Ich werde sehr vorsichtig sein, Ministerin«, sagte der Sturmtruppler.

»Und ob Sie das sein werden, Sir!« bekräftigte 3PO.

Als sie die Sperre schließlich passieren konnten, war der Schauer zu einem Nieselregen abgeklungen. Die Gäste wanderten durch die Rundgänge und bestaunten die phantastischen und bizarren Formen der fremdartigen Pflanzen. Wenn die Besucher durch die Kraftfeldbarrieren zwischen den Biosphären traten, änderten sich drastisch Luftfeuchtigkeit und Temperatur, da die verschiedenen Pflanzenarten unterschiedliche Wachstumsbedingungen brauchten. Auf kleinen Infokarten waren in einem Dutzend Sprachen ihre wissenschaftlichen Namen vermerkt.

Jacen und Jaina klammerten sich an die Hände ihrer Mutter und starrten staunend die Gäste in ihren prächtigen diplomatischen Gewändern und die exotischen Pflanzen ferner Welten an.

In einer lichtdurchfluteten Wüstensphäre im Zentrum des Gartens servierte ein riesiger Tentakelkaktus Horsd'œuvres, indem er mit seinen dicken, stachelgespickten Ranken wedelte, an denen Sandwiches, Fruchtscheiben, Würste und Pastetchen aufgespießt waren. Die Gäste pflückten ihren Imbiß von den Stacheln, wenn der Kaktus seine Tentakel in ihre Richtung schwenkte.

Der stämmige Botschafter Furgan schien im Mittelpunkt der Aufmerksamkeit zu stehen, aber alle sahen ihn nur aus den Augenwinkeln an und wagten nicht, direkt mit ihm zu sprechen. Leia erinnerte sich seufzend an ihre diplomatischen Pflichten und ging mit ihren Kindern zu ihm.

Furgan fixierte die Zwillinge mit seinen Blicken und leerte das Glas, das er in der Hand hielt. Sie beobachtete, wie er das leere Glas unter einen Pumpflakon an seiner rechten Hüfte hielt. Furgan drückte den Knopf und zapfte sich einen neuen Drink aus einer honiggrünen Flüssigkeit. *Natürlich,* dachte sie, *jeder, der paranoide Angst vor Giften hat, würde seine eigenen Getränke mitbringen.* Einen identischen Flakon konnte sie an der linken Hüfte erkennen.

»Das also, Ministerin Organa Solo, sind die berühmten Jedi-Zwillinge? Wenn ich nicht irre, heißen sie Jacen und Jaina? Haben Sie nicht auch ein drittes Kind namens Anakin?«

Leia blinzelte, irritiert, daß Furgan so viel über ihre Familie wußte. »Ja, das Baby ist woanders – sicher und geschützt.« Sie wußte, daß er unmöglich die Position des geheimen Planeten herausgefunden haben konnte, aber ihr Mutterinstinkt verstärkte ihre Furcht.

Furgan tätschelte Jainas Kopf. »Ich hoffe, Sie schützen diese beiden genauso sorgfältig. Es wäre eine Tragödie, wenn derart süße Kinder zu einer politischen Verfügungsmasse werden würden.«

»Sie sind in Sicherheit«, sagte Leia, plötzlich von Hilflosigkeit überwältigt. Sie hielt den Botschafter im Auge und drehte die Kinder um. »Ihr beide nehmt jetzt 3PO und geht mit ihm spielen.«

»Es wird für sie ein sehr lehrreiches Erlebnis werden, Mistreß Leia«, erklärte 3PO und zog die Kinder zu den ausgestellten Pflanzen.

Furgan setzte sein Gespräch mit Leia fort. »Wenn Sie meine Meinung hören wollen, es ist wirklich eine Schande, daß es dem Imperator nicht gelungen ist, alle Jedi auszumerzen. Nicht zu Ende geführte Aufgaben sorgen immer für Probleme.«

»Und warum haben Sie solche Angst vor den Jedi-Rittern?« fragte Leia. Obwohl ihr die Richtung mißfiel, die das Gespräch genommen hatte, hoffte sie, Furgan einige Informationen zu entlocken.

Der Botschafter nahm einen großen Schluck von seinem Drink. »Ich stehe auf dem Standpunkt, daß wir mit unserer hochentwickelten Technologie keinen Grund haben, uns vor Zauberei und bizarren mentalen Kräften zu fürchten, über die nur ein paar wenige Individuen verfügen. Es kommt mir elitär vor. Jedi-Ritter? Sie waren die Stützen einer schwachen alten Regierung.«

Leia ging auf das Argument ein. »Der Imperator, den Sie so sehr verehren, war ebenfalls stark in der Macht – genau wie Darth Vader. Wieso machen Sie da einen Unterschied?«

»Der Imperator hat das *Recht* auf besondere Kräfte«, erklärte Furgan nachsichtig. »Schließlich ist er der Imperator. Und Vader hat sich am Ende als Verräter entpuppt. Soweit ich weiß, war er es, der den Imperator getötet hat. Nur ein Grund mehr, derartige Kräfte zu verurteilen.«

Leia wußte, daß er Lukes galaxisweit übertragene Rede vor dem Rat gesehen haben mußte. »Nichtsdestotrotz haben die Jedi überlebt, und der alte Orden der Jedi-Ritter wird neu gegründet werden. Mein Bruder wird dafür sorgen. In ein paar Jahren werden die neuen Jedi-Ritter dieselbe Rolle wie die alten übernehmen, als Beschützer der Republik.«

»Sehr bedauerlich«, sagte Furgan und wandte sich ab, um mit jemand anders zu sprechen, aber niemand schien mit ihm reden zu wollen.

3PO verlor die Spur der Zwillinge nur einen Moment, nachdem sie sich entschlossen hatten, im Botanischen Garten Verstecken zu spielen; sie krochen zwischen Geländerstangen hindurch, die für 3PO viel zu eng waren, und rannten dann in einen Bereich, vor dem ein Schild BETRETEN VERBOTEN verkündete. Als der Droide nach ihnen rief, stellten sich Jacen und Jaina taub und liefen davon.

Er jagte sie durch einen Hain von Schleimbäumen, die gelbe Blütenstaubsekrete auf seine polierte Hülle tropfen ließen; aber zumindest hinterließen sie im Schleim ihre Fußabdrücke, denen er folgen konnte. 3PO jammerte entsetzt, als er sah, daß die Fußabdrücke direkt zu der Abteilung »Fleischfressende Pflanzen« führten.

»Du liebe Güte!« sagte er und stellte sich vor, wie blutsaugende Büsche die Kinder bereits verspeisten. Aber ehe er Alarm geben konnte, vernahm 3PO ein schrilles Gekicher. 3PO aktivierte seinen Richtungslokalisator und schlurfte eilends zum Zentrum der Ausstellungshalle.

Die Kinder saßen direkt unter dem riesigen Tentakelkaktus und spielten mit den wedelnden Ranken, ohne die Dornen zu beachten. Irgendwie hatten sie es geschafft, unverletzt an den dolchartigen Spitzen vorbeizukommen und sich aus den zarten jungen Trieben ein Kissen zu machen.

»Master Jacen und Mistreß Jaina, kommt sofort her!« befahl 3PO mit strenger Stimme. »Ich muß darauf bestehen!« Statt dessen kicherte Jaina und winkte ihm zu.

Völlig aufgelöst fragte sich 3PO, wie er die Kinder vor der riesigen Pflanze retten konnte, ohne die Horsd'œuvres von den Dornen zu schütteln.

Das Gespräch verstummte, und eine Pause trat ein, wie so oft bei steifen gesellschaftlichen Anlässen. In die Stille hinein rief Botschafter Furgan: »Ich bitte um Ihre Aufmerksamkeit!«

Leia sah, wie er sich abrupt von ihr entfernte. Sie wußte nicht, was er vorhatte, und spannte sich, auf alles vorbereitet.

Die wenigen Unterhaltungen vererbten. Alle Augen richteten sich auf den caridanischen Botschafter. Bis eben hatte Mon Mothma mit General Jan Dodonna geplaudert, dem altgewordenen Taktiker, der den Angriff auf den ersten Todesstern geplant hatte. Sie hob die Brauen, irritiert von Furgans Bitte um Aufmerksamkeit. Die Hände noch immer gestikulierend erhoben, brach Jan Dodonna mitten in seiner Geschichte ab und starrte ihn an.

Furgan nahm sein leeres Glas und hielt es an seine Seite, wo er es diesmal mit dem Inhalt des linken Hüftflakons füllte. Leia fragte sich, ob er den rechten Flakon bereits geleert hatte.

Sein Glas erhebend, trat er grinsend einen Schritt auf Mon Mothma zu. Leia verfolgte es ungläubig. Wollte der unverschämte Botschafter etwa einen Toast ausbringen?

Furgan sah sich im überkuppelten Himmelsdom um und vergewisserte sich, daß er die volle Aufmerksamkeit hatte. Selbst der Nieselregen hatte nachgelassen. »Ich bitte alle Anwesenden, mir Gehör zu schenken. Als Botschafter von Carida bin ich berechtigt, im Namen des imperialen Militärausbildungszentrums, meines Planeten und meines gesamten Systems zu sprechen. Ich habe eine Botschaft für Sie alle.«

Er hob seine Stimme und sein Glas. »Auf Mon Mothma, die sich selbst die Führerin der Neuen Republik nennt ...« Mit einem bösartigen Grinsen schüttete er ihr den Drink ins Gesicht. Die honiggrüne Flüssigkeit spritzte über ihre Wangen, ihr Haar, ihre Brust. Sie stolperte entsetzt zurück. Jan Dodonna ergriff ihre Schultern und hielt sie fest, mit vor Verblüffung weit offenem Mund.

Die Wachposten der Neuen Republik an der Tür zogen sofort ihre Waffen, feuerten aber nicht.

»... wir verurteilen Ihre schändliche Rebellion der Gesetzesbrecher und Mörder. Sie haben versucht, mich mit der Zahl der erbärmlichen Systeme zu beeindrucken, die sich Ihrer Allianz angeschlossen haben, aber kein noch so großer Pöbel kann Ihre Verbrechen gegen das Imperium ungeschehen machen.«

Er zerschmetterte sein leeres Glas auf dem Boden und zertrat die Scherben unter seinem Stiefelabsatz. »Carida wird sich niemals der sogenannten Neuen Republik ergeben.«

Mit einer schwungvollen Bewegung winkte Furgan sein Gefolge zu sich und stürmte davon. Am Ausgang setzten die triumphierenden Sturmtruppler wieder ihre Helme auf, verbargen ihre Gesichter und folgten dem Botschafter nach draußen. Die Wachposten der Neuen Republik starrten ihnen nach, die Waffen schußbereit, wußten aber nicht, wie sie reagieren sollten.

Nach einem Moment schockierter Stille brach die Menge in empörte Rufe aus. Leia eilte zur Staatschefin. Dodonna tupfte bereits Mon Mothmas feuchtes Gewand ab.

Trotz der klebrigen, allmählich trocknenden Flüssigkeit in ihrem Gesicht rang sich Mon Mothma ein Lächeln ab. In das aufgebrachte Stimmengewirr sagte sie: »Nun, wir haben es zumindest versucht, oder?«

Leias Enttäuschung war zu groß, als daß sie antworten konnte.

3POs blecherne Stimme übertönte den Hintergrundlärm. »Verzeihen Sie, Mistreß Leia?«

Leia sah sich bestürzt nach den Zwillingen um, von der Furcht erfüllt, daß Furgan sie in dem Durcheinander entführt hatte, und stellte erleichtert fest, daß sich Jacen und Jaina die Nasen an dem gewölbten Fenster mit dem Blick auf die Skyline von Imperial City plattdrückten.

Aus den Augenwinkeln entdeckte sie dann einen goldenen Arm, der aufgeregt winkte. Irgendwie hatte es 3PO geschafft, sich in dem Tentakelkaktus zu verfangen; selbst aus der Entfernung konnte Leia erkennen, wie arg zerkratzt sein goldener Lack war. Überall um ihn herum lagen Horsd'œuvres auf dem Boden.

»Könnte mir jemand helfen, mich aus dieser Pflanze zu befreien?« rief 3PO. »Bitte!«

21

Han Solo schien in einem Sirup aus Alpträumen zu ertrinken. Er konnte dem medikamentös unterstützten, schmerzhaften Verhör nicht entrinnen, dem harten und puppenhaft schönen Gesicht von Admiral Daala, das ihn anstarrte und mit Fragen bombardierte.

»Legen Sie ihn einfach hierhin«, sagte eine trillernde Frauenstimme. Sie gehörte nicht Daala.

»Wir haben den Befehl, Wache zu halten«, antwortete eine dumpfe Stimme, offenbar von einem Sturmtruppenhelm gefiltert.

»Dann halten Sie Wache, aber außerhalb meines Labors. Ich will mich in Ruhe mit ihm unterhalten.« Wieder die Frauenstimme.

»Es dient Ihrem eigenen Schutz ...«, begann der Sturmtruppler. Han spürte, wie man ihn auf den Boden legte. Seine Glieder waren völlig steif.

»Schutz? Was soll er denn machen – er scheint nicht mal genug Energie zum Niesen zu haben. Wenn es noch zurückgehaltene Informationen in seinem Kopf gibt, will ich sie in Ruhe aus ihm herausholen.«

Mit auf dem Rücken gefesselten Händen wurde Han wieder hochgerissen. Kalter, glatter Stein drückte gegen seine Schultern. »Ja, ja«, sagte die Stimme der Frau, »ketten Sie ihn an die Säule. Mir wird schon nichts passieren. Ich verspreche Ihnen, mich vor seinen Reißzähnen in acht zu nehmen.«

Er hörte, wie die Sturmtruppler mit polternden Schritten den Raum verließen. Sein Geist funktionierte schon längst wieder, während sein Körper noch immer nicht reagierte. Er erinnerte sich nur bruchstückhaft an das Verhör. Was hatte er Admiral Daala verraten? Sein Herz begann zu hämmern. Hatte er wichtige Geheimnisse preisgegeben? *Kannte* er überhaupt irgendwelche wichtigen Geheimnisse?

Er war sich ziemlich sicher, daß er sie in groben Umrissen

über den Fall des Imperiums und den Aufstieg der Neuen Republik informiert hatte – aber das konnte keinen Schaden anrichten und vielleicht sogar Gutes bewirken. Wenn Daala wußte, daß sie keine Chance hatte, würde sie womöglich aufgeben. Und wenn Banthas fliegen könnten …

Endlich öffneten sich flatternd seine Augen. Unter dem blendenden Licht zuckte er zusammen, doch langsam gewöhnte er sich an die Helligkeit. Er befand sich in einem großen Raum, einer Art Labor oder Analysezentrum, nicht in seiner Arrestzelle an Bord der *Gorgo*. Gesang und Flötenmusik waren zu hören.

Als Han den Kopf drehte, entdeckte er eine gertenschlanke Nichtmenschenfrau, die vor einem Gerät stand, das wie eine Mischung aus elektronischer Orgel und Datenterminal aussah. Er hatte gehört, wie sie sich mit den Sturmtruppen gestritten hatte. Sie summte eine komplizierte Melodie, während ihre Finger über die Tasten huschten; vor ihr schälte sich die rotierende Schemazeichnung eines dreidimensionalen, dreieckigen Objekts heraus, das wie eine Glasscherbe mit aufgesetztem Tetraeder und einer Art Energiemagazin an der Unterseite aussah. Mit jeder Note, die die Frau spielte, vervollständigte sich das komplexe Diagramm.

Han bewegte die Zunge in seinem Mund und versuchte zu sprechen. »Wer sind Sie?« wollte er fragen, aber seine Lippen und Stimmbänder versagten den Dienst. Es klang eher wie: »Wrrrr sssinnndsssiii?«

Aufgeschreckt fuchtelte die Nichtmenschenfrau mit den schmalen Händen vor dem geometrischen 3-D-Objekt. Dann tänzelte sie zu Han. Sie trug einen Beutel an ihrem Kittel, der mit ihrem Bild und den glitzernden Hologrammen bedruckt war, wie man sie für Zahlenschlösser benutzte.

Sie war eine attraktive Humanoide, groß und schlank, mit einem bläulichen Teint. Ihr hauchdünnes Haar erinnerte an ein perlmuttfarbenes Kleid aus feinsten Federn. Sie sprach mit hoher, schneller Stimme. Ihre Augen waren groß und dunkelblau und hatten ständig einen staunenden Ausdruck.

»Gut, daß Sie endlich wach sind«, sagte sie. »Ich habe so viele Fragen an Sie. Stimmt es wirklich, daß Sie an Bord des ersten Todessterns gewesen sind und den zweiten gesehen haben, als der sich noch im Bau befand? Erzählen Sie mir alles, was Sie wissen. Jedes Detail ist für mich wie eine Schatztruhe.«

Die hervorsprudelnden Fragen kamen für ihn zu schnell. Was hatte der Todesstern überhaupt mit alldem hier zu tun? Das war schon zehn Jahre her!

Statt zu antworten, sah Han an ihr vorbei. Pastellfarbene Gase glühten auf der anderen Seite des breiten Fensters, wirbelten um die unersättlichen Mäuler der Schwarzen Löcher. Hoch über ihnen im Orbit zählte er vier Sternzerstörer. Das bedeutete, daß er sich irgendwo in der kleinen Asteroidentraube im Zentrum der Gravitationsinsel befinden mußte.

Und er war allein. Weder Kyp noch Chewbacca hatte man zu diesem Ort gebracht. Er hoffte, daß sie Daalas brutales Verhör überlebt hatten. Er bewegte die Lippen, versuchte es erneut. »Wer sind Sie?«

Die Nichtmenschenfrau berührte mit einer ihrer langfingerigen Hände ihren Beutel. »Ich bin Qwi Xux. Und ich weiß, daß Sie Han Solo sind. Ich habe den Ausdruck des Berichts gelesen, den Sie Admiral Daala gegeben haben.«

Bericht? Meinte sie damit etwa das Verhör auf dem Foltersessel, der seinen ganzen Körper mit Krämpfen gequält hatte?

Qwi Xux' ganzes Verhalten wirkte oberflächlich und abwesend, als wären ihre Gedanken mit ganz anderen Dingen beschäftigt. »Nun, erzählen Sie mir bitte von dem Todesstern. Ich bin sehr neugierig auf alles, was Sie wissen. Sie sind die erste Person, die ihn wirklich betreten hat und mit der ich reden kann.«

Han fragte sich, ob die Verhördrogen noch immer seinen Geist umnebelten, oder ob es wirklich einen Grund dafür gab, daß jemand mit ihm über den zerstörten Todesstern sprechen wollte. Und warum sollte er dieser imperialen Wissenschaftlerin überhaupt irgend etwas sagen? Hatte er Daala irgendwelche wichtigen Informationen preisgegeben? Was war, wenn sie ihre vier Sternzerstörer nahm und Coruscant angriff?

»Ich bin bereits verhört worden.« Er war erleichtert, daß

diesmal seine Worte klar genug herauskamen, so daß sie ihn verstehen konnte.

Qwi hielt in ihrer bläulichen Hand einen Ausdruck. »Ich will Ihre authentischen Eindrücke hören«, fuhr sie fort. »Wie klang er? Was hatten Sie für ein Gefühl, als Sie durch die Korridore gingen? Erzählen Sie mir alles, was Sie wissen.« Sie rieb sich in kaum beherrschter Vorfreude die Hände.

»Nein.«

Seine Antwort schockierte Qwi offensichtlich so sehr, daß sie einen Schritt zurückwich und einen verblüfften musikalischen Schrei ausstieß. »Sie müssen! Ich bin eine der Spitzenwissenschaftlerinnen hier.« Ihr Mund stand verwirrt offen. Sie tänzelte um die Säule, an die man ihn gekettet hatte, und zwang Han, den Kopf zu drehen. Die Anstrengung ließ ihn fast das Bewußtsein verlieren.

»Was nützt es denn, Informationen zurückzuhalten?« fragte Qwi, »Informationen sind für alle da. Wir bauen auf dem vorhandenen Wissen auf, fügen weiteres hinzu und hinterlassen unseren Nachfolgern ein noch größeres Vermächtnis.«

Qwi kam ihm entsetzlich naiv vor. Han fragte sich, wie lange sie schon im Zentrum der Ballung Schwarzer Löcher isoliert war. »Heißt das, daß Sie Ihre Informationen mit jedem teilen, der danach fragt?«

Qwi nickte. »So arbeitet das Schlund-Zentrum. Es ist die Basis unserer Forschung.«

Han konnte kaum ein triumphierendes Grinsen unterdrücken. »Okay, dann verraten Sie mir, wo meine Freunde sind. Ich bin mit einem jungen Mann und einem Wookiee hergekommen. Teilen Sie Ihre Informationen mit mir, und ich werde Ihnen alles sagen, was ich über den Todesstern weiß.« Qwis unbehagliche Reaktion verriet ihm, daß sie sich noch nie zuvor in einer derart komplizierten Situation befunden hatte. »Ich weiß nicht, ob ich Ihnen das sagen darf«, erklärte sie. »Es gibt keinen Grund für Sie, das zu erfahren.«

Han zuckte die Schultern. »Das verrät, was Sie von Ihren eigenen moralischen Werten halten.«

Qwi blickte zur Tür, als überlegte sie, ob sie die Sturmtruppen zurückrufen sollte. »Es gehört zu meinem Forschungsvertrag, daß ich Zugang zu allen Daten habe, die ich brauche. Warum wollen Sie mir nicht ein paar einfache Fragen beantworten?«

»Warum wollen Sie meine nicht beantworten? Ich habe Ihren Vertrag nicht unterschrieben. Ich habe Ihnen gegenüber keine Verpflichtungen.«

Han wartete und sah sie starr an, während sie nervös zappelte. Schließlich griff sie nach einem Datenblock und gab summend eine Anfrage ein.

Aufgeregt blinzelnd blickte sie ihn aus ihren großen, dunkelblauen Augen an. Ihr Haar ergoß sich wie ein glitzernder Wasserfall aus Federn über ihre Schultern. Als sie einen Pfiff ausstieß, antwortete der Datenblock.

»Ihr Wookiee-Freund ist zur Zwangsarbeit im Maschinensektor eingeteilt. Der Mann, der früher für die Konzeptentwicklung und -durchführung zuständig war, hat auf Wookiee-Arbeiter geschworen. Als das Zentrum gegründet wurde, ließ er rund hundert von ihnen von Kashyyyk herschaffen. Es sind nicht mehr viele von ihnen übrig. Die Arbeit dort ist hart und gefährlich, wissen Sie.«

Han verlagerte sein Gewicht von einem Bein auf das andere und stellte fest, daß ihm noch immer jede Bewegung schwerfiel. Er hatte Gerüchte gehört, daß beim Bau des ersten Todessterns Wookiee-Sklaven eingesetzt worden waren. Aber Qwi sprach von diesen Dingen, als wären sie selbstverständlich.

»Was ist mit meinem anderen Freund?« fragte Han.

»Jemand namens Kyp Durron – ist er das? Er ist noch immer im Hochsicherheitsbereich des Arresttrakts der *Gorgo*. Von ihm liegt kein Bericht vor, also hat er offenbar nicht viel zu erzählen gehabt.«

Han runzelte die Stirn, bemüht, die Information erst einmal zu verdauen, aber Qwi ließ ihm keine Ruhe. »In Ordnung, ich habe Ihnen die verlangten Informationen gegeben. Erzählen Sie mir jetzt alles über den ersten Todesstern!« Sie trat einen Schritt näher, blieb aber außerhalb seiner Reichweite. Han verdrehte die Augen, er sah keinen Grund, nicht zu antworten. Der Todesstern war vor langer Zeit vernichtet worden, und die Pläne waren im abgeschirmten Datenkern des ehemaligen imperialen Informationszentrums sicher aufbewahrt.

Han erzählte Qwi von den Korridoren, den Geräuschen. Über den Hangar, den Arresttrakt und den Müllzerkleinerer wußte er am besten Bescheid, aber sie schien an diesen Details nicht sonderlich interessiert zu sein.

»Aber haben Sie den Kern gesehen? Die Antriebssysteme?«

»Tut mir leid. Ich war mit Ablenkungsmanövern beschäftigt, während jemand anders die Traktorstrahlgeneratoren ausgeschaltet hat.« Er schürzte die Lippen. »Warum interessieren Sie sich überhaupt so dafür?«

Sie zwinkerte ihm zu. »Weil ich den Großteil des Todessterns entworfen habe!«

Bevor sie Hans schockierte Reaktion bemerken konnte, flatterte sie zur nächsten Wand und hantierte an einigen Kontrollen, die einen Teil der Metallverkleidung durchsichtig werden ließen. Plötzlich ersetzte ein schwindelerregendes Panorama den eingeschränkten Blick auf die leuchtenden Gase. Er konnte die anderen zusammengeballten Felsbrocken des Schlund-Zentrums sehen.

»Um genau zu sein, der Prototyp des Todessterns befindet sich noch immer hier im Zentrum.«

Während Qwi sprach, tauchte hinter dem begrenzten Horizont des nächsten Planetoiden eine riesige Stahlgitterkugel auf, bedrohlich wie ein Sonnenaufgang und so groß wie jeder der Asteroiden. Der Prototyp glich einer gigantischen Armillarsphäre, mit Ringen, die sich von Pol zu Pol zogen. In dem Gitterwerk der Trägerkonstruktion ruhten der mächtige Reaktorkern und der planetenvernichtende Superlaser.

»Das ist nur der Maschinenteil«, erklärte Qwi mit Stolz. »Der Kern, der Superlaser und der Reaktor ohne Hyperantriebssystem. Es gab keinen Grund, die Versorgungseinrichtungen und Wohndecks für die Truppen und das Verwaltungspersonal zu installieren.«

Han fand seine Sprache wieder. »Funktioniert er?«

Qwi lächelte ihn mit funkelnden Augen an. »O ja, er funktioniert wunderbar!«

Kyp Durron kam sich wie ein gefangenes Tier in einem Käfig vor. Er starrte die grauen Wände der Arrestzelle an. Durch Gitter in der Decke fiel Licht, zu hell und zu rötlich, um angenehm zu sein. Auf seiner Koje sitzend, stierte er auf die Wand und versuchte nachzudenken.

Sein Körper schmerzte noch immer. Der Verhördroide hatte die Schmerzzentren seines Gehirns stimuliert und gleichzeitig die Endorphinproduktion blockiert, so daß selbst ein leichter Kratzer unerträgliche Qualen bedeutet hatte. Die spitzen hypodermatischen Nadeln hatten sich wie Speere in sein Fleisch gebohrt, die willenbrechenden Drogen waren wie Lava in seinen Adern gewesen.

Er hatte sich das Gedächtnis zermartert, nach Informationen gesucht, die für seine Peiniger nützlich waren, um dem Verhör ein Ende zu machen – aber Kyp Durron war ein Niemand, ein unglückseliger Gefangener, der den Großteil seines Lebens auf Kessel verbracht hatte. Er *wußte* einfach nichts, das er den imperialen Ungeheuern verraten konnte. Schließlich hatten sie ihn als wertlos eingestuft.

Kyp starrte das Fertiggericht an, das der Türspender ausgespuckt hatte. Als er den Deckel der Packung öffnete, erhitzte sich das proteinreiche Hauptmenü, während sich das synthetische Fruchtdessert abkühlte; nach kurzer Zeit konnte es verzehrt werden. Aber Kyp hatte keinen Appetit.

Seine Gedanken wanderten wieder zu Han Solos Dilemma. Im Gegensatz zu Kyp wußte Han sehr viel über die Neue Republik und kannte eine Menge Geheimnisse, die er preisgeben konnte. Han mußte wesentlich gründlicher verhört worden sein als er selbst. Und Admiral Daalas Brutalität übertraf alles, was Kyp in seinen Jahren in der imperialen Strafanstalt erlebt hatte. Zumindest hatte er unten in den Gewürzminen gewußt, wie man vermied, Aufmerksamkeit auf sich zu lenken.

Seit dem achten Lebensjahr hatte Kyp auf Kessel gelebt, sich an die Regeln gehalten, an die harte Arbeit und die elenden Bedingungen gewöhnt, ob nun unter der Knute der Imperialen oder der Usurpatoren und Sklavenführer wie Moruth Doole. Seine Eltern waren tot, sein Bruder Zeth zur

Sturmtruppen-Akademie verschleppt, aber Kyp hatte gelernt, wie man sich bedeckt hielt, überlebte, alles ertrug.

Vor Han Solos Ankunft hatte er nie an Flucht gedacht. Han hatte bewiesen, daß eine kleine, entschlossene Gruppe die Sträflingsketten sprengen konnte. Daß sie im Inneren des Schlundes in eine noch viel schlimmere Lage geraten waren, schien irrelevant.

Mit seinen ungeschulten Kräften hatte Kyp die gestohlene Fähre sicher durch die Ballung Schwarzer Löcher gesteuert. Bisher hatte Kyp in all den Jahren, seit ihm die greise Vima da Boda die Grundzüge ihrer Jedi-Fähigkeiten beigebracht hatte, kaum Gelegenheit gehabt, seine Stärke in der Macht einzusetzen.

Er sah Vima da Bodas Gesicht deutlich vor sich, eingefallen und leprös. Sie hatte dazu geneigt, sich in den Winkeln und Schatten zu verstecken, um vor neugierigen Augen sicher zu sein. Die gefallene Jedi hatte unter einem Schuldgefühl gelitten, das sie wie eine Decke umhüllte, aber sie hatte sich die Zeit genommen, Kyp ein paar Dinge zu beizubringen, ehe sie von den Imperialen weggeschafft worden war. »Du hast ein großes Potential«, hatte sie ihm bei einer ihrer letzten kurzen Lektionen erklärt.

Kyp hatte dem wenig Beachtung geschenkt – bis jetzt.

Er starrte blicklos seine unberührte Mahlzeit an. Wenn er sich konzentrierte, mit seinen Kräften etwas manipulierte, ein kleines Objekt bewegte, konnte er vielleicht diese Fähigkeit zur Flucht benutzen.

Flucht! Das Wort hallte in seinem Herzen und beschwor Bilder der Hoffnung herauf. Er war nicht sicher, wie er machte, was er machte. Es war ihm völlig natürlich vorgekommen, den besten Weg durch die finsteren Gewürzstollen zu finden. Als er die Fähre durch die feurigen Gaswolken gesteuert hatte, war er den Anweisungen der geheimnisvollen Stimme gefolgt, die in seinem Kopf geflüstert hatte. Kyp änderte und korrigierte den Kurs, drehte bei und scherte aus, wenn es ihm *richtig* erschien.

Aber jetzt, wo er die Macht für sich nutzen mußte, wußte er nicht, wo er anfangen sollte.

Er fixierte seinen Blick auf die dünne Folie über dem Fertiggericht und versuchte, sie einzudrücken. Er stieß mit seinem Bewußtsein zu, stellte sich vor, daß sich das dünne Metall löste und zu einem Ball zusammenknüllte – aber nichts geschah. Kyp fragte sich, wieviel von Vima da Bodas Geschwafel allein auf Aberglaube und Verschrobenheit beruht hatte.

Seine Eltern hatten über keine besonderen Fähigkeiten verfügt. Auf der Deyer-Kolonie des Anoat-Systems waren beide erfolgreiche Lokalpolitiker gewesen. Als sie von einer wachsenden Rebellion gegen die brutale Politik des Imperators gehört hatten, waren sie zu dem Entschluß gekommen, von innen her gegen Palpatine zu arbeiten, indem sie mäßigend auf ihn einzuwirken versuchten, statt ihn zu stürzen. Lautstark hatten sie gegen die Vernichtung Alderaans protestiert – aber das hatte nur dazu geführt, daß sie und ihre Söhne Zeth und Kyp verhaftet worden waren.

Kyp erinnerte sich noch genau an jene Schreckensnacht, als die Sturmtruppen die Tür des Hauses seiner Familie geschmolzen hatten, obwohl sie nicht verriegelt gewesen war. Die bewaffneten Soldaten waren ins Wohnzimmer gestürzt und hatten die empfindlichen Fasermöbel umgekippt. Der Sturmtruppen-Captain hatte über den Lautsprecher seines Helmes den Haftbefehl verlesen, der Kyps Eltern des Verrats beschuldigte; dann hatten die Sturmtruppen ihre Blaster gezogen und die beiden verdutzten Erwachsenen gelähmt. Kyps älterer Bruder Zeth hatte versucht, sie zu beschützen, und war von den Soldaten ebenfalls paralysiert worden.

Mit tränenüberströmtem Gesicht konnte Kyp nur ungläubig die drei zusammengesunkenen Gestalten anstarren, während ihm die Sturmtruppen Stunnerschellen anlegten. Er konnte immer noch nicht begreifen, warum man in ihm eine Bedrohung gesehen hatte, denn er war zu diesem Zeitpunkt erst acht Jahre alt gewesen.

Kyp und seine Eltern wurden nach Kessel gebracht, während man den vierzehnjährigen Zeth einer Gehirnwäsche unterzogen und nach Carida verschleppt hatte, wo er als Rekrut in die imperiale Militärakademie aufgenommen worden war. Sie hatten nie wieder etwas von Zeth gehört.

Nach einem knappen Jahr war es auf Kessel zu gewaltigen Unruhen mit Gefängnisrevolten, dem Sturz der Imperialen und der Machtübernahme durch die Sklavenführer gekommen. Kyps Eltern waren während der Umwälzungen hingerichtet worden, weil sie zur falschen Zeit auf der falschen Seite gestanden hatten. Kyp selbst hatte sich versteckt und überlebt, sich still und unauffällig verhalten. Acht Jahre hatte er in der Finsternis der Stollen verbracht – und dann war er entkommen.

Nur um erneut gefangengenommen zu werden.

Es schien, als würden die Imperialen ständig sein Leben zerstören. Auf Deyer hatten ihm die Sturmtruppen sein Zuhause genommen; auf Kessel hatten sie ihn in die Gewürzminen geworfen. Jetzt, wo er endlich mit Han geflohen war, hatten ihn die Sturmtruppen wieder in ihrem Griff.

Kyps Wut verwandelte sich in ein Geschoß. Erneut konzentrierte er seine Kräfte auf das Tablett. Er stieß zu, eine Schweißperle tropfte ihm ins Auge, ließ sein Blickfeld verschwimmen. Hatte sich das Tablett bewegt, hatte es ein wenig gewackelt? Er entdeckte in der Proteinpastete, die das Hauptgericht darstellte, eine flache Delle. Hatte er sie verursacht?

Vielleicht war Wut der Schlüssel zu seinen latenten Energien.

Er wünschte, Vima da Boda hätte sich unten in den Minen mehr Zeit für seine Ausbildung genommen. Er konzentrierte sich auf die Wände, auf seine unmittelbare Umgebung. Er mußte einen Fluchtweg finden – Han hatte bereits bewiesen, daß es möglich war.

Kyp schwor sich, wenn er entkam, würde er jemand finden, der ihm zeigen konnte, wie man diese mysteriösen Kräfte benutzte. Er wollte nie wieder so hilflos sein.

Wenn Han die zerbrechliche, vogelähnliche Qwi Xux ansah, konnte er sich nicht vorstellen, daß sie die Schöpferin des Todessterns sein sollte. Aber sie arbeitete freiwillig im Schlund-Zentrum, und sie hatte ganz offen zugegeben, welche Rolle sie hier spielte. »Was hat ein nettes Mädchen wie Sie überhaupt an einem solchen Ort zu suchen?« fragte er schließlich.

»Ich arbeite hier. Ich mache das, was ich am besten kann.« Qwi nickte abwesend, als würde sie über ihre Antwort nachdenken. »Hier habe ich die Chance, die größten Geheimnisse des Kosmos zu enträtseln und Probleme zu lösen, die andere als unlösbar bezeichnet haben. Ich kann meine kühnsten Ideen Wirklichkeit werden lassen. Es ist sehr aufregend.«

Han verstand es noch immer nicht. »Aber wie ist es dazu gekommen? Warum sind Sie hier?«

»Oh, das meinen Sie!« sagte Qwi, als würde sie die Frage plötzlich verstehen. »Mein Heimatplanet ist Omwat im Äußeren Rand. Mufti Tarkin nahm zehn junge Omwati-Kinder aus verschiedenen Städten. Er brachte uns in Zwangsausbildungslager und versuchte, aus uns große Konstrukteure und Problemlöser zu machen. Ich war die Beste. Ich war die einzige, die bis zum Ende der Ausbildung durchhielt. Ich war sein Erfolg, und zur Belohnung schickte er mich hierhin.

Zuerst habe ich mit Bevel Lemelisk an der Planung des Todessterns gearbeitet. Als wir die Pläne fertig hatten, zog Tarkin Bevel ab und trug uns auf, neuere und bessere Konzepte zu erarbeiten.«

»Okay«, sagte Han, »ich frage Sie also noch einmal, warum tun Sie das alles?«

Qwi sah ihn an, als wäre er plötzlich verblödet. »Es ist die interessanteste Sache, die ich mir vorstellen kann. Ich stehe vor großen Herausforderungen, und normalerweise bin ich erfolgreich. Was kann ich mehr verlangen?«

Han merkte, daß er nicht zu ihr durchkam. »Wie kann es Ihnen Spaß machen, an deratigen Dingen zu arbeiten? Es ist schrecklich!«

Qwi trat einen weiteren Schritt zurück, sah verwirrt und verletzt drein. »Wie meinen Sie das? Es ist eine faszinierende Arbeit, wenn Sie genauer darüber nachdenken. Eins unserer Konzepte war, bereits existierende molekulare Schmelzöfen in autonome ›Weltenvernichter‹ umzubauen, die Rohstoffe von einer Planetenoberfläche gewinnen, sie in riesige automatische Bordfabriken speisen und nützliche Maschinen produzieren können. Wir sind sehr stolz auf diese Idee. Wir haben das Konzept an Tarkin weitergeleitet, kurz nachdem er Bevel mit nach draußen genommen hatte.« Sie schwieg für einen Moment. »Ich frage mich, was aus dieser Idee geworden ist.«

Han blinzelte verblüfft. Die schreckliche Flotte der Weltenvernichter hatte Admiral Ackbars Heimatplaneten angegriffen und einen Teil der wunderschönen Wasserwelt verwüstet, ehe die Dschagannathen zerstört worden waren. »Die Weltenvernichter sind längst gebaut und sehr effektiv eingesetzt worden«, murmelte Han.

Qwis Gesicht leuchtete auf. » Oh, das ist wundervoll!«

»Nein, ist es nicht!« schrie er ihr ins Gesicht. Sie sprang zurück. »Wissen Sie, wofür Ihre Erfindungen benutzt worden sind? Haben Sie eine Vorstellung davon?«

Qwi zog sich zurück, straffte sich. »Ja, natürlich. Der Todesstern wurde eingesetzt, um unbewohnte Planeten zu spalten und die Schwermetalle im Kern problemlos abzubauen. Die Weltenvernichter sollten als autonome Fabriken Asteroiden oder sterile Welten ausbeuten und eine breite Palette an Gütern erzeugen, ohne bewohnte Planeten zu verschmutzen.«

Han schnaubte und verdrehte die Augen. »Wenn Sie das glauben, dann glauben Sie alles. Hören Sie sich doch nur die Namen an! *Todesstern, Weltenvernichter* – klingt nicht gerade nach friedlicher wirtschaftlicher Entwicklung, oder?«

Qwi schnitt ein finsteres Gesicht und machte eine abfällige Handbewegung. »Was macht das schon für einen Unterschied?«

»Das erste Ziel des Todessterns war der Planet Alderaan – die Heimatwelt meiner Frau! Er tötete Milliarden von unschuldigen Menschen. Die Weltenvernichter wurden auf der *bewohnten* Welt Calamari eingesetzt. Hunderttausende der Bewohner starben. Ihre effizienten Fabriken haben TIE-Jäger und andere Vernichtungswaffen produziert, sonst nichts.«

»Ich glaube Ihnen nicht.« Ihre Stimme klang nicht besonders überzeugt.

»Ich war dort! Ich bin durch die Trümmer von Alderaan geflogen, ich habe die Verwüstungen auf Calamari gesehen. Haben Sie mein Verhörprotokoll nicht gelesen? Admiral Daala hat mich über diese Einzelheiten förmlich ausgequetscht.«

Qwi verschränkte die schmalen, bläulichen Arme vor der

Brust. »Nein, davon stand nichts in der Zusammenfassung Ihrer Befragung, die Sie so melodramatisch als ›Verhör‹ bezeichnen.«

»Dann haben Sie keinen vollständigen Bericht bekommen«, sagte Han.

»Unsinn. Ich bin berechtigt, alle Daten zu erhalten.« Sie starrte ihre Füße an. »Außerdem entwickle ich nur die Konzepte. Ich sorge dafür, daß sie funktionieren. Wenn draußen jemand meine Erfindungen mißbraucht, trage ich nicht die Verantwortung dafür. Das hat mit meiner Tätigkeit nichts zu tun.«

Han knurrte abschätzig, vor Zorn kochend. Ihre Worte klangen wie auswendig gelernt, als hätte man sie ihr eingehämmert. Sie schien über das, was sie sagte, nicht einmal nachzudenken.

Qwi flatterte zu ihrem 3-D-Displaypult. Sie ließ ihre Hände über die Tasten huschen und summte dabei, um die Umrisse des langen, eckigen Objekts schärfer hervortreten zu lassen, mit dessen Konstruktion sie beschäftigt gewesen war, als Han die Augen geöffnet hatte. »Möchten Sie vielleicht sehen, woran ich derzeit arbeite?« fragte Qwi, ohne auf die Diskussion von vorhin einzugehen.

»Sicher«, sagte Han, voller Furcht, daß Qwi ihn zurück in seine Arrestzelle schicken würde, wenn sie das Gefühl bekam, daß sich eine Fortsetzung des Gesprächs nicht lohnte.

Sie deutete auf das Bild des kleinen Fluggeräts. Vierseitig und länglich, sah es wie der lange Splitter eines feurigen Edelsteins aus. Das Diagramm zeigte eine Pilotenkanzel, die geräumig genug war, um sechs Personen aufzunehmen. Kleine Laser ragten an strategisch günstigen Stellen hervor; unter der langen Spitze war eine seltsame, wulstige Senderschüssel angebracht.

»Im Moment arbeiten wir an der Verstärkung der Panzerung«, erklärte Qwi. »Obwohl das Schiff nicht größer ist als ein Einmannjäger, muß es völlig unangreifbar sein. Indem wir eine quantenkristallisierte Panzerung verwenden, bei der nur wenige Atomschichten so dicht gepackt werden, wie es die Physik erlaubt, laminiert auf einer weiteren dünnen

Schicht, genauso widerstandsfähig, aber phasenverkehrt, erreichen wir eine absolute Unverwundbarkeit. Es wird nicht einmal einen Kratzer abbekommen.«

Han nickte den Lasergeschützen zu; angekettet an den Stützpfeiler, konnte er von seinem Platz nicht besonders viel erkennen. »Aber warum bauen Sie Waffen ein, wenn das Schiff unzerstörbar ist?« Er stellte sich vor, wie eine Flotte dieser Einheiten die TIE-Jäger ersetzte; eine kleine Streitmacht unzerstörbarer Angriffsschiffe konnte sich auf jede Flotte der Neuen Republik stürzen und sie in aller Ruhe vernichten.

»Dieses Schiff ist extrem manövrierfähig und klein genug, um bei einem systemweiten Scan nicht geortet zu werden, aber es könnte trotzdem auf Widerstand stoßen. Bedenken Sie, der Todesstern hatte die Größe eines kleinen Mondes. Dies hier erreicht durch Finesse, was der Todesstern durch brutale Gewalt vollbrachte.«

Von kalter Furcht erfüllt, wollte Han die Antwort auf seine nächste Frage gar nicht hören. Wie konnte sie dieses kleine Schiff mit dem Todesstern vergleichen? Aber er mußte sie danach fragen. »Und was ist es? Was macht es?«

Qwi sah das Holobild voll Bewunderung, Stolz und Furcht an. »Nun, wir haben es noch nicht getestet, aber der Prototyp ist fast fertig. Wir nennen dieses Konzept den Sonnenhammer, klein, aber unvorstellbar schlagkräftig. Ein kleines, unangreifbares Schiff schießt ein moduliertes Resonanzprojektil auf einen Stern ab, das im Kern eine Kettenreaktion auslöst und selbst Sterne mit geringer Masse in eine Supernova verwandelt. Einfach und direkt.«

Vor Entsetzen fehlten Han die Worte. Der Todesstern zerstörte Planeten, aber der Sonnenhammer war in der Lage, ganze Sonnensysteme zu zerstören.

22

Luke und Lando standen mit Moruth Doole hoch oben im Inneren eines Atmosphärekamins von Kessel. Sie hielten sich am rostigen Geländer eines Laufgangs fest und blickten in die schwindelerregende Tiefe. Aus dem Kamin stieg tosend die künstlich produzierte Luft in den Himmel; alles erinnerte Luke an den riesigen Luftschacht in Cloud City.

Den ohrenbetäubenden Hintergrundlärm überschreiend, erklärte Doole: »Nach einer alten imperialen Studie reichen die Rohstoffe in Kessels Kruste gerade aus, um bei unserer derzeitigen Verbrauchsrate die Atmosphäre für ein oder zwei Jahrhunderte aufrechtzuerhalten.« Er zuckte die stämmigen Schultern. »Vor ein paar Jahren war die Produktion höher, so daß sich die Sklaven auf der Oberfläche aufhalten und atmen konnten, aber warum sollten wir das jetzt noch tun?«

Lando nickte weise und gab sich interessiert, während Luke nichts sagte. Doole hatte sie schon den ganzen Tag herumgeführt und mehr geredet als die weitschweifigen Senatoren auf Coruscant. Er wollte Landos halbe Million Kredits und pries Kessels Vorzüge wie ein Vertreter der planetaren Industrie- und Handelskammer.

Während des Rundgangs hatte Luke ständig seine Jedi-Sinne ausgestreckt und nach einem Zeichen von Han oder Chewie gesucht. Aber Luke konnte kein Prickeln in der Macht spüren, kein Kräuseln, das auf die Anwesenheit seiner Freunde hindeutete. Vielleicht waren sie doch schon tot.

Lando setzte seine Unterhaltung mit Doole fort, hob seine Stimme, um den heulenden Wind zu übertönen, der durch den Kamin in die Höhe brauste. »Bis die Luft ausgeht, kann sich hier eine Menge ändern. Wichtig ist doch nur, was man in seiner eigenen Lebenszeit erreicht.«

Dooles zischendes Gelächter wurde vom Hintergrundlärm verschluckt. Er legte Lando eine Hand auf die Schulter. »Wir denken ähnlich, Mr. Tymmo. Wen kümmert's, was passiert, wenn wir zu Weltraumstaub geworden sind? Ich quetsche Kessel lieber aus, solange er sich in meiner Hand befindet.«

»Sie scheinen hier wirklich ein gigantisches Unternehmen zu haben. Wie kommt es, daß Sie es noch immer solo führen?« fragte Lando.

Doole zuckte bei dem Wort ›solo‹ zusammen. Luke wußte, daß Lando den Begriff absichtlich gewählt hatte; beide bemerkten die Reaktion des Rybeters. »Wie meinen Sie das?« fragte Doole.

»Nun, nach dem Ende der imperialen Kontrolle über das Gewürz standen Ihnen alle Märkte offen und Sie hätten tausend Vertreter einstellen können, um das Produkt zu verkaufen. Jabba der Hutt ist tot. Warum haben Sie sich nicht mit den vereinigten Schmugglern unter Talon Karrde und Mara Jade zusammengetan? Es muß doch Ihre Profite beeinträchtigt haben.«

Doole richtete einen klebrigen Finger auf Lando. »Unsere Profite wachsen rasant, seit wir *alles* Glitzerstim unter unserer Kontrolle haben und es nicht mehr unter den Augen der Imperialen stehlen müssen. Und nachdem wir so lange unter dem Joch des Imperiums gelitten haben, wollte ich mich nicht der Neuen Republik ausliefern. Jeder weiß doch, daß Jade und Karrde nur ihre Marionetten sind.«

Doole bemerkte Landos Skepsis und wedelte mit den Händen. »Oh, aber wir ziehen es natürlich in Erwägung. Um offen zu sein, ich habe bereits mit einer Ministerin der Neuen Republik gesprochen und Verhandlungen aufgenommen, die möglicherweise zu einer Allianz führen.«

»Klingt gut«, murmelte Lando unverbindlich.

Doole führte sie über den Laufgang zurück zur Tür, wo R2 wartete. Nachdem Doole die schwere Tür hinter ihnen geschlossen hatte, blieb er einen Moment stehen, damit sich ihre Ohren an die plötzliche Stille gewöhnen konnten. »Wie Sie sehen, sind hier große Veränderungen im Gang. Sie, mein Freund, haben sich für Ihr Engagement einen guten Zeitpunkt ausgesucht.«

»*Falls* ich mich zu einer Investition entschließe«, sagte Lando bestimmt.

»Ja, ja, falls Sie sich zu einer Investition entschließen. Die Wahrheit ist, Ihre Entscheidung könnte von größter Bedeutung sein, Mr. Tymmo. Seit dem Tod von Skynxnex brauche ich einen neuen, ah, *Assistenten* für die Leitung der Gewürzminen.«

Lando warf wichtigtuerisch seinen Umhang nach hinten. »Falls ich eine halbe Million Kredits investiere, Doole, erwarte ich, daß ich Ihr *Partner* und nicht Ihr Assistent werde.«

Doole machte praktisch einen Kotau. »Natürlich. Diese trivialen Einzelheiten lassen sich klären. Ich brauche außerdem einen neuen Oberaufseher. Vielleicht ist Ihr Kompagnon an diesem Posten interessiert?« Er sah Luke an, blinzelte mit seinem eiweißen Auge.

Luke fixierte das mechanische Auge des Rybeters und versuchte, Dooles Gehirn seine Geheimnisse zu entlocken. »Ich werde darüber nachdenken«, erklärte Luke.

Doole ignorierte ihn und richtete seine Aufmerksamkeit wieder auf Lando. »Nun denn, Sie haben praktisch alles gesehen. Gibt es sonst noch etwas, das ich Ihnen zeigen kann?«

Lando wechselte einen Blick mit Luke, der einen Moment überlegte. Der zerklüftete Mond mit seiner Sicherheitsbasis beunruhigte ihn. Wenn Han nicht auf Kessel selbst war, dann war er vielleicht auf der Mondbasis eingesperrt.

»Haben Sie keine Angst, daß Überreste des Imperiums Sie angreifen?« fragte Luke. »Oder die vereinigten Streitkräfte der Neuen Republik?«

Doole wischte die Bemerkung beiseite. »Wir haben unsere Vorsichtsmaßnahmen getroffen. Machen Sie sich keine Sorgen.«

Aber Luke blieb hartnäckig und versuchte, wie ein vorsichtiger Geschäftspartner zu klingen. »Wenn wir investieren, müssen wir diese angeblichen Vorsichtsmaßnahmen sehen. Wir kennen den Energieschild, den Sie von der imperialen Strafanstalt übernommen haben. Aber verfügen Sie auch über eine Flotte?«

Doole begann zu stottern, doch Lando hakte nach. »Moruth, wenn es irgend etwas gibt, das Sie uns lieber vorenthalten möchten ...«

»Nein, nein, das ist überhaupt kein Problem. Ich muß nur eine Fähre für den Flug zur Mondbasis organisieren. Sie sollen nicht glauben, das ich irgend etwas zu verbergen habe.«

Doole eilte davon, um die Fähre zu organisieren, während Luke und Lando hinter seinem Rücken skeptische Blicke wechselten.

Lando gefiel der Gedanke nicht, die *Glücksdame* auf dem Landefeld der imperialen Strafanstalt zurückzulassen, aber Doole fuhr fort, den großzügigen Gastgeber zu spielen. Verstohlen versuchte Luke, ihn zu beruhigen, als sie mit der Kurzstreckenfähre abhoben, doch Lando starrte aus dem kleinen Fenster, als würde er sein Schiff nie wiedersehen.

Kessels Mond kam näher, eine ausgehöhlte Felskugel, die im Inneren einen riesigen Hangar und die gewaltigen Generatoren und Projektoren barg, mit denen der schützende Energieschild um den Planeten erzeugt wurde.

Nach der Landung verließ Moruth Doole eilig die Fähre und winkte ihnen so ungeduldig zu, ihm zu folgen, daß Luke neugierig wurde. Doole blieb wartend stehen, während R2 die Rampe hinunter und in die riesige Höhle rollte. Hinter einem durchsichtigen Schirm, der die Atmosphäre am Entweichen hinderte, konnte Luke Sterne und die rotierenden Gasschleier sehen, die um die Ballung Schwarzer Löcher kreisten.

Doole schien auf seine Verteidigungsflotte stolzer zu sein als auf jeden anderen Aspekt des Kessel-Unternehmens. »Folgen Sie mir.«

Er watschelte über den Felsboden des Hangars zu den endlosen Reihen der Kampfschiffe, die scheinbar ohne jedes System abgestellt waren. Sie passierten Schiffe, die Luke kannte, und andere, die so exotisch waren, daß er sie nicht einmal identifizieren konnte. Seine Kenntnisse als Jägerpilot halfen ihm, die Flotte einzuordnen: X-Flügler, Y-Flügler, mächtige corellianische Korvetten, ein einzelner B-Flügler, TIE-Jäger, TIE-Abfangjäger, vier TIE-Bomber, mehrere schnelle Kanonenboote sowie Angriffsfähren der *Gamma*-Klasse. Im Weltraum hinter der gezackten Ausflugöffnung des Mondes schwebten größere Angriffsschiffe – drei *Carrack*-Kreuzer, zwei große Fregatten der *Lanzen*-Klasse, ein einzelner Loronar-Angriffskreuzer.

»Nach der Vertreibung des Imperiums«, erläuterte Doole, »habe ich den Aufbau einer Verteidigungsflotte zur obersten Priorität erklärt. Ich habe jedes Kampfschiff gekauft, das ich bekommen konnte, unabhängig von seinem Zustand, und erfahrene Mechaniker aus dem corellianischen Sektor von Nar Shaddaa angeheuert.«

Mit seinen Amphibienlippen grinste er. »Wir haben erst vor zwei Tagen den Energieschild wieder in Betrieb genommen, was eine große Erleichterung für mich war. Jetzt, mit den aktiven Schilden und unserer schlagkräftigen neuen Flotte, ist Kessel sicher und unabhängig. Wir können in der ganzen Galaxis die Preise für das Glitzerstim festsetzen, ohne daß irgend jemand etwas dagegen tun kann.«

»Wirklich eine Menge Schiffe«, stimmte Lando zu. »Ich bin beeindruckt.«

Luke erinnerte sich, wieviel Schwierigkeiten die Neue Republik gehabt hatte, während Admiral Thrawns Guerillakrieg an genügend Kampfschiffe zu kommen. Wenn Moruth Doole alle Hebel in Bewegung gesetzt hatte, um jedes einsatzbereite Schiff im Sektor zu erwerben, war es kein Wunder, daß es zu Engpässen gekommen war.

»Wir sollten uns gegen jeden Gewürzpiraten verteidigen können, meinen Sie nicht auch?« sagte Doole.

Sie gingen weiter an den Reihen der geparkten Schiffe entlang. Plötzlich erstarrte Lando, und Luke spürte den Aufruhr seiner Gefühle. R2 begann wild zu trällern. Luke sah sich um und entdeckte einen modifizierten leichten Frachter corellianischer Herkunft – ein Schiff, das ihm eindeutig bekannt vorkam.

»Was ist?« fragte Doole und starrte den Droiden an.

Lando brauchte einen Moment, um seine Fassung zurückzugewinnen. Er trommelte mit den Knöcheln auf R2s Kuppelkopf. »Kosmische Streustrahlung, schätze ich. Gelegentlich brennt bei diesen alten Astromecheinheiten ein Schaltkreis durch.« Er schluckte. »Könnte ich mit meinem Assistenten einen Moment unter vier Augen sprechen, Moruth?«

»Oh, uh, natürlich.« Doole zog sich diskret zurück. »Ich werde dafür sorgen, daß die Mechaniker die Fähre für unsere Rückkehr nach Kessel vorbereiten.« Er wandte sich an Luke und bemühte sich um einen humorvollen Tonfall. »Also, reden Sie Ihrem Boß ja nicht aus, hier zu investieren!«

Kaum war Doole außer Hörweite, nickte Lando aufgeregt dem Frachter zu. »Das ist der *Falke*, Luke. Ich kenne ihn wie eine Krabbe ihre Schale!«

Luke musterte das Schiff, meinte es ebenfalls wiederzuerkennen, wollte aber noch mehr Beweise haben. »Bist du sicher?«

»Es ist der *Falke*, Luke. Er hat mir gehört, bevor Han ihn mir in einem Sabaccspiel abgeknöpft hat. Wenn du genau hinsiehst, erkennst du die Schramme an der Spitze, die ich mir geholt habe, als ich bei der Flucht vom Todesstern die Antennenschüssel verloren habe.«

Luke bemerkte außerdem frische Brandspuren einer nur kurz zurückliegenden Raumschlacht. »Sie können die Kennzeichen geändert und den Speicherkern gelöscht haben. Gibt es sonst noch irgendeinen Beweis?«

»Ich muß nur ins Cockpit kommen. Han hat an dem Schiff ein paar Modifikationen vorgenommen, die außer mir niemand bemerken würde.«

Als Doole zurückkehrte, sagte Lando: »Mein Assistent will sich davon überzeugen, daß Sie diese Schiffe auch gründlich warten. Wenn Sie sie nicht in Schuß halten, sind sie für die Verteidigung nicht viel wert. Machen wir doch eine Stichprobe ... wie wäre es mit diesem corellianischen Schiff dort drüben?«

Doole wirkte überrumpelt und starrte den *Falken* an. »Dieses? Uh, wir haben jede Menge erstklassige Jäger, die Sie sich ansehen können. Das da ist mehr ein ... Schrotthaufen.«

Lando drohte ihm mit dem Finger. »Wenn Sie das Schiff bestimmen, Moruth, ist es keine Stichprobe mehr, nicht wahr? Öffnen Sie es. Nun machen Sie schon.«

Widerwillig betätigte Doole die Außenkontrollen und ließ die Rampe des *Falken* herunter. Lando übernahm die Führung, gefolgt von Luke, während R2 so dicht hinter Doole her rollte, daß er dem Rybeter fast gegen die Hacken fuhr.

Im Inneren marschierte Lando ins Cockpit, angeblich, um die Systeme zu überprüfen. Zärtlich strich er mit den Fingern über die fleckigen, abgewetzten Kontrollpulte und legte einige Schalter um. »Ionenflußstabilisator optimal, genau wie der Stasisfeldgenerator. Sollen wir auch den Energiekonverter überprüfen? Corellianische Frachter sind dafür berüchtigt, daß diese Dinger versagen.«

Lando verschwand in dem schmalen Korridor, der vom Cockpit zum zentralen Wohnbereich des Schiffes führte. Er wandte sich nach links Richtung Einstiegsrampe und trat vorsichtig auf die Platten des Hauptdecks. Von den Kontrollpulten aus hatte er die versteckten Schlösser entriegelt, und als er mit dem Stiefelabsatz auf die entsprechenden Platten trat, schwangen sie auf und enthüllten die sieben Geheimfächer, die Han persönlich unter dem Boden angelegt hatte, um in ihnen Gewürz zu schmuggeln.

»Erwischt, Doole, Sie Bastard!« Lando packte ihn an seiner gelben Krawatte und schnürte ihm die Kehle zu. »Was haben Sie mit Han und Chewbacca gemacht?«

Doole wirkte völlig überrumpelt und fuchtelte mit seinen gespreizten Händen. »Wovon reden Sie überhaupt?« krächzte er. Während Lando dem Rybeter zornig in die großen Augen starrte, schob Doole eine Hand in seine Weste und zog eine kleine Blasterpistole, die er für den Notfall immer bei sich trug. Luke sah es und reagierte sofort. Mit seinem Bewußtsein stieß er zu und fegte Moruth Doole mit der Macht beiseite.

Der Blaster ging los und schickte einen tödlichen Strahl durch den Korridor des *Falken.* Doole kippte nach hinten und rappelte sich behende wieder auf. Er feuerte erneut auf sie, aber sein mechanisches Auge hatte keine Zeit gehabt, sich neu einzustellen, und der Strahl verfehlte sie. Doole sprang die Rampe hinunter und schrie nach den Wachen. Sein mechanisches Auge löste sich und rollte klappernd über den Boden. Voller Panik kroch er hinterher, tastete blind mit seinen Händen.

Luke hämmerte auf die Schleusenkontrollen, fuhr die Rampe ein und schloß das Schott. »Wir hätten ihn als Geisel nehmen sollen«, sagte er. »Jetzt wird es viel schwerer werden, von hier wegzukommen.«

Draußen löste Doole den Alarm aus. Zwischen den geparkten Schiffen stürzten die Wachen hervor und zogen ihre Blaster.

»R2, an den Computer!« befahl Luke.

Lando sprang in den Sitz vor den Kontrollen. »Ich bezweifle, daß wir noch irgend etwas für Han tun können. Wir müssen zurück und Leia informieren. Sie kann eine Belagerungsflotte nach Kessel schicken. Wir werden das System mit einem Hochleistungsscanner absuchen.«

»Falls wir hier lebend rauskommen«, warf Luke ein.

»R2«, rief Lando, »stöpsel dich in den Kopilotencomputer ein und übernimm die Hangarkontrollen.« Der Astromechdroide zwitscherte hilfsbereit und rollte zur Navcomputerkonsole.

Draußen im Hangar heulten die Alarmsirenen. Leute rannten aufgescheucht hin und her. Luke erkannte sofort, daß diese Söldner noch viel schlechter organisiert waren als das schlampigste imperiale Regiment. Aber sobald Lando das Schiff vom Boden des Landefelds hob, hatten sie ein unübersehbares Ziel vor Augen.

»R2, schalt dieses Schleusenfeld ab!« brüllte Lando.

Mit den Manövrierdüsen setzte er das Schiff in Bewegung und beschleunigte, während sie über die anderen geparkten Kampfschiffe hinwegschwebten. Piloten kletterten in ihre Jäger, bereit für eine Raumschlacht. Die großen Kampfschiffe im Orbit um den Mond schienen die Situation noch nicht erfaßt zu haben.

Lando raste mit zunehmender Geschwindigkeit auf die breite Hangaröffnung und den Weltraum zu. Sie konnten den unsichtbaren Schild nicht sehen. R2 piepte und pfiff, aber es klang nicht ermutigend. »Runter mit dem Schild!« beharrte Lando.

R2s Schnittstellenbuchse rotierte, während er am Hangarcomputer arbeitete und versuchte, die Paßwortkontrollen zu umgehen.

»Der Schild muß *jetzt* weg, R2!« drängte Luke.

Die Heckdüsen des *Falken* sprangen an und ließen sie einen Satz nach vorn machen und weiter an Geschwindigkeit gewinnen. »Komm schon«, sagte Lando zu dem Schiff. »Du kannst es schaffen. Tu es ein letztes Mal für Han.«

Einen Moment, bevor sie durch die Öffnung schossen, piepte R2 triumphierend. Luke zuckte zusammen, aber der Schild brach genau zum richtigen Zeitpunkt zusammen.

Alarmlichter flackerten an den großen Schlachtschiffen im Orbit. Waffensysteme wurden hochgefahren, Zielerfassungsmodule schwenkten ein.

Der *Millennium Falke* raste in den offenen Weltraum, während hinter ihnen die Kessel-Streitkräfte die Verfolgung aufnahmen.

23

Eingehüllt in seine dunklen Roben, besuchte Tol Sivron Qwi Xux in ihrem Forschungslabor. Er holte tief und zischend Luft, und seine Kopffühler zuckten unbehaglich, während er sich im Raum umsah. Der Twi'lek-Administrator tat so, als hätte er noch nie einen Fuß in ein Labor gesetzt – was Qwi seltsam vorkam, da er der Leiter des gesamten Zentrums war.

Qwi brach ihre musikalische Berechnung mit einem atonalen Schrei ab. »Direktor Sivron! Was kann ich für Sie tun?«

Tol Sivron verlangte regelmäßige schriftliche Berichte, Machbarkeitsstudien und Entwicklungsreports. Einmal in der Woche versammelte er die Wissenschaftler um sich, damit sie in einer offenen und inspirierenden Atmosphäre über ihre Ideen und ihre Arbeit diskutieren konnten.

Aber Tol Sivron machte niemals *Besuche.*

Er schlurfte im Raum herum und betrachtete scheinbar hochinteressiert die Standardeinrichtung. Mit seinen Fingerklauen strich er über das Eichgerät eines Schweißnahtbelastungsanalysators und murmelte dabei: »Hmm, hmm, gute Arbeit!«, als hätte Qwi das Instrument erfunden.

»Ich bin nur gekommen, um Ihnen mein Lob für ihre gleichbleibend guten Leistungen auszusprechen, Dr. Xux.« Sivron befingerte einen der wurmähnlichen Kopffühler um seinen Hals; dann wurde seine Stimme streng. »Aber ich hoffe, daß Sie nach all den Verzögerungen endlich mit der Arbeit am Sonnenhammer-Projekt fertig werden. Großmufti Tarkins Zieldatum ist bereits überschritten, wie Sie wissen, und wir brauchen Resultate. Ich erwarte, daß Sie Ihren Abschlußbericht schreiben und alle entsprechenden Dokumente vorlegen. Reichen Sie sie so bald wie möglich in meinem Büro ein.«

Qwi blinzelte ihn verärgert an. Sie hatte bereits fünf verschiedene »Abschlußberichte« vorgelegt, aber jedes Mal hatte Sivron sie gebeten, eine bestimmte Simulation zu wiederholen oder die Strukturnähte in der Quantenpanzerung des Sonnenhammers neu zu testen. Er hatte nie einen Grund dafür angegeben, und Qwi war überzeugt, daß er die Berichte nie gelesen hatte. Inzwischen war sie es leid und würde lieber mit der befriedigenderen, kreativen Arbeit an einem neuen Projekt beginnen.

»Sie werden den Bericht heute abend in Ihren Händen halten, Direktor Sivron!« Sie würde einfach eine Kopie des letzten einreichen.

»Gut, gut«, sagte Sivron und streichelte erneut seinen Kopffühler. »Ich wollte nur sichergehen, daß alles in Ordnung ist.«

Wozu? dachte Qwi. *Wir können nirgendwohin.* Sie haßte es, wenn diese Bürokraten- und Militärtypen ständig ihre Nasen in ihre Arbeit steckten. Ohne ein weiteres Wort verließ Sivron den Raum.

Qwi starrte ihm nach und aktivierte dann das nur selten benutzte Schloß ihrer Tür. Sie kehrte an ihr Terminaldisplay zurück und versuchte weiter, die Mauer aus Paßwörtern zu durchbrechen. Herausforderungen hatte sie schon immer geschätzt.

Qwi mußte immer wieder an das denken, was Han ihr gesagt hatte. Zuerst war es nur ein neues Rätsel gewesen, dessen Lösung sie reizte, aber dann hatte sie sich intensiver damit befaßt. Alle Prototypen, die sie entwickelte, waren für sie abstrakte Konzepte, die mittels mathematischer Musik und brillanter Intuition in die Realität umgesetzt wurden. Sie redete sich ein, daß sie nicht wußte – und es sie auch nicht kümmerte –, wofür ihre Erfindungen benutzt wurden. Sie konnte es sich natürlich vorstellen, aber sie zog es vor, nicht näher darüber nachzudenken. Sie wollte es nicht wissen! Sie blockte derartige Gedanken ab, ehe sie an die Oberfläche ihres Bewußtseins stiegen. Aber Qwi Xux war nicht dumm.

Der Todesstern sollte ausgebeutete, tote Planeten spalten, um an die tief im Kern liegenden Rohstoffe zu gelangen. Sicher! Hatte sie sich diese Entschuldigung hinterher ausgedacht? Die Weltenvernichter waren riesige wandernde Fabriken, die nutzlosen Abfall verarbeiteten und daraus wertvolle Industriegüter herstellten. Sicher! Tarkin war während ihrer Zwangsausbildung bei ihr gewesen. Sie wußte, wozu der Mann fähig war.

Und der neue Sonnenhammer war ... »Was?« hatte Han gesagt und die Stimme erhoben, daß sie in ihren empfindlichen Ohren schmerzte. »Große Galaxis, welchem Zweck könnte der Sonnenhammer denn dienen? *Doch nur der totalen Vernichtung allen Lebens in den Systemen, die den Imperialen nicht gefallen.* Der Sonnenhammer hat nur diesen einen Zweck: zahllosen unschuldigen Wesen den Tod zu bringen. Sonst nichts.«

Aber dafür war doch Qwi nicht verantwortlich! Das gehörte nicht zu ihrem Job. Sie entwarf nur die Pläne, entwickelte sie weiter, löste Probleme. Es erregte sie, etwas zu vollbringen, was bis dahin als unmöglich gegolten hatte.

Andererseits wußte sie sehr genau, was sie machte ... obwohl ihre vorgetäuschte Naivität eine wunderbare Entschuldigung war, ein perfekter Schutz vor ihren Gewissensbissen.

In den Schlund-Datenbanken hatte Qwi den vollständigen Bericht über Han Solos »Befragung« gefunden – durch ein Paßwort geschützt, das sie mühelos entschlüsselt hatte –, kein bloßes Schriftprotokoll, sondern eine Videoaufzeichnung. Sivron und Daala hatten ihr tatsächlich eine Menge vorenthalten – aber warum?

Als sich Qwi die Aufzeichnung der Foltersitzung ansah, wollte sie ihren Augen nicht trauen. Sie hatte sich nicht vorstellen können, daß man ihm die Informationen auf diese Weise abgepreßt hatte! Die Worte auf dem Papier wirkten so kühl und kooperativ.

Aber auf einer tieferen Ebene fühlte sie sich in ihrer beruflichen Ehre gekränkt und war voller Zorn auf Admiral Daala. Angeblich hatten alle Schlund-Wissenschaftler freien Zugang zu Daten. In ihren zwölf Jahren im Inneren der Ballung Schwarzer Löcher war nie eine ihrer Informationsanfragen abgelehnt worden! Aber das hier war noch viel schlimmer. Man hatte ihr nicht nur den Zugang zum vollständigen Bericht verwehrt – man hatte sie durch *Täuschung* zu der irrigen Annahme verleitet, daß Hans Befragung keine weiteren Daten ergeben hatte.

Aber Information muß geteilt werden! dachte Qwi. *Wie kann ich meine Arbeit machen, wenn ich nicht die relevanten Daten bekomme?*

Qwi hatte es keine Mühe gemacht, die verschiedenen Paßwörter zu entschlüsseln. Offenbar hatte niemand erwartet, daß sie nachforschen würde. Sie las mit wachsender Empörung und Verwirrung den vollständigen Bericht: die Vernichtung Alderaans, der Angriff auf Yavin 4, der Hinterhalt der Rebellenflotte über Endor, das riesige Hospitalschiff und die Passagiertransporter, die vom Superlaser des zweiten Todessterns in Mikrometeoriten verwandelt worden waren.

»Was dachten Sie denn, wofür man sie benutzt hat?« hatte Han gefragt. Qwi schloß die Augen und dachte nach.

Konzentriere dich auf das Problem. Es war ein Mantra ihrer Kindheit gewesen. *Laß dich von nichts ablenken.* Nur die Lösung des Problems zählte. Die Lösung des Problems war gleichbedeutend mit Überleben …

Sie erinnerte sich, daß sie als Kind zwei Jahre in der sterilen, stillen Umwelt der orbitalen Ausbildungssphäre über ihrer Heimatwelt Omwat verbracht hatte. Qwi war zehn Standardjahre alt gewesen, genauso alt wie ihre neun Mitschüler, die aus neun verschiedenen Omwati-Wabensiedlungen stammten. Aus der Umlaufbahn sahen die orangen und grünen Kontinente surreal aus, von Wolken verhüllt und von Canyons zerfurcht, befleckt von hochgetürmten Bergen – ganz anders als auf den sauberen Karten, die sie kannte.

Aber neben Qwis Ausbildungssphäre kreiste Mufti Tarkins persönlicher Sternzerstörer im Orbit. Er war nur ein Schiff der *Sieges*-Klasse, aber mächtig genug, um Tod und Zerstörung auf Omwat niederregnen zu lassen, falls die Studenten versagten.

Zwei Jahre lang hatte Qwis Leben nur aus einer endlosen Folge aus Unterricht, Prüfungen, Unterricht und nochmals Prüfungen bestanden, mit dem ausschließlichen Zweck, das vollständige Wissen der Ingenieurwissenschaften in aufnahmefähige junge Omwati-Gehirne zu stopfen – oder ihre Gehirne dabei zum Platzen zu bringen. Tarkins Forschungen hatten ergeben, daß Omwati-Kinder zu erstaunlichen intellektuellen Leistungen fähig waren, wenn man sie entsprechend forderte. Die meisten jungen Geister brachen unter dem Druck zusammen, aber einige gingen als kostbare Juwelen daraus hervor, brillant und kreativ. Mufti Tarkin hatte diese Möglichkeit überprüfen wollen.

Der hagere, stahlharte Mann hatte wichtigen Prüfungen in seiner Paradeuniform beigewohnt und die überlebenden Omwati-Kinder beobachtet, während sie mit Problemen rangen, vor denen die besten Konstrukteure des Imperiums kapituliert hatten. Qwi wußte noch genau, wie entsetzt sie gewesen waren, als ein Junge namens Pillik plötzlich von Krämpfen geschüttelt zu Boden gestürzt war, sich den Kopf hielt und laut brüllte. Er war wieder auf die Knie gekommen, weinend, ehe die Wächter ihn gepackt hatten. Als sie ihn fortschleppten, streckte er immer noch die Hände nach seinen Prüfungsunterlagen aus und schrie, daß er seine Arbeit beenden wollte.

Schweigend waren Qwi und ihre drei überlebenden Klassenkameraden ans Fenster der Ausbildungssphäre getreten und hatten zugesehen, wie die Turbolaser des Sternzerstörers der *Sieges*-Klasse Pilliks Wabensiedlung ausgelöscht hatten, um sein Versagen zu bestrafen.

Qwi durfte sich von den Konsequenzen nicht ablenken lassen. Wenn ihre Konzentration nachließ, würden alle sterben. Sie mußte ihr Mitgefühl unterdrücken. Probleme waren rein und sicher und mußten um ihrer selbst willen gelöst werden. Sie durfte nicht zulassen, daß sie an etwas anderes als die abstrakte Herausforderung dachte.

Am Ende hatte Qwi als einzige ihrer Gruppe die Ausbildung überlebt. Sie erhielt keine Unterweisung in den Biologiewissenschaften, um ihre geistige Kapazität ausschließlich für Physik, Mathematik und Maschinenbau zu nutzen. Tarkin hatte sie zum neuen Schlund-Zentrum gebracht und sie der Obhut des großen Ingenieurs Bevel Lemelisk übergeben. Seitdem hielt sich Qwi im Schlund auf.

Probleme mußten um ihrer selbst willen gelöst werden.

Wenn sie sich von Gefühlen ablenken ließ, würden schreckliche Dinge geschehen. Sie erinnerte sich an die Bilder brennender Omwati-Städte, die aus dem Orbit wie flackernde Lagerfeuer aussahen, an die durch Laserbeschuß ausgelösten Buschbrände, die über die Savannen ihrer Welt rasten – aber sie hatte zu viele Berechnungen vorzunehmen, zu viele Pläne zu modifizieren.

Qwi hatte ihr Gewissen beruhigt, indem sie die Verantwortung anderen in die Schuhe schob. Aber die Wahrheit war, daß sie Maschinen erschuf, die für den Tod ganzer Zivilisationen, die Zerstörung ganzer Welten verantwortlich waren. Mit dem Sonnenhammer konnte sie per Knopfdruck ganze Sonnensysteme ausradieren.

Qwi Xux hatte genug Stoff zum Nachdenken, aber sie wußte nicht, wie sie dabei vorgehen sollte. Dies war ein völlig neues und andersartiges Problem, das von ihr gelöst werden mußte.

Chewbacca stand wie eine Statue da, rührte sich nicht und provozierte den Aufseher zum erneuten Einsatz seiner Energiepeitsche.

Der Aufseher schlug zu.

Chewbacca brüllte, als der Schmerz über seine Haut sengte; seine Muskeln verkrampften sich unter der Entladung. Er riß die haarigen Arme hoch und brannte darauf, dem fetten, trägen Mann mit dem kugelförmigen Rumpf die Glieder auszureißen.

Vierzehn Sturmtruppler richteten ihre Blaster auf ihn.

»Wirst du jetzt wieder an die Arbeit gehen, oder muß ich die Energiestärke um ein paar Stufen höher stellen?« Der Aufseher klopfte mit dem Griff der Energiepeitsche gegen seine Handfläche und sah Chewbacca ausdruckslos an. Sein Teint wirkte staubgrau und blutleer, als hätte es unter seiner Haut nie einen Funken Leben gegeben.

»Zu einem anderen Zeitpunkt hätte ich dich liebend gern fertiggemacht, Wookiee. Ich bin schon seit vierzehn Standardjahren hier und habe es nur mit Wookiee-Sklaven zu tun gehabt. Wir haben dabei ein paar verloren, aber ich habe sie alle gebrochen, und jetzt befolgen sie meine Befehle und machen ihre Arbeit. Aber Admiral Daala besteht darauf, daß für die morgige Mobilmachung alle in Hochform sind.«

Er ließ das knisternde grüne Peitschenende vor Chewbaccas Gesicht tanzen und versengte ihm das Fell. Chewbacca öffnete die schwarzen Lippen und grollte.

»Ich habe jetzt keine Zeit für Spielchen«, sagte der Aufseher. »Wenn ich meine Zeit damit verschwenden muß, dich zu disziplinieren, werfe ich dich lieber in den Weltraum. Hast du verstanden?«

Chewbacca wollte sich schon brüllend auf ihn stürzen, aber der Aufseher schien es ernst zu meinen. Zumindest mußte Chewbacca lange genug überleben, um herauszufinden, was aus Han geworden war. Vor langer Zeit hatte Han Chewbacca aus der Gewalt anderer Sklavenhalter befreit, und er schuldete seinem Freund noch immer ein Leben. Er gab einen leisen, resignierten Grunzer von sich.

»Gut, geh jetzt zurück zu dieser Angriffsfähre!«

Chewbacca trug einen grauen Arbeitsoverall mit Taschen für Maschinendiagnosewerkzeuge und Hydroschraubenschlüssel. Keins der Werkzeuge konnte als Waffe verwendet werden; das hatte Chewbacca bereits festgestellt.

Die Angriffsfähre der *Gamma*-Klasse nahm einen Großteil des unteren Hangars der *Gorgo* ein. Chewbacca hatte ein kleines Datenbrett mit den Konfigurationen des Traktorstrahlprojektors und der Deflektorschildgeneratoren bei sich. Er hatte bereits an anderen Schiffen gearbeitet, und dank der vielen Notfallreparaturen, zu denen er und Han gezwungen gewesen waren, kannte er den *Falken* wie seine eigene Westentasche. Mit den Informationen des Datenbretts konnte er mühelos die jahrzehntealte imperiale Technologie warten.

Am Heck der Angriffsfähre inspizierte Chewbacca die Abgasdüsen der Schubreaktoren und überprüfte grollend die Blastergeschütztürme. Am Bug befand sich eine große Schleuse, durch die die Kommandocrew das Schiff betreten konnte, aber Chewbacca zog es vor, eine Seitenluke zu öffnen und in eine der Abschußröhren zu klettern, durch die während eines Raumangriffs Null-G-Sturmtruppen nach draußen katapultiert wurden.

Die Röhre führte ihn zum Maschinendeck, wo er die Energiemodulatoren und Lebenserhaltungssysteme kontrollierte. Er widerstand der Versuchung, die Kabel herauszureißen und die Anlagen zu zerstören – der Aufseher würde ihn auf der Stelle töten, und ein derart unbedeutender Sabotageakt würde zu nichts führen. Selbst subtile Beschädigungen mußten beim Check vor dem Start auffallen.

Die spartanische Passagiersektion der Angriffsfähre bot nur Platz für einen Sturmtrupp und ihre Nun-G-Panzer. Chewbacca überprüfte die Kommandokonsole und die Zwillingsflugcomputer ... und dachte daran, die Sitze der fünfköpfigen Kommandocrew aus ihren Verankerungen zu reißen.

Draußen im Hangar der *Gorgo* brüllte der fette Aufseher und knallte mit seiner Peitsche. Chewbacca spürte Zorn in sich hochkochen, als er die Schmerzensschreie der anderen eingeschüchterten Wookiee-Sklaven hörte. Er wußte nichts von seinen Mitgefangenen; man hatte ihn in einer Einzelzelle isoliert, und es war ihnen verboten, miteinander zu sprechen. Chewbacca fragte sich, wann diese ausgemergelten Sklaven zum letzten Mal die Äste ihrer Heimatbäume berührt hatten.

»An die Arbeit!« schrie der Aufseher. »Wir haben heute noch eine Menge zu tun! Dreihundert Schiffe allein auf der *Gorgo*!« Und Chewbacca wußte, daß die drei anderen Sternzerstörer genauso viele TIE-Jäger, Kanonenboote und Angriffsfähren an Bord hatten.

Chewbacca packte den offenen Deckel einer Vorratstruhe und verbog ihn sichtbar. Er hätte zu gerne gewußt, warum Admiral Daala eine so verzweifelte Eile an den Tag legte.

Qwi Xux mochte es nicht, von Sturmtruppen herumgestoßen zu werden. In ihren Jahren im Schlund-Zentrum hatte sie gelernt, die steifen Soldaten zu ignorieren, die in ihren weißen Panzern durch die Korridore marschierten, in endlosen roboterhaften Manövern und Formationen, die für sie nicht den geringsten Sinn ergaben. Litten sie alle unter Vergeßlichkeit? Wenn sie einmal etwas gelernt hatte, mußte sie es nicht immer und immer wiederholen. Qwi beachtete sie kaum noch – bis ein Trupp in ihr Labor marschiert kam und ihr befahl, mitzukommen.

Nur wenige Momente zuvor hatte Qwi ihre verbotene Suche in den Datenbanken abgebrochen und das Schloß ihrer Labortür entriegelt. Es gab keinen Grund zu der Annahme, daß die Sturmtruppen ihr auf die Schliche gekommen waren, aber sie war noch immer von grundloser Angst erfüllt.

Die Soldaten bildeten um sie einen schützenden Kokon, während sie sie durch die gekachelten Korridore führten. »Wo bringen Sie mich hin?« fragte Qwi schließlich.

»Admiral Daala wünscht Sie zu sprechen«, sagte der Captain über den Filterlautsprecher seines Helmes.

»Oh. Warum?«

»Das wird sie Ihnen persönlich sagen.«

Qwi schluckte einen kalten Klumpen in ihrer Kehle hinunter und fragte in einem hochnäsigen Tonfall: »Warum ist sie dann nicht selbst zu mir gekommen?«

»Weil Admiral Daala eine vielbeschäftigte Person ist.«

»Ich bin auch eine vielbeschäftigte Person.«

»Sie ist unser kommandierender Offizier. Sie nicht.«

Qwi stellte keine weiteren Fragen, sondern folgte ihnen schweigend durch eine Verbindungsröhre zu einem anderen Asteroiden in der Haupttraube, dann an Bord einer kleinen Fähre im Hangar.

Als sie auf dem Sternzerstörer *Gorgo* eintrafen, konnte Qwi ihre staunende Faszination nicht verbergen. Obwohl die riesigen Schiffe am Himmel über dem Schlund-Zentrum hingen, solange sie sich erinnern konnte, hatte Qwi nur selten Gelegenheit gehabt, sie zu betreten. Ihre Sturmtruppeneskorte brachte sie direkt zur Brücke der *Gorgo*.

Der trapezoide Kommandoturm ragte hoch über dem pfeilförmigen Hauptrumpf empor und bot einen phantastischen Panoramablick über die riesige Landschaft des Schiffes. Qwi stand an der Bugsichtluke und sah zu der zusammengewürfelten Ansammlung von Felsen hinüber, die das

Schlund-Zentrum bildete. Für einen Moment erinnerte sie sich daran, wie sie von der orbitalen Ausbildungssphäre die Vernichtung der Omwati-Städte durch Mufti Tarkin verfolgt hatte ...

Die Mitglieder der Kommandocrew wimmelten auf ihren Stationen herum, so sehr auf die Arbeit konzentriert, als wären sie mitten in einem wichtigen Manöver. Sturmtruppen marschierten zackig durch die Korridore. Interkomdurchsagen hallten blechern über die Brücke. Qwi fragte sich, wie die Soldaten nach einem Jahrzehnt des Nichtstun so eifrig sein konnten.

Admiral Daala stand vor ihrer Kommandokonsole und sah hinaus zu den tödlichen, strudelnden Gasen, die den Weg zur Außenwelt versperrten. Qwi betrachtete ihre durchtrainierte, perfekte Figur, verhüllt von einer Aureole aus kastanienbraunem Haar, das wie eine lebende Decke über ihren Rücken fiel. Als sich Daala zu ihr umdrehte, wickelte sich ein Teil ihrer Haare um ihre Hüfte, während andere Strähnen sie umwehten.

»Sie wollten mich sprechen?« fragte Qwi. Ihre durchdringende Stimme bebte, obwohl sie versuchte, ihre Nervosität zu unterdrücken.

Daala sah sie für einen Moment an, und Qwi hatte den Eindruck, sich unter einem Vergrößerungsglas zu befinden und für die Vivisektion vorbereitet zu werden. Dann schien Daala sie plötzlich zu erkennen. »Ah! Sie sind Qwi Xux, die Verantwortliche für das Sonnenhammer-Projekt?«

»Ja, Admiral.« Sie schwieg einen Moment, dann stieß sie hervor: »Habe ich etwas angestellt?«

»Ich weiß es nicht. Haben Sie?« antwortete Daala, um sich dann wieder zum breiten Fenster umzudrehen und ihre anderen Schiffe zu betrachten. »Ich kann von Tol Sivron keine klaren Informationen bekommen, also wende ich mich direkt an Sie. Wenn Sie an Ihrem Sonnenhammer noch arbeiten müssen, sorgen Sie dafür, daß Sie umgehend damit fertig werden. Wir mobilisieren die Flotte.«

Daala mißverstand Qwis schockiertes Schweigen. »Keine Sorge – ich werde Ihnen jede Unterstützung geben, die Sie brauchen, aber alles muß binnen eines Tages fertig sein. Sie haben zwei Jahre länger Zeit gehabt, als Großmufti Tarkin Ihnen gegeben hat. Es ist jetzt an der Zeit, den Sonnenhammer einzusetzen.«

Qwi holte tief Luft und versuchte, ihren inneren Aufruhr zu beruhigen. »Aber warum jetzt? Warum solche Eile?«

Daala fuhr herum und sah sie bitter an. »Wir haben neue Informationen bekommen. Das Imperium dort draußen ist angeschlagen und verwundbar, und wir können hier nicht einfach herumsitzen und warten. Wir haben vier Sternzerstörer, eine ganze Flotte, von der die Rebellion nichts ahnt. Da der Prototyp des Todessterns nicht hyperflugtauglich ist, wird er uns bei dieser Operation nichts nutzen – aber wir haben den Sonnenhammer. Ihren wunderschönen Sonnenhammer.« Das Licht der feurigen Gase brach sich glitzernd in Daalas Augen. »Mit ihm können wir die Neue Republik vernichten, System für System.«

Alle Warnungen Hans hallten laut wie Schreie in Qwis Kopf. Er hatte mit allem recht gehabt.

Daala entließ sie, und Qwi stolperte davon, ließ sich von den Sturmtruppen zurück zu der wartenden Fähre eskortieren. Qwi würde ihre Entscheidung schneller treffen müssen, als sie erwartet hatte.

24

Leia war in ihren Quartieren und sah sich Bilder von Planeten an. Statistiken, Populationen, Ressourcen – kalte Daten, die sie aufnehmen und analysieren mußte, um ihre Entscheidung zu treffen. Die meisten Welten verwarf sie sofort; andere markierte sie als mögliche Kandidaten. Bis jetzt hatte sie noch nicht den *perfekten* Ort für Lukes geplante Jedi-Akademie gefunden.

Die Suche war ihr anfänglich gar nicht so schwer erschienen, da die Neue Republik so viele verschiedene Planeten umfaßte. Sie hatte in Dantooine eine neue Heimat für die Überlebenden von Eol Sha gefunden – warum machte ihr dann ein Akademiesitz solche Probleme?

Nachdem sie die ersten beiden Anwärter für Lukes Akademie kennengelernt und gesehen hatte, wie *ungewöhnlich* sie waren, vermutete Leia, daß die Jedi-Ausbildung vollständige Abgeschiedenheit verlangte. Sie hatte gestern noch einmal mit Gantoris und Streen gesprochen und entmutigt festgestellt, daß sich beide unglücklich und einsam fühlten. Wenn Luke doch nur bald zurückkehrte – mit Han!

Während sie über andere Orte grübelte, erinnerte sich Leia, daß Yoda Luke auf dem Sumpfplaneten Dagobah ausgebildet hatte, einer Welt ohne jedes intelligente Leben. Ihr Bruder wünschte sich für seine eigenen Schüler wahrscheinlich einen ähnlichen Ort.

Okay, wie wäre *es mit Dagobah selbst?* dachte sie und legte eine Fingerspitze an ihre Unterlippe. Yoda hatte sich jahrhundertelang in den Sümpfen versteckt, und der Planet lag zweifellos fernab der galaktischen Hauptverkehrsrouten ... aber auf Dagobah fehlte die entsprechende Infrastruktur. Sie würden die Akademie aus dem Nichts aufbauen müssen. Wenn Leia die Bauindustrie der Neuen Republik mobilisierte, konnte sie die Akademie in kurzer Zeit errichten – aber sie war nicht sicher, ob dies die richtige Antwort war. Irgendwie hatte sie das Gefühl, daß sich der richtige Ort von allein aufdrängen würde. Da die Neugründung des Ordens der Jedi-Ritter von solcher Bedeutung war, würde Luke sehr wählerisch sein, was den Sitz betraf. Sie hatte ihn bis jetzt einfach noch nicht gefunden.

Der Holowürfel summte. Wieder einmal. Obwohl es früher Vormittag war, hatte sie bereits vergessen, wie oft man sie schon gestört hatte. Mit einem Seufzer ging Leia auf Empfang und sah, wie sich im Zentralfokus das Bild eines kleinen Funktionärs herausschälte.

»Ministerin Organa Solo«, sagte der Funktionär, »es tut mir leid, daß ich Sie daheim stören muß, aber wir brauchen Ihre Entscheidung für den Speiseplan des Bimmini-Banketts. Sie muß heute getroffen werden. Zur Wahl stehen Graserfilets in saurer Soße, Nerfmedaillons mit süßen Pilzen, Taurücken ...«

»Wir nehmen die Nerfmedaillons. Danke!« Sie schaltete den Empfänger ab und beruhigte sich erst einmal, bevor sie sich wieder den Planetenbildern zuwandte.

Im Kinderzimmer brach Jacen in lautes Weinen aus, einen Moment später gefolgt von seiner Schwester. 3PO redete tröstend auf sie ein und stimmte dann ein weiteres seiner Wiegenlieder an, das sie nur noch lauter weinen ließ. Ein Teil von Leia wollte ins Kinderzimmer stürzen, um nachzusehen, was passiert war, während ein anderer Teil von ihr einfach die Tür zuwerfen wollte, damit sie etwas mehr Ruhe hatte.

Am Morgen nach dem Empfang im Botanischen Garten des Himmelsdoms hatten beide Kinder eine Erkältung bekommen. Leichtes Fieber, Verstopfung und allgemeine Quengeligkeit – jene Art häufig auftretender leichter Erkrankungen, mit denen die Zwillinge zweifellos noch ein paar Jahre zu kämpfen haben würden –, aber Leia wollte sie nicht einfach der Obhut von 3PO überlassen.

Nach einer Programmauffrischung hatte sich der Protokolldroide als fähig erwiesen, für die Zweijährigen zu sorgen. Aber Leia hatte Gewissensbisse. Sie war ihre *Mutter;* es bedeutete für sie zwar eine neue Verantwortung, aber Leia wollte nicht, daß sich ein Droide die ganze Zeit um die Zwillinge kümmerte, ganz gleich, wie kompetent sein Programm auch sein mochte. Die Kinder hatten bereits einen so großen Teil ihres Lebens mit Winter verbracht, daß Leia die verlorene Zeit nachholen wollte – wenn ihre politischen Verpflichtungen ihr nur die Möglichkeit dazu ließen!

Ehe sie die Datei eines anderen Planeten laden konnte, summte wieder der Holowürfel. »Was gibt es?« fragte sie und mußte sich zusammenreißen, um nicht noch unhöflicher zu erscheinen. Sie kannte den nichtmenschlichen Verwaltungsbeamten im Würfel nicht.

»Ah, Ministerin Organa Solo, ich rufe vom Büro des stellvertretenden Industrieministers an. Mir wurde gesagt, daß Sie mir vielleicht ein passendes Musikstück für die Ankunft des Ishi-Tib-Delegierten nennen könnten?«

Für einen Moment schoß Leia ihre Zeit als Gefangene von Jabba dem Hutt durch den Kopf. Zumindest hatte der schneckenähnliche Gangsterboß nicht mehr von ihr verlangt, als nur herumzusitzen und schön zu sein ...

Ehe sie sich verabschieden konnte, traf ein Anruf von Admiral Ackbar ein. Obwohl sie den calamarischen Admiral mochte, hatte sie Mühe, ihn nicht anzufahren. Wie sollte sie bei diesen ständigen Störungen mit ihrer Arbeit fertig werden?

»Hallo, Admiral – kann ich Ihnen schnell helfen? Ich stecke im Moment bis zum Hals in einem größeren Projekt.«

Ackbar nickte ernst und drehte seine großen Fischaugen in einer Geste der Höflichkeit nach vorn. »Natürlich, Leia. Ich entschuldige mich für die Störung, aber ich möchte gern Ihre Meinung über die Rede hören, die ich soeben geschrieben habe. Wie Sie sich bestimmt erinnern, werde ich sie morgen vor dem Kabinett halten, und Sie haben zugesagt, mich mit den Daten über die Neuordnung des Botschaftsviertels in den zerstörten Sektoren von Imperial City zu versorgen. Ich habe die Rede ohne Ihre Daten geschrieben, aber ich brauche die Informationen noch vor morgen. Die Stellen, an denen Sie Ihre Gedanken einfügen müssen, sind gekennzeichnet. Wäre es möglich ...?«

»Natürlich, Admiral. Es tut mir leid, daß ich nicht mehr daran gedacht habe. Senden Sie sie mir bitte an meine private Netzwerkadresse, und ich werde mich sofort an die Arbeit machen. Ich verspreche es Ihnen.«

Ackbar nickte mit seinem lachsfarbenen Kopf. »Vielen Dank, und noch einmal – verzeihen Sie die Störung. Ich lasse Sie jetzt weiterarbeiten.«

Nachdem er sich verabschiedet hatte, saß Leia mit geschlossenen Augen da und hoffte, daß sie jetzt für einige Momente Ruhe hatte. Aber in den ruhigen Momenten überfiel sie die bange Sorge um Han ...

Es klingelte an der Tür. Leia schrie fast los.

Im Türrahmen stand Mon Mothma in ihren fließenden weißen Gewändern. »Hallo, Leia. Darf ich eintreten?«

Leia stotterte, mühsam um ihre Selbstbeherrschung ringend. »Uh, bitte!« Mon Mothma hatte sie noch nie besucht, noch nie den leisesten Versuch unternommen, wie auch immer geartete persönliche Bande zu knüpfen. Obwohl sie eine ruhige und zweifellos charismatische Persönlichkeit war, hatte die Staatschefin immer Distanz zu ihren Mitmenschen gehalten.

In der Frühzeit der Rebellion hatte es zwischen Mon Mothma und Leias Vater Bail Organa im Senat der Alten Republik heftige Wortgefechte gegeben. Mon Mothma war damals eine frischgebackene Senatorin gewesen, ein Feuerkopf, der schnelle und grundlegende Veränderungen forderte, die dem erfahrenen und zynischen Bail Organa mißfielen. Im Laufe der Zeit hatten sie sich jedoch verbündet, um Senator Palpatines Griff nach der Präsidentschaft zu verhindern; als sie versagten und Palpatine sich selbst zum »Imperator« ernannte, begann Mon Mothma von offener Rebellion zu sprechen. Ein entsetzter Bail Organa hatte keinen Grund dafür gesehen – bis zum Ghorman-Massaker, als ihm endlich klargeworden war, daß die Republik, der er so lange gedient hatte, nicht mehr existierte.

Der Tod Bail Organas und die Vernichtung Alderaans hatten Mon Mothma tief getroffen. Aber sie hatte nie auch nur angedeutet, daß sie mit der Tochter ihres alten Rivalen

Freundschaft schließen wollte. »Was kann ich für Sie tun, Mon Mothma?« fragte Leia.

Mon Mothma sah sich in Leias Privaträumen um und richtete den Blick auf die rollenden Hügel von Alderaan an den Wänden, die Grasebenen, die organisch wirkenden Turmstädte, die unterirdischen Siedlungen. Ein Hauch von Tränen schimmerte in ihren Augen.

»Ich habe gehört, daß Ihre Kinder krank sind, und wollte ihnen gute Besserung wünschen.« Sie sah Leia scharf an. »Und außerdem habe ich gehört, daß Han Solo und Chewbacca nie von ihrer Kessel-Mission zurückgekehrt sind. Ich wünschte, Sie hätten nicht versucht, es vor mir zu verheimlichen. Gibt es irgend etwas, das ich für Sie tun kann?«

Leia senkte den Blick. »Nein. Lando Calrissian und mein Bruder Luke haben sich bereits auf die Suche gemacht. Ich hoffe, daß sie bald mit Neuigkeiten heimkehren.«

Mon Mothma nickte. »Und ich möchte Sie außerdem für Ihre Arbeit loben. Oder vielleicht ist *trösten* das bessere Wort.«

Leia konnte ihre Überraschung nicht verbergen. »Der Empfang für Botschafter Furgan war eine Katastrophe!«

Mon Mothma zuckte die Schultern. »Glauben Sie etwa, daß jemand anders mehr erreicht hätte als Sie? Sie haben bei den Caridanern hervorragende Arbeit geleistet. Manche Schlachten können einfach nicht gewonnen werden. In Anbetracht des galaktischen Störpotentials der Caridaner ist es nur ein relativ kleines Debakel, daß man mir einen Drink ins Gesicht geschüttet hat.«

Mit einem leisen Lächeln mußte Leia zugeben, daß die Staatschefin recht hatte. »Nun ja, wenn ich nur einen passenden Ort für Lukes Jedi-Akademie finden könnte, hätte ich das Gefühl, trotz dieses ganzen Sumpfes Fortschritte zu machen.«

Mon Mothma lächelte. »Ich habe auch darüber nachgedacht, seit Luke seine Rede gehalten hat. Ich glaube, ich habe einen Vorschlag.«

Leias dunkle Augen weiteten sich vor Überraschung. »Bitte!«

Mon Mothma deutete auf das Datenterminal in Leias Wohnzimmer. »Darf ich?«

Leia bedeutete ihr, das System zu benutzen. Obwohl Mon Mothma schon ihr ganzes Leben lang Politikerin war, kam sie mit den Datenbanken problemlos zurecht; offensichtlich erledigte auch sie ihre Nachforschungen selbst.

Als sich die Bilder eines neuen Planeten in der Projektionszone herausschälten, wurde Leia von Erregung erfaßt. Tief in ihrem Herzen spürte sie die Überzeugung, daß dies der *richtige* Ort war. Sie fragte sich, wie sie so etwas Offensichtliches hatte übersehen können.

»Denken Sie darüber nach«, sagte Mon Mothma lächelnd. »Der Planet bietet alles, was er braucht – Abgeschiedenheit, ein angenehmes Klima, eine gute Infrastruktur.«

»Er ist perfekt! Ich weiß nicht, wieso ich nicht selbst darauf gekommen bin.«

Der Holowürfel summte wieder.

»Was gibt's?« fuhr Leia den Anrufer an. Ihr wurde klar, daß sie sich mehr beherrschen sollte, aber inzwischen war sie mit ihrer Geduld am Ende. Mon Mothma blieb am Datenterminal sitzen, außerhalb des Erfassungsbereichs der Kamera.

Dem Anrufer mangelte es ebenfalls an Takt. »Wir brauchen umgehend Ihren Bericht, Ministerin Organa Solo. Das Orbitaltrümmer-Komitee entscheidet über die Beseitigung der Wracks um Coruscant. Sie hätten heute morgen an unserer Sitzung teilnehmen sollen ...«

Leia erkannte den Anrufer – es war Andur, der Vizevorsitzende des Komitees. »Mein Referent hat bereits für heute alle Termine abgesagt. Es tut mir leid, daß ich nicht kommen konnte.«

»Wir haben Ihre Absage erhalten, aber nicht Ihren Bericht. Sie hatten sich bereit erklärt, eine Zusammenfassung zu schreiben und sie uns bei dieser Sitzung vorzulegen. Sie ist längst überfällig! Kranke Kinder dürfen die Funktionsfähigkeit der Neuen Republik nicht beeinträchtigen.«

Leia sah rot und erinnerte sich, wie sie in Jabbas Palast gestanden hatte, den Pulsthermodetonator in der Hand, darauf wartend, daß er explodierte und sie alle tötete. Fünf, vier, drei, zwei …

Irgendwie gelang es ihr, sich zu beherrschen. Vielleicht hatte der Tag mit Botschafter Furgan sie abgehärtet. »Ich bin vielleicht Staatsministerin, Mr. Andur, aber ich bin außerdem eine Mutter. Ich muß beide Jobs erledigen – ich kann nicht den einen für den anderen opfern. Meine Kinder brauchen mich jetzt. Das Komitee kann warten.«

Empört hob der Vizevorsitzende seine Stimme. »Es wäre für uns viel einfacher gewesen, unsere Beratungen abzuschließen, wenn Sie hier gewesen wären, statt zu Hause die Krankenschwester zu spielen. Können Sie sich nicht einen Medidroiden nehmen, der sich um die laufenden Nasen Ihrer Kinder kümmert? Wir haben es hier mit einer wichtigen Angelegenheit zu tun, die über das Schicksal des gesamten Raumverkehrs von und nach Coruscant entscheidet!«

Leia versteifte sich. »Auch ich habe es hier mit einer wichtigen Angelegenheit zu tun! Wie können Sie erwarten, daß ich mich um die gesamte Galaxis sorge, wenn ich mich nicht einmal um meine eigene Familie kümmere? Wenn Sie hirnlose Pflichterfüllung der Sorge um Ihre Mitmenschen vorziehen, dann hätten Sie beim Alten Imperium bleiben sollen!« Sie griff nach den Kontrollen. »Mein Bericht wird Sie *zu gegebener Zeit* erreichen, Mr. Andur.« Sie schaltete ab, ehe er ein weiteres Wort sagen konnte.

Am Ende ihres Ausbruchs sank Leia in ihrem Körperformsessel zusammen, sich plötzlich wieder an ihren Gast erinnernd. Ihr Gesicht lief vor Verlegenheit scharlachrot an.

»Dieses Komitee tritt wöchentlich zusammen, und es gibt keinen Grund, warum sie nicht bis zum nächsten Mal warten können«, sagte sie mit hitziger, trotziger Stimme. »Ich werde bestimmt nicht irgendwelche wichtigen Verhandlungen scheitern lassen. Ich kenne meine Pflichten.«

Mon Mothma nickte und schenkte ihr eins ihrer stillen, herzlichen Lächeln. »Natürlich werden Sie das nicht, Leia. Ich weiß es. Machen Sie sich deswegen keine Sorgen.« Die Staatschefin bedachte Leia mit einem Blick, der neuen und überraschten Respekt verriet.

Leia seufzte und starrte das planetare Bild auf dem Datenterminal an. »Vielleicht sollte ich einfach von hier verschwinden und selbst für ein paar Monate die Jedi-Akademie besuchen, sobald Luke sie eröffnet hat – obwohl ich weiß, daß ich das nie schaffen werde. Urlaub von Imperial City zu nehmen ist fast so leicht, wie einem Schwarzen Loch zu entkommen. Die Staatsangelegenheiten lassen mir keine freie Minute.«

Sie stellte fest, daß sie ins Lamentieren geriet, und fügte hinzu: »Aber natürlich ist die Neugründung des Ordens der Jedi-Ritter von höchster Wichtigkeit. Ich habe das Potential in der Macht, genau wie die Zwillinge. Aber eine gründliche Ausbildung wird viel Zeit und Konzentration kosten – zwei Dinge, die ich offenbar nicht erübrigen kann.«

Mon Mothma sah sie ernst an und drückte dann Leias Schulter. »Machen Sie sich nicht zu viele Gedanken. Sie haben noch andere wichtige Dinge zu tun.«

25

Stöhnend drehte sich Han in seiner Arrestzelle auf die andere Seite. Die harten Querstreben auf der Liegefläche seiner Koje – Han bezeichnete sie im stillen als ›Unbequemlichkeitsstreifen‹ – ließen das Schlafen zu einer Qual werden.

Er erwachte aus einem Traum, in dem ihm Leia begegnet war – vielleicht die einzige Freude seit drei Wochen. Das trübe, rötliche Licht, das von der Decke fiel, schmerzte in seinen Augen, ohne eine vernünftige Beleuchtung zu liefern.

Er blinzelte und hörte, daß sich vor der Zellentür Leute bewegten, vernahm das Poltern von Sturmtruppenstiefeln auf den Bodengittern und gedämpfte Stimmen. Das Zahlenschloß klickte, jemand aktivierte den Paßwortkode.

Plötzlich hellwach fuhr er hoch. Sein Körper schmerzte, und das Denken fiel ihm immer noch schwer – eine Nachwirkung der Verhördrogen –, doch er spannte sich bis in die letzte Faser, als sich die Tür öffnete. Er hatte keine Vorstellung, wer es sein konnte, aber er war überzeugt, daß es ihm nicht gefallen würde.

Das Korridorlicht flutete herein. Neben einem bewaffneten Sturmtruppler stand Qwi Xux. Sie sah erschöpft und mitgenommen aus, als hätte sie zuviel nachgedacht, was Han ein süffisantes Lächeln entlockte. Er hoffte, daß sie wenig Schlaf gefunden hatte, jetzt, wo sie wußte, zu welch zerstörerischen Zwecken ihre Erfindungen mißbraucht worden waren. Sie konnte vielleicht sich selbst zum Narren halten, aber nicht ihn.

»Na, sind Sie zurückgekommen, um über ein paar weitere moralische Fragen zu diskutieren, Doc? Halten Sie mich etwa für Ihr Gewissen?«

Qwi verschränkte ihre hellblauen Arme vor der Brust. »Admiral Daala hat mir die Erlaubnis erteilt, Sie noch einmal zu verhören«, erwiderte sie kalt, obwohl ihre Körpersprache nicht zu ihrem Tonfall paßte. Ihr perlmuttfarbenes Haar glitzerte im gedämpften Korridorlicht. Sie wandte sich an den Wächter: »Würden Sie bitte dem Verhör beiwohnen, Lieutenant? Möglicherweise will der Gefangene nicht kooperieren.«

»Jawohl, Dr. Xux«, sagte der Wächter und folgte ihr in die Zelle. Er zog die Tür hinter sich halb zu.

Während er ihr den Rücken zudrehte, zog Qwi einen Blaster aus der Werkzeugtasche ihres Kittels, richtete ihn auf den Wächter und gab einen Stunnerstrahl ab. Knisternde Bögen aus blauem Feuer umspielten ihn und verblaßten, während er zu Boden stürzte.

Han sprang auf. »Was hat das zu bedeuten?«

Qwi stieg über den bewußtlosen Sturmtruppler hinweg. Gestern war sie ihm viel weniger zerbrechlich vorgekommen; die schwere imperiale Blasterpistole sah in ihrer zarten Hand riesig aus. »Admiral Daala mobilisiert morgen die gesamte Flotte. Sie will mit dem Sonnenhammer und ihren vier Sternzerstörern die Neue Republik auslöschen. Ihr Freund Kyp Durron soll außerdem noch heute nachmittag hingerichtet werden.« Sie hob ihre fedrigen Augenbrauen. »Ist das Grund genug für eine Flucht?«

Han war wie benommen. Im Moment konnte er nur daran denken, daß er Kyp und Chewbacca wiedersehen und dann nach Coruscant zurückkehren würde, zu Leia und den Zwillingen. »Ich habe keine Verabredungen, die so wichtig sind, daß sie sich nicht absagen ließen.«

»Gut«, nickte Qwi. »Irgendwelche Fragen?«

Han grinste, während er den Sturmtruppenpanzer anlegte. »Nein. Ich kenne mich mit solchen Dingen aus.«

Kyp spürte die Veränderung in der Luft – der erste Hinweis darauf, daß seine Versuche, sich in der Macht zu konzentrieren, von Erfolg gekrönt waren. Er studierte die fast unmerkliche Veränderung in den Luftströmungen, in den muffigen Gerüchen der Zelle, in den Myriaden kaum hörbarer Geräusche, die durch die Metallwände hallten.

Sobald Kyp seine Sinne durch das unsichtbare Netz der Macht ausstreckte, spürte er ein *Kräuseln,* wenn die Wächter an seiner Zelle vorbeigingen. Er spürte ein *Prickeln,* wenn jemand das Serviertablett durch die Tür schob. Aber die Atmosphäre hatte sich geändert. Überall im Schiff spürte er das schwache Wirbeln von Aktivität, Spannung, zunehmender Unruhe.

Irgend etwas war im Gang.

Eine tiefe, übelkeiterregende Erkenntnis drängte sich ihm auf. Während der vergangenen Schlafperiode waren die Gefühle der Wächter, die neben seiner Tür postiert waren, glasklar gewesen. Worauf auch immer sich die Sternzerstörer vorbereiteten, Kyp Durron war kein Teil davon. Ein junger Mann aus den Gewürzminen von Kessel konnte keine brauchbaren Informationen liefern; sie hatten keinen Grund, ihn am Leben zu lassen.

Admiral Daala hatte Kyps Hinrichtung bereits befohlen. Er hatte nicht mehr lange zu leben. Wütend fletschte er die Zähne. Das Imperium hatte sein ganzes Leben lang versucht, ihn auszulöschen, und jetzt würde es damit Erfolg haben.

Als er vor seiner Tür Stimmen hörte, spürte er die Mauer ihres Unbehagens, die gewalttätigen, blutgefrierenden Pläne hinter den vordergründigen Barrieren ihrer Gedanken. Er war ihnen wehrlos ausgeliefert! Verzweifelt preßte Kyp seinen Kopf gegen das kühle Metall der Tür und versuchte, ein paar Wortfetzen ihrer Unterhaltung zu erhaschen.

»... Hinrichtung ist für heute nachmittag angesetzt.«

»... weiß ich. Wir sollen ... erledigen. Admiral ... Erlaubnis erteilt, ihn hier ...«

»... unüblich. Was ... mit ihm?«

»Waffentests ... Ziel ... neues Konzept ... wichtig für die neue Panzerung der Flotte ... sofort!«

»... brauche genaue ... ist nur eine allgemeine Genehmigung.«

»Nein ... genügt!«

Die Stimmen wurden lauter, aber Kyp konnte die Worte nicht mehr verstehen. Er versuchte, die drei streitenden Stimmen auseinanderzuhalten.

Kyp machte sich bereit, sich sofort auf sie zu stürzen, sobald sich die Tür öffnete. Er wußte, daß sie ihn auf der Stelle niederblastern konnten – aber zumindest war es dann vorbei, und sein Tod würde seine Entscheidung sein, nicht die des Imperiums.

»… zuerst nachfragen. Warten …«

Plötzlich hörte Kyp einen gedämpften Blasterschuß, gefolgt von einem Ächzen. Ein schweres Objekt prallte gegen den Türrahmen. Kyp wich zurück, als die Tür aufzischte.

Der tote, weißgepanzerte Sturmtruppenwächter stürzte rückwärts in die Zelle und schlug polternd auf dem Boden auf. Aus einem versengten Loch im Hüftring der spröden Uniform quoll Dampf hervor.

Die noch immer warme Blasterpistole in der Hand, trat ein weiterer Sturmtruppler in die Zelle. Hinter ihm stand eine gertenschlanke Nichtmenschenfrau, die zart und gleichzeitig wild entschlossen wirkte.

»Ich hoffe, *diese* Genehmigung genügt«, sagte der Sturmtruppler und nahm den Helm ab.

»Han!« rief Kyp.

»Ich hasse Papierkrieg«, knurrte Han und versetzte dem toten Wächter einen Fußtritt. »Glaubst du, daß dir diese Uniform paßt, Kleiner?«

»Nein, ich will keinen von diesen lahmen Alten!« fauchte Qwi den Aufseher der Wookiee-Zwangsarbeitsgruppe an. Durch die schmale Sichtscheibe seines Sturmtruppenhelms beobachtete Han die zierliche Frau, die die Rolle einer harten, ungeduldigen Forscherin spielte.

Der rundliche Mann musterte unbeeindruckt seine haarigen Gefangenen, als wäre er daran gewöhnt, von primadonnenhaften Wissenschaftlern angeschnauzt zu werden. Das Gesicht des Wärters sah wie blasser, feuchter Lehm aus.

Han bewegte sich unruhig, in der stickigen Uniform schwitzend. Der Helm war mit Nasenfiltern ausgerüstet, aber der Anzug roch noch immer nach dem Schweiß seines früheren Besitzers. Die Sturmtruppler des Schlund-Zentrums lebten in ihren Uniformen und desinfizierten das Innere wahrscheinlich weitaus seltener, als sie das Äußere polierten.

Der Aufseher zuckte die Schultern, als würde ihn Qwis Ungeduld nicht betreffen. »Diese Wookiees haben ein Jahrzehnt lang hart gearbeitet. Was erwarten Sie? Sie sind lahm und wertlos.«

Han konnte erkennen, daß die meisten der anderen Wookiees im Hangar glanzloses Fell und herunterhängende Schultern hatten, so daß sie kaum größer als normale Menschen wirkten. Diese Sklaven sahen aus, als hätte die jahrelange Zwangsarbeit sie gebrochen.

»Ich will keine Ausflüchte hören«, sagte Qwi. Sie warf ihren Kopf zurück, so daß das federige Perlmutt ihres Haares schimmerte. »Wir haben den Befehl, vor dem Abflug der Flotte eine Menge Arbeit zu beenden, und ich brauche einen Wookiee, der noch halbwegs kräftig ist. Geben Sie mir diesen neuen Gefangenen, den Sie bekommen haben. Er wird genügen.«

»Keine gute Idee«, meinte der Aufseher und runzelte die bläßliche Stirn. »Er ist aufsässig, und Sie werden seine Arbeit ständig kontrollieren müssen. Ihm ist jede Schandtat zuzutrauen.«

»Mir ist es egal, wie aufsässig er ist!« zischte Qwi. »Zumindest wird er nicht mitten in der Arbeit einschlafen.«

Auf der anderen Seite des Hangars stieg ein großer Wookiee gebückt aus einer Angriffsfähre der *Gamma*-Klasse. Er richtete sich auf und sah sich im Hangar um.

Nur mit Mühe konnte Han sich davon abhalten, seinen Helm vom Kopf zu reißen und Chewbaccas Namen zu rufen. Kurz davor, jeden Moment zu explodieren, schien der Wookiee am Rand eines selbstmörderischen Wutanfalls zu stehen. Mit seinen bloßen Händen konnte Chewbacca fünf oder sechs TIE-Jäger auseinandernehmen, ehe ihn die Sturmtruppen überwältigen würden. Der Wärter sah Chewbacca nachdenklich an.

»Ich habe die Genehmigung von Admiral Daala persönlich bekommen«, sagte Qwi und präsentierte einen zusammengerollten Ausdruck mit Daalas Siegel. Han blickte zu den anderen Sturmtruppen hinüber, die in der Maschinenhalle Wache hielten. Hier konnte er sich nicht auf jene gewaltsame ›Genehmigung‹ berufen, mit der er Kyp Durron aus seiner Zelle befreit hatte.

Reglos stand Kyp – in der kleineren der beiden gestohlenen Sturmtruppenuniformen – an Qwi Xux' Seite. Han wußte, daß der Junge Angst haben mußte, aber bisher hatte Kyp sich gut gehalten und alles getan, was Han gesagt hatte. Er spürte Wärme in sich aufsteigen und hoffte, daß Kyp hier herauskommen und das normale Leben führen würde, das er verdiente.

»In Ordnung, aber Sie nehmen ihn auf eigenes Risiko mit«, sagte der Aufseher schließlich. »Ich möchte nicht verantwortlich sein, wenn er irgend etwas anstellt.« Er pfiff und bedeutete zwei Sturmtrupplern, Chewbacca herzuschaffen.

Der Wookiee grollte wütend und starrte sie mit harten, düsteren Augen an. Er erkannte weder Han, noch wußte er, wer Qwi Xux war. Empört darüber, daß man ihm einen neuen Auftrag zuteilte, funkelte Chewbacca sie an.

»Etwas mehr Kooperation!« brüllte der Aufseher und schlug dann mit seiner Energiepeitsche zu, die eine rauchende Furche in Chewbaccas Schulterblätter brannte.

Der Wookiee heulte und fauchte, aber er beherrschte sich, als die übrigen Sturmtruppler ihre Blaster zogen, bereit, ihn zu stunnen, sollte er zum Berserker werden. Han straffte sich und ballte die Fäuste, soweit es die gepanzerten Handschuhe erlaubten. Am liebsten hätte er dem Aufseher den Griff der Energiepeitsche in den Rachen geschoben und auf volle Entladungsstärke geschaltet.

Aber statt dessen behielt Han seine Habtachtstellung bei, tat nichts, sagte nichts. Wie ein guter Sturmtruppler.

Die vier marschierten aus dem Hangar. Der Aufseher wandte sich ab, ging zu den anderen gefangenen Wookiees und begann mit seiner Energiepeitsche nach rechts und links zu schlagen, um seine Wut abzureagieren. Han spürte, wie sich sein Magen zusammenzog.

Chewbacca sah sich ständig um, als suchte er nach einem Fluchtweg. Han konnte nur hoffen, daß sie einen abgeschiedenen Ort erreichten, bevor sich der riesige Wookiee entschloß, sie alle in Stücke zu reißen.

Die Türen schlossen sich, und sie standen in dem grell erleuchteten, weißen Tunnel, der in den Asteroiden getrieben worden war. »Chewie!« sagte Han und nahm seinen Sturmtruppenhelm ab. Nachdem er solange durch die stickigen Nasenfilter geatmet hatte, kam ihm sogar der muffige Geruch des Wookiees süß vor.

Chewbacca blökte vor Überraschung und Freude, legte seine haarigen Arme um Han und hob ihn vom Boden. Han schnappte nach Luft und war froh, daß ihn der Panzer schützte. »Laß mich runter!« befahl er und hatte Mühe, nicht selbst zu lachen. »Wenn uns jemand sieht, wird man denken, daß du mich umbringst! Das wäre doch ein ziemlich dummer Grund, um niedergeblastert zu werden!«

Chewbacca stimmte zu und stellte ihn wieder auf die Füße.

»Was jetzt?« fragte Han Qwi.

»Wenn Sie in der Lage sind, ein Schiff zu steuern, können wir von hier fliehen«, sagte Qwi.

Han grinste. »Wenn das unser einziges Problem ist, sind wir bald zu Hause. Ich kann jedes Schiff steuern – geben Sie mir nur eine Chance.«

»Dann lassen Sie uns von hier verschwinden«, sagte sie. »Die Zeit wird knapp.«

Sobald sie unten im Schlund-Zentrum die Fähre bestiegen, konnte Han keine weiteren Fragen stellen. Umgeben von anderen Sturmtruppen, durften weder er noch Kyp mit Qwi sprechen. Sturmtruppler redeten nur, wenn es unbedingt notwendig war.

Qwi war nervös, starrte die Wände der Fähre an, die schmalen Sichtluken, hinter denen die tödliche Barriere des Schlundes mit seinen versteckten Passagen auf sie wartete – falls sie entkommen konnten.

Han sehnte sich verzweifelt nach Leia und den Zwillingen. Sie gingen ihm nicht mehr aus dem Kopf und beschäftigten ihn, obwohl die gefährliche Situation seine volle Aufmerksamkeit erforderte. Mehr als alles andere wünschte er sich, Leia wieder in den Armen zu halten – aber in eine Sturmtruppenuniform gezwängt, an sie zu denken, schien das Gefühl zu verderben.

Kyp saß an seiner Seite, der geschlossene Sturmtruppenhelm verbarg seinen Gesichtsausdruck. Aber die Augenöffnungen des Helmes richteten sich immer wieder auf Han, als würde er Trost suchen. Han wünschte, ihm helfen zu können – aber er kannte Qwis Plan nicht.

Warum kehrten sie zum Schlund-Zentrum zurück, statt einfach ein Schiff zu stehlen und hinaus in den Weltraum zu fliehen? Es würde ohnehin ein halsbrecherisches Rennen werden, ganz gleich, von wo sie starteten – und Admiral Daalas Angriffsvorbereitungen näherten sich mit jeder Stunde dem Abschluß.

Han mußte die Neue Republik vor der drohenden Katastrophe warnen. Zuerst hatte ihm die Konzentration militärischer Macht um Kessel Sorgen bereitet – aber die Flotte der vier Sternzerstörer und die Geheimwaffen des Schlund-Zentrums waren unendlich gefährlicher als die zusammengewürfelte Streitmacht Moruth Dooles.

In seinem Mechanikeroverall sah Chewbacca wie ein Arbeiter aus, der zur Wartung der Geräte unten in den Laboratorien eingeteilt war. Er grunzte vor sich hin, glücklich darüber, wieder bei seinen Freunden zu sein, aber darauf brennend, endlich etwas zu unternehmen.

Qwi blieb wortkarg, hielt ihre schmalen blauen Hände in ihrem Schoß gefaltet. Han fragte sich, ob er zu weit gegangen war, als er ihr ihre Naivität und die böse Natur ihrer Arbeit vorgeworfen hatte. Zu gern wüßte er, was sie dachte.

Als die Fähre in einem der Asteroiden des Zentrums landete und die Sturmtruppen von Bord gingen, führte Qwi Han, Kyp und Chewbacca aus dem Felsenhangar durch einen Tunnel, der groß genug war, um Schiffe passieren zu lassen. »Hier entlang«, sagte sie.

Han hatte keine Vorstellung, wohin Qwi sie bringen wollte. »Kehren wir nicht in Ihr Labor zurück, Doc?«

Qwi verharrte mitten im Schritt und drehte sich zu ihm um. »Nein, nie wieder.« Dann ging sie weiter.

Als sie ein großes Metalltor erreichten, das von zwei

Sturmtrupplern bewacht wurde, griff Qwi wieder nach ihrer Tasche und hielt die aufgedruckten Hologramme ins Licht. Die Sturmtruppler nahmen Haltung an.

»Öffnen Sie«, befahl Qwi.

»Jawohl, Dr. Xux«, sagte einer der Wachen. »Ihre Tasche, bitte?«

Sie reichte ihm mit einem gezwungenen Lächeln die Tasche. Han wurde unruhig. Diese Wachen kannten Qwi, die jetzt viel gelassener wirkte als während ihrer ganzen bisherigen Flucht. Plante sie Verrat? Aber mit welchem Zweck? Er und Kyp drehten sich einander zu, doch die Sturmtruppenhelme verbargen ihre Gesichter.

»Der Wookiee begleitet uns, um die anstrengende Wartungsarbeit an den Maschinen zu erledigen – die Kühlsysteme müssen bis zum morgigen Abflug der Flotte vollständig überholt werden«, erklärte Qwi. »Diese beiden Wachen sind speziell ausgebildet, ihn unter Kontrolle zu halten. Dieser Wookiee hat schon einigen Schaden angerichtet, und wir können keine weitere Verzögerung riskieren.« Han unterdrückte ein Stöhnen. Qwi sprach zu schnell, ließ ihre Nervosität durchschimmern.

»Geben Sie mir nur die entsprechende Genehmigung«, sagte der Posten. »Sie kennen die Vorschriften.« Er überprüfte die Tasche mit einem Scanner und gab sie dann Qwi zurück. Der Sturmtruppler wirkte unbeschwert, als wäre er froh, hier postiert zu sein, statt an der hektischen Mobilmachung teilnehmen zu müssen.

Qwi trat ans Datenterminal des Tores und gab eine Anfrage ein, dann reichte sie ihm wieder Admiral Daalas Genehmigung. Han fragte sich, wie oft sie dieses Schriftstück noch benutzen wollte.

»Hier, die Arbeitsgenehmigung für den Wookiee mit dem Zuteilungsvermerk für zwei Hilfskräfte. Tol Sivron persönlich hat die Genehmigung erteilt.«

Die Wache zuckte die Schultern. »Wie immer. Ich muß nur noch die Dienstnummern dieser beiden Soldaten scannen. Dann können Sie hineingehen.« Er gab Hans und Kyps Nummern ein und hantierte anschließend an den Torkontrollen.

Die mächtigen Stahlbetontore glitten knirschend zur Seite und gaben den Blick auf einen Hangar frei, der von Schwebelampen erhellt wurde. An der Decke ließen große, dreieckige Oberlichter das unheimliche Leuchten der strudelnden Schlundgase herein. Qwi betrat die Halle. Dann änderte sich ihr ganzes Verhalten, als wäre plötzlich eine ungeheure Last von ihren Schultern gefallen. Han, Kyp und Chewbacca folgten ihr.

Nachdem der Wachposten an seinen Kontrollen hantiert hatte, schlossen sich die Tore und sperrten sie im Inneren ein. Qwi entspannte sich merklich.

Han starrte das Schiff an, das sich von allen anderen unterschied, die er bisher kennengelernt hatte. Kleiner als der *Millennium Falke,* länglich und facettiert, sah es wie ein riesiger Kristallsplitter aus. Seine Repulsoraggregate hielten es aufrecht, und eine Leiter führte hinauf zur offenen Schleuse. Zwischen den Facetten ragten Laserkanonen hervor.

Die Panzerung war farbenprächtig und schimmerte wie ein See aus Öl und geschmolzenem Metall, der ständig in Bewegung war. Am unteren Scheitelpunkt hing der seltsam verschwommen wirkende Wulst eines ungeheuer leistungsstarken Resonanztorpedosenders. Obwohl kaum größer als ein Jäger, vibrierte der Sonnenhammer vor Macht.

»Dieses Ding wollen wir stehlen?« rief Han.

»Natürlich«, sagte Qwi Xux. »Der Sonnenhammer ist die gewaltigste Waffe, die je erfunden wurde, und ich habe acht Jahre meines Lebens mit seiner Konstruktion verbracht. Sie erwarten doch nicht im Ernst, daß ich ihn Admiral Daala überlasse, oder?«

26

Die Sublichttriebwerke des *Millennium Falken* flammten weißglühend, als sich das Schiff rasend schnell von Kessels Garnisonsmond entfernte. Ein Schwarm von Jägern brauste hinterher und fleckte den Weltraum mit farbenprächtigem Blasterfeuer. Großkampfschiffe setzten sich träge in Bewegung, um dem *Falken* den Weg abzuschneiden, wie schlafende Riesen, die von Insektenstichen geweckt worden waren.

Lando Calrissian tat sein Bestes, um dem konzentrierten Blasterfeuer auszuweichen. »Die Sublichtmaschinen arbeiten noch immer optimal. Entweder hat Han sie zur Abwechslung mal von einem richtigen Mechaniker warten lassen, oder Doole hat sie gründlich überholt, um das Schiff in seine Flotte einzugliedern«, sagte er. »Mal sehen, wie gut die Waffensysteme funktionieren.«

Zwei wespenähnliche Z-95-Kopfjäger schossen feurige Bahnen aus ihren Drillingsblastern auf sie ab; dicht hinter ihnen folgten drei verbeulte Langstrecken-Y-Flügler.

Luke fuhr herum und pfiff überrascht. »Kopfjäger! Ich dachte, sie wären längst ausgemustert!«

»Doole konnte wahrscheinlich nicht wählerisch sein, schätze ich«, sagte Lando.

Der *Falke* erbebte unter mehreren direkten Blastertreffern; aber seine frischen und voll aufgeladenen Schilde hielten.

Lando fuhr die Blasterkanone an der Bauchseite des Schiffes aus und erwiderte das Feuer der Verfolger. Nach fünf Fehlschüssen traf Lando das Heck eines Y-Flüglers und zwang ihn, aus der Formation auszuscheren und beschädigt zur Basis zurückzukehren.

»Einer weniger – bleiben noch rund tausend übrig«, knurrte Lando.

Die Z-95-Kopfjäger deckten sie mit Dauerblasterfeuer ein, als wollten sie den *Falken* maßregeln.

»Geh näher an den Planeten heran, bis du die Atmosphäre

streifst«, sagte Luke. »Sollen Sie doch in ihrem eigenen Energieschild verbrennen.«

Lando nahm Kurs auf die Ödwelt Kessels und sagte vorwurfsvoll: »Wir können den Energieschild nicht orten. Wie sollen wir verhindern, daß wir uns ebenfalls desintegrieren?«

»Indem wir schneller reagieren.«

Lando wirkte nicht überzeugt. »Bei unserem Angriff auf den Todesstern bin ich schon einmal fast in einen Energieschild gerast. Ich bin nicht heiß darauf, es noch einmal zu probieren.«

»Vertrau mir«, sagte Luke.

Kessel schwoll vor ihnen an, pockennarbig und in einen baumwollweißen Halo entweichender Atmosphäre gehüllt. »Wir kommen näher.«

Luke hielt sich an der Rücklehne des Pilotensitzes fest, die Augen halb geschlossen. Er atmete regelmäßig, griff mit seinen Sinnen hinaus, spürte die pulsierende Energie, die vom Garnisonsmond aus eine schützende Decke über den Planeten legte.

»Schlaf bloß nicht ein, Luke!«

»Flieg weiter.«

Die Kopfjäger rasten heran, flankiert von den beiden verbliebenen Y-Flüglern.

»Der Achterdeflektorschild wird schwächer«, meldete Lando. »Wenn diese Burschen noch näher kommen, fliegen Sie direkt in meine Triebwerksdüsen!«

»Mach dich bereit«, sagte Luke.

Inzwischen füllte Kessel ihr ganzes Blickfeld aus; heftige Turbulenzen wühlten die dünne Atmosphäre auf, feine Gassäulen aus den zahllosen Atmosphärefabriken warfen ein Netzmuster über die Landschaft.

»Ich bin bereit, ich bin bereit! Ein Wort genügt, und ich ...«

»Jetzt hochziehen!«

Landos Anspannung ließ ihn wie ein Sprungfederkatapult reagieren. Er zog die Kontrollen an sich und ließ den *Falken* in einem Looping steil in die Höhe schießen. Von dem Manöver überrascht, prallten alle vier Angreiferschiffe auf den unsichtbaren Energieschild und verwandelten sich in Wolken aus brennendem Treibstoff und ionisiertem Metall.

»Wir haben ihn mindestens um ein paar Meter verfehlt«, stellte Luke fest. »Entspann dich, Lando.«

R2 piepte, aber nach einem Blick auf Landos Gesicht antwortete Luke: »Nein, R2, ich glaube nicht, daß er an einer genauen Messung interessiert ist.«

Sie brausten dicht über der Atmosphäre in einem engen Orbit dahin, der sie um Kessels Pole führte. Vor ihnen breitete sich der Vorhang der Sterne aus, während unter ihnen die Landschaft vorbeiraste; dann drehten sie ab und kehrten in einem verzweifelten Fluchtversuch in den offenen Weltraum zurück ...

Und flogen direkt in die Welle der Jäger hinein, die vom Garnisonsmond ausgespuckt wurden.

Lando schrie überrascht auf und schoß zwei Arkyad-Vibratorraketen aus den Bugrampen ab. Die heranrasenden Schiffe flogen in einer derart dichten Formation, daß selbst die ungezielten Schüsse zu Doppeltreffern führten, einen TIE-Jäger und ein Kanonenboot ausschalteten, während die heiße Trümmerwolke einem schwerbewaffneten B-Flügler zum Verhängnis wurde.

»Bloß nicht übermütig werden, nur weil wir ein paar Schiffe erledigt haben. Ich habe nur noch sechs weitere Raketen.«

»Wir werden uns nicht ergeben«, erklärte Luke.

»Nein. Ich meine nur, wir sollten verschwinden statt zu kämpfen. Zumindest sind die Maschinen in einem erstklassigen Zustand«, erwiderte Lando. »Der *Falke* ist nicht mehr so verwöhnt worden, seit er *mir* gehört hat.«

»Wie schnell können wir von hier verschwinden?« fragte Luke.

R2, der neben dem Kopilotensitz eingestöpselt war, trillerte und piepte. Luke senkte den Blick und sah ganze Reihen roter Dioden am Navigationspult leuchten. »Uh, oh.«

»Was meint er?« fragte Lando. Er löste den Blick von den Schiffen, die vor der Bugkanzel schwärmten, und richtete ihn auf den kleinen Astromechdroiden. »Was ist los mit ihm?«

»Der Navcomputer funktioniert nicht.«

»Nun, dann repariert ihn!«

Luke war bereits hinter der Korridorbiegung verschwunden und öffnete die Wartungsklappe des Navcomputers. Er betrachtete die Schalttafeln, und ihm sank das Herz, als würde es von einem Schwarzen Loch verschluckt, das so tief war wie der Schlund. »Sie haben das Koordinatenmodul ausgebaut. Es ist nicht mehr da.«

Lando stöhnte. »Und was sollen wir jetzt machen?«

Als Reaktion auf Landos Vibratorraketen lösten sich die Kessel-Jäger aus ihrer dichten Formation und bildeten kleine Kampfgruppen, die den *Falken* mit einem Feuersturm aus Blasterstrahlen eindeckten. Luke mußte seine Augen vor den blendenden Blitzen der Streifschüsse und direkten Treffer abschirmen.

»Ich weiß es nicht, aber wir sollten es besser so schnell wie möglich tun.«

»Sie sind von der Neuen Republik!« Moruth Doole schäumte vor Wut, stampfte auf und ab. »Sie werden zurückkehren und alles berichten!« Er strich seine zerknitterte Krawatte glatt, um sich zu beruhigen, aber es funktionierte nicht. Er hätte am liebsten die beiden Flüchtlinge wie eßbare Käfer zerquetscht. Spione und Verräter! Sie hatten ihn belogen, betrogen und hintergangen.

»Schickt jedes verfügbare Schiff hinterher!« schrie er in den offenen Kanal, über den er seine Flotte dirigierte. Er befand sich inzwischen im Kommandozentrum des Garnisonsmondes. »Kreist sie ein, zerschmettert sie, zermalmt sie. Mir ist es egal, was es kostet!«

»Jedes Schiff hinauszuschicken, ist vielleicht keine gute Strategie«, wandte einer der Captains ein. »Die Piloten kennen die Formationen nicht und werden sich nur gegenseitig im Weg stehen.«

Dooles mechanisches Auge lag in Einzelteilen auf der Konsole, aber er konnte nicht genug sehen, um es wieder zusammenzusetzen. Mit seinem halbblinden Auge gelang es Doole nicht, den aufsässigen Söldner zu identifizieren.

»Das ist mir egal! Ich will nicht, daß sie uns entkommen wie uns Han Solo entkommen ist!« Er schlug mit seiner schwammigen Faust auf die Konsole, so daß die Einzelteile seines mechanischen Auges in die Höhe sprangen. Die Hauptlinse rutschte über die Kante und zersplitterte auf dem Boden.

Der *Falke* raste direkt auf den Schlund zu und ließ Kessel hinter sich zurück.

»Uns wird schon nichts passieren«, sagte Luke. »Ich kann uns mit der Macht sicher hindurchlotsen.«

»Falls es einen sicheren Weg gibt«, murmelte Lando.

Schweiß stand auf Lukes Stirn. »Welche Wahl haben wir denn sonst? Wir können uns nirgendwo verstecken, wir können diesen Jägern nicht entkommen und wir können ohne Navcomputer nicht in den Hyperraum springen.«

»Was für eine großartige Auswahl«, sagte Lando.

Die Großkampfschiffe hatten endlich Fahrt aufgenommen und feuerten – näherkommend – Ionenkanonenstrahlen auf sie ab, die energiereich genug waren, um eine Schneise durch ein Asteroidenfeld zu brennen. Die beiden großen Fregatten der *Lanzen*-Klasse webten mit ihren zwanzig Vierlingslaserkanonen vor dem *Falken* ein tödliches Netz; aber die Fregatten waren langsam, und der *Falke* baute seinen Vorsprung weiter aus.

Irgendwie schienen die anderen Großkampfschiffe erwartet zu haben, daß sie in die Ballung Schwarzer Löcher fliehen würden. Sie schnitten ihnen den Weg ab, während Lando die Maschinen des *Falken* bis zur Leistungsgrenze hochfuhr. »Komm schon, komm schon! Quetsch noch etwas Tempo raus.«

Zehn schnelle Systempatrouillenboote, ursprünglich für die Verfolgung von Schmugglern und Piraten gebaut, rasten am *Falken* vorbei und reihten sich vor ihnen in einer Blockadeformation auf. Aber in der dreidimensionalen Leere des Weltraums gelang es Lando, unter ihnen hindurchzuschlüpfen. Oberall um sie herum flackerten Laserblitze.

»Unsere Schilde stehen kurz vor dem Zusammenbruch«, meldete Lando.

Drei leichte Kreuzer der *Carrack*-Klasse – von der Größe her zwischen den *Lanzen*-Fregatten und den mächtigeren Dreadnaughts von Bel Iblis' verlorener *Dunkler Macht* angesiedelt – bildeten eine dreieckige Zangenformation; je einer postierte sich rechts, links und oben.

Ein zerschrammter, eiförmiger Loronar-Angriffskreuzer, das größte Schiff der Kessel-Flotte, schloß rasend schnell zum *Falken* auf. Als sie in wilder Jagd durch das Netz der Systempatrouillenboote pflügten, bekam der Angriffskreuzer das für den *Falken* bestimmte Sperrfeuer ab.

Lando blickte durch die Sichtfenster zu dem schreckenerregenden Spektakel des Schlundes und den riesigen Schlachtschiffen hinüber, die sich ihnen näherten. R2 piepte etwas, das nicht einmal Luke übersetzen konnte.

»Nur ein kompletter Idiot würde sich dort hineinwagen«, sagte Lando. Er schloß die Augen.

»Dann hoffen wir, daß die anderen nicht ebenfalls Idioten sind«, meinte Luke.

27

Admiral Daala stand im Brückenturm des Sternzerstörers *Gorgo,* blickte hinaus zu ihrer Flotte und spürte, wie neue Energie sie durchflutete. Die Zeit war gekommen! Das Imperium war vielleicht untergegangen, aber mit ihm auch all jene, die sie am Aufstieg gehindert hatten. Jetzt konnte sie zeigen, was sie vermochte. Daala konnte ihre eigene Schlacht führen.

Sie betrachtete die fahlen Farben des Schlundes und den Klumpen der zusammengekoppelten Felsen, auf denen die Waffen für ihren Feldzug hergestellt worden waren. Die *Hydra,* die *Basilisk* und die *Mantis* fuhren ihre Maschinen hoch, bereit, mit schneller und tödlicher Präzision über die Galaxis herzufallen. Sie würden die Neue Republik in die Knie zwingen.

Sie hatte kein Interesse daran, selbst über das ehemalige Imperium zu herrschen – Daala hatte noch nie einen derartigen Ehrgeiz gehabt. Ihr ging es im Moment nur darum, ihren Gegnern Schmerzen zuzufügen. Sie leckte ihre Lippen; ihr Haar hing ihr schwer über den Rücken, schlangengleich wie der Dämon, nach dem ihr Flaggschiff benannt worden war. Großmufti Tarkin wäre stolz auf sie gewesen.

Commander Kratas, der Mann, der die Subsysteme der *Gorgo* kontrollierte, blickte vom Kommunikationsterminal auf. »Admiral Daala, mir liegt eine Prioritätsmeldung vom Arrestdeck vor!«

»Arrestdeck? Was gibt es?«

»Die Gefangenen Han Solo und Kyp Durron sind entkommen! Ein Wächter wurde paralysiert in Solos Arrestzelle gefunden, ein anderer lag tot in Durrons Zelle. Beide ohne ihre Panzer. Wir sind derzeit dabei, den Überlebenden zu befragen.«

Daala spürte, wie eine Zorneswoge über ihrer Hochstimmung zusammenschlug. Sie richtete sich zu ihrer vollen Größe auf, wölbte die Brauen und lenkte ihren Blick auf Kratas. »Überprüfen Sie die Dienstnummern der gestohlenen Uniformen. Vielleicht sind sie irgendwo aufgetaucht.« Ihre Befehle kamen wie Stakkatolaserblitze.

Kratas konsultierte sein Terminal und sprach in sein Komm. Daala faltete die Hände hinter ihrem Rücken und ging auf und ab; dann bellte sie der Brückencrew Befehle zu. »Stellen Sie sofort einen Suchtrupp zusammen. Wir werden jedes Deck der *Gorgo* durchkämmen. Sie können das Schiff noch nicht verlassen haben. Es gibt keinen Ort, zu dem sie fliehen können.«

»Admiral!« sagte Commander Kratas. »Der überlebende Wächter behauptet, daß eine der Wissenschaftlerinnen vom Zentrum Solo besucht hat. Qwi Xux. Desweiteren, daß Dr. Xux von Ihnen persönlich eine Genehmigung hatte.«

Daalas Kinnlade fiel nach unten; dann preßte sie ihre Lippen zu einem blutleeren, eisernen Strich zusammen. »Überprüfen Sie den Wookiee! Stellen Sie fest, was aus ihm geworden ist.«

Kratas rief die Datenbank ab. »Der Aufseher sagt, daß der neue Wookiee-Gefangene zu einem Prioritätsauftrag abgeholt wurde.« Er schluckte. »Von Dr. Xux. Sie hat dabei erneut Ihren Genehmigungskode benutzt.«

Daalas Nasenflügel bebten, aber dann traf sie mit der Wucht eines einschlagenden Asteroiden ein schrecklicher Verdacht. »O nein!« rief sie. »Sie wollen den Sonnenhammer stehlen!«

Im bewachten Hangar des Sonnenhammers kletterte Han zur Schleuse hinauf. »Ich kann mich nicht erinnern, wann ich zum letztenmal ein Schiff über eine Leiter bestiegen habe! Ziemlich primitiv für eine so hochentwickelte Waffe.«

»Es funktioniert.« Qwi zog sich hinter ihm an den Sprossen hoch. »Die technischen Neuerungen befinden sich im Inneren. Alles andere ist nur Augenwischerei.«

Han ließ sich im Kopilotensitz des Cockpits nieder und betrachtete die Kontrollen. »Sieht alles normal aus, obwohl die Anordnung etwas seltsam ist. Was ist das hier? Moment, ich finde es schon heraus.«

Kyp erreichte das Ende der Leiter, verharrte und nahm dann den Sturmtruppenhelm ab. »Diese Maskenfilter stinken!« sagte er und warf den schädelähnlichen Helm mit sichtlichem Vergnügen auf den Boden der Kammer. Er klapperte und hüpfte wie ein abgetrennter Kopf. Kyps dunkles Haar war schweißverklebt und zerzaust, aber er grinste.

Chewbacca schwang sich von der Leiter, zog den Kopf ein und zwängte sich durch die schmale Luke. Er blickte hinauf zu den Oberlichtern in der Decke des Hangars und knurrte den Schatten des orbitalen Sternzerstörers an.

Han ließ seinen eigenen Helm auf den Boden des Cockpits fallen. Mit dem Fuß schob ihn Kyp unter den Sitz und aus dem Weg. Han schaltete den Navcomputer des Sonnenhammers ein. »Dieses Ding ist in einem besseren Zustand als die imperiale Fähre, die wir gestohlen haben. Sind alle Koordinaten in den Datenbanken gespeichert, Doc?«

Qwi nickte, setzte sich steif und schnallte sich an. »Der Sonnenhammer ist schon seit Jahren einsatzbereit. Wir haben nur auf die Befehle des Imperiums gewartet. Gut, daß wir keine bekommen haben, nicht wahr?«

Han schürzte die Lippen und überflog die Kontrollen. »Alles sieht völlig standardmäßig aus«, stellte er fest. »Ich habe auch nicht viel Zeit zum Üben.«

Chewbacca stieß ein ohrenbetäubendes, herausforderndes Wookiee-Gebrüll aus. Dann hörte Han, wie das schwere, gepanzerte Tor knirschend zur Seite glitt, gefolgt von den polternden Schritten einer Abteilung Sturmtruppen, die in den Hangar stürzten.

Kyp, der an der Schleuse stand, steckte den Kopf aus der schmalen Luke. »Sie kommen!«

»Verriegle die Schleuse, Junge«, schrie Han. »Wir verschwinden jetzt von hier! Chewie, hast du inzwischen die Waffenkontrollen gefunden?«

An der Kopilotenstation ließ Chewbacca seine gewaltigen Hände über Knöpfe und Schalter huschen. Als er endlich fand, was er gesucht hatte, heulte er auf. Die Laserkanonen der Abwehrsysteme drehten sich, während er die Zielerfassung testete.

Dumpfe Schläge dröhnten durch die Hülle des Sonnenhammers und verrieten, daß die Sturmtruppen aus ihren Blastergewehren das Feuer eröffnet hatten, ohne irgendwelche Schäden anzurichten. Han sah Qwi an. »Wir haben nicht einmal Schilde!«

»Diese Panzerung wird allem widerstehen, was sie gegen uns einsetzen können«, versicherte sie mit einem süffisanten Lächeln. »Sie wurde dafür entwickelt.«

Grinsend ließ Han seine Fingerknöchel knacken. »Nun, in diesem Fall nehmen wir uns noch ein paar Sekunden Zeit und machen es richtig!« Er hantierte an den Kontrollen und aktivierte die Repulsoraggregate. Das Innere des Sonnenhammers vibrierte, als sich das Schiff in die Höhe hob und auf seinen Repulsorkissen schwebte. Von draußen drang das gedämpfte Heulen der Alarmsirenen.

»Chewie, richte diese Laserkanonen nach oben. Wir gönnen uns einen Salut – einundzwanzig Schüsse gegen die Decke!«

Der Wookiee grollte vor sich hin; dann, ohne Hans Befehl abzuwarten, feuerte er alle Waffen des Sonnenhammers gleichzeitig ab. Qwi sah mit großen Augen durch die Cockpitkanzel nach oben.

Die Decke des Hangars explodierte unter dem Feuersturm aus Laserenergie nach außen. Einige der größeren Trümmer fielen nach unten und prallten gegen die Hülle des Sonnenhammers, aber die meisten Oberlichter barsten, und ihre Bruchstücke wurden von der entweichenden Luft hinaus in den Schlund gewirbelt.

Die hilflos mit Armen und Beinen rudernden Sturmtruppler wurden von dem brausenden Luftstrom gepackt und mitgerissen und umkreisten zusammen mit den Trümmern aus Fels und Stahlglas in einem niedrigen Orbit die Asteroidentraube. Ihre Panzer mochten sie für ein paar Minuten vor der Dekompression schützen, aber jeder einzelne von ihnen war verloren.

Han riß den Sonnenhammer in die Höhe, beschleunigte und durchstieß die Fluchtöffnung, die sie in die Decke des Hangars gesprengt hatten. Sie schossen hinaus in den offenen Weltraum, und Han spürte eine Erregung, wie er sie seit ihrer Ankunft auf Kessel nicht mehr erlebt hatte.

»Das war ein Kinderspiel!« sagte er. »Jetzt zum spaßigen Teil.«

Admiral Daala blickte von der Brücke der *Gorgo* auf das Zentrum hinunter; ihr Magen zog sich zusammen. Elf Jahre lang war es ihre einzige Aufgabe gewesen, die kleine Traube der Planetoiden zu beschützen und die Wissenschaftler zu verhätscheln. Großmufti Tarkin hatte gesagt, daß von diesen Leuten die zukünftige Sicherheit des Imperiums abhing, und sie hatte ihm geglaubt.

In der caridanischen Militärakademie hatte man auf Daala herumgetrampelt, sie mißbraucht, sie ausgenutzt. Tarkin hatte sie davon erlöst. Er hatte ihr die Verantwortung und die Macht gegeben, die sie sich durch ihre Leistungen verdient hatte. Sie schuldete Tarkin alles.

Sie würde ihn rächen, indem sie die Neue Republik vernichtete und ihre Sonnensysteme nacheinander in Supernovae verwandelte. Gleichzeitig würde sie der Geschichte der Galaxis ihren Stempel aufdrücken – eine Kriegsherrin, die siegte, wo ein gesamtes Imperium versagt hatte. Der Gedanke ließ Daala die blutleeren Lippen zu einem grimmigen Lächeln verziehen.

Plötzlich sah Daala über einem der Asteroiden des Schlund-Zentrums eine Explosionswolke aufsteigen. Dann schälte sich der winzige Rumpf des Sonnenhammers heraus, ein charakteristischer, eckiger Fleck, der den Planetoiden hinter sich ließ, in dem er so lange gewartet hatte.

»Roter Alarm!« schrie sie. »Mobilisieren Sie alle Kräfte. Sie haben den Sonnenhammer, und wir dürfen sie damit nicht entkommen lassen. Er ist unsere wertvollste Waffe!«

»Aber … Admiral«, sagte Commander Kratas, »wenn die technischen Berichte korrekt sind, ist der Sonnenhammer unangreifbar.«

»Wir müssen einen Weg finden, ihn festzuhalten. Mobilisieren Sie die anderen Sternzerstörer. Wir werden versuchen, ihnen den Fluchtweg zu blockieren. Starten Sie genug Jäger, um sie zu überwältigen.«

Sie fixierte Kratas mit ihrem Blick. Ihr Haar schien sich aus eigenem Willen zu bewegen, als wollte es sich um ihre Kehle legen und sie erdrosseln. »Ich werde es Ihnen jetzt in aller Deutlichkeit sagen, Commander. Mir ist es egal, wieviel Verluste es uns kostet, aber wir dürfen den Sonnenhammer nicht verlieren. Diese eine Waffe ist mehr wert als alle sechs TIE-Jägergeschwader an Bord dieses Sternzerstörers. Holen Sie ihn um jeden Preis zurück!«

Drei Sternzerstörer schlossen zu dem gestohlenen Sonnenhammer auf.

»Sie haben nicht lange gebraucht, um zu merken, was los ist«, sagte Han.

Die Starthangars der *Mantis* und der *Gorgo* spuckten Wolken von TIE-Jägern aus, die in so dichten Formationen auf sie zurasten, daß sie den Weltraum verdeckten. Laserblitze prasselten wie ein Sturzregen auf den Sichtschirm ein.

»Ich wollte schon immer herausfinden, ob ich auch blind fliegen kann«, kommentierte Han.

»Was machen die da? Versuchen sie, uns zu zerquetschen, oder wollen sie uns nur verwirren?« fragte Qwi.

Der Sonnenhammer schwankte unter den Einschlägen der Blasterstrahlen, blieb aber unversehrt. »Nein, aber sie können unsere externen Waffen ausschalten – um genau zu sein, sie haben es bereits getan«, sagte Han nach einem Blick auf die Instrumente. »Alle unsere Laser sind ausgefallen.«

»Dann müssen wir sie eben abhängen«, warf Kyp ein.

Ein weiterer Sternzerstörer, die *Basilisk*, spie ganze Wellen von TIE-Jägern aus.

»Diese Schiffe versuchen, unseren Weg zu blockieren!« Han schaltete an den Kontrollen des Sonnenhammers und flog ein Ausweichmanöver, hielt aber dabei die meiste Zeit die Augen geschlossen. »Wer hat je von einem Verkehrsstau im Zentrum einer Ballung Schwarzer Löcher gehört?« Kyp packte seine Schulter. »Paß auf, Han.«

Der vierte und letzte Sternzerstörer wälzte sich zwischen sie und das äußere Universum und blockierte ihren Kurs. Die *Hydra* eröffnete das Feuer aus ihren mächtigen Turbolaserkanonen und richtete ihre ganze Feuerkraft auf das eine kleine Schiff. Die anderen drei Sternzerstörer schlossen von hinten auf, um ihnen den Fluchtweg durch die labyrinthische Ballung Schwarzer Löcher zu versperren.

»Was jetzt?« fragte Kyp. Der riesige pfeilförmige Rumpf der *Hydra* füllte den Weltraum vor ihnen aus.

»Qwi, Sie sagten, daß diese Panzerung allem widersteht, richtig?« fragte Han.

»Allem, das ich testen konnte.«

»In Ordnung, haltet euch fest. Wird Zeit, das Letzte aus diesem Spielzeug herauszuholen.« Er zog die Kontrollhebel an sich. Die plötzliche Beschleunigung preßte die vier Flüchtlinge in ihre Sitze. Der Sonnenhammer schoß nach vorn, direkt auf die *Hydra* zu.

Das riesige Schlachtschiff wurde größer und größer, füllte ihr gesamtes Blickfeld aus und wuchs noch immer. Dicke grüne Turbolaserstrahlen zuckten auf sie zu, aber die Zielerfassung konnte die Kanonen nicht schnell genug umschwenken, um das heranrasende Schiff zu fixieren.

»Han, was machst du?« rief Kyp.

»Vertrau mir«, sagte Han. »Oder vielmehr – vertrau *ihr*.« Er nickte Qwi zu. »Wenn sie bei ihren Tests geschlampt hat, sind wir alle gleich ein großer organischer Pfannkuchen!«

Der trapezoide Brückenturm der *Hydra* raste auf sie zu. Ein selbstmörderischer TIE-Jäger rammte den Sonnenhammer, um ihn von seinem Kurs abzulenken, aber das einzige Resultat war, daß er beim Aufprall auf die Quantenpanzerung explodierte. Han hatte keine Probleme, die leichte Kursabweichung zu korrigieren.

»Aufpassen!« schrie Qwi.

Während sie auf das imperiale Schlachtschiff zujagten, schälten sich die ersten Einzelheiten des Brückenturms heraus. Han konnte sogar die Sichtluken der Brücke erkennen, die winzigen Gestalten der Kommandocrew, einige von ihnen vor Entsetzen gelähmt, andere panisch fliehend.

»Han!« schrien Qwi und Kyp gleichzeitig. Chewbacca stieß ein sinnloses Gebrüll aus.

»Jetzt haben wir sie!« triumphierte Han.

Der gepanzerte Sonnenhammer durchschlug die Kommandobrücke der *Hydra* wie ein Geschoß und ließ wirbelnde Trümmer hinter sich zurück. Das Schiff kam auf der anderen Seite heraus und zerfetzte dabei den Brückenturm.

Der Aufprall, das Inferno und ein Dröhnen wie von tausend Gongs betäubte sie vorübergehend. Schließlich heulte Han: »Wir haben es geschafft!« Hinter ihnen ging das mächtige Schlachtschiff in Flammen auf.

»Sie sind verrückt!« sagte Qwi.

»Danken können Sie mir später, Doc«, meinte Han.

Brennend und außer Kontrolle, drehte sich die enthauptete *Hydra* und trieb steuerlos der Gravitationsfalle eines Schwarzen Lochs entgegen. Aus den Mannschaftsdecks schossen zahllose Rettungskapseln, aber die schwachen Triebwerke der Rettungsboote konnten nicht stark genug beschleunigen, um dem Sog der Schwarzen Löcher zu entrinnen, und sie trudelten bereits spiralförmig ab.

Die unteren Decks und die riesigen Hyperantriebsmaschinen des dem Untergang geweihten Sternzerstörers begannen zu explodieren, während er in die instabile Falle der Schlund-Ballung stürzte. Flammenwolken loderten und expandierten, vermischten sich mit den strudelnden Gasen. Die *Hydra* trat ihren endlosen Sturz in die Singularität an.

»Freut euch nicht zu früh, wir sind noch nicht zu Hause«, sagte Han, als er in die dichte Suppe aus ionisierten Gasen brauste. »Okay, Kyp«, sagte er. »Übernimm du jetzt die Kontrollen. Bring uns hier raus.«

Sekunden später jagten die anderen drei Sternzerstörer heran und nahmen die Verfolgung auf.

28

Von der Brücke der *Gorgo* aus verfolgte Admiral Daala entsetzt, wie die *Hydra* in den Untergang taumelte, nachdem der Aufprall des Sonnenhammers ihre Kommandobrücke in Stücke gesprengt hatte. Die einzigen Überlebenden des Schlachtschiffs waren die Piloten der sechs TIE-Geschwader; alle anderen Besatzungsmitglieder waren verloren.

Obwohl ihr Gesicht wie aus Eis geschnitzt schien, brannten in Daalas Augen heiße Tränen. Tausende von Menschen stürzten dem Tod entgegen, während die *Hydra* wie ein großer, erschlagener Drache in den schwarzen Mahlstrom fiel.

Der Sonnenhammer mit seiner glitzernden, unverwundbaren Panzerung pflügte durch die Trümmer und nahm Kurs auf den äußeren Wall des Schlundes.

»Hinterher!« schnappte Daala. »Volle Kraft voraus.«

Das Gefühl, versagt zu haben, traf sie wie ein Schmiedehammer. Sie hatte sich schon zu lange im Schlund versteckt, ihre Truppen gedrillt, sie Manöver und Generalproben abhalten lassen – aber es hatte nicht genügt. In ihrer ersten richtigen Schlacht hatte Daala ein Viertel ihres Kommandos verloren – gegen vier entflohene Gefangene!

Großmufti Tarkin hätte ihr dafür hart ins Gesicht geschlagen und sie ihres Postens enthoben. Daalas Wangen schmerzten von dem eingebildeten Schlag. »Sie werden den Tag bereuen, an dem sie sich unseren Zorn zugezogen haben!« flüsterte sie.

Aber ohne den Sonnenhammer war ihr Plan, Tod und Vernichtung über die Neue Republik zu bringen, zum Scheitern verurteilt. Sie atmete tief und scharf ein. Gerade jetzt durfte sie sich nicht von Panik überwältigen lassen. *Denk schnell. Triff Entscheidungen. Kläre die Situation.*

Der Kommunikationswürfel schimmerte, und Tol Sivrons Bild schälte sich heraus. Die Übertragung flackerte, da sie von den statischen Entladungen der Laserblitze gestört wurde. »Admiral Daala! Wenn Sie tatsächlich vorhaben, mit Ihrer Flotte von hier zu verschwinden, bestehe ich darauf, daß Sie die Wissenschaftler des Schlund-Zentrums mitnehmen.«

Daala ignorierte den Twi'lek, drehte sich nicht einmal um, sondern beobachtete weiter den feurigen Tod der *Hydra.* Sie dachte an all die Auseinandersetzungen, die sie mit dem Administrator gehabt hatte – an Sivrons Inkompetenz, die Verzögerungen, seine Ausflüchte, sein entnervendes Beharren auf Berichte und Tests. »Sie sind auf sich allein gestellt, Tol Sivron. Es ist an der Zeit, daß wir unsere Pflicht als imperiale Soldaten erfüllen.«

Tol Sivrons wedelte aufgebracht mit seinen Kopffühlern. »Wollen Sie uns etwa hier schutzlos zurücklassen? Was ist mit den Befehlen, die Großmufti Tarkin Ihnen gegeben hat? Sie haben den Auftrag, uns zu beschützen! Lassen Sie zumindest einen Ihrer Sternzerstörer hier.«

Daala schüttelte den Kopf, daß ihre kupfernen Haare hin und her flogen. »Tarkin ist tot, und ich treffe jetzt die Entscheidungen. Ich brauche jede Unze Feuerkraft, um einen tödlichen Schlag gegen die Neue Republik zu führen.«

»Admiral Daala, ich muß darauf bestehen ...«

Daala zog die Blasterpistole aus dem Waffengurt und richtete sie auf Sivrons Bild im Kommunikationswürfel. Wenn der Twi'lek leibhaftig auf der Brücke gewesen wäre, hätte sie ihn getötet; aber sie durfte keine wertvolle Ausrüstung zerstören, nur um ihre Wut abzureagieren. Sie hielt den Blaster direkt auf Tol Sivrons Bild gerichtet, als wollte sie ihn bedrohen, und trat näher. »Ihre Bitte ist *abgelehnt,* Direktor Sivron«, sagte Daala und schaltete den Würfel ab. Sie drehte sich um und betrachtete nun ungestört ihre Flotte.

»Commander Kratas, wir werden den Schlund verlassen und die Verfolgung des Sonnenhammers aufnehmen. Rufen Sie sofort alle TIE-Jägergeschwader zurück!«

Kratas gab den entsprechenden Befehl, und sie verfolgte ungeduldig die Rückkehr der kleinen Schiffe in ihre Hangars. Unruhig und verärgert über die Verzögerung, tigerte

Daala hin und her. »Sorgen Sie dafür, daß alle drei Sternzerstörer an denselben Kurscomputer angeschlossen werden. Ich werde die genauen, paßwortkodierten Koordinaten aus meinem persönlichen Speicher abrufen.«

Die letzten, die das Schlund-Zentrum verlassen hatten, waren die Bauingenieure gewesen – und sie hatte ihnen den falschen Kurs einprogrammiert, der sie zum Sturz in eins der Schwarzen Löcher verdammte. Aber diesmal würde Admiral Daala mit aller ihr zur Verfügung stehenden Feuerkraft über die ahnungslose Galaxis herfallen und sie zurückerobern.

Der Sonnenhammer vibrierte unter tausend Belastungen, während er durch die tödlichen Gravitationsstrudel des Schlund-Mahlstroms kreuzte.

Unter Han Solos wachsamen Augen saß Kyp Durron an den Kontrollen, aber Han dachte nicht im Traum daran, sich in Kyps Intuition einzumischen, ganz gleich, wie alptraumhaft der vor ihnen liegende Weg auch erscheinen mochte.

Halb die Lider geschlossen, suchte Kyp mit seinem geistigen Auge eine sichere Passage durch das gefährliche Labyrinth. Er riß das Schiff nach steuerbord, dann scharf nach unten, hektisch unsichtbaren Hindernissen ausweichend. Han legte ihm beruhigend eine Hand auf die Schulter. Um sie herum glühten heiße Gase wie die Feuer der Hölle.

Die dunkelblauen Augen aufgerissen und das Gesicht vor Entsetzen verzerrt, starrte Qwi Xux den blind steuernden Kyp an.

»Keine Sorge«, sagte Han. »Der Junge weiß, was er tut. Wenn uns überhaupt jemand durchbringen kann, dann er.«

»Aber wie macht er es?« Qwis Stimme klang flötengleich, wie hohe Noten, die von einem Amateurmusiker gespielt wurden.

»Dafür hat Ihre Wissenschaft keine Erklärung. Ich bin mir nicht sicher, ob ich selbst die Macht verstehe, aber ich zweifle auch nicht an ihr. Früher habe ich sie für Hokuspokus gehalten, aber inzwischen schätze ich sie sehr.«

Abrupt teilten sich vor ihnen die Gasschleier und enthüllten die schwarze Unendlichkeit des offenen Weltraums. Zumindest waren sie aus dem Schlund entkommen!

Auf ihrer verzweifelten Flucht vor den Streitkräften Kessels versuchten Luke und Lando, die Barriere der zusammengezogenen Großkampfschiffe zu durchbrechen. Jedesmal, wenn ein Strahl in die Schilde des *Falken* einschlug, zuckten sie gleichzeitig zusammen.

Der Koloß des Loronar-Angriffskreuzers versperrte ihnen den Weg und schnitt sie von der riskanten Flucht in den Schlund ab. Die zehn Ionenkanonen am Bug des Angriffskreuzers spuckten Tod und Vernichtung.

Der *Falke* erhielt einen Volltreffer; Funken knisterten aus den Kontrollpulten und ließen ihre Systeme flackern. Lando schaltete auf die Ersatzsysteme um und schrie Luke zu: »Unsere Schilde brechen zusammen, und diese Kerle wollen keine Gefangenen machen.«

»Bring uns einfach in den Schlund«, sagte Luke. »Es ist unsere einzige Chance.«

»Ich hätte mir nie träumen lassen, daß ich mir *dafür* einmal die Daumen drücken werde!« Lando beugte sich über die Kontrollen. »R2, sieh zu, daß du die Bugschilde stabilisierst. Wir werden eine Menge Schläge einstecken müssen, wenn wir an diesem Angriffskreuzer vorbei wollen. Ein Volltreffer, und wir werden gegrillt.«

»Warte«, sagte Luke und spähte mit zusammengekniffenen Augen hinaus in die wirbelnden Gase vor ihnen. »Irgend etwas kommt *heraus*!«

Der dornengleiche Rumpf des Sonnenhammers schoß aus der Ballung, einen Schweif aus heißen Gasen hinter sich her ziehend. Ein paar Momente später rasten drei schwerbewaffnete Sternzerstörer der Imperiumsklasse wie wildgewordene Banthas aus dem Schlund.

Hans Seufzer der Erleichterung verwandelte sich in einen ungläubigen Schrei, als er vor ihnen die gesamte Schlachtflotte Kessels sah, bereits aus allen Rohren feuernd. »Wo kommen all diese Schiffe her? Sie können doch nicht die ganze Zeit auf uns gewartet haben!«

Völlig erschöpft von der anstrengenden Pilotenarbeit beschwerte sich Kyp: »Han, wie kommt es eigentlich, daß wir jedesmal nach gelungener Flucht in eine noch viel schlimmere Situation geraten?«

»Einfach gutes Timing, Kleiner.« Er ließ seine Faust auf die gepanzerten Kontrollen niedersausen. »Das ist nicht fair! Sie hätten schon vor Tagen aufgeben müssen!«

Chewbacca heulte und deutete mit einem haarigen Finger Richtung Sichtluke, sie auf ein Schiff an der Spitze der massierten Streitmacht hinweisend. Der *Millennium Falke.*

Han preßte die Lippen zusammen. »Ich werde mir diesen schleimigen Krämer holen, der mein Schiff fliegt. Funktioniert denn nicht eine unserer Laserkanonen?«

Nach einer kurzen Überprüfung der Instrumente grunzte Chewbacca eine Verneinung.

»Dann werden wir sie genau wie diesen Sternzerstörer rammen.«

»Han«, sagte Kyp, »für mich sieht's so aus, als würden diese anderen Schiffe den *Falken jagen.* Sie schießen auf ihn.«

Han beugte sich nach vorn. Qwi stimmte Kyps Einschätzung zu. »Dieser leichte Frachter scheint nicht zur angreifenden Flotte zu gehören.«

Grüne Turbolaserstrahlen zuckten von dem Systempatrouillenboot, dem großen Angriffskreuzer und den leichten Kreuzern der *Carrack*-Klasse auf den *Falken* zu. Hans Gesichtsausdruck veränderte sich abrupt. »He, was geht da draußen vor? Sie sollten besser nicht versuchen, mein Schiff zu vernichten!«

Dann erschienen hinter ihnen Daalas Sternzerstörer und lösten sich aus den Klauen des Schlundes.

»Achte auf die Heckschirme, Han!« rief Kyp.

Die Sternzerstörer *Gorgo, Basilisk* und *Mantis* tauchten so plötzlich wie Ungeheuer auf, die aus einem Wandschrank sprangen, riesigen Dämonen gleich, ausgerüstet mit den zerstörerischen Waffen des untergegangenen Imperiums.

Die zusammengewürfelten Söldnerstreitkräfte Kessels, die

bereits mit ihren Laserkanonen auf den *Falken* feuerten, flogen direkt in die imperiale Flotte hinein. Einige scherten zur Seite aus und drehten ab, um in die Sicherheit Kessels zu fliehen. Die anderen gerieten in Panik und eröffneten das Feuer auf die Sternzerstörer.

Admiral Daala versuchte, von einer einzigen Station auf der Brücke aus ihre gesamte Flotte zu kontrollieren. Der Anblick der fremden Kriegsschiffe auf der anderen Seite des Schlundes lähmte sie für einen Moment, aber sie reagierte schnell. »Schilde hoch! Es handelt sich um eine Falle. Die Streitkräfte der Rebellen haben uns erwartet.«

Wie war es Han Solo gelungen, den Verhördroiden zu täuschen? Hatten die Rebellen irgendwie vom Zentrum erfahren und Solo mit einer erfundenen Geschichte losgeschickt, um Daalas Flotte herauszulocken und zu vernichten?

Sie sah, daß die Feindflotte das Feuer auf ihre Schiffe eröffnete, aber sie war ihnen an Feuerkraft weit unterlegen. Schließlich hatte ihr Großmufti Tarkin genug Waffen zur Verfügung gestellt, um ganze Planeten in Schlacke zu verwandeln.

»Kampfstationen! Wir werden diesen Pöbel ein für allemal ausmerzen!« Sie deutete auf die Schwärme der Jäger, die ihren Kurs kreuzten. »Feuer frei!«

Luke und Lando wechselten einen kurzen Blick, als um sie herum das Kreuzfeuer explodierte. »Das könnte unsere Chance sein, hier herauszukommen!« sagte Lando.

»Ja, vielleicht bemerken sie nicht einmal, daß wir verschwinden«, stimmte Luke zu.

Plötzlich drang ein Piepen aus dem Komm des *Falken*, es war zwar deutlich hörbar, wirkte aber im Vergleich zu den Warntönen der überlasteten Systeme und zusammenbrechenden Schilde völlig harmlos. Pfeiffend lenkte R2 ihre Aufmerksamkeit darauf. Lando senkte den Blick.

»Wir bekommen eine Botschaft über die private Kommfrequenz des *Falken*.« Lando runzelte die Stirn. »Wieso sollte jemand so etwas tun? Wie kann überhaupt jemand den Privatkode des *Falken* kennen?«

Dann dröhnte Hans zornige Stimme aus dem Lautsprecher. »Wer auch immer auf dem *Falken* ist, er sollte einen verdammt guten Grund haben, mein Schiff zu fliegen!«

»Han! Bist du das?« rief Lando. Erregung durchflutete Luke.

»Lando?« fragte Han nach einer Pause. Aus den Lautsprechern drang Chewbaccas Gebrüll und übertönte Hans eigenen Freudenschrei. »Was treibt ihr hier?«

Um sie herum durchzuckten blendende Lichtblitze den Weltraum, als die Waffen der beiden Flotten wetteiferten. Wie rivalisierende Kraytdrachen in der Paarungszeit schlugen die Streitkräfte Kessels und des Imperiums blindwütig aufeinander ein.

»Han, hör mir zu. Luke ist auch hier«, sagte Lando. »Wir mußten von Kessel fliehen, aber der Navcomputer des *Falken* ist gelöscht worden. Wir können nicht in den Hyperraum springen.«

Eine Explosion erschütterte die Steuerbordseite und schüttelte sie durch, aber die meisten Kampfschiffe Kessels konzentrierten ihre Feuerkraft auf die viel größere Bedrohung durch Daalas imperiale Flotte. Obwohl hoffnungslos unterlegen, formierten sich die drei *Carrack*-Kreuzer und deckten die *Basilisk* mit Breitseiten ein.

Über die private Kommfrequenz hörten sie, daß Han mit jemandem hinter ihm sprach und sich dann wieder an Lando wandte. »Wir können die Koordinaten in euren Navcomputer speisen, und dann fliegen wir im Tandem zurück nach Coruscant.«

Lando überprüfte den Computer, sah die Zahlen über das Display rollen und hob triumphierend eine Faust. »Wir haben sie! R2, bereitmachen zum Sprung.«

»Paß bloß auf mein Schiff auf, Lando«, sagte Han. »Auf mein Zeichen.«

»Du hast mein Wort darauf, Han.« Landos Hände huschten über die vertrauten Kontrollen des *Falken*.

»Bereit für den Sprung in den Hyperraum!« sagte Han.

Die Kessel-Streitkräfte drehten bei und griffen die viel größeren Sternzerstörer an, deckten die imperialen Schiffe mit Salven aus ihren Ionenkanonen und Turbolaserbatterien ein. Aber die Sternzerstörer schleusten ihre TIE-Jägergeschwader aus, um die kopflos agierenden Kessel-Schiffe auszuradieren.

»Auf dein Zeichen, Han!«

»Drück drauf!«

Das letzte, was sie sahen, war Kessels riesiger Loronar Angriffskreuzer, der unter dem konzentrierten Feuer der *Basilisk* und der *Gorgo* explodierte. Sie beobachteten, wie der brennende Koloß abtrudelte und den Sternzerstörer *Mantis* rammte, so daß die Bauchseite des pfeilförmigen Rumpfes barst und in Flammen aufging.

Dann füllte sich das Universum mit Sternlinien.

29

Das Wiedersehen war genauso, wie Han es sich vorgestellt hatte. Auf dem Rückflug nach Coruscant hatte er lange darüber nachgedacht.

Leia und die Zwillinge erwarteten ihn bereits, als der Sonnenhammer und der *Millennium Falke* nebeneinander auf der hohen Landeplattform niedergingen. Han schwang sich aus der Schleuse des Sonnenhammers und hastete die Leiter hinunter, aber bevor er den Boden erreichte, lief Leia schon auf ihn zu und umarmte ihn.

»Freust du dich, daß ich wieder da bin?« fragte er.

»Ich habe dich vermißt«, sagte sie und küßte ihn.

»Ich weiß«, grunzte er mit einem schurkischen Lächeln.

Sie stemmte die Arme in die Hüften. »Wie? Du hast mich nicht vermißt?«

Han wandte sich verlegen ab. »Nun, zuerst sind wir auf Kessel abgestürzt, dann saßen wir in den Gewürzminen fest und dann gerieten wir mitten in einer Ballung Schwarzer Löcher in die Gewalt einer Bande Imperialer. Ich hatte wirklich nicht viel Zeit ...«

Als Leia ihn ansah, als würde sie ihn im nächsten Moment ohrfeigen, ließ Han ein Lächeln aufblitzen. »Aber trotz allem hat es nicht mehr als zwei Sekunden gegeben, in denen ich dich nicht mit jeder Faser meines Herzens vermißt habe.«

Leia küßte ihn wieder.

R2 rollte die Rampe des *Falken* hinunter, und 3PO stürzte sich glücklich auf ihn. »R2-D2! Ich bin so froh, daß du wieder da bist. Du ahnst gar nicht, was wir für Schwierigkeiten hatten, während du fort warst.«

R2 piepte etwas, das keiner Übersetzung bedurfte.

Kyp Durron und Qwi Xux stiegen die Leiter des Sonnenhammers hinunter und bestaunten die endlosen Wolkenkratzer und Türme von Imperial City, der Metropole aus glitzerndem Stahlglas und Metall, die sich bis zum Horizont erstreckte. Über ihnen am Himmel wanderten die winzigen Positionslichter einer Fähre. »Was für eine *Stadt*!« sagte Kyp mit einem Seufzer.

Qwi wirkte überwältigt. Der Sonnenhammer sollte in einen Hochsicherheitshangar gebracht werden, damit ihn dort die Wissenschaftler der Neuen Republik studieren konnten. Qwi gefiel der Gedanke nicht, aber sie hatte keine Wahl.

Han ging zu seinen beiden Kindern, bückte sich und nahm Jacen und Jaina in die Arme. »He, Kinder! Erinnert ihr euch noch an euren Paps? Ist schon lange her, was?«

Er zerzauste ihre Haare und betrachtete sie mit jenem fassungslosen Staunen, das er immer empfand, wenn er sah, wieviel sie zwischen seinen Besuchen auf dem Geheimplaneten Anoth gewachsen waren. Doch jetzt war für Jacen und Jaina die zweijährige schützende Isolation vorbei, die Kinder waren endlich zu Hause, und nur der kleine Anakin war in Winters Obhut zurückgeblieben.

Jacen nickte; einen Moment später nickte Jaina ebenfalls. Han wußte nicht, ob er ihnen glauben sollte, aber er drückte sie trotzdem an sich. »Nun, wenn ihr euch nicht an mich erinnert, werde ich von jetzt an versuchen, euch von eurem Vater zu überzeugen.«

Ein wichtigtuerischer Beamter in der prächtigen Uniform einer außerplanetaren Verwaltungsbehörde fing Lando in einer exklusiven Diplomatenlounge ab. Der Beamte hielt einen gepanzerten Aktenkoffer in der Hand, wie sie auch von Krediteintreibern getragen wurden, und hatte den halb verkniffenen, halb würdevollen Gesichtsausdruck eines Mannes, dem eine Aufgabe anvertraut worden war, deren Bedeutung er weit überschätzte.

»Sind Sie Lando Calrissian?« rief der Beamte. »Ich suche Sie schon seit Tagen. Sie haben mir meine Arbeit sehr erschwert.« Er eilte auf ihn zu.

Lando stellte betrübt fest, daß ihm der Weg zum Hinterausgang der Lounge versperrt war. Neben ihm am Tisch wölbte Han die Brauen. Beide waren in die Lounge gekommen, um sich von der langwierigen Befragung durch das

Oberkommando der Allianz zu erholen und sich zu entspannen. Unglücklicherweise wurde die Lounge nur von Bürokraten und politischen Funktionären besucht und servierte lediglich klebrig süße Drinks. Han und Lando schlürften bedächtig ihre Getränke und versuchten, nicht das Gesicht zu verziehen.

Lando hatte Gerüchte gehört, daß ein Eintreiber nach ihm suchte, dem er bis jetzt entwischen konnte. Er fürchtete, daß ihm irgendein Gläubiger auf die Spur gekommen war, oder daß ihn jemand wegen des in Konkurs gegangenen Tibanna-Gasminenunternehmens auf Bspin oder der im Spiel verlorenen Flüssigmetallbergwerke auf Nkllon verklagt hatte.

»Ja, Sie haben mich endlich erwischt«, ergab sich Lando mit einem Seufzer. »Was wollen Sie? Ich kann hier in Imperial City die besten Rechtsanwälte der Galaxis bekommen.«

»Das wird nicht nötig sein«, erklärte der Beamte, wuchtete seinen gepanzerten Aktenkoffer auf den Tisch und hantierte dann am Zahlenschloß. »Ich bin froh, daß ich es endlich los werde.«

Er öffnete den Aktenkoffer, und glitzerndes Licht fiel heraus. Die anderen Gäste in der Lounge reckten neugierig die Köpfe.

Der Aktenkoffer war bis zum Rand mit sorgfältig sortierten Schachteln voller Feuerjuwelen und schimmernder Chrysoprase gefüllt.

»Ich komme vom Planeten Dargul. Dies ist die Belohnung, die Ihnen die Herzogin Mistal für die sichere Rückkehr ihres geliebten Gemahls Dack schuldet. Sie können sie schätzen lassen, aber mir wurde gesagt, daß diese Juwelen etwa eine Million Kredits wert sind. Dazu kommt der Aktenkoffer, der noch einmal vierzigtausend wert ist.«

Lando starrte in den Aktenkoffer, geblendet von seinem Inhalt. »Eine *Million*?« sagte er.

»Eine Million plus vierzigtausend für diesen Aktenkoffer.«

»Aber ich sollte doch nur die Hälfte der Belohnung bekommen.«

Der Beamte griff in seine Tasche. »Ich bin beauftragt, Ihnen das hier zu übergeben. Es ist eine Nachrichtenschote von Slish Fondine, dem Besitzer der Blobställe, in denen es Ihnen gelungen ist, unseren Gemahl Dack festzunehmen.« Er reichte Lando ein kleines, eckiges Objekt.

Lando drehte es stirnrunzelnd in seiner Hand und fuhr dann mit dem Fingernagel über die Rille in der Mitte. Er brach die Nachrichtenschote auseinander, drückte die beiden Hälften wieder zusammen und stellte sie aufrecht auf den Tisch.

Sofort kristallisierte sich das Bild des Blobstallbesitzers heraus. »Ich grüße Sie, Lando Calrissian. Wenn Sie diese Botschaft hören, kann ich davon ausgehen, daß Sie Ihre Belohnung erhalten haben. Ich schätze mich glücklich, sagen zu können, daß Ihr Vorschlag, den Kriminellen Tymmo nicht hinzurichten, sich für alle Beteiligten als äußerst vorteilhaft erwiesen hat. Die Herzogin Mistal war so entzückt, ihren Gemahl wieder in die Arme schließen zu können, daß sie darauf bestand, Ihnen die volle Belohnung zu zahlen, und mir gleichzeitig anbot, im Hauptstadion von Umgul einen zweiten Blobparcours zu bauen. Wir sind bereits dabei, kreative Architekten einzustellen, um noch schwierigere Hindernisse für die neue Bahn zu entwickeln, die – auf Herzogin Mistals Bitte hin – den Namen ›Dack Track‹ erhalten wird.

Ich übergebe Ihnen hiermit diese Feuerjuwelen und Chrysoprase und hoffe, daß Sie Ihre Belohnung klug investieren werden. Warum kommen Sie nicht nach Umgul und plazieren ein paar Wetten? Ich würde mich glücklich schätzen, Ihr Gastgeber zu sein.«

Als sich die Holobotschaft in flackerndes Licht auflöste, konnte Lando nur dastehen und mit offenem Mund sein Vermögen anstarren.

Han lachte und bot dem untersetzten Beamten einen Platz an. »Trinken Sie doch einen mit uns. Um genau zu sein, hier – Sie können meinen Drink haben! Er ist sowieso zu süß für mich.«

Der Beamte schüttelte mit unverändert wichtigtuerischer Miene den Kopf. »Nein, danke. Das ist nichts für mich. Ich mache mich lieber wieder an meine Arbeit.« Er machte auf dem Absatz kehrt und verließ die Lounge.

Han klopfte Lando auf die Schulter. »Was wirst du mit dem ganzen Geld anfangen? Willst du immer noch in die Gewürzminen investieren?«

Lando sah schuldbewußt drein. »Ich sage es nicht gern, aber als Moruth Doole uns herumgeführt hat, war ich von den geschäftlichen Möglichkeiten beeindruckt. Für das Gewürz gibt es viele Verwendungsmöglichkeiten, die zudem völlig legal sind – in der Psychotherapie, bei der Verbrechensbekämpfung, der Kommunikation mit Nichtmenschenrassen, in der Kunst und der Unterhaltungsbranche. Du hast das immer gewußt, Han, sonst hättest du damals in den alten Tagen nicht beim Gewürzschmuggel mitgemischt.«

»Da hast du recht, Lando.«

Aber Landos Begeisterung war geweckt. »Ich sehe auch nicht, warum der Gewürzabbau unbedingt als Sklavenarbeit organisiert werden muß. Er ließe sich größtenteils automatisieren. Selbst wenn sich dort unten noch mehr von diesen Energiespinnen herumtreiben, könnten wir in den tieferen Stollen gekühlte Droiden einsetzen. Würde auch nicht viel kosten. Ich sehe da keine Probleme.«

Han sah ihn skeptisch an, nippte an seinem süßen Drink und schürzte dann die Lippen. »Uh-huh.«

»Außerdem«, sagte Lando, »brauche ich ein neues Schiff. Ich habe die *Glücksdame* auf Kessel zurücklassen müssen. Vielleicht bekomme ich sie nie zurück. Was soll ich in der Zwischenzeit tun?«

Als Lando die begehrlichen Blicke der anderen Gäste in der Lounge bemerkte, schloß er den Deckel des gepanzerten Aktenkoffers. »Nun, wie dem auch sei, es ist herrlich, wieder flüssig zu sein.«

»Alle einsteigen!« rief Wedge Antilles in den hallenden Hangar des Raumhafens von Imperial City. »Fertigmachen zum Start.«

Die letzten Kolonisierungsspezialisten, Soziologen und Überlebensinstrukteure der Neuen Republik wuchteten ihr Gepäck auf die Rampe des Mittelstreckentransporters. Das neunzig Meter lange Schiff nahm den Großteil des Hangars im Versorgungssektor ein, aber die Gruppe brauchte einen Transporter, der groß genug war, um die Überlebenden von Eol Sha und ihre Habseligkeiten sowie die Ausrüstung aufzunehmen, die man benötigte, um für sie auf Dantooine eine neue Heimat zu schaffen.

Wedge überwachte die letzten Vorbereitungen der Operation und kontrollierte die Checkliste auf seinem Datenblock. Zumindest war dieser Auftrag angenehmer als die Abrißarbeiten in der Stadt – für den Moment. Er war froh, wieder fliegen zu können, auch wenn es nur ein lahmer Frachttransporter und kein Jäger war.

Aber er wußte, daß ihn in naher Zukunft gefährlichere Aufträge erwarteten. Admiral Daala und ihre drei imperialen Sternzerstörer hatten das Kessel-System verwüstet und waren dann im Hyperraum verschwunden. Die Neue Republik hatte ihre besten Scouts losgeschickt, um ihr Versteck zu finden. Han war noch immer überzeugt, daß Daala zerstörerische Terroranschläge und Blitzangriffe auf wahllos herausgepickte Planeten plante. Eine Frau wie sie, die nichts zu verlieren hatte, würde keiner vorhersagbaren Strategie folgen. Die gesamte Neue Republik mußte auf der Hut sein.

Chewbacca bestand darauf, daß die Neue Republik eine Streitmacht zum Schlund-Zentrum schickte, um die anderen Wookiee-Sklaven zu befreien. Das Oberkommando der Allianz war zudem darauf erpicht, die Pläne und Prototypen in den geheimen Waffenlabors in die Hände zu bekommen. *Soviel zur Erholung und zum friedlichen Wiederaufbau,* dachte Wedge. *Das Leben wird bald interessanter werden.*

Aber im Moment lautete sein Auftrag, die Leute von Eol Sha sicher zu ihrer neuen Heimatwelt zu bringen.

Als alles an Bord durchgecheckt war, bemerkte Wedge Gantoris, der allein neben den an der Wand gestapelten Frachtcontainern stand. Der ehemalige Kolonistenführer wirkte groß und eindrucksvoll, aber er schien nicht zu wissen, wie er sich angesichts des bevorstehenden Starts des Umsiedlungsschiffs verhalten sollte.

»Machen Sie sich keine Sorgen«, rief Wedge, »wir bringen Ihre Leute zu ihrer neuen Heimat. Nachdem sie ihr ganzes

Leben lang nur Vulkane und Erdbeben gekannt haben, wird ihnen Dantooine wie das Paradies vorkommen.«

Gantoris nickte und legte seine glatte Stirn in Falten. »Grüßen Sie sie von mir.«

Wedge winkte ihm zu. »Gehen Sie nur und werden Sie der beste der neuen Jedi-Ritter.«

Luke blickte Kyp Durron tief in die Augen und suchte nach dem Kern eines Jedi. Der junge Mann blinzelte nervös, hielt aber Lukes Blick stand.

»Bist du nervös, Kyp?« fragte Luke.

»Ein wenig. Sollte ich?«

Luke lächelte und erinnerte sich daran, wie er vor Yoda geprahlt hatte, daß er sich vor seinem bevorstehenden Jedi-Training nicht fürchtete. »Du wirst dich fürchten«, hatte Yoda gesagt, »du *wirst!*«

Han unterbrach sie und klopfte Kyp auf die Schulter. »Du hättest sehen sollen, wie er durch die dunklen Gewürzminen geflitzt ist. Und wie er uns mit geschlossenen Augen durch den Schlund navigiert hat! Dieser Junge hat ein großes Potential, Luke.«

Luke nickte. »Ich wollte diesen Trick ebenfalls im Schlund probieren. Ich weiß, wie schwer es gewesen sein muß.«

»Heißt das, Sie nehmen mich in Ihre Jedi-Akademie auf?« fragte Kyp. »Ich will zu gern wissen, wie ich diese Kräfte beherrschen kann, die ich in mir spüre. Als ich auf dem Sternzerstörer in der Zelle saß, habe ich mir geschworen, nie wieder hilflos zu sein.«

Luke griff nach dem Energieset und den Kristallblattsensorpaddeln des alten imperialen Scanners, der einst dazu gedient hatte, Jedi-Abkömmlinge aufzuspüren. »Versuchen wir zuerst diesen Scanner.« Luke entwirrte die Kabel und hielt die Kristallblattpaddel an Kyps Seiten. »Es wird nicht wehtun. Er mißt nur das Potential deiner Kräfte.«

Er legte den Scanschalter am Kontrollset um, und ein dünner Streifen kupferfarbenen Lichtes wanderte Kyps Körper hinunter. Vor ihnen entstand in umgekehrter Richtung ein Bild der digitalisierten Analyse Kyp Durrons.

Kyps Reproduktion hing in der Luft, umgeben von der blaßblauen Korona, die Luke auch bei den anderen Kandidaten mit echtem Jedi-Potential gesehen hatte. Aber die Aura flackerte und verschwamm, verknotete sich, wurde dunkler, dann wieder heller, nahm eine Rotfärbung an und verschwamm erneut.

»Was bedeutet das?« fragte Kyp.

»Er ist doch okay, oder?« Han schien ungeduldig darauf zu warten, daß sein Schützling angenommen wurde.

Luke wunderte sich über das ungewöhnliche Meßergebnis und war irritiert, weil er nicht wußte, wie er es interpretieren sollte. Das Flackern konnte auf einen Defekt im Scanner beruhen, denn das Instrument hatte einiges durchgemacht und konnte nicht mehr geeicht werden – oder der Streß und der Druck, unter dem Kyp so viele Jahre gestanden hatte, verhinderte die volle Entfaltung seines Potentials.

»Ich sehe große Macht in dir. Große Macht«, sagte Luke, und Kyp seufzte vor Erleichterung. »Laß mich einen anderen Test versuchen.«

Luke legte seine Hände auf Kyps lockiges schwarzes Haar. »Laß ihn tun, was er tun muß«, flüsterte Han dem jungen Mann zu. »Vertrau ihm.«

Luke schloß die Augen und schickte einen Gedankenfühler in die Tiefe von Kyps Bewußtsein, wo die Urerinnerungen gespeichert waren und es nur wenig Raum für bewußte Gedanken gab. Luke berührte den isolierten Knoten in seinem Unterbewußtsein. Er stieß zu …

… und wurde plötzlich zurückgeschleudert, wie ein Staubfaden in einem Bspinsturm zur Seite gefegt. Er landete mit dem Rücken auf der anderen Seite des Zimmers und keuchte.

Han und Kyp liefen zu ihm, während er sich mühsam aufrappelte. Luke schüttelte die Benommenheit ab.

»Es tut mir leid!« sagte Kyp. »Ich weiß nicht, was ich gemacht habe! Ich habe es nicht gewollt. Ehrlich!«

»Was ist passiert?« fragte Han. »Was bedeutet das für Kyp?«

Luke blinzelte und lächelte dann die anderen an. »Macht

euch keine Sorgen um mich. Ich habe es selbst ausgelöst.« Er schüttelte seinen Kopf. »Kyp, du verfügst über *erstaunliche* Kräfte!«

Luke stand auf und ergriff die Hand des jungen Mannes. »Du bist zur Ausbildung auf meiner Akademie angenommen. Ich hoffe nur, daß ich auch weiß, wie ich damit umgehen muß, wenn du die volle Kontrolle über deine Fähigkeiten gewonnen hast!«

Epilog

Luke Skywalker, Jedi-Meister, stand auf dem Dach des Großen Tempels des vierten Mondes von Yavin.

Unter ihm lagen die leere Thronhalle und der große Besuchersaal im hellen Sonnenlicht, das durch die Dachfenster fiel. In einen neuen Jedi-Mantel gehüllt, sein Lichtschwert an der Seite, genoß Luke die Wärme. Würzige, intensive Gerüche stiegen aus dem üppigen Regenwald zu seinen Füßen auf.

Die uralten Ruinen, Hinterlassenschaft der ausgestorbenen Massassi-Rasse, bildeten ausgedehnte geometrische Muster, die größtenteils vom gefräßigen Dschungel überwuchert worden waren. Luke stand auf der Spitze der Zikkurat, die einst, als die Rebellen auf Yavin 4 eine Basis unterhalten hatten, als Beobachtungsturm benutzt worden war. Der aufgeblähte Gasriese hatte die Rebellenbasis geschützt, als der erste Todesstern in den Orbit eingeschwenkt war, um seinen planetenvernichtenden Superlaser abzufeuern. Die Yavin-Basis war schon vor langer Zeit von den Rebellen aufgegeben worden. Aber viele der verfallenen Steingebäude konnten noch genutzt werden.

Angesichts der Bedrohung durch die Schlund-Flotte und der zu befürchtenden Angriffe Admiral Daalas benötigte die Neue Republik dringend eine starke Streitmacht über die militärischen Kräfte hinaus, eine Gruppe von Wächtern, die die Ordnung in der Galaxis aufrechterhielten.

Luke mußte alle geeigneten Kandidaten unverzüglich herholen – nicht nur Gantoris und Streen, sondern auch Kyp Durron, Mara Jade, einige der Hexen von Dathomir, Kam Solusar und andere, denen er seit der Schlacht um Endor begegnet war. Und die Suche nach neuen Leuten mit Jedi-Potential mußte intensiviert werden. Er brauchte so viele Kandidaten wie möglich.

Luke hatte mit seinem Schiff problemlos auf den Flachdächern der Massassi-Gebäude landen können. Auf dem großen Hof, der einst von der Allianz als Landefeld verwendet worden war, stand Lukes alter X-Flügler und kühlte in den aufsteigenden Nebeln der Yavin-Dschungel ab.

Als Mon Mothma und Leia Luke die aufgegebene Rebellenbasis angeboten hatten, hatte er sofort zugegriffen.

Für die eigentliche Ausbildung wollte Luke auf alle Übungen zurückgreifen, die ihm Yoda auf Dagobah gezeigt hatte, sowie auf Obi-wan Kenobis praktische Lektionen. Luke verfügte außerdem über das uralte Jedi-Holocron, die visuelle historische Datenbank, die Leia in der Festung des wiederbelebten Imperators entdeckt hatte. Er hatte die Informationen der verschollenen Quelle des Jedi-Wissens auf Dathomir studiert. Er konnte auf viele Hilfsmittel zurückgreifen, und im Bewußtsein seiner Schüler selbst gab es Pforten, die zu großer Macht führten.

Aber Luke machte sich noch immer Sorgen. Wenn einer seiner Schüler – nur einer! – der Dunklen Seite verfiel, würde er dann die Kraft haben, ihn zurückzuholen? Und wer war dieser »Schwarze Mann«, der Gantoris in seinen Träumen verfolgte und ihm seinen Untergang voraussagte?

Als Luke über die endlos wuchernde Wildnis blickte, sah er große, verbrannte Gebiete, wo Feuer den Regenwald verzehrt hatte. Aber die Natur des Mondes schlug hartnäckig zurück und heilte sich selbst. Scharf riechendes, dichtes Blaublattgebüsch, Massassibäume und Kletterfarne überzogen den Boden mit einer undurchdringlichen Decke, die sich bis zum Horizont erstreckte, nur von vereinzelten Tempelruinen durchbrochen, die aus dem grünen Teppich hervorragten.

Die bizarren nichtmenschlichen Gebäude, die die Massassi hinterlassen hatten, schienen voller Geheimnisse und Wissen zu sein. Luke blinzelte und spürte die Macht dieses Ortes, die Wunder und das Mysterium, das ihn umgab. Er konnte es kaum erwarten, seine Schüler herzubringen.

Es war der perfekte Ort, um einen neuen Orden der Jedi-Ritter zu gründen.

Darth Vader und der Imperator sind tot.
Der KRIEG DER STERNE geht weiter …